HARALD SCHNEIDER

Ahnenfluch

WITTELSBACHER FLUCH Ein Attentat auf Kommissar Reiner Palzki in Schifferstadt mit einer historischen Armbrust führt ihn ins Barockschloss Mannheim. Das Museum wird gerade für die große Wittelsbacher Ausstellung umgebaut. Der dubiose Schlosschef kann oder will ihm zunächst nicht weiterhelfen. Schließlich erfährt Palzki von einem geheimnisvollen Schriftstück, das in der Gruft der Mannheimer Schlosskirche gefunden wurde. Die Informantin, eine Studentin, wird vor seinen Augen in den Reiss-Engelhorn-Museen ermordet. Als er in der Gruft zusammen mit einem Kunsthistoriker einen geheimnisvollen, bisher unbekannten Gang entdeckt, wird auch dieser umgebracht. Palzki hingegen wird völlig überraschend von seiner eigenen Vergangenheit eingeholt.

Harald Schneider, 1962 in Speyer geboren, wohnt in Schifferstadt und arbeitet in einem Medienkonzern als Betriebswirt. Seine Schriftstellerkarriere begann während des Studiums mit Kurzkrimis für die Regenbogenpresse. Der Vater von vier Kindern veröffentlichte mehrere Kinderbuchserien, unter anderem die interaktiven Meisterschnüffler. Seit 2008 hat er in der Metropolregion Rhein-Neckar-Pfalz den skurrilen Kommissar Reiner Palzki etabliert.

Bisherige Veröffentlichungen im Gmeiner-Verlag:
Künstlerpech (2013)
Palzki ermittelt (2012)
Pilgerspuren (2012)
Blutbahn (2012)
Räuberbier (2011)
Wassergeld (2010)
Erfindergeist (2009)
Schwarzkittel (2009)
Ernteopfer (2008)

HARALD SCHNEIDER

Ahnenfluch

Palzkis neunter Fall

GMEINER *Original*

Personen und Handlung sind frei erfunden.
Ähnlichkeiten mit lebenden oder toten Personen
sind rein zufällig und nicht beabsichtigt.

Besuchen Sie uns im Internet:
www.gmeiner-verlag.de

Im Ehnried 5, 88605 Meßkirch
Telefon 07575/2095-0
info@gmeiner-verlag.de

1. Auflage 2013

Lektorat: Claudia Senghaas, Kirchardt
Herstellung: Mirjam Hecht
Umschlaggestaltung: U.O.R.G. Lutz Eberle, Stuttgart
unter Verwendung eines Fotos von: © Thomas Leiss – Fotolia.com
Druck: GGP Media GmbH, Pößneck
Printed in Germany
ISBN 978-3-8392-1437-4

Hoch! Wittelsbach!

Es ragt ein altes Königshaus,
Das breitet seine Äste aus
Nach Süd und Nord,
Als Volkes Hort.
Nach Ost und West,
»In Treue fest.«
»Wittelsbach!«
So klingt es tausendfach,
Aus dem Thal, von den Höhn,
Lieblich und schön,
»Heldenblut,
Von altem Löwenmut!
Hoch! unser edles Stammhaus Wittelsbach!«

Auszug aus dem Triotext zu dem gleichnamigen Marsch
von Karl Hünn, königlich-bayerischer Musikdirektor
in Reichenhall.

Franz Wisbacher (1849–1912)

INHALT

VORWORT

Die meisten der im Roman beschriebenen Orte gibt es tatsächlich. Diese sind nur teilweise der Öffentlichkeit zugänglich, vieles spielt sich hinter den Kulissen ab. Damit Sie diese mystischen Orte nicht nur lesend erleben können, habe ich mir für ›Ahnenfluch‹ etwas Besonderes einfallen lassen. An bestimmten Stellen im Roman finden Sie sogenannte QR-Codes. Mit einem QR-Code-fähigen Smartphone können Sie damit sofort auf eine eigens für dieses Buch gestaltete Internetseite gelangen, auf der Sie, neben teils ungewöhnlichen Fotos, auch tiefergehende Informationen zu den von Palzki besuchten Orten finden.

Falls Sie mit den QR-Codes nicht viel am Hut haben: Über die Internetadresse www.ahnenfluch.palzki.de können Sie ebenfalls zu den einzelnen Unterseiten gelangen. Zu jedem real existierenden Ort gibt es eine eigene Seite.

Da ›Ahnenfluch‹ im Vorfeld der großen Wittelsbacher Ausstellung spielt, können Sie sich unter anderem auf Fotos des Museums im Barockschloss Mannheim, der Universität Mannheim, der rem-Museen und des Schwetzinger Schlosses freuen. Aber nicht nur Fotos, die Sie kennen! Hinter den Kulissen sieht es nicht selten gewaltig anders aus als im öffentlichen Bereich. Potemkin lässt grüßen.

Um Sie noch etwas neugieriger zu machen: Im Roman wird in der Gruft der Mannheimer Schlosskirche ein bisher nicht dokumentierter Geheimgang gefunden. Auch wenn die Handlung natürlich erfunden ist, der beschriebene Gang wurde tatsächlich erst während der Recherchetour zu diesem Buch in meinem Beisein entdeckt. Näheres finden Sie unter obiger Internetadresse sowie in der Danksagung am Ende des Romans.

Aber jetzt fangen Sie erstmal an zu lesen. Ich wünsche Ihnen viel Spaß mit ›Ahnenfluch‹.

KAPITEL 1
DIE BILDUNGSOFFENSIVE

Es hätte so ein schöner Tag werden können.

»Meine Untergebenen! So geht es nicht weiter! Die Beschwerden aus der Bevölkerung nehmen überhand! In meiner Dienststelle darf so etwas nicht passieren. Im nächsten Jahr möchte ich die Kriminalinspektion Schifferstadt bei der UNESCO als Weltkulturerbe anmelden. Ich lasse mir diese Pläne durch Sie nicht zunichtemachen. Selbst die Volkshochschule des Rhein-Pfalz-Kreises hat im letzten Jahr eine UNESCO-Auszeichnung erhalten, das müssen wir übertrumpfen.«

Der gerade angebrochene Montagvormittag war die Hölle. Wenn ich in meiner Berufsfindungsphase bereits von diesem Tag gewusst hätte, wäre ich freiwillig Lehrer geworden. Unser Dienststellenleiter KPD, der mit richtigem Namen Klaus P. Diefenbach hieß, hatte alle Mitarbeiter der Kriminalinspektion und auch der Schutzpolizei, deren kommissarischer Leiter er zusätzlich war, zu einer Notlagebesprechung in den Sozialraum befohlen. Normalerweise fand Montagfrüh die unbeliebte und unwichtige Gesamtlagebesprechung statt, die KPD stets zur Selbstbeweihräucherung nutzte und von uns mit permanenter Unpünktlichkeit konterkariert wurde. So kam es, dass ich, wie meist, als letzter Beamter dazustieß und KPD in seinem längst begonnenen Monolog störte. Dieser fixierte mich und meinte zornig: »Guten Morgen, Herr Palzki.« Das ›Herr‹ sprach er mit fünf ›r‹ aus.

Der seltsame Typ, der neben unserem Chef stand, war mir sofort aufgefallen. Mit blassem und ausdruckslosem Gesicht sowie sehr dicken Brillengläsern, mit denen er wahrscheinlich Gammastrahlen filtern konnte, blickte er mit zuckenden Habichtsbewegungen über das Heer der Beamten. So nervös wie er wirkte, musste er die Leichen Dutzendweise zu Hause im Keller horten.

KPD hatte längst weitergesprochen, wie immer hörte ich nicht richtig zu. Erst als ein paar böse Signalworte an meine Ohren drangen, die Unbill versprachen, horchte ich auf:

»… und daher habe ich beschlossen, eine Bildungsoffensive für meine Untergebenen zu starten. Um niemanden von Ihnen zu überfordern«, sein provozierender Blick ging eindeutig in meine Richtung, »fangen wir mit leichteren Lektionen an. Zunächst darf ich Ihnen einen Freund aus alten Tagen vorstellen.« Er klopfte dem untergewichtigen Kerlchen so heftig auf den Rücken, dass ihm das Brillengestell über die Nase rutschte. Gerade noch rechtzeitig konnte dieser es auffangen. Schüchtern lächelte er uns an und nickte.

»Dies ist Herr Ludwig-Wilhelm Zweier. Als Kunsthistoriker ist er eine Konifere, äh, Koryphäe und hat bereits zahlreiche wissenschaftliche Arbeiten und Studien vorgelegt, die nicht nur in der Fachwelt für Furore sorgten. Insbesondere seine Leistungen zum Thema Kittels, äh, Witt, äh …«

»Du meinst die Wittelsbacher, Klaus«, fiel ihm sein Freund helfend ins Wort.

»Ja, ja, genau die meine ich«, beeilte sich KPD, seinen Versprecher zu überspielen. »Den Wittelsbachern hat früher hier so ziemlich alles gehört. Kurpfalz und Wittelsbacher, das ist untrennbar miteinander verbunden, wie Sie alle wissen sollten. Na ja, fast alle.« Wieder blickte er in meine Richtung.

Oje, Geschichtsunterricht am frühen Morgen, dachte ich. Der letzte lag Jahrzehnte zurück und war im Regelfall alles andere als spaßig. An die Wittelsbacher hatte ich nur vage Erinnerungen. Wenn mich nicht alles täuschte, war auch der größenwahnsinnige Ludwig, der Neuschwanstein erbauen ließ, ein Wittelsbacher.

»Was sollen wir mit den Bayern?«, fragte ich vorlaut in die Runde, weil mein Mundwerk mal wieder schneller war als mein Gehirn. »Wir haben in der Kurpfalz genug eigene Probleme.« Als Retourkutsche starrte ich meinen Chef an.

Dieser schnappte heftig nach Luft, um mich für meine Dreistigkeit verbal in der Luft zu zerreißen. Doch Zweier kam ihm zuvor.

»Sie sind doch Herr Palzki«, sagte er. »Klaus hat Sie vorhin so genannt. Ich will Ihnen was sagen, Herr Palzki und Ihnen damit gleichzeitig Ihr mangelhaftes Halbwissen demonstrieren. Die Wittelsbacher hatten ihren Stammsitz in der Kurpfalz. Ein gewisser Kurfürst Carl Theodor, das war der, der das Mannheimer Barockschloss fertigstellen ließ, hat 1778 Bayern geerbt. Wenn er seine Residenz nicht von Mannheim nach München verlegt hätte, wäre Bayern von Mannheim aus regiert worden.«

»Genau«, lästerte ich. »Und aus dem Heidelberger Schloss wäre Neuschwanstein geworden.«

Alle meine Kollegen lachten, was Zweier empörte.

»Lassen Sie Ludwig II. aus dem Spiel. Da wurde viel Geschichtsfälschung betrieben, wie schon so oft, wenn es um die Wittelsbacher geht.«

KPD klatschte in die Hände. »Meine Damen und Herren. Sie sehen, wie groß Ihre Bildungslücken sind und wie spannend ein historisches Thema sein kann. Nur weil damals ein Mann seinen Wohnort gewechselt hat, konnte sich Bayern im Laufe der Zeit verselbstständigen.«

»Na ja, so ganz genau kann man das nicht sagen«, fiel ihm sein Freund ins Wort. Doch KPD ignorierte ihn schlichtweg.

»Kleine Dinge haben manchmal große Auswirkungen. Deutlich ist zu erkennen, dass die Geschichte der Wittelsbacher einige Parallelen zu unserer Dienststelle hat.«

Meine Kollegen Gerhard Steinbeißer und Jutta Wagner, die neben mir standen, schauten mich fragend an. Doch ich hatte auch keinen blassen Schimmer, was er damit meinen könnte. Vielleicht sah sich KPD als Wiedergeburt Ludwig II.? Die exklusive Ausstattung seines Büros wäre zumindest ein guter Anfang. Aber unser Chef war noch nicht fertig.

»Wie Sie bestimmt aus der Presse erfahren haben, startet in den nächsten Wochen die große Wittelsbacher Ausstellung in unserer Region. Wir rechnen nicht nur mit vollen Museen, sondern auch mit internationalen Gästen. Und genau hier greift der erste Teil der Bildungsoffensive. Stellen Sie sich vor, einer von Ihnen wird nach dem Weg zu den rem-Museen gefragt und Sie antworten, dass es so etwas in der Kurpfalz nicht gibt.«

»Gibt's auch nicht«, rief eine mutige Kollegin aus der zweiten Reihe dazwischen und wieder lachten alle.

Auch dieses Mal verlor KPD nicht seine Contenance. »Hier gibt es mehr zu tun, als ich dachte.« Er nahm einen Zettel vom Tisch auf. »Natürlich kann ich Sie nicht alle auf eine externe Fortbildung schicken, das würde Unsummen kosten und schlimmstenfalls sogar meinen Lachsbrötchenetat schmälern. Daher habe ich mit Herrn Zweier diskutiert, wen wir von Ihnen als internen Bildungsberater für den Rest meiner Untergebenen schulen. Dieser Bildungsberater wird in den nächsten Tagen mit meinem Freund die Museen der Region besuchen und sich tief in die Wittelsbacher Geschichte einarbeiten. Im Anschluss werden die beiden eine auf die Polizeiarbeit angepasste Info- und Schulungsmappe in Powerpoint entwerfen. Wenn diese fertiggestellt ist, wird Herr Zweier und unser Bildungsberater Sie dann in Kleingruppen schulen. Zum Abschluss folgt neben einer Theorieprüfung auch ein Praxistest in einem echten Museum.«

Jetzt lachte niemand mehr. Jeder Anwesende hoffte, dass er nicht die arme Sau sein würde, die KPD ausgewählt hatte.

Unser Chef hielt den Zettel hoch und winkte damit. »Ludwig-Wilhelm und ich waren uns schnell einig, dass nur Herr Palzki für diesen Job infrage kommt. Kommen Sie, holen Sie Ihre Ernennungsurkunde ab.«

Man kann nicht sagen, dass die Kollegen lachten. Es war eher ein heftiges Grölen. Ich beschloss, so zu tun, als wäre dies nur ein Albtraum. Gleich nachdem ich aufwache, würde ich nach Umschulungsmaßnahmen zum Lehrer Ausschau halten. Da ich mich nicht von der Stelle rührte, kam KPD auf mich zu und drückte mir die Urkunde in die Hand. Die Realität hatte mich eingeholt.

»Kein anderer meiner Untergebenen ist so prädestiniert wie Sie für diesen Job, Herr Palzki. Bei Ihnen fällt es am wenigsten auf, wenn Sie mal ein paar Tage auf der Dienststelle fehlen.«

Na warte, dachte ich. Du wirst dein blaues Wunder erleben.

KPD klatschte in die Hände. »Die Versammlung ist hiermit aufgehoben. Ihre Schulungstermine entnehmen Sie ab nächster Woche dem Schwarzen Brett.«

Mit der Masse der Kollegen gelang es mir, mich aus dem Sozialraum zu schleichen. Was sollte ich tun? Fristlos kündigen und meine Erfahrung in eine Verbrecherkarriere investieren? Mich trotzig auf der Toilette einschließen? KPD in eine tödliche Falle locken und es wie einen Unfall aussehen lassen? Ich entschied mich für das, was ich am besten konnte: Ludwig-Wilhelm Zweier zur Weißglut bringen und ihn damit zu überzeugen, dass die Wahl meiner Person nicht die optimalste war.

Ich spürte das Damoklesschwert in meinem Rücken, dennoch sträubte sich mein Inneres und ich beschloss eine Gnadenfrist zu nehmen. Zielstrebig ging ich zu Juttas Büro, das sich in letzter Zeit als Treffpunkt für kleinere Besprechungen etabliert hatte.

Gerhard und Jutta waren bereits dort. Mein Kollege verkniff sich mit aller Gewalt ein Losprusten. Jutta hatte sich besser unter Kontrolle.

»Komm, setz dich«, sagte sie zu mir und zeigte zum Besprechungstisch. »Lass es ruhig angehen, Reiner.«

Dankbar nahm ich Platz. »Ist in den letzten Minuten zufällig ein Kapitalverbrechen reingekommen?« Die Frage war der berühmte Griff nach dem letzten Strohhalm.

»Nicht mal ein Taschendiebstahl«, antwortete Gerhard bedauernd. »Im Schulzentrum ist es auch ruhig. Es sind Sommerferien.«

Lehrer müsste man sein, dachte ich. Dann könnte ich

jetzt für sechs Wochen am Stück verschwinden. Oder sogar für acht, denn die Unterrichtsausfälle wuchsen vor den großen Ferien stets in astronomische Höhen, wie mir die Erfahrung mit meinen beiden schulpflichtigen Kindern Melanie und Paul bereits mehrfach gezeigt hatte.

Ich schaute auf die Uhr. »Und dabei hatte ich für diese Woche so viel vor. Mein Büro müsste dringend entrümpelt werden.«

»Das sagst du schon seit 20 Jahren, Reiner.«

»Ist ja jetzt egal. Lassen wir den Pizzaservice anrollen? Das haben wir seit Freitag nicht mehr gemacht.«

»Da sind Sie ja!«

Erschrocken schauten wir zur offen stehenden Tür. KPD stand im Rahmen. »Wollen Sie sich etwa von Ihren Kollegen verabschieden, Palzki? Keine Angst, Herr Steinbeißer und Frau Wagner werden Ihre Testschüler sein. Sie werden als Erstes von Ihnen und Ludwig-Wilhelm geschult.«

»Wie sind Sie überhaupt auf mich gekommen? Ich habe keinen blassen Schimmer von diesen komischen Wittelsbachern. Die Salier würde ich mir noch gefallen lassen, schließlich habe ich mit der Radarfalle in der Salierstraße so meine Erfahrungen.«

»Selbst schuld, wenn Sie in Zivil so rasen müssen«, meinte KPD. »Für unsere Dienststelle steht viel auf dem Spiel. Nehmen Sie Ihren neuen Job nicht zu leicht, Herr Palzki. Wenn wir dieses Projekt erfolgreich durchgezogen haben, kommt die Biologie an die Reihe. Immerhin wird im nächsten Jahr in Landau die Landesgartenschau eröffnet. Da sollte man als Polizeibeamter schon wissen, was der Unterschied zwischen einer Tanne und einer Kiefer ist.«

»Das ist dasselbe«, unterbrach ich seinen Redefluss und nahm mir im Geiste vor, ein Requiem für KPD zu komponieren, sobald die Lerneinheit Musik drankam.

»Ja, was ist? Wollen Sie Wurzeln schlagen?« KPD deutete auf seinen Freund, der hinter ihm im Flur stand. »Herr Zweier ist schon ganz aufgeregt, Ihnen die komplette Geschichte der Wittelsbacher mit allen Nebeninformationen erzählen zu dürfen. Kommen Sie, kommen Sie!«

Schicksalsergeben stand ich auf, drückte mich an meinem Chef vorbei, der nach wie vor im Türrahmen stand, und gab meinem Lehrer die Hand. »Palzki, angenehm.« Der Tonfall war alles andere als angenehm.

KPD brachte ein zaghaftes Lächeln zustande. »Ludwig-Wilhelm, ich habe dir bereits gesagt, dass Herr Palzki manchmal ein wenig bockig ist. Mit der Zeit legt sich das. Womit willst du heute anfangen?«

Zweier wirkte noch nervöser als vorhin im Sozialraum. »Ich denke, dass reine Vorträge nicht sehr zielführend sind. Besser ist, wenn ich Herrn Palzki gleich am ersten Tag zu verschiedenen Museen begleite, um ihm zunächst einen Gesamtüberblick zu geben. Anfangen möchte ich mit dem Heimatmuseum in Schifferstadt. Normalerweise hat es heute geschlossen, doch ich habe vorhin den Vorsitzenden des Vereins für Heimatpflege telefonisch gebeten, für uns eine Extraführung einzuschieben.«

Das Schifferstadter Heimatmuseum im Gebäude der ehemaligen Adler-Wirtschaft war mir bekannt. Das kleine, aber feine Museum bot in etwa einem Dutzend Räume mit jeweils unterschiedlichen Themen interessante heimatgeschichtliche Einblicke. Wenn auch meine Kinder das Museum mit dem Attribut ›langweilig‹ belegten, ich fand die ehrenamtlich aufgebaute Sammlung bewundernswert. Allerdings hatte ich bei meinen bisherigen Besuchen noch nie etwas von den Wittelsbachern bemerkt.

»Ins Heimatmuseum? Gleich werden Sie behaupten, dass der dort ausgestellte Goldene Hut eine Krone der Wittelsbacher ist.«

Zweier stutzte einen Moment. »Um gleich die erste Bildungslücke zu stopfen, Herr Palzki: Zwischen dem Goldenen Hut und dem Auftauchen der Wittelsbacher liegen rund 2.300 Jahre. Ihre These ist also nachweisbar falsch.«

»Das war keine These«, brummelte ich, als mir klar wurde, dass ich es mit einer Spaßbremse zu tun hatte. Ich musste meinen Resthumor ein paar Stufen zurückfahren, um weitere Missverständnisse mit KPDs Spezi zu vermeiden.

Mit einer Handbewegung verabschiedete ich mich von meinen Kollegen, KPD ignorierte ich.

»Wer fährt?«, fragte ich Zweier, während wir in Richtung Treppenhaus gingen.

»Meinen Sie mich?«

Ich blickte mich um. »Ist ja sonst niemand da. Selbstverständlich meine ich Sie.«

»Natürlich fahre ich«, antwortete er. »Klaus meinte, ich sollte unbedingt vermeiden, bei Ihnen in den Wagen zu steigen. Ein Freund, ich glaube Becker heißt er, hat Klaus über Ihre Fahrweise informiert. Ich habe ihm empfohlen, Ihnen ein Fahrsicherheitstraining zu spendieren, aber Ihr Chef hat nur abgewunken.«

Vermutlich hatte KPD noch weitere Lügengeschichten über mich erzählt. Zweier musste einen schönen Eindruck von mir haben. Na, denn.

»Hat Ihnen Herr Diefenbach auch erzählt, dass ich mich in Museen in einen Werwolf verwandle?«

Zweier blieb stehen und schaute mich an, während sich seine Stirnfalten wie eine Ziehharmonika zusammenzogen. »Nein, stimmt das denn?«

»Nur, wenn ich mich ärgere«, antwortete ich und erstarrte, da wir in diesem Moment im Hof ankamen und ich seinen Wagen sah. Es war ein Rolls Royce. »Was ist das?«

»Da staunen Sie, was? Das ist ein Silver Shadow in der Langversion von 1970. Würden Sie bitte darauf achten, dass Sie mit Ihren Schuhen keinen Schmutz in den Wagen einbringen? Ihre Hände sind doch hoffentlich sauber, oder?«

Oh Mann, dieser Typ hatte locker das Zeug dazu, KPD als skurrilste Person der Menschheit mit Ausnahme von Dieter Bohlen zu entthronen. Warum musste ich es immer mit solch seltsamen Gestalten zu tun bekommen? Konnte nicht einmal jemand dabei sein, der so normal und unauffällig wie ich selbst war?

KAPITEL 2
DER GEHEIMNISVOLLE ARMBRUSTSCHÜTZE

Ich stieg in das Luxusgefährt und ärgerte sofort meinen Chauffeur: »Darf ich rauchen?«

Der Spruch ›Da sind ihm die Augäpfel herausgefallen‹ traf es nur unzureichend. Zweiers Stirn sah aus wie grobes Schleifpapier, sein Hals wurde spontan rotfleckig. Bevor er reagieren konnte, ergänzte ich: »Es sind bloß Selbstgedrehte, das krümelt fast überhaupt nicht.« Ich tat, als würde ich meine Hosentasche durchsuchen. »Mist, ich habe die Kippen im Büro liegen lassen.«

Zweier atmete auf. »Meine Bronchien sind sehr anfällig auf Tabakqualm.« Auf seinen mutmaßlich sterilen Wagen ging er nicht ein.

»Kein Problem, ich verlange nicht, dass Sie aus Sympathie mitrauchen.«

Ich überlegte. Vielleicht war die Taktik zielführend, wenn ich mich als notleidender Kettenraucher ausgab. Das könnte meine gemeinsame Zeit mit Zweier minimieren.

»Es ist ein blödes Laster«, entschuldigte ich mich scheinheilig. »Herr Diefenbach hat Ihnen bestimmt erzählt, wie wenig wir zu tun haben. Aus Langeweile habe ich mir das Rauchen angewöhnt. Irgendwas muss man ja den ganzen langen Tag tun. Könnten Sie unterwegs kurz an einem Automaten anhalten?«

Zweier ignorierte diese Bitte, was durchaus in meinem Interesse war. Hätte er tatsächlich angehalten, wäre dies für mich als überzeugter Nichtraucher zum Problem geworden.

Um den zwischenmenschlichen Nervfaktor eine Nuance zu steigern, erklärte ich meinem Fahrer nicht nur an jeder Kreuzung genau den Weg, nein, ich schickte ihn zusätzlich kreuz und quer durch die schmalsten Gassen von Schifferstadt. Als Taxifahrer hätte ich für diese Fahrt zum schätzungsweise drei Luftkilometer entfernten Ziel ein Vermögen verdient.

»Da jetzt scharf links abbiegen.«

Zweier begann abzubiegen, plötzlich bremste er hart. »Da darf ich nicht rein.«

»Oh, das ist eine Einbahnstraße. Das wurde bestimmt erst kürzlich geändert.« Natürlich wusste ich, dass das letzte Stück der Klappengasse schon seit Jahrzehnten eine Einbahnstraße war.

Ohne den kleinsten Kratzer parkten wir schließlich im Adlerhof. Zweier wischte sich mit einem seidenen Tuch, auf dem sein Monogramm eingestickt war, die Stirn ab. »Ich wusste gar nicht, dass Schifferstadt so groß und verwinkelt ist.«

»Wenn Herr Diefenbach Bürgermeister wird, werden wir den Rhein-Pfalz-Kreis und Ludwigshafen eingemeinden. Die Pläne liegen fix und fertig in seinem Schreibtisch.«

Wir stiegen aus und Zweier entfernte die kaum sichtbaren Spuren, die ich beim Schließen der Beifahrertür auf dem Lack hinterlassen hatte. Stumm deutete er auf den Türgriff. Ich ignorierte diesen stillen Hinweis. Das Problem war schließlich so alt wie die Menschheit. Oder zumindest so alt, wie es Türgriffe gab. Jede leidgeplagte Hausfrau konnte ein Lied davon singen, wie schwierig Fingerspuren an Schranktüren und insbesondere an Kühlschranktüren zu entfernen sind. Türgriffe wurden generell nur zum Öffnen von Schränken benutzt, aber so gut wie nie zum Schließen. Das musste wohl ein evolutionstechnisches Problem sein, das erst in ein paar Millionen Jahren gelöst sein wird.

Ich zeigte auf das Obergeschoss des Adler-Gebäudes. »Da oben ist das Heimatmuseum. Dort war ich schon tausendmal. Können wir unser Programm nicht ein wenig abkürzen? Sie sagen mir, was Schifferstadt mit diesen Wittelsbachern zu tun hat, danach fahren wir zurück zur Dienststelle und rauchen eine zusammen. Ich kenne da sogar eine Abkürzung.«

Zweier bemühte sich um ein Lächeln. »Genauso stur, wie Sie mir von Klaus beschrieben wurden. Sie kennen doch die Anweisung Ihres Vorgesetzten, oder?«

Er ließ seine Worte wirken, ehe er fortfuhr. »Schifferstadt war nie kurpfälzisch. Das Dörfel, oder wie es früher offiziell hieß, Klein-Schifferstadt, dagegen schon.«

Ich wusste, dass in früheren Jahrhunderten, zumindest nach der Reformation, in Schifferstadt die Katholiken wohnten, in dem davon unabhängigen Klein-Schifferstadt dagegen die Protestanten. Inzwischen waren die beiden Teile längst zusammengewachsen.

Ich gähnte herzhaft mit offenem Mund, doch es half nicht.

»Klein-Schifferstadt wurde 1331 als Teil der Landvogtei Speyergau an die Pfalzgrafschaft bei Rhein verpfändet und gehörte damit zu der späteren Kurpfalz der Wittelsbacher. Das blieb so bis 1708.«

»Und zwischen den Dörfern lag dann die Grenze«, kommentierte ich lustlos.

»Wenn Sie es so wollen«, entgegnete Zweier. »Die Kurpfalz war damals ein ziemlicher Flickenteppich, da musste man ständig – ah, da vorn kommt gerade Herr Histor, der Museumsleiter. Ich erkenne ihn an der Broschüre, die er als Erkennungszeichen in der Hand hält.«

Wenn jetzt nicht ein Wunder geschah, würde ich die nächsten Stunden im Museum verbringen und meine Gehörgänge zum Märtyrer machen. Das Wunder geschah. Ich war gerade ein paar Schritte gelaufen, als ein höllischer Schmerz meinen linken Arm flutete. Und schon wurde mir schwarz vor Augen.

»Hallo, Herr Palzki!«

Etwas schlug mir leicht auf die Wangen. Es gelang mir, die Augen zu öffnen. Ich blickte geradewegs in die gleißende Sonne, da ich auf dem gepflasterten Weg vor dem Museumseingang lag. Mein Arm schmerzte in einer gigantischen Intensität und auch mein Kopf dröhnte, als wäre ein Was-weiß-ich-wie-viel-Tonner darüber gedonnert. Langsam gelang es mir, die Lage zu sondieren. Über mich beugte sich ein Notarzt, der nicht Metzger mit Nachnamen hieß. Im Hintergrund standen ein Rettungs- und zwei Streifenwagen.

»Na, alles klar?«

Der Fragensteller stand außerhalb meines Blickwinkels hinter mir. Dennoch hatte ich ihn sofort an der Stimme erkannt.

»Bestens«, antwortete ich meinem Kollegen Gerhard. »Mir ist plötzlich schwarz vor den Augen geworden. Muss wohl an der Hitze liegen.«

Längst hatte ich den Verband an meinem linken Unterarm entdeckt, der sich über der schmerzenden Stelle befand.

»Ist das beim Blutabnehmen passiert?«, fragte ich. »Hat das ein Praktikant gemacht?«

»Dr. Metzger war gerade nicht greifbar«, meinte Gerhard trocken und der Notarzt ergänzte: »Ich weiß zwar nicht, wen Sie mit Dr. Metzger meinen, aber auf jeden Fall habe ich Ihnen den Pfeil gleich entfernt. Solange Sie bewusstlos waren, war das unter Schmerzgesichtspunkten das Beste. Außerdem hätte die Spitze vergiftet sein können.«

»Pfeil? Welcher Pfeil?« Ich war mir unsicher, ob ich nicht doch träumte.

Gerhard überzeugte mich, dass meine Überlegung falsch war, indem er mir einen Plastikbeutel vor das Gesicht hob, in dem sich ein fremdartiges Objekt befand. Der Pfeil war aus Holz, etwa 20 Zentimeter lang und hatte eine rotverfärbte Metallspitze.

»Steckte das Ding in meinem Arm?«

Der Arzt nickte. »Haben Sie eine Ahnung, wie das da reinkam?«

Was war das jetzt für eine blöde Frage? Ich wartete eine kurze Schmerzattacke ab, bevor ich antwortete: »Das war nur ein kleiner Selbstversuch für mein neues Tattoo.« Der Arzt blickte dämlich aus der Wäsche und Gerhard lachte. »Mein Kollege ist für seinen seltsamen Humor bekannt. Nehmen Sie ihn nicht zu ernst.«

Aufgebracht mischte ich mich ein. »Woher soll ich wissen, wie das Ding in meinen Arm kommt? Ich bin ausgestiegen, ein paar Schritte gelaufen und dann weiß ich nichts mehr.«

»Ist ja schon gut«, beruhigte mich mein Kollege. »Vermutlich stammt der Pfeil von einer Armbrust. Sagt dir das etwas?«

Ich versuchte, mich aufzusetzen.

»Lassen Sie das lieber sein«, mahnte der Arzt. »Sie sind mit dem Hinterkopf aufs Pflaster gefallen. Das muss in der Klinik genauer untersucht werden.«

Eine Armbrust? Ich hatte noch nie mit solch einer Waffe zu tun. Doch mir fiel etwas Wichtigeres ein. »Sie haben recht, mit meinem Kopf scheint etwas nicht zu stimmen. Die Untersuchung wird bestimmt ein paar Tage dauern, oder? Ein Trauma zeigt sich manchmal erst nach einer Weile.« Mit dieser Finte würde ich meinem ungeliebten Bildungslehrerjob entkommen. Ich lächelte, was mein Kopf mit einer Zunahme der Schmerzen quittierte.

»Palzki! Was haben Sie jetzt schon wieder angestellt?«

In Turbinenlautstärke tönte die Stimme KPDs zu uns, der in 50 Meter Entfernung gerade aus seinem Wagen ausstieg, den er neben dem Rathaus abgestellt hatte.

»Kann man Sie keine fünf Minuten allein lassen?« Er stapfte mit energischen Schritten auf uns zu. »Was machen Sie da unten auf dem Boden? Kommen Sie, kommen Sie, schlafen können Sie daheim.«

Er bückte sich und schnappte sich meinen Arm. Glücklicherweise meinen rechten. Er zog daran und im Affekt setzte ich mich auf. Ich ließ mir spontan noch mal mein Frühstück durch den Kopf gehen: Den Schwall Mageninhalt konnte ich gerade noch in ein Blumenbeet umlenken.

»Haben Sie etwa im Dienst getrunken?« Er blickte zu seinem Spezi Zweier. »Was ist passiert, Ludwig-Wilhelm?«

Zweier war noch blasser geworden, was ich erstaunlich fand. »Ein Unbekannter hat auf Herrn Palzki geschossen.«

»Papperlapapp, das kann nur Zufall gewesen sein«, bewertete KPD die Lage. »Warum sollte man auf Palzki schießen? Da kann es unmöglich ein Motiv geben. Ja, wenn auf mich geschossen wäre, das wäre etwas ganz anderes!« Er schmiss sich arrogant in die Brust.

Gerhard unterbrach ihn. »Vielleicht hatte es der Schütze auf Herrn Zweier abgesehen? Er hatte nach eigener Aussage direkt neben Herrn Palzki gestanden. Und so schlecht, wie der Schütze getroffen hat…«

»Danke Kollege, ich bin ganz froh darüber, dass es kein Scharfschütze war.«

»Ja, ja«, meinte KPD ungeduldig. »Stehen Sie jetzt endlich mal auf.«

Es dauerte eine Weile, bis ich von meiner Sitzposition in den Zweibeinstand gewechselt hatte. Mein Kopf pochte, als hätte man darin eine Schlagbohrmaschine eingeschaltet.

Der Arzt reichte mir eine Tablette. »Ist gegen die Schmerzen. In ein paar Minuten fahren wir Sie ins Krankenhaus.«

KPD drehte sich in Richtung Arzt und blökte diesen an. »Was faseln Sie von Krankenhaus? Meine Untergebenen sind topfit, dafür sorge ich regelmäßig. Wegen dieser kleinen Wunde am Arm geben wir Polizeibeamten bestimmt nicht auf. Solange man nicht tot ist, kann man arbeiten.«

»Ich würde gern meinen Kopf untersuchen lassen, Herr Diefenbach.«

KPD ließ seine Nasenflügel vibrieren. »Kopf? Was soll das jetzt schon wieder?« Er trat näher und betrachtete meinen Hinterkopf. »Da hängt alles voller Sand, Palzki. Waschen Sie sich eigentlich regelmäßig die Haare?«

Unglaublich, was sich da gerade abspielte. Ich war gerade so dem Tod entronnen und mein Vorgesetzter tat so, als hätte ich einen Schnakenstich.

»Kommen Sie morgen früh bei Dienstantritt kurz in mein Büro, Palzki. Ich glaube, ich muss Sie regelmäßiger kontrollieren. Weiß Ihre Frau, dass Sie es mit der Hygiene nicht so genau nehmen?«

Ich wollte gerade erbost reagieren, doch er fiel mir ins Wort. »Ist ja jetzt egal, machen Sie Ihr Programm mit Herrn Zweier weiter wie vereinbart.« Zu seinem Freund flüsterte er: »Halt den Ball flach, du weißt, was ich dir alles über Palzki erzählt habe.«

Er rollte mit den Augen, was ziemlich doof aussah, dann drehte er sich um und ging zu seinem Wagen. Die Posse war zu Ende.

»Was war das?«, fragte der Arzt, der fast die ganze Zeit mit offenem Mund daneben gestanden hatte.

»Keine Ahnung, was Sie meinen«, antwortete ich. »War da eben jemand?«

Da es mit meinem Kreislauf noch nicht zum Besten stand, setzte ich mich auf die Steinumrandung einer Blumenrabatte. Der Notarzt gab mir einen blauen Kühlbeutel für den Hinterkopf.

Nun wurde es noch schräger. Aber es hatte sich tatsächlich so abgespielt, da gibt es nichts zu beschönigen.

Ein nicht zuordenbar, aber offensichtlich humanoides Wesen schlurfte in den Bereich des Adlerhofes, der zum Großteil als Parkplatz ausgebaut war. Das Wesen schob einen Rollator vor sich her, auf dessen Sitzfläche ein Kasten Exportbier verankert war. Den Typ hatte ich aufgrund seiner Einmaligkeit auf dieser Welt sofort erkannt. Sein extrem wucherndes und ungepflegtes Barthaar ging nahtlos in die ebenso wilde Kopfbehaarung über, die erst tief über seinen Schultern endete. Von seiner Gesichtspartie war nichts, aber auch absolut nichts zu erkennen. Keine Ahnung, wie er seine Umwelt optisch wahrnahm. Vor gut einem Jahr hatte ich ihn Waldschrat getauft, als er mir bei meinen Recherchen zu einem toten Erntehelfer über den Weg lief. Auch bei den Ermittlungen des Serienmörders in der S-Bahn an Fasnacht machte ich seine Bekanntschaft. Nicht genug, war neben der Erscheinung sein Dialekt das Herbste, was man sich vorstellen konnte, vom Sächsischen mal abgesehen. Und schon legte er los, als er mich erkannte. Sein Goldzahn blitzte durch den haarigen Dschungel.

»Oh, servus, du bischt doch de Bolizischt wu blos Pilsbier sauft, odär? Wie siehschten du aus? Gans dreckisch, bischt higfalle? Des kummt defu, wenn ma schunn morjens afangt zu saufe.«

Er griff in den etwa halbleeren Kasten und reichte mir eine Flasche Export.

Ich winkte ab. »Ich trinke nur Pilsener.«

»Des haw ich domols an Fasnacht in de Bahofskneip schunn mitkriggt. Ich hab awer nix anneres. Warum is do alles voller Bulle? Laaft mol widder ähn Deifel Amok? Oder hot des was mit derre Armbrust zu due, wu der Kerl do vorhin rumgetrage hot?«

Der Waldschrat schob seinen Rollator näher zu mir und setzte sich neben mich auf die Steinmauer.

»Sie haben eine Person mit einer Armbrust gesehen?«

Der Waldschrat nahm einen Schluck aus der Flasche und rülpste dermaßen laut, dass er damit die gerade läutenden Glocken der nicht weit entfernten St. Jakobus-Kirche übertönte. Der sich verbreitende Geruch leerte meinen Magen vollends.

»Eijo«, begann er schließlich. »Der Kerl hot ausgesehe, als wär er nimmi gans sauwer. Der iss do in alte Klamotte rumgeloffe.« Er machte eine Wischbewegung vor seinem Gesicht.

»Was meinen Sie mit alten Kleidern?« Diese Frage kam von Zweier. Der Waldschrat schaute kurz zu ihm, dann zu mir. »Ghert der zu dir? Iss des a ähn Bulle?«

Ich nickte, auch wenn es nicht stimmte.

»Ich meen so richtisch alte Kleeder, wie aussem Museum halt.«

»Sie wissen, was ein Museum ist?« Mist, die Frage war mir spontan herausgerutscht. Hoffentlich sah er sie nicht als Beleidigung an.

»A her ämol, ich war johrelang in Ludwigshafe Stammgast im Biermuseum. Bis es halt zugemacht hot.«

Ich wusste, dass das Biermuseum kein Museum war, sondern eine Kneipe, in der es über 100 Sorten Bier aus aller Welt gab.

»Haben Sie gesehen, wie er mit der Armbrust schoss?«

Die Vorderseite des Haar-Dschungels schaute links am Adlergebäude vorbei zur Kirchenstraße. Ein kleiner Streifen Büsche trennte die Straße vom Parkplatz des Hofes. Mit der Flasche in der Hand zeigte er in diese Richtung.

»Do driwwe war er gstanne, direkt hinner dem große Busch. Ich hab gsehe, wie er die Armbruscht in ähn Beitel gsteckt hot. Dann iss er fortgerennt.«

»Haben Sie gesehen, wo er hingerannt ist? Wie hat er ausgesehen?«

»Ihr Bulle wollen es awer a immer ganz genau wisse. Der hot ganz normal ausgsehe, ah wenn er nimmi normal war mit seine Kleeder. Der ist do vorne um die Eck gerennt, wus zum Caravella geht. Vielleicht iss er was esse gange?«

Da war ich anderer Meinung. Der Name Caravella aktivierte allerdings meine Magensäure. Zusammen mit einem leeren Magen war das fatal. Mein Magen knurrte und das nicht gerade leise.

»Trink halt doch mol ä Export«, forderte mich der Waldschrat auf. »Des helft mer a immer, wenn ich Hunger hab.«

Im Augenwinkel hatte ich beobachtet, wie Gerhard zwei Streifenbeamte zu dem Busch beorderte. Viel mehr Informationen würden wir nicht von ihm erfahren.

Gerhard hatte noch eine Frage: »Wo haben Sie eigentlich Ihren schönen Schäferhund?«

»Mein Zeus? Der hot heit deheem bleiwe misse, ich muss uffs Rothaus niwwer. Do gibt's ä paar, die hän Angst vor meim liewe Zeus. Bloß weil ich mei Hundl ämol im Rothaus rumrenne hab losse.« Er zeigte auf seinen Rollator. »Seit die Bahofskneip mit de Preise so uffgschlage hot, geh ich nur noch zwee mol am Tag hi. Fer de Rest vum Tag laaf ich mit meim Export-Porsche rum. De Kaschte Bier langt grad fer bis zum Rothaus unn widder zurick.«

Im Hintergrund sah ich Zweier, wie er sich angeregt mit Histor, dem Leiter des Museums, unterhielt. Unter allen Umständen musste ich verhindern, dass ich mir heute noch das Museum anschauen musste.

Der Waldschrat stand auf und verabschiedete sich: »Wenn noch was is, du weschst jo, wu ich wohn. Falls ich net deheem bin, de Schlissel liggt immer unner de Fusmatt. Dann kannscht der gern ä Bier aussem Kihlschrank hole, bis ich widder zurick bin.«

Gerhard und ein Streifenbeamter hatten sich schon vor Minuten abgewandt, weil sie sich vor Lachen beinahe einnässten.

Nun kam der Arzt zu mir und wischte im Reflex mit der Hand die Luft zur Seite. »Boah, stinkts hier. Was ist, Herr Palzki, wollen Sie jetzt mit ins Krankenhaus? Wir haben nicht ewig Zeit.«

Da die Tablette inzwischen halbwegs wirkte und ich wieder von meiner Unsterblichkeit überzeugt war, winkte ich ab. »Lassen Sie mal. Ich fahr noch kurz ins Büro, dann mach ich Feierabend. Bis morgen geht's bestimmt wieder besser.«

»Wie Sie meinen«, antwortete er. »Überprüfen Sie bitte dringend zu Hause anhand Ihres Impfpasses den Tetanusschutz. Gerade Männer in Ihrem Alter sind da meist sehr nachlässig.«

Ich nickte. Zufällig wusste ich, dass dieser gerade kürzlich nach dem Attentat auf mich im Ludwigshafener Pfalzbau aufgefrischt worden war.

Meine ersten Gehversuche verliefen in einigermaßen geordneten Bahnen. Mein Unterarm war etwas lahm, was ich auf den dicken Verband schob. Ich entdeckte einen Streifenbeamten, der gelangweilt an der Hauswand lehnte und rauchte. Einem spontanen Gedankenblitz folgend, ging ich zu ihm und verwickelte ihn in ein kurzes Gespräch. Zum Schluss gab ich ihm einen Geldschein.

»Was war das?«, fragte mich Gerhard, als ich lächelnd zurückkam. »Kleiner Bestechungsversuch?«

Ich grinste so breit ich konnte. »Lebensverlängernde Maßnahmen, sonst nichts.«

Da mein Kollege einiges von mir gewohnt war, hakte er nicht nach. Ich ging zu Zweier, der nach wie vor mit dem Museumsleiter diskutierte.

»Ich hoffe, Sie sehen ein, dass ich heute nicht mehr weiter arbeiten kann.«

Zweier nickte. »Natürlich, ganz klar, Klaus hat vorhin die Situation missverstanden. Gehen Sie heim und ruhen Sie sich aus. Wann können wir weitermachen, was denken Sie?«

Fast wäre ich in Versuchung geraten, ihm unrealistische 30 bis 40 Jahre zu nennen, doch das wäre nicht zielführend gewesen.

»Morgen früh geht's weiter. Was unternehmen wir dann zusammen?«

Herr Histor meldete sich. »Morgen kann ich Ihnen leider das Museum nicht zeigen.«

Zweier hatte die Idee, die uns alle zufriedenstellte. »In Anbetracht der Lage, lasse ich mir jetzt von Herrn Histor das Museum zeigen und werde für uns die wichtigen Sachen fotografieren. Dann können wir morgen mit einer Theoriestunde auf der Dienststelle beginnen.«

»So machen wir es«, sagte ich erleichtert. »Finden Sie allein zurück? Wo müssen Sie überhaupt hin?«

»Ich werde das Navi bemühen. Übrigens, das habe ich Ihnen noch nicht gesagt, Herr Palzki. Ich arbeite bei der SSG, dahinter steht die Verwaltung der Staatlichen Schlösser und Gärten Baden-Württemberg. Wir kümmern uns unter anderem um die bald beginnende Wittelsbacher Ausstellung. Normalerweise arbeite ich in der

Zentrale in Bruchsal, doch im Moment habe ich in Speyer ein Zimmer angemietet, um näher in der Region zu sein. Die rem-Museen und das Mannheimer Barockschloss sind wichtige Orte der Ausstellung. Da muss ich regelmäßig vor Ort sein.«

Ich schöpfte Hoffnung. »Da kommt Ihnen doch bestimmt die Idee von Herrn Diefenbach sehr ungelegen, oder? Sie haben sicher massig viel zu tun. Und vor allem Wichtigeres, als mit einem einfachen Polizeibeamten wie mir auf Museumstour zu gehen.«

»Darüber habe ich mit Klaus natürlich gesprochen. Irgendwie packen wir das aber schon. Wenn ich beruflich in Mannheim bin, kann ich Sie einfach mitnehmen, das ist fast keine Mehrbelastung für mich. Das mit dem Schifferstadter Heimatmuseum war nur als kleiner Einstieg gedacht. Außerdem tut mir die Auffrischung der historischen Daten gut. Manche Jahreszahlen sind mir nicht mehr so präsent.«

»Oh, da kann ich Ihnen helfen. Ich kann alle Jahreszahlen von eins bis 2013 auswendig.«

Histor lachte, Zweier verzog als inzwischen sattsam bekannte Spaßbremse keine Miene.

»Dann viel Spaß im Museum«, leitete ich die Verabschiedung ein. »In Schifferstadt steht übrigens das Original des Goldenen Huts. Das darf aber niemand wissen.«

Der Museumsleiter sah überrascht aus. »Woher wissen Sie das? Das ist doch streng geheim!«

Ich hob meine Mundwinkel an. »Erfahrung, meine Herren. Genauso, wie die Hinweistafel am Fundort nicht an der richtigen Stelle steht. Die neue ICE-Neubautrasse ist an dieser kleinen Änderung schuld. Auch das darf die Bevölkerung niemals erfahren.«

Während ich in Gerhards Wagen stieg, fuhr der Notarztwagen mit Sondersignal davon. Wahrscheinlich war irgendwo etwas passiert.

»Hast du gesehen, wie der Pfeil in meinem Arm steckte?«, fragte ich meinen Kollegen auf der Rückfahrt.

»Nur eine oberflächliche Fleischwunde«, antwortete dieser kurz und knapp. »Du hattest großes Glück. Hast du den Schützen wirklich nicht gesehen?«

»Du bist gut. Ich hatte mein Gehirn längst auf Sparflamme gestellt. Da schau ich mir doch nicht auch noch die Botanik an. Ich gehe sowieso davon aus, dass der Pfeil für KPDs Kumpel gemünzt war. Ein Typ in musealer Kleidung und eine Armbrust, das passt irgendwie zu einem Kunsthistoriker, was meinst du?«

Gerhard nickte. »Wir werden seine Daten mal durch den Computer jagen. Aber ohne dass es KPD bemerkt.«

»Was machst *du* hier, Reiner?« Jutta war erstaunt, als wir in ihr Büro eintraten.

»Hat sich die wilde Schießerei im Adlerhof noch nicht herumgesprochen?« Ich setzte mich an den Besprechungstisch und stürzte mich auf die offene Keksdose. Mein Kopfweh war verschwunden, nur der Arm tat nach wie vor weh. Doch für mich als Rechtshänder waren die Kekse kein Problem.

»Selbstverständlich. KPD kam vorhin hereingestürzt und schlug beide Hände über dem Kopf zusammen. Stellen Sie sich mal vor, Frau Wagner, was Palzki wieder angestellt hat. Lässt sich einfach von einem Fremden einen Pfeil in den Arm schießen. Und wie er ausgesehen hat! Können Sie bitte als Frau mal darauf einwirken, dass Ihr Kollege regelmäßig auf seine Körperhygiene achtet?«

»Das hat er zu dir gesagt?«

»Wortwörtlich. Und dass er dir die Leviten gelesen hat, weil du im Dienst Alkohol getrunken und dich zum Schlafen auf einen öffentlichen Platz gelegt hast.«

»Der spinnt doch.«

»Klar, das wissen wir schon lang. Jetzt erzähl mal, was wirklich passiert ist.«

Die rothaarige Jutta Wagner war bei uns sehr beliebt. Sitzungen leitete sie effizienter als jeder männliche Kollege. Wiederholungen wurden von ihr sofort geblockt.

Im Schnelldurchgang berichtete ich ihr das gerade Erlebte. Wie zum Zeichen, dass ich fertig war, klopfte es an der Tür. Ein Beamter trat ein und hielt eine Plastiktüte in der Hand.

»Wir haben da was gefunden, das ich euch zeigen soll, bevor es ins Labor geht. Habt ihr so etwas schon mal gesehen?«

Er legte die versiegelte Tüte auf den Tisch. Wir schauten auf den rostigen Gegenstand. Es handelte sich um einen jahrhundertealten Buntbartschlüssel in 5-XL.

»Was kann man damit aufsperren?«, fragte ich, ohne eine Antwort zu erwarten. »Der muss für ein gigantisches Tor sein.« Ich hob den Fund hoch. »Das Stück wiegt bestimmt ein Kilo.«

»Kilogramm«, sagte Gerhard.

»Was?«, fragte ich zurück.

»Es heißt Kilogramm«, klärte mich mein Kollege auf. »Kilo ist nur die Abkürzung für 1000 und hat erstmal nichts mit einer Gewichtsangabe zu tun.«

»Mit deiner Klugscheißerei bringst du mich ganz aus dem Konzept. Den Schlüssel muss der Schütze verloren haben. Alte Kleider und ein alter Schlüssel.«

»Vielleicht ein Zeitreisender?«, fragte Gerhard.

»Das ist hier kein Science-Fiction-Roman. Es liegt doch auf der Hand, dass die Geschichte mit diesem Zweier zu tun hat. Jutta, würdest du ihn nachher mal gründlich checken? Wo ist eigentlich Jürgen?«

Jürgen, unser Jungkollege, der noch bei seiner Mutter wohnte, gehörte zu unserem Team. Er war ein Experte für Internetrecherchen. Was er nicht fand, das gab es nicht. Hinzu kam, dass er auf die einige Jahre ältere Jutta stand, aber jedes Mal, wenn er ihr imponieren wollte, in ein riesiges Fettnäpfchen trat.

»Der hat heute frei«, sagte Jutta mit einem frechen Grinsen im Gesicht. »Seine Mama hat Geburtstag und da muss er mit ihren Gästen ›Bingo‹ und ›Elfer Raus‹ spielen.«

Unterdessen schaute ich mir den Schlüssel im Detail an.

»He, schaut euch das mal an. Da sind zwei Buchstaben drauf.«

Gerhard zog mir das Stück aus der Hand und ging zum Fenster. »Das sind eindeutig ein ›C‹ und ein ›T‹. Was könnte das nur bedeuten?«

»Computertomografie«, antwortete ich vorschnell, da Stefanie während ihrer kürzlich zu Ende gegangenen Schwangerschaft mehrfach damit zu tun hatte.

»Genau«, sagte Jutta. »Mit dem Schlüssel schaltet man den Computer ein.«

»Hast du eine bessere Idee?«, entgegnete ich beleidigt.

Gerhard fragte den Beamten, der den Fund gebracht hatte: »Wurden auf dem Pfeil auch Buchstaben gefunden?«

Der Angesprochene schüttelte den Kopf. »Wir haben einen Kollegen, der im Sportverein Armbrust schießt. Er meinte, dass das Stück durchaus 200 Jahre alt sein könnte.«

Ich gab ihm die Tüte mit dem Schlüssel. »Dann ab mit dem Schlüssel ins Labor. Und die Ergebnisse bitte an Jutta Wagner. Keinesfalls an KPD.«

»Ist schon klar«, antwortete dieser verschmitzt.

»Und was machen wir jetzt?«, fragte ich in die Runde, als der Kollege verschwunden war.

»Auf jeden Fall keine Kekse mehr essen«, argumentierte Jutta bissig. »Du hast die ganze Dose leergefuttert.«

»Da waren nur noch ein paar drin, höchstens 200 Kalorien«, verteidigte ich mich.

»Kilokalorien«, fuhr mir Gerhard ins Wort.

»Hä?«

»Du meinst Kilokalorien, Reiner. Genaugenommen müssten es Kilojoule sein.«

»Noch mal Klugscheißer. Egal ob Kalorien oder Joule, ich hab Hunger.«

»Dann habe ich einen tollen Vorschlag«, säuselte Jutta. »Du machst aufgrund deiner Verletzung für heute Feierabend und lässt dir zu Hause eine schöne Gemüsesuppe machen.«

Ich verzog mein Gesicht zu einer Grimasse. »Deine Vorschläge waren auch mal brauchbarer.«

Dennoch stand ich auf. Grundsätzlich hatte sie recht. »Wenn die Ergebnisse aus dem Labor vorliegen, reden wir erstmal im kleinen Kreis darüber. Dieser Ludwig-Dingsbums Zweier muss nicht alles wissen. Wahrscheinlich müssen wir sogar wegen ihm ermitteln. Stellt euch mal vor, der

Schütze hätte ihn heute tödlich getroffen. KPD hätte mir sofort eine Mordanklage auf den Hals gehetzt.«

Gerhard ergänzte: »Stell dir lieber nicht vor, dass der Schütze auch dich hätte tödlich treffen können.«

Ich verabschiedete mich von Gerhard und Jutta, ohne zu wissen, dass mir die eigentlichen Probleme noch bevorstanden.

KAPITEL 3
EINE PERSÖNLICHE NOTLAGE

Voller Erwartung schloss ich zu Hause auf. Sofort würde wie üblich mein 9-jähriger Sohn Paul wie ein Torpedo angeflogen kommen. Doch nichts geschah. Es blieb alles ruhig. Verdammt ruhig. Irgendetwas stimmte nicht. Dass man von Melanie nichts hörte, war normal. Meist saß sie in ihrem Zimmer vor dem Computer und hörte mit dem Kopfhörer seltsame Musik. Doch wo war Stefanie? Und vor allem unsere vor wenigen Wochen geborenen Zwillinge Lisa und Lars? Es war noch nie der Fall, dass beide gleichzeitig schliefen, als ich heimkam. Hatten sie endlich den Tag- und Nachtrhythmus gefunden, den wir so sehr herbeisehnten? Das wäre mal eine tolle Nachricht. Dennoch, mein Bauch sagte mir, dass an der Sache etwas faul war. Möglichst leise stellte ich meine Tasche ab und schlich ins Wohnzimmer: leer. Ein Blick in die angrenzende Küche endete mit dem gleichen Resultat. Schlafzimmer und Kinderzimmer im Erdgeschoss waren ebenso verlassen. Panik stieg in mir hoch, ich rannte die Treppe ins Obergeschoss und riss die Türen von Melanies und Pauls Kinderzimmer auf. Vergebens. Nun setzte ich auf meine kraftvolle Stimme und rief nach dem Rest meiner Familie. Ich erhielt keine Antwort.

Es klingelte an der Tür. Fast segelte ich die Treppe hinunter, so eilig hatte ich es, die Eingangstür zu öffnen. Es standen keine Polizeibeamten vor mir, die die traurige Pflicht hatten, eine schlimme Nachricht zu übermitteln. Es war nur Frau Ackermann, unsere Nachbarin. Was heißt nur? Frau Ackermann beziehungsweise ihre Stimme konnte man sich als Tonbandgerät vorstellen, wenn man den Motor der Bandspule gegen eine Bohrmaschine austauschen würde. Ein Ungeübter würde ihre Sprache als babylonisch deuten. Als Nachbar wusste ich es besser: Es war die ungeheure Redegeschwindigkeit, gegen die Dieter Thomas Heck wie ein einschläfernder Rumstotterer wirkte. Und schon begann mir das Blut aus den Ohren zu laufen:

»Hallo, Herr Palzki«, begann sie die Schlacht um mein Gehör. »Sie wissen bestimmt schon Bescheid. Das ist alles ein bisschen schnell gegangen heute und Ihr Handy war ausgeschaltet. Ja ja, mein Mann hat neuerdings auch so ein Ding. Ich weiß auch nicht, wen er da anrufen will. Mein Mann hat doch keinen einzigen Freund mehr. Ist auch kein Wunder, der liegt den ganzen Tag faul auf der Couch und glotzt Fernsehen. Jetzt will er sich sogar einen zweiten aufs Klo stellen. Direkt auf die Waschmaschine, stellen Sie sich das mal vor, Herr Palzki. Wenn er sich wenigstens mal nützlich machen würde, aber der kann ja nichts. Außer Rasenmähen jeden zweiten Tag. Und meine Wohnung sieht danach aus wie eine Katastrophe, weil er zu faul ist, den Grasfangkorb dranzuhängen. Und die Inflation frisst seine ganze Rente auf. Ach, Rente. Er ist Frührentner. Wenn ich das damals gewusst hätte, hätte ich seinen Freund geheiratet. Der ist Lehrer geworden und hat jede Menge Ferien. Jetzt ist er oft krank und hat noch viel mehr Ferien, fast so wie mein Mann. Nur dass er dabei kräftig verdient. Rasen mähen tut er auch nicht, das macht ein Lehrer nicht, hat er mir mal erzählt, als ich ihn beim Einkaufen getroffen habe. Ich glaube, ich hatte damals die Butter vergessen, als ich ihn getroffen habe. Oder war es das Klopapier? Na ja, ist nicht so wichtig, oder? Wenn doch, müsste ich noch mal drüber nachdenken. Soll Paul bei uns übernachten oder bringen Sie ihn morgen früh wieder?«

Ich hatte den Namen meines Sohnes vernommen. Mir gelang es, ihren Redeschwall zu unterbrechen.

»Paul, was ist mit ihm? Was ist mit Stefanie und den Kindern?«

Frau Ackermann schaute verdutzt. Es könnte das erste Mal in ihrem Leben gewesen sein.

»Das wissen Sie nicht? Ihre Frau hat doch eine Nachricht auf den Tisch gelegt.«

Ich ließ meine Nachbarin vor der Tür stehen und sauste ins Wohnzimmer. Tatsächlich, da lag ein großer Zettel.

›Lieber Reiner,

leider konnte ich dich nicht über dein Handy erreichen. Auf der Dienststelle haben sie mir gesagt, du wärst gerade in einem wichtigen Einsatz. Ich war heute mit Lisa beim Kinderarzt wegen ihres entzündeten Nabels. Er meinte, ich sollte zur Sicherheit mit ihr über Nacht zur Beobachtung ins Krankenhaus. Aber krieg bitte keine Panik, es ist nur eine Vorsichtsmaßnahme. Lars habe ich auch mitgenommen, wegen des Stillens. Paul ist bei Ackermanns, hol ihn bitte dort ab. Morgen früh kann er wieder rüber, das habe ich mit Frau Ackermann so verabredet. Melanie ist bei einer Freundin, um sie brauchst du dich nicht zu kümmern. Außerdem sind Sommerferien. Wenn du zu Hause bist, ruf mich bitte auf meinem Handy an.

Liebe Grüße Stefanie.‹

Hätte ich die Nachricht früher gefunden, wären mir ein paar Minuten Aufregung erspart geblieben. Ich musste Stefanie anrufen, doch zunächst war es wichtig, meinen Sohn aus den Klauen der Nachbarn zu retten. Dies blieb mir erspart. Todesmutig war ich gerade wieder dabei, zu unserer Nachbarin an die Eingangstür zu gehen, da kam Paul vom Nachbarhaus angerannt.

»Hallo, Papa, heute Abend sind wir ganz allein. Ist das nicht geil? Was für einen Film schauen wir uns an?«

Frau Ackermann öffnete für den nächsten verbalen Angriff den Mund, doch ich kam ihr zuvor.

»Vielen Dank für Ihre Hilfe. Ich muss mich jetzt um meinen Sohn kümmern.« In einer etwas unverschämten Art und Weise schloss ich knapp vor ihrer Nase die Eingangstür.

»Alles klar, Paul?«, fragte ich und erkundigte mich weiter: »Hat Frau Ackermann viel mit dir geredet?«

»Ach kaum«, antwortete er. »Ich war die ganze Zeit bei Herrn Ackermann. Der hat mir mal ein paar coole Sachen erzählt.«

Ich beschloss, den letzten Satz zumindest heute überhört zu haben.

»Ich rufe kurz Mama an, dann machen wir was zu essen.«

»Ach nee«, maulte Paul. »Ich hab extra drüben nichts gegessen, weil ich dachte, wir fahren bestimmt zum Caravella.«

»Du denkst zu oft an Fastfood«, mahnte ich. »Lass mich jetzt erst mal telefonieren.«

Eine Viertelstunde später war ich beruhigt. Lisa, Lars und Stefanie ging es gut. Die Betreuung im Krankenhaus wäre hervorragend, sagte sie. Bis morgen Nachmittag dürften sie wahrscheinlich wieder heim. Nur eine Kleinigkeit störte die Harmonie: Stefanie hatte vor dem Arztbesuch die Zutaten für eine vegetarische Pizza eingekauft. Und da man diese frisch genießen soll, bat sie mich, diese zu backen. ›Das kriegst du schon hin, Reiner‹, sagte sie. ›Ich habe dir das Rezept auf den Küchentisch gelegt.‹

Und da lag es. Jetzt wäre es einfach gewesen, einen Pizzaboden mit allem Möglichen wie Salami und Schinken zu belegen. Blöd, dass gerade diese schmackhaften Zutaten nicht im Haus waren, außerdem musste auch der Pizzaboden selbst gemacht werden.

Es ging fast alles glatt. Paul half eifrig mit. Er erklärte sich sogar bereit, bei den Nachbarn den unabdingbaren Wurstbelag zu schnorren. Als wir am Essenstisch saßen, meinte Paul: »Du Papa, die Pizza ist schön dick geworden.« Nachdenklich blickte er auf den Pizzaboden, der etwa die Dicke von drei aufeinandergelegten Butterkeksen hatte. »Sie ist auch etwas krümlig und hart.«

Mein Sohn hatte recht. Der Pizzaboden hatte nicht nur die Dicke von drei Butterkeksen, sondern auch deren Konsistenz. Ein Blick auf das Rezept und ich erkannte den Fehler. Nur eine winzige Kleinigkeit hatte ich vergessen: die Hefe.

Paul war wie ich Pragmatiker. Er winkte bereits mit der Liste des Imbiss Caravella. »Bestell noch ein paar Packungen Pommes dazu für den Nachtisch«, meinte er. »Und ne Buddel Cola.«

Alles in allem war es ein gemütlicher Abend. Die hinterlassene Sauerei in der Küche würde ich morgen aufräumen, oder so.

Mit Paul lag ich auf der Couch und machte etwas, was ich schon länger nicht mehr getan hatte: Ich schaute Fernsehen. Doch so sehr ich auch durch die Kanäle zappte, das Programm war grausam trivial. Selbst die Krimis, die ich mir ausschnittsweise anschaute, als Paul bereits schlief, waren nicht mehr das, was sie mal waren. Mit ihren schnellen Schnitten und den hektischen Kamerabewegungen waren sie kein Genuss, sondern reine optische Folter. Und der Schluss war seit 50 Jahren fast immer gleich: Entweder wollte der Täter von einem Gebäude springen oder ein Polizist drückte in der Schlusssequenz mit der Hand auf den Kopf des überführten Verbrechers, damit er in den Polizeiwagen stieg.

Ich beschloss, meine Fernsehschaukarriere gleich wieder zu beenden. Für solchen Unfug war mir meine Lebenszeit zu schade.

Tapfer wie ich war, wechselte ich mir allein den Verband. Es war tatsächlich nur eine etwas größere Fleischwunde, die immer noch unangenehm brannte. Zusammen mit dem leichten Kopfweh war eine Schmerztablette angesagt, die auch tatsächlich half. Da ich todmüde war, beschloss ich, die Spuren meines Verbandswechsels morgen aufzuräumen. Im Bad störte das niemanden.

Als Paul gegen sieben Uhr die obligatorische Bauchlandung auf meiner vollen Blase machte, benötigte ich ein paar Sekunden, um das Fehlen meiner Ehefrau im Bett zu rekonstruieren.

»Was gibt's zum Frühstück?«, hetzte Paul. »Ich hab einen Riesenhunger. Die Pommes waren viel zu wenig.«

Die Möglichkeiten eines gefälligen Buffets waren sehr begrenzt. Paul motzte: »Das ist das Gleiche wie jeden Morgen. Ich habe keinen Hunger.«

Deeskalierend fragte ich ihn nach seiner Tagesplanung. »Bleibst du den ganzen Tag bei Ackermanns oder hast du andere Pläne?«

»Mensch Papa«, erwiderte Paul. »Ich habe Ferien. Nach dem Frühstück bei Ackermanns gehe ich zu meinem Freund Michael. Wir haben da was Tolles entdeckt.«

Meine Nachfrage bezüglich der Entdeckung ergab keine konkreten Ergebnisse. Er lenkte mit einer anderen Sache ab, ganz wie der Papa.

»Herr Ackermann hat mir gestern erzählt, was er so alles als Kind angestellt hat. Der hat echt voll die guten Ideen. Fährst du mich am Samstag in den Baumarkt, Papa? Ich brauche eine Stange Kitt.«

»Kitt? Was willst du denn damit reparieren?«

»Reparieren? Spinnst du, Papa? Herr Ackermann meinte, damit kann man Türklingeln richtig fest ankleben. Besonders klasse ist das, wenn die Klingel an einem Tor an der Straße ist und das Haus ganz weit entfernt hinter einem langen Vorgarten steht.«

Ich atmete dreimal tief durch. Paul war noch nicht strafmündig. Ich schätzte, dass man an seinem 14. Geburtstag sämtliche Spezialeinsatzkräfte von Rheinland-Pfalz vor unserem Haus zusammenzieht.

Ich musste eingreifen, das konnte ich als Beamter und Vater schließlich nicht gutheißen. Zumal ich von den anderen Ideen noch nichts wusste. Schneller, als ich denken konnte, beschloss ich, meinen Sohn mitzunehmen. Um Ausreden war ich noch nie verlegen. Irgendetwas würde mir bestimmt einfallen, um heute den ganzen Tag im Büro bleiben zu können.

»Du kommst mit mir.«

Paul schaute mich mit großen Augen an. »Fangen wir ein paar Verbrecher?«

Ich schüttelte den Kopf. »Nein, ich verhindere damit ein paar Verbrechen.«

Während wir uns fertig machten, sah ich im Wohnzimmer die zerstreuten Kleider von ihm liegen, die er gestern beim Schlafengehen ›verloren‹ hatte. Da wir zeitlich etwas knapp waren, beschloss ich, sie nach Feierabend wegzuräumen.

»Was gibt's bei dir im Büro zum Frühstück?«, meinte Paul, als wir losfuhren.

»Trockenes Brot in der Ausnüchterungszelle«, ärgerte ich ihn.

»Isst du das jeden Tag auf der Arbeit?«, fragte er naiv.

Gerhard und Jutta blickten verstört, als ich mit meinem Sohn in das Büro meiner Kollegin trat.

»Ist was mit Stefanie passiert?«

Ich klärte sie über die Umstände auf. Jungkollege Jürgen, der heute wieder anwesend war, meinte zu Paul: »Soll ich dir nachher im Dachboden unsere neue Kegelbahn zeigen?«

Paul freute sich und ich fragte: »Wir haben eine Kegelbahn?«

Jürgen strahlte. »Seit letzter Woche. Ein paar Kollegen haben eine kleine Bahn improvisiert. KPD kommt sowieso nie hoch in den Speicher.«

Wir nahmen am Besprechungstisch Platz. Paul setzte sich ohne zu fragen an Juttas Schreibtisch. Kurz darauf hörten wir diverse Schussgeräusche.

Gerhard lachte laut auf. »Die versteckten Computerspiele hat Paul aber schnell gefunden.«

»Ich habe Spiele auf meinem Computer?«, fragte Jutta verdattert. »Sind die wenigstens jugendfrei?«

»Jetzt hab ich dem schleimigen Monster die Rübe abgeballert«, gab Paul von sich und beantwortete damit Juttas Frage.

Jutta sagte mehr zu sich selbst: »Hoffentlich geht das gut.« Laut sagte sie: »Es gibt neue Erkenntnisse zu gestern.«

Sie öffnete einen roten Aktendeckel und entnahm zwei Fotos. Sie zeigten den Armbrustpfeil und den Schlüssel.

»Das sind einwandfrei billigst hergestellte Kopien.«

»Dann hätte der Pfeil gar nicht tödlich sein können!«, warf ich ein.

»Oh doch«, parierte Jutta. »Die Spitze ist messerscharf. Dein Glück war wahrscheinlich, dass der Schaft eine kleine Unwucht hat. Dadurch wurde seine Flugbahn ungünstig verändert.«

»Danke, liebe Exkollegin. Ich denke immer noch, dass der Pfeil für diesen Zweier gedacht war. Weiß er schon Bescheid?«

»So weit kommt es noch. Seine Weste ist übrigens alles andere als blütenweiß. Kleinere Betrügereien, Amtsanmaßung usw.«

»Also nur das Übliche für jemand in seiner Position.«

Meine Kollegen lachten.

»Hat man die Buchstaben zuordnen können?«, fragte ich.

»Aber sicher doch. Sie haben nichts mit Computer zu tun, aber das dürfte wohl klar gewesen sein.«

»Nun sag schon endlich.«

»Carl Theodor.«

»Carl Theodor?«, wiederholte ich und summte: »Der Theodor, der Theodor, der steht bei uns im Fußballtor.«

Die fragenden Gesichter beantwortete ich mit: »Das war von Theo Lingen.«

»Unser Theodor ist schon etwas älter«, meinte Jutta. »18. Jahrhundert, um genau zu sein.«

Schon wieder Geschichte, dachte ich und sagte nichts.

»Carl Theodor war Kurfürst der Kurpfalz und von Bayern«, las Jutta von einem Blatt ab. »Während seiner Regierungszeit wurde der Bau des Mannheimer Barockschlosses vollendet.«

Vom Mannheimer Schloss wusste ich nur, dass es eines der größten Europas ist und neben einem Museum die Universität beherbergte.

»Was soll uns das jetzt sagen, liebe Jutta?«

»Ich hab nur die Fakten zusammengetragen, Reiner. Das Original des Schlüssels liegt in einem Museum in Bruchsal. Ursprünglich passte er zum Rittersaal, das wurde inzwischen festgestellt. Und …«

»Morgen!«

KPD stand brustausstreckend in der Türfüllung und schaute in unsere Richtung. Den kleinen Paul hinter dem Schreibtisch nahm er nicht wahr. Jutta klappte unauffällig die Mappe zu.

Unser Chef trat ein, und erst jetzt entdeckten wir Zweier, der hinter ihm gestanden hatte.

»Nehmen Sie doch bitte Platz, meine Herren«, bat Jutta betont höflich. Durch die niedrige Sitzposition war mein Sohn komplett durch Schreibtisch und Monitor verdeckt. Hoffentlich hielt er die Klappe.

»Ludwig-Wilhelm hat mir die Sache erklärt, die gestern

im Adlerhof lief.« KPD bückte sich unauffällig zu mir und schien meine Haare zu betrachten. Das Ergebnis schien ihn zufriedenzustellen.

»Das muss das Werk eines Verrückten gewesen sein. Sonst hätte er sich nicht gerade Herrn Palzki als Opfer ausgesucht. Dennoch können wir die Sache nicht so einfach auf sich beruhen lassen. Der Täter könnte schließlich ein zweites Mal zuschlagen. Deshalb habe ich gestern noch interveniert. Und heute Morgen kamen die Ergebnisse.«

KPD öffnete ein Bündel Papiere und holte die gleichen Fotos hervor, die wir bei Jutta gesehen hatten.

»Um Ihre Ermittlungen mal ein bisschen anzustoßen, bin ich in Vorleistung gegangen. Der Pfeil und der Schlüssel sind nur Kopien.«

»Na so was!«, rief ich erstaunt. »Die Sachen haben doch so echt ausgesehen.«

»Ich habe das gleich erkannt«, fiel mir KPD ins Wort. Er kratzte sich am Ohr. »Ludwig-Wilhelm hat mir bestätigt, dass *das* das Original des Schlüssels vom Barockschloss Mannheim ist. Die einzige Lösung ist, dass irgendjemand meine Bildungsoffensive sabotieren will. Doch selbst wenn es Opfer gibt«, er schaute mich mitleidig an, »machen wir weiter. Ludwig-Wilhelm und ich haben beschlossen, dass Sie, Herr Palzki, heute zusammen mit meinem Freund das Museum im Schloss unter die Lupe nehmen.«

»Aber Klaus«, wandte Zweier zaghaft ein. »Ich wollte heute mit Herrn Palzki zuerst über das Schifferstadter Heimatmuseum sprechen und dann zu den rem-Museen fahren.«

»Nein, die Sache muss geklärt werden. So haben wir das beschlossen.«

KPD war im Begriff aufzustehen, als wir aus der Richtung von Juttas Schreibtisch Paul vernahmen: »Gleich schieß ich die Sau tot!«

Unser Vorgesetzter schaute noch doofer als gewöhnlich aus der Wäsche. Er ging zu Paul und der strahlte ihn an: »Jetzt hab ich den Highscore im vierten Level geknackt! Im nächsten Level kommen die schleimigen Chefs der Monster dran.«

Nachdem KPDs Maulsperre beendet war, wackelte nur noch seine Unterlippe. »Was soll das, Palzki?«

»Ein kleiner Notfall. Paul wird gleich abgeholt, ich habe doch wegen meiner schweren Verwundung zum Arzt gemusst.« Ich hob den Arm in die Höhe.

Meine kleine Notlüge war zwar alles, nur nicht logisch, KPD gab sich damit zum Glück zufrieden.

Er wandte sich an Jutta. »Frau Wagner, sorgen Sie bitte dafür, dass der Bengel wegkommt. Herr Palzki muss zum Einsatz.«

Der Spuk war zur Hälfte vorbei, denn Zweier blieb sitzen. Er wirkte wie immer nervös und zitterte leicht.

»Was haben Sie denn? Haben Sie Angst, dass Sie der nächste Pfeil trifft?«

»Ich habe einen Termin in den Reiss-Engelhorn-Museen. Da hätte ich Ihnen gleich ein paar interessante Dinge zeigen können. Stattdessen soll ich jetzt mit Ihnen ins Schloss.«

Mir kam eine Idee. »Das liegt doch alles nah beieinander. Wie wäre es, wenn Sie mich am Schloss absetzen und ich schaue mir die Ausstellung allein an, während Sie zu dem Reiss-Museum gehen. Selbstverständlich lese ich mir alle Vitrinentexte durch.«

»Reiss-Engelhorn«, verbesserte er mich. »Ich kann Sie dem Schlosschef vorstellen und bitten, dass er Sie herumführt. Und danach zeige ich Ihnen die rem, dann sparen wir einen ganzen Tag ein. Das ist für Sie vielleicht ein bisschen viel Information auf einmal, aber ich bin schließlich auch noch da.«

»Den Schlosschef müssen wir nicht extra bemühen«, versuchte ich mich zu retten. Mein Plan war, mir einen Museumsführer zu kaufen und diesen in einem Café bei einem kleinen Imbiss durchzublättern.

KAPITEL 4
IM MANNHEIMER BAROCKSCHLOSS

Zweier wunderte sich, dass ich Paul mitnahm, als wir uns von den Kollegen verabschiedeten und zum Parkplatz gingen. Dort angekommen wurde ihm die Sache unbehaglich und er hakte nach: »Was haben Sie mit Ihrem Sohn vor?«

Ich zeigte auf seinen Rolls-Royce.

»Niemals!«, schrie er. »Da kommt mir kein Kind rein!«

»Wie Sie meinen«, sagte ich ohne sichtliche Erregung, griff in meine Tasche und zog das Päckchen Tabak heraus, das ich gestern dem Kollegen der Schutzpolizei abgekauft hatte. Demonstrativ öffnete ich den Verschluss und zog ein paar Krümel Tabak heraus, die mir sofort durch die Finger rieselten.

»Eijeijei«, schimpfte ich mit mir selbst. »Jedes Mal die gleiche Sauerei. Können wir fahren, Herr Zweier?« Ich suchte den Augenkontakt.

Er resignierte. »Du bleibst aber ganz ruhig sitzen und berührst nichts, verstanden?«

Paul nickte. »Mach ich doch immer.«

Fast hätte ich losgeprustet, was aber in dieser Situation nicht gut angekommen wäre. Ich steckte das Tabakpäckchen weg.

»Seid wann rauchst du, Papa?«

»Nur in besonderen Situationen«, antwortete ich unbestimmt und stieg ein.

»Geil, da ist ja ein Bildschirm«, sagte Paul, als er im Fond saß. »Ist das ein Touchscreen?«

»Nein!«, rief Zweier verzweifelt. »Nichts berühren.«

Die Fahrt nach Mannheim war keinen Moment langweilig. Ich bereute nicht eine Sekunde, meinen Sohn mitgenommen zu haben. Spätestens heute Abend würde Zweier meinem Chef die Freundschaft kündigen und zurück nach Bruchsal fahren.

Unser Chauffeur fuhr über die Rheinbrücke nach Mannheim und bog in die Bismarckstraße ein, die Teil des Straßenrings rund um die quadratisch angelegte Innenstadt war. Etwa in der Mitte des Barockschlosses war ein Teil des ewig langen Gebäudes nach hinten versetzt, sodass sich dazwischen ein riesiger Platz befand, der Ehrenhof genannt wurde. Zweier ignorierte die diversen Verbotsschilder und rollte auf den Ehrenhof, wo er neben einer kleinen Allee mit Sitzbänken parkte.

»Haben Sie keine Angst, dass man Ihren Liebling abschleppt?«, lästerte ich beim Aussteigen.

»Ich bitte Sie, Herr Palzki.« Zweier brachte ein kleines Lächeln zustande, während er Pauls Sitzplatz akribisch absuchte und das Leder glatt strich. »Mit solch einem Wagen kann und darf man überall parken. Da traut sich weder eine Politesse noch ein Abschleppdienst ran.«

Ich archivierte diese Aussage umgehend in meinem Langzeitgedächtnis. Vielleicht konnte ich ihn eines Besseren belehren, wenn er das nächste Mal in meinem Zuständigkeitsgebiet, sprich der Pfalz, falsch parkte. Wo käme man da hin, wenn jeder Bürger das Gesetz selbst in die Hand nahm?

Zweier zeigte auf den zurückversetzten Teil des Schlosses. »In den beiden unteren Etagen ist das Barockmuseum, oben drüber die neue Hasso-Plattner-Bibliothek der Universität.«

Paul rannte vor. Während wir auf den Eingang zugingen, bemerkte ich einen Mann, der breitbeinig mitten im Hof stand und wie ein Indianer mit erhobener Hand über den Augen auf das Schloss stierte. Im gleichen Moment erkannte ich ihn.

»Hallo, Herr Fratelli«, begrüßte ich den Geschäftsführer der Peregrinus GmbH, dem Verlag, der die Kirchenzeitung ›der pilger‹ verlegte.

Fratelli blinzelte zu mir herüber. »Ach, hallo, Herr Palzki, das ist ja mal eine Überraschung. Wie geht's Ihnen denn so?« Er zeigte auf das Schloss. »Heute müssen Sie nicht auf mich aufpassen. Hier ist nichts, was auf mich fallen könnte.«

Er lachte und ich erinnerte mich an das Wochenende vor Ostern im Speyerer Dom, als ich seinem Chefredakteur und ihm das Leben rettete, als die Absturzsicherung der neuen Orgel herabfiel.

»Nehmen Sie das nicht auf die leichte Schulter, Herr Fratelli. Flugzeugabstürze sind gar nicht so selten, von Meteoriten ganz zu schweigen.«

Fratelli parierte. »Die Zeit der Starfighter ist längst vorbei. Aber trotzdem danke, dass Sie so um mich bemüht sind.«

Zweier stand daneben und verstand nur Flughafen. Ich hatte keine Lust, die beiden miteinander bekannt zu machen.

»Was machen Sie eigentlich hier?«, fragte ich neugierig.

Fratellis Augen blitzten. »Sie wissen ja, dass demnächst der Speyerer Dom von Christo verhüllt wird. Das habe ich bereits vor Ostern organisiert. Ursprünglich wollte ich das selbst machen, mit den vielen LKW-Planen, die Sie in dem Haus in der Engelsgasse gesehen haben.«

»Sagen Sie bloß, jetzt will Christo auch nach Mannheim kommen?«

Der Geschäftsführer druckste herum. »Nein, davon weiß er nichts. Ich dachte mir, das Mannheimer Schloss könnte ich auch allein verhüllen. Es ist nicht so hoch wie der Dom und oben, von den Türmen abgesehen, recht gleichmäßig. Wenn man die Antennen abnimmt, müsste es sogar mit den starren und schweren LKW-Planen funktionieren. Dann müsste ich mich nicht um deren Entsorgung kümmern.«

Es klang schon etwas verrückt, was Fratelli da sagte. Ich wusste aber auch, dass es in seinem Verlag viele solcher Verrücktheiten gab.

»Sie können die Planen aber nicht ewig auf dem Schloss liegen lassen. Irgendwann müssen die wieder runter.«

Fratelli nickte. »Dann kommt mein Plan B zum Tragen. Wenn man das gut genug vermarktet, kann man die Plane am Ende vielleicht Quadratmeterweise an Liebhaber verkaufen. Mit den Domsteinen klappt das schließlich auch.«

Da Zweier sichtbar drängelte, verabschiedete ich mich von Fratelli und wünschte ihm viel Glück.

»Was ist das für ein Spinner?«, fragte mich Zweier, als wir außer Hörweite waren.

»Sie kennen Herrn Fratelli nicht? Der wird im Frühjahr wahrscheinlich neuer Chef der Badischen Schlösser- und Gartenverwaltung. Arbeiten Sie nicht auch dort?«, fragte ich scheinheilig und legte noch etwas nach: »So wie es aussieht, wird er bald Ihr Vorgesetzter sein.«

Zweier schluckte und schluckte. Wie ich längst wusste, war er sehr treugläubig und hatte mir diese hanebüchene Geschichte sofort abgenommen.

»Immer erfahre ich so etwas als Letzter«, meinte er betrübt. »Ich wusste gar nicht, dass Sie Kontakte zu meinem Unternehmen pflegen.«

»Das Netzwerk eines Polizeibeamten ist größer als jeder Außenstehender vermutet. Nur so gelingt es uns, auch gewiefte Verbrecher zu überführen. Gangster gibt es schließlich überall.«

Ich starrte ihn provozierend an, doch er bemerkte nicht, was ich ihm damit sagen wollte. Er hatte nämlich meinen Sohn entdeckt.

»Da, schauen Sie, was er anstellt!«

Paul war es langweilig geworden. Er erklomm gerade eines der beiden Denkmäler, die auf Sockeln im Ehrenhof standen.

»Paul, komm da runter«, schrie ich. »Du tust dir weh!«

»Ich muss mal pinkeln«, schrie er zurück.

»Aber nicht da oben, geh auf die Toilette im Museum.«

»Die haben mich nicht reingelassen«, entgegnete er mit seiner kindlichen Logik.

Unter Einsatz meiner familiären Restautorität gelang es mir, ihn von seinem Vorhaben abzubringen. Kinder sehen manche Dinge halt etwas entspannter als Erwachsene.

Wir folgten Zweier ins Museum. Bevor er die Dame am Schalter ansprechen konnte, sah Paul das Schild. »Da geht's zum Klo. Ich bin gleich wieder da.«

Ein Museumswächter, der im Vorraum stand, legte seinen Zeigefinger auf den Mund, was Paul aber nicht bemerkte.

»Wir wollen zu Herrn Rocksinger«, meldete Zweier der Dame an der Kasse unseren Wunsch.

Ich konnte mich täuschen, aber ich hatte den Eindruck, als drückten sich an ihrem Hals spontan die Halsschlagadern nach außen.

»Was wollen Sie von dem?«, fragte sie in einem nicht gerade kundenfreundlichen Ton.

»Wir haben einen Termin wegen der Wittelsbacher Ausstellung«, antwortete Zweier. »Ich habe mit ihm telefoniert.«

Die Dame hob den Telefonhörer ab und wählte eine Kurznummer.

»Hardy, dein Besuch ist da.«

Ohne eine Antwort abzuwarten, knallte sie den Hörer auf die Gabel.

»Er wird gleich zu Ihnen runterkommen.« Sie wandte sich von uns ab.

Meine Güte, dachte ich, hier musste ein seltsames Kollegenverhältnis herrschen. Da ich aber längst wusste, dass es ohne Ausnahme in allen Unternehmen verrückte Geschichten gab, die sich im Laufe der Jahre bösartig verselbstständigten, machte ich mir darüber keine Gedanken.

»Geiles Klo«, hörte ich von hinten. Paul war zurück.

Von der anderen Seite kam ein freundlich winkender Fünfziger auf uns zu. Er gab mir die Hand. »Sie müssen Herr Palzki sein. Herzlich willkommen im Barockschloss. Ich bin Hardy Rocksinger.«

Zweier und Rocksinger schauten sich kurz an und nickten sich ohne Handschlag zu. Auch ein psychologisch Ungebildeter hätte bemerkt, dass die beiden keine tiefe Zuneigung zueinander hegten. Das musste ein besonders schräger Verein sein.

»Das ist mein Sohn Paul«, stellte ich das jüngste Mitglied unseres Quartetts vor. Paul gab Rocksinger höflich die Hand. Dieser zog sie sofort angewidert zurück und wir alle bemerkten die nassen Hände Pauls.

»Die Papierhandtücher waren leer«, meinte er, während Rocksinger seine Hände an der Hose abwischte.

»Sie bringen Ihren Sohn mit?«, fragte der Schlosschef. »Ist das bei der Polizei in Rheinland-Pfalz üblich?«

»Das nennt man Nachwuchsförderung«, entgegnete ich. »Nein, das war nur ein blöder Witz. Mein Sohn ist sehr an Museen interessiert. Als er erfahren hat, dass ich heute ins Schloss darf, wollte er unbedingt mit. Vielleicht kann er während unserer Besprechung ein wenig herumlaufen.«

Rocksinger schüttelte den Kopf. »Das geht leider nur in Begleitung Erwachsener.« Er strahlte Paul an. »In deinem Alter ist das Interesse an Museen wirklich ungewöhnlich. Umso mehr freut mich dies natürlich.«

»Wo ist das Verlies?«, fragte Paul und ich begann mich zu schämen. Der Schlosschef nahm es sportlich. »Auch wenn das Schloss sehr alt ist, es wurde erst nach der Ritterzeit erbaut. Aber in der Schlosskirche gibt es eine Gruft, da soll es sogar unentdeckte Geheimgänge geben.«

Rocksinger verstand es, die Neugier meines Sohnes anzustacheln. Paul folgte uns friedlich, da er sich wohl nähere Informationen zu den Geheimgängen erhoffte. Als Erwachsener wusste ich selbstverständlich, dass es so etwas nicht gab. Längst war alles genaustens kartografiert und untersucht. Geheimgänge sind ein Relikt aus den Gedanken der Kinderzeit, wenn man lesend Enid Blytons fünf Freunde verfolgte.

»Ich darf Sie nun allein lassen, Herr Palzki?«, fragte Zweier. »Wenn Sie im Schloss fertig sind, kommen Sie einfach rüber ins Zeughaus der rem-Museen und lassen mich durch die Aufsicht ausrufen. Sie finden doch den Weg?«

»Na klar«, antwortete ich und zeigte in Richtung Rhein, der entgegengesetzten Richtung. »Karlsruhe ist mein zweites Zuhause.«

»Karlsruhe?«, fragte Zweier zurück.

Immerhin hatte er mir zugehört. »Oder da, wo wir halt gerade sind, in, äh, in Mannheim oder so.«

Meine rhetorischen Stiche in Richtung Zweier waren inzwischen fast zwanghaft geworden. Auch wenn er KPD von meiner angeblichen Verwirrtheit berichten wird, war mir das so etwas von egal.

Zweier verabschiedete sich vom Schlosschef mit einem weiteren Nicken und verschwand.

»Seltsamer Typ«, murmelte Rocksinger.

Wir gingen einen viele Meter hohen Flur entlang, der im Winter mit Sicherheit für exorbitante Heizkosten sorgte. Kurz darauf begann an der Seite eine Treppe bis zur Hälfte der Raumhöhe, die mit ›Verwaltung‹ beschriftet war.

»Die Büroräume liegen in einem Zwischengeschoss«, erklärte er uns. Als wir in dem der Treppe folgenden Flur mit normaler Raumhöhe ankamen, hatte ich, so hoffte ich, das Geheimnis um den Anschlag bereits gelöst. An einer langen Garderobenstange hing eine Vielzahl historischer Kostüme.

»Was ist das?«, fragte ich erstaunt.

Rocksinger blieb stehen. »Das? Das sind originalgetreue Kleider aus dem 18. Jahrhundert. Bei uns im Museum gibt es regelmäßig Führungen in historischer Kostümierung. Die Führer tragen dann diese Kleider und erzählen dazu passende Geschichten und Legenden aus der damaligen Zeit.«

»Sind die alle komplett?«

»Was meinen Sie damit? Ich verstehe nicht.«

»Ich meine, ob das alle Kleider sind. Wird das regelmäßig überprüft oder nehmen Ihre Führer die Sachen auch mit nach Hause?«

Der Schlosschef wirkte unsicher. Bestimmt war er andere Fragen gewohnt.

»Da bin ich überfragt, Herr Palzki. Einmal im Jahr gibt es bei uns eine Inventur. Ob die Sachen unterjährig nachgezählt werden, weiß ich nicht. Ich denke aber, eher nicht. Wir haben einen Dienstleister, der sich um Reparaturen und Reinigung kümmert. Daher kann es durchaus sein, dass nicht alle Kostüme im Moment hier hängen. Suchen Sie ein bestimmtes?«

»Papa, das ist cool«, unterbrach Paul. »Da kann man ein Schwert reinstecken. Stehen die Waffen auch irgendwo?«

Ich beschloss, der Sache mit den historischen Kleidern später nachzugehen. »Lassen Sie uns zunächst in Ihr Büro gehen.«

Er öffnete gegenüber der Garderobe eine Tür und ließ uns eintreten. Ich blickte auf die Glasfront, die sich auf der gegenüberliegenden Seite des Büros befand. Man konnte durch sie nicht etwa ins Freie blicken, sondern aus der Höhe des Zwischenstocks hinab in den Vorkassenbereich des Museums.

»Nehmen Sie doch bitte Platz. Möchten Sie etwas trinken?«

»Cola«, platzte Paul ohne Höflichkeitsfloskel heraus.

»Für mich bitte ein Wasser, aber nur, wenn es keine Umstände macht.«

Rocksinger öffnete eine raumhohe Schranktür neben seinem Schreibtisch. Die Tür verbarg hingegen keinen gewöhnlichen Schrank, sondern eine kleine Abstellkammer. Ich sah eine Spüle und einen kleinen Kühlschrank. Neugierig wie ich nun mal war, natürlich nur aus beruflichen Gründen, rutschte ich auf meinem Stuhl unauffällig ein wenig zur Seite, um die restlichen Geheimnisse dieser Kammer sehen zu können. Dort stand ein Keyboard und an der Rückwand hing eine E-Gitarre. Seltsam, dachte ich, konnte aber diesen Fund nicht wirklich zuordnen. Hoffentlich entdeckte Paul diese Instrumente nicht. Nachdem er mir das Wasser und Paul eine koffeinfreie Limonade gebracht hatte, schloss er seine Kammer wieder.

»Koffein ist für Kinder in seinem Alter nicht gut«, erklärte er mir. »Kinderbelustigungswasser hat in einem Museum nichts zu suchen.«

Wenn du Paul kennen würdest, dachte ich. Der zerlegt auch ohne Cola in höchstens einer Stunde das komplette Museum. Ich schätzte, dass dann selbst die Rückversicherer unserer Haftpflichtversicherung Pleite gehen würden.

Rocksinger setzte sich zu uns an den Tisch. Paul legte einen dezenten Rülpser hin, blieb aber sonst leise und friedlich.

»Womit kann ich Ihnen helfen, Herr Palzki? Kollege …«, er sprach das Wort etwas verächtlich aus, »Ludwig-Wilhelm Zweier war am Telefon sehr kurz angebunden. Ich glaube, er macht sich zu viel Stress mit der Ausstellung.«

»Er hat nur die falschen Freunde«, sagte ich, ohne ihm die Hintergründe mit KPD zu erklären. »Gestern gab es in Schifferstadt eine kleine Schießerei. Am Tatort wurde eine Person in mittelalterlicher Kleidung gesehen und man hat diesen Schlüssel gefunden.«

Ich zog das Foto aus der Tasche und zeigte es ihm. Er erkannte den Schlüssel sofort.

»Der ist vom Rittersaal oben. Wie kommen Sie zu dem Stück? Der liegt doch in Bruchsal. Wurde dort eingebrochen?«

Ich schüttelte den Kopf. »Das ist nur eine Kopie. Vielleicht wurde er benutzt, um heimlich in den Rittersaal zu kommen.«

Rocksinger lachte laut heraus. »Denken Sie, dass man heutzutage ein Museum mit solchen Schlüsseln sichert? Der hat längst ausgedient und nur noch rein historischen Wert.«

Ihm fiel etwas ein. »Sie sagten, der Täter trug ein mittelalterliches Kostüm. Das passt nicht zu dem Schlüssel. Das Original des Schlüssels ist gut 200 Jahre alt, das Mittelalter liegt aber mindestens 500 Jahre zurück.«

Das ›Klugscheißer‹ war mir bereits auf der Zunge gelegen. »Keine Ahnung, wie alt die Kleidung war, irgendwie alt halt. Unser Zeuge konnte sich da nicht so genau auf eine Epoche festlegen.«

»Ach so«, entgegnete der Schlosschef. »Wie kann ich Ihnen jetzt weiterhelfen?«

Diese Frage musste kommen. Eine zufriedenstellende Antwort hatte ich nicht. Grundsätzlich konnte ich es kurz machen und die nächsten zwei oder drei Stunden gemütlich in einem Café verbringen.

»Wenn Sie mir zum Abschluss den Rittersaal zeigen könnten, würde das vollkommen ausreichen. Ich will Sie nicht länger als nötig von Ihrer Arbeit abhalten.«

Er nickte dankbar. »Im Moment gibt es mehr als genug zu tun. Wegen der Ausstellung bauen wir gerade um. Die Räume im Erdgeschoss werden teilweise neu strukturiert. Oben in der Beletage bleibt alles wie gehabt.«

Beletage, dieses Wort hatte ich schon öfter gehört, konnte mir aber nichts Genaues darunter vorstellen.

»Gibt's noch Cola?«, fragte Paul und schlurfte sein Glas leer.

Ich nutzte die Gelegenheit und stand auf. »Kriegst du nachher im Café.«

»Ich will eine Cola und keinen Kaffee«, beschwerte er sich.

Während ich durchatmete und meinem Sohn in Gedanken den Hintern versohlte, fiel mein Blick auf eine seltsam kleine Harfe, die an der Wand neben dem Eingang hing.

»Ist das auch ein historisches Stück?«

»Meinen Sie die keltische Harfe? Das ist ein Nachbau. Ich spiele in meiner Freizeit in einer Gruppe, die sich auf Mittelaltermusik spezialisiert hat. Damit treten wir auf den Mittelaltermärkten auf, die Sie bestimmt kennen.«

Wir gingen hinunter ins Erdgeschoss. Ein paar Meter weiter sah ich eine breite herrschaftliche Treppenanlage. Rocksinger ging auf sie zu. Ein Stück den Gang entlang hörten wir Paul rufen: »He, Papa, ich hab einen Geheimgang entdeckt. Da geht eine schmale Wendeltreppe nach oben.« Paul verschwand in einer Maueröffnung.

Irritiert schaute ich den Schlosschef an, der sich von der Einlage meines Sohnes nicht irritieren ließ. »Dann nehmen wir halt die Wendeltreppe nach oben. Ich kann Sie beruhigen, es ist ein offizieller Weg innerhalb des Museums, nur ein bisschen beschwerlicher zu laufen im Vergleich zum Treppenhaus.«

Der Radius der Treppe war verdammt eng. Gegenverkehr hätte keine Chance. Nach wenigen Umrundungen gab es endlich einen Ausgang. Die Treppe, die weiter nach oben ging, war an dieser Stelle mit einer Kette versperrt.

»Da geht's hoch zur Unibibliothek. Der Zugang ist dort aber komplett verschlossen.«

Paul war nirgends zu sehen, was mir sehr unangenehm war. »Vielleicht hat er irgendwo eine Spielecke gefunden?«, dachte ich laut.

Rocksinger entgegnete: »So etwas gibt's hier nicht. Hoffentlich geht nichts kaputt.«

Und schon kam eine uniformierte und wichtig aussehende Frau aus einem Raum. »Herr Rocksinger, ich habe ein Kind aufgelesen, das gerade unter der Absperrung durchschlüpfen wollte.« Am Kragen hielt sie Paul.

»Ich wollte mich doch nur hinsetzen«, verteidigte sich Paul. »Ich hätte auch bestimmt nichts angefasst.«

Der Schlosschef wechselte ein paar leise Worte mit der Aufsicht, die daraufhin verschwand.

»Besser, du bleibst jetzt immer in meiner Nähe«, ermahnte er Paul. »Nicht dass du in den tiefen Brunnenschacht fällst. Da leben nämlich solche Viecher von Ratten.« Er spreizte seine Arme größtmöglich, was meinem Sohn Respekt einflößte.

Er führte uns in den Saal, den Paul bereits gesehen hatte. Er war mit blauen Vorhängen und Wänden in der gleichen Farbe gehalten. Hinter einer Absperrkordel stand ein gedeckter Tisch mit vier antiken Stühlen.

»Das ist der sogenannte Blaue Salon«, erklärte unser Führer stolz. »Soll ich Ihnen alle Säle zeigen?«

Da ich keine Ahnung hatte, um wie viele Räume es ging, zog ich prophylaktisch die Notbremse. »Lassen Sie mal gut sein. Es reicht, wenn ich den Rittersaal sehe. Den Rest schaue ich mir bei Gelegenheit an.«

Rocksinger ging nach links in den nächsten Saal. Ich konnte erkennen, dass die einzelnen Räume hintereinander lagen und durch große Durchgänge verbunden waren. Es gelang mir nicht, bis ans Ende zu schauen.

»Jetzt sind wir im Trabantensaal«, klärte mich Rocksinger auf. Der Saal war mit gelben Vorhängen ausgestattet. In der Mitte stand ein riesiger Tisch mit seltsam geschwungenen Formen. Na ja, dachte ich, alles Geschmackssache. Wir gingen weiter in den Rittersaal, der kein Mobiliar hatte, dafür so groß wie eine Gymnastikhalle war. Die komplette Decke war mit einem Gemälde überzogen und zahlreiche Kronleuchter hingen von dort herab.

»Das ist also der Rittersaal«, stellte ich fest. »Fast so groß wie das Büro von KPD.«

»Wie bitte, was meinen Sie?«

Ich winkte ab. »War nur ein Insiderwitz. Schön ist es hier. Warum steht der Raum leer? Hat man kein altes Zeug, das man da reinstellen kann?«

»Das wäre nicht angebracht, Herr Palzki. Den Rittersaal kann man nämlich mieten. Hier finden regelmäßig

Trauungen und andere Veranstaltungen statt. Am nächsten Samstag gibt es zum Beispiel eine Autorenlesung.«

Ich beschloss, fürs Erste genug gesehen zu haben. »Ah, da ist ja die Tür«, tat ich überrascht und ging auf sie zu. Enttäuscht registrierte ich, dass sie überhaupt kein Schlüsselloch besaß.

»Sehen Sie, Herr Palzki. Ihr Schlüssel macht bei uns keinen Sinn. Abends wird das komplette Museum abgeschlossen, da brauchen wir keine Schlüssel für die einzelnen Räume. Selbstverständlich haben wir eine raffinierte Alarmanlage.«

»Wie macht man die aus?«, quatschte Paul dazwischen.

Rocksinger lächelte. »Dazu muss man in den Brunnenschacht zu den Ratten klettern.«

»Dann nehme ich halt meine Schwester mit«, sagte mein Sohn mit einer gewissen Coolness.

Wir verließen den Rittersaal und befanden uns direkt vor dem Treppenhaus, das vom Volumen her betrachtet größer als unser Haus war. Unten angekommen bog der Schlosschef rechts ab.

»Ich zeige Ihnen noch geschwind die Räume im Erdgeschoss. Passen Sie ein bisschen auf, es wird gerade umgebaut.«

Wir kamen in einen länglichen Saal, der eher den mir bekannten Charakter eines Museums hatte, auch wenn die meisten Vitrinen mit Laken abgehängt waren. Überall standen hölzerne Trennwände herum und in den Ecken lagerte Baumaterial. Paul hatte sich losgerissen und schob an den Vitrinen die Laken beiseite. Ohne diese Tücher hätte ihn der Inhalt der Vitrinen mit Sicherheit nicht interessiert. Rocksinger ließ ihn gewähren. »Das ist nur als

Staubschutz gedacht. Die Ausstellungsstücke sind gut gesich…«

»Boah«, schrie Paul quer durch den Saal. »So eine Armbrust will ich auch haben.«

Sofort stand eine Aufsicht mit zorngerötetem Gesicht neben Paul. Rocksinger konnte gerade noch einen Eklat verhindern. »Es wäre gut, wenn du nicht mehr so laut schreien würdest. Das macht man in einem Museum nicht.«

Paul hatte nicht zugehört. »Darf ich die mal rausholen und damit rumballern? Damit knall ich die ekligen Schleimmonster im fünften Level ab.«

Normalerweise müsste ich nun peinlich berührt zu Boden blicken und mich dafür schämen, dass mein Sohn zu viel Computer spielt. Doch darum konnte ich mich später kümmern. Ich stand hinter Paul und schaute ebenfalls in die Vitrine. Freilich war mein Blick nicht auf der Armbrust fixiert, sondern auf den Pfeil, der neben der Waffe an der Rückwand hing. Er sah genauso aus wie das Teil, das gestern in meinem Arm steckte. Im gleichen Moment begann auch wieder das unangenehme Ziehen der Wunde. Ich versuchte, es zu ignorieren, denn wie ich wusste, konnte man sich Schmerzen auch einbilden. Es half leider nicht.

»Was haben Sie, Herr Palzki?«, fragte mich der Schlosschef, weil er über mein Interesse an dem Inhalt der Vitrine staunte.

Ich zeigte auf die Waffe. »Wem gehört die?«

»Die Armbrust?«, fragte er zurück. »Ich weiß es gar nicht so genau. Vermutlich gehörte sie Carl Theodor, der war Jäger und Großmeister des Hubertusordens. Wahrscheinlich ist er auch mit dem bekannten Lied ›Der Jäger aus Kurpfalz‹ gemeint. Warum interessiert Sie das?«

»Weil mit so einem Pfeil gestern auf mich geschossen wurde!«

Rocksinger bekam eine Maulsperre. »Mit einer Armbrust? Das ist das Kurioseste, was ich seit Langem gehört habe.«

»War in der Vitrine immer nur ein Pfeil oder fehlt da einer?«

Bevor er antworten konnte, fiel mir ein, dass der Pfeil, mit dem auf mich geschossen wurde, nur eine Kopie war.

»Da weiß ich auch nicht Bescheid, Herr Palzki. Ich bin kein Kunsthistoriker. Da muss ich erst nachfragen. Aber die Sache ist schon sehr merkwürdig: erst der Schlüssel, dann der Pfeil.«

Und vielleicht die Kleider, dachte ich im Stillen und nahm mir vor, die historischen Gewänder vor Rocksingers Büro überprüfen zu lassen.

»Darf ich jetzt?«, hakte Paul nach und zappelte dabei herum.

»Wir gehen«, sagte ich zu ihm und dem Schlosschef. Ich musste mir jetzt zum Nachdenken eine kleine Auszeit in einem Café mit vernünftiger Speisekarte nehmen. Mein Sohn war in dieser Hinsicht leicht bestechlich.

Zu meiner Verwunderung zog Paul ein Handy aus seiner Tasche.

»Wo hast du das her?«, fragte ich erstaunt.

Paul schaute mich frech an. »Das ist das alte von Herrn Ackermann, das er mir für einen Tag geliehen hat. Damit wollte ich dir gestern Abend einen Streich spielen, bin aber vorher beim Fernsehschauen eingeschlafen.«

Während ich mir überlegte, wie man mit einem Handy einen Streich spielen kann, fotografierte mein Sohn die Vitrine mit der Armbrust. Eigentlich kein schlechter Gedanke, dachte ich und lobte meinen Sohn.

»Das hast du gut gemacht, Paul. Jetzt lass uns aber gehen.«

»Normalerweise ist hier Fotografierverbot. Ausnahmsweise will ich mal ein Auge zudrücken. Übrigens, hier gibt's noch ein paar schöne Dinge, die ich Ihnen zeigen kann«, sagte Rocksinger.

»Ein anderes Mal gern«, vertröstete ich ihn. »Wir Polizeibeamte sind stets unter großem Zeitdruck.« Ich gab ihm meine Visitenkarte und bat ihn, sich bei mir zu melden, falls ihm noch etwas einfallen würde. Er ging mit uns nach vorn zum Eingang und schenkte mir zum Schluss einen Führer über das Barockschloss. Na prima, dann konnte ich nachher ein paar willkürliche Daten auswendig lernen und damit vor Zweier ein wenig angeben.

Rocksingers Handy klingelte und nach einem kurzen Blick aufs Display verabschiedete er sich schnell. Ich stand mit Paul vor der Kasse und zufällig sah ich in das verzerrte Gesicht der Kassiererin.

»Hat er Ihnen mal wieder ein paar Lügen erzählt, unser Baron Münchhausen?«

Ich wollte gerade zu einer Antwort ausholen, doch sie war schneller.

»Sie sind doch von der Presse, oder? Laufend kommen im Moment Journalisten wegen der Wittelsbacher Ausstellung.«

Spontan nickte ich. Wer weiß, was ich durch ein einfaches Nicken erreichen konnte. Vielleicht sogar die Welt retten.

Die Kassiererin lachte auf. »Von wegen hohem Sicherheitsstandard! Der ganze Schließ- und Alarmanlagenplan ist eine reine Farce. Das System hat noch keine Nacht lang zuverlässig funktioniert. Das ist schlimmer als die Sprinkleranlage im Berliner Flughafen. Ich könnte glatt nach Feierabend ein Schild in den Hof stellen: ›Nacht der offenen Tür‹.«

»Und das weiß Herr Rocksinger?«, fragte ich verdutzt.

»Na klar, weiß er das. Aber das ist noch nicht alles, da gibt es sogar noch Verhängnisvolleres. Zum Beispiel ...«

Sie stoppte. Offenbar war ihr eingefallen, dass ich ein Journalist war.

»Das finden Sie mal besser allein heraus«, ergänzte sie knapp.

Um das Gespräch aufrechtzuerhalten, fragte ich zurück. »Da kann also jeder einfach nachts reinmarschieren und Sachen klauen. Die Armbrust zum Beispiel oder die historischen Kleider?«

»Ganz so einfach ist es nicht«, wiegelte sie ab. »Sonst wäre längst alles leer. Aber schauen Sie mal, das Museum ist praktisch eingekesselt zwischen den Räumen der Universität. Links und rechts schließen sich Treppenhäuser an und oben drüber ist die neue Hasso-Plattner-Bibliothek.«

Paul war schon wieder auf dem Klo verschwunden.

»Die Studenten gehen dann einfach ins Museum rein ohne Eintritt zu bezahlen?«

»Ach was.« Die Dame stellte sich hinter ihrer Theke auf, damit sie leiser sprechen konnte. »Die bekommen doch sowieso ermäßigten Eintritt. Ich meine was anderes, aber da dürfen Sie nicht drüber schreiben, ich will nämlich keinen Ärger bekommen. Hardy Rocksinger hat sowieso schon gesagt, ich wäre ein altes Schwätzweib. Dabei bin ich erst 35.«

»Schon 35?«, sagte ich zu ihr und machte ein erstauntes Gesicht. Damit konnte man jeder Frau schmeicheln, egal wie alt sie aussah. Einmal hatte ich ein Wort verwechselt und ›erst‹ statt ›schon‹ gesagt. Die daraus gewonnenen Erkenntnisse waren äußerst schmerzhaft.

Die von mir geschmeichelte Kassiererin sprach weiter: »Nachts müssen da manchmal richtige Partys abgehen.«

»Wo? In der Uni? In der Bibliothek?«

»Hier im Museum. Wenn ich Frühdienst hab, mache ich als Erstes einen Rundgang durch die Räume. Was meinen Sie? Es ist doch sehr verdächtig, wenn unter dem Tisch im Blauen Salon Kekskrümel liegen.«

»Kekskrümel? Wie kommen die dort hin?«

»Studenten«, flüsterte sie. »Und bestimmt auch Hardy. Dem traue ich alles zu. Ich habe ihn einmal erwischt, wie er heimlich auf dem Klavier im Musikzimmer gespielt hat. Und was für Musik! Lauter modernes Zeug.« Sie rollte vielwissend mit den Augen.

»Was machen die dort? Verkleiden sie sich vielleicht auch?«

»Zutrauen würde ich denen das«, mutmaßte sie. »Das passiert immer nachts. Ich habe noch nicht herausfinden können, warum sie sich dort treffen. Inzwischen weiß ich aber, wer es ist. Es sind immer die gleichen Studenten. Inzwischen kommen sie auch tagsüber ins Museum. Manchmal sprechen sie sogar mit Hardy.«

Paul kam mit nassen Händen zurück und trocknete sie an meiner Hose ab.

»Haben Sie Herrn Rocksinger darauf angesprochen?«

»Pah, ich soll mich um meinen eigenen Mist kümmern, hat er mir geantwortet. Und dass Neugierde gefährlich werden kann, hat er noch gesagt. Ich habe keine Angst. Vor dem nicht!«

Irgendetwas stimmte mit diesem Museum und dem Schlosschef nicht, das war mir längst bewusst. Dass jetzt noch eine Gruppe Studenten auftauchte, machte alles komplizierter.

»Könnten Sie die Studenten identifizieren, wenn Sie sie sehen würden?«

»Warum das denn? Sie tun gerade so, als seien Sie von der Polizei.«

»Keine Angst«, beruhigte ich die 35-Jährige. »Vielleicht könnte ich eine Enthüllungsgeschichte schreiben und die Hintergründe aufdecken.«

Ihr schien die Idee zu gefallen. »Schauen Sie mal aus dem Ausgang raus.« Sie zeigte auf die Tür. »An der Umrandung des Denkmals sitzt eine Studentin. Die mit den langen braunen Haaren und den großen Ohrringen. Die gehört zu dieser Gruppe. Sie heißt Katja Lehmann, das habe ich zufällig mitbekommen.«

»Dann werde ich mich mal mit der jungen Dame unterhalten.«

Die Kassiererin hatte noch eine Frage. »Wie kann ich Sie erreichen, wenn ich weitere dubiose Sachen entdecke?«

Ich überreichte ihr ohne nachzudenken meine Visitenkarte.

»Polizei?«, rief sie erstaunt, als sie die Karte las. So schnell hatte ich noch niemanden rot werden sehen.

»Nein, nein«, versuchte ich meinen Fauxpas zu korrigieren. »Ich arbeite undercover für die Presse. Das sind nur unsere kleinen Tricks.«

Sie glaubte mir und ich verabschiedete mich. Paul sagte nichts.

KAPITEL 5
DER DRACHE IN DER SCHLOSSKIRCHE

Die Studentin kruschelte gerade in ihrer Handtasche herum, als ich sie ansprach.

»Frau Lehmann, Sie gehören doch zu der Studentengruppe, die sich regelmäßig im Museum trifft«, bluffte ich und setzte mich neben sie.

Sie konterte locker. »Und wenn schon? Wen interessiert das?« Plötzlich wirkte sie unsicher. »Oder gehören Sie zu …«

Ohne zu wissen, was sie meinte, nickte ich. Was bei der Kassiererin funktionierte, klappte bestimmt auch hier.

»Ich habe das von uns gefundene Schriftstück nicht bei mir.« Zur Bekräftigung zeigte sie mir ihre Handtasche, aber ohne sie zu öffnen.

Es wäre fatal gewesen, sie jetzt nach dem Inhalt des Schriftstücks direkt zu befragen. Daher versuchte ich es indirekt.

»Wo haben Sie das Schriftstück überhaupt gefunden?«

»In der Gruft der Schlosskirche, das habe ich Ihren Partnern aber bereits erzählt.« Sie schöpfte keinen Verdacht.

»Ich bin gerade erst von einem Auslandseinsatz zurückgekehrt. Wie geht es jetzt weiter?«

»Das haben wir doch längst ausgemacht. Morgen früh um 11 Uhr im Zeughaus des Reiss-Engelhorn-Museums. Bis dahin kann ich weitere Kopien besorgen.«

»Und das Original?«

Sie schob sich eine Haarsträhne hinters Ohr, die sofort wieder nach vorn fiel. »Da komm ich nicht dran. Wir sind noch am Übersetzen, die Texte sind chiffriert. Wir wissen nicht einmal, ob wir alles haben. In der Gruft könnte noch mehr liegen.«

Sie stand auf.

»Verraten Sie mir, wo Sie das Papier in der Gruft gefunden haben?«

Sie lachte kurz auf. »Ich glaube, Sie wollen mich wohl veräppeln. Ich verrate doch meine Goldquelle nicht. Vergessen Sie morgen das Geld nicht, ich muss jetzt gehen, tschau.«

»Halt«, rief ich ihr nach und hatte eine spontane Idee. »Ist es möglich, das Treffen um eine halbe Stunde vorzuverlegen? Deswegen bin ich eigentlich gekommen.« Das war ein weiterer Baustein, um keinen Verdacht aufkommen zu lassen. Außerdem könnte ich mit der Zeitverlegung meinen angeblichen Partnern besser auf die Spur kommen. Ich war mehr als gespannt, wer in dieser Geschichte alles mitspielte und wie die einzelnen Fäden zusammenhingen. Ich war mir sicher, dass das gestrige Attentat, das wahrscheinlich Ludwig-Wilhelm Zweier gegolten hatte, im gleichen Zusammenhang mit diesem mysteriösen Schriftstück zu sehen war.

»Okay, wir sehen uns dann um 10.30 Uhr. Vergessen Sie das Geld nicht.«

»Ich habe Durst, Papa«, drängelte Paul, als die Studentin gegangen war.

Ich beschloss, meinen Tagesplan zu ändern. Jetzt gleich würden wir zum Zeughaus gehen und möglichst zügig die obligatorische Führung über mich ergehen lassen. Dann täusche ich eine leichte Übelkeit vor, damit Zweier mich zurück nach Schifferstadt fahren würde. Dort könnte ich mit meinen Kollegen Jutta und Gerhard die nächsten Schritte besprechen. Insbesondere das geheimnisvolle Treffen mit der Studentin musste vorbereitet werden.

Wie immer kam es völlig anders.

Nachdem ich Paul eine Cola gekauft hatte, mit nichts anderem gab er sich zufrieden, gingen wir zu den Reiss-Engelhorn-Museen. Da man die komplette Innenstadt Mannheims in Quadrate, die oft genug Rechtecke waren, unterteilt hatte, war die Gefahr des Verlaufens verschwindend gering.

»Papa, an der Döner-Bude waren wir vorhin schon einmal.«

»Das ist eine andere, Paul. Diese Imbissbudenketten sehen überall gleich aus. Das nennt man Corporate Identity.« Ein bisschen eingestreutes Fachwissen konnte bei Kindern nie schaden. Den Begriff hatte ich letzte Woche zufällig in ›Polizei modern‹ gelesen.

Nachdem wir die Straßenbahnschienen am Strohmarkt entdeckten, war es nur noch ein Katzensprung.

Dass die rem-Museen in mehreren Gebäuden verteilt waren, wusste ich. Den Neubau, der sich gegenüber dem Rathaus befand, besuchte ich zuletzt vor einem Jahr bei meinen Ermittlungen zu einem toten Erntehelfer. Dahinter befand sich das 1777 von Carl Theodor erbaute Zeughaus, das vor wenigen Jahren eine Komplettsanierung erhielt. In diesem würde, neben dem Barockschloss und weiteren Museen der Region, demnächst die Wittelsbacher Ausstellung eröffnet werden. So viel hatte ich mir jedenfalls von Zweiers Gequatsche merken können.

Die Eingangshalle des Zeughauses war imposant und erstreckte sich fast über den gesamten Grundriss des Gebäudes. Ich staunte einen Moment über die rund ein Dutzend weißen Säulen, die in zwei Reihen die Hauptlast der Decke zu tragen schienen. Die Halle wirkte hell und freundlich. Diverse Ausstellungsstücke wurden in Vitrinen und in abgesperrten Nischen präsentiert. Paul, der sich sofort an ein altes klavierähnliches Instrument, dessen Berührung verboten war, setzen wollte, konnte ich gerade noch zurückpfeifen.

Meine Kindheitserinnerungen waren bezüglich Museen geprägt von Staub, dunklen Gängen und einer für kindliche Maßstäbe unerträglichen Stille. Nichts davon war wiederzuerkennen.

»Geil, eine Schatzkammer«, meinte Paul und zeigte auf eine große und durchsichtige Tür an der Stirnseite der Halle. In riesiger Schrift stand ›Schatzkammer‹ daneben.

»Papa, gehen wir da rein? Darf ich mir dort was raussuchen?«

Ich erklärte meinem Sohn kurz die Funktion eines Museums und dass wir leider keine Zeit hatten, die Ausstellungen anzuschauen.

»Guten Tag, mein Name ist Palzki«, stellte ich mich an der Kasse vor. »Ich soll einen Herrn Zweier ausrufen lassen.«

Die junge Dame antwortete betont freundlich. »Tut mir leid, ein Herr dieses Namens ist mir nicht bekannt. Sind Sie sicher, dass Sie bei uns richtig sind?«

Innerlich jubelte ich kurz, doch das wäre zu schön gewesen. Zweier musste hier sein.

»Ich weiß, es ist kein direkter Kollege von Ihnen. Er arbeitet in der Zentrale in Bruchsal.«

»Ach so.« Sie wählte eine Kurzwahlnummer. »Frau Tannhäuser, bei mir ist ein Herr Palzki, der Herrn Zweier sucht. Können Sie mit diesem Namen etwas anfangen? – Ach, er sitzt gerade bei Ihnen? Was soll ich Herrn Palzki sagen? – Okay, vielen Dank, tschüss.«

»Herr Zweier wird gleich bei Ihnen sein.«

Ich bedankte mich und sah mich ein wenig in der Halle um. Sicherheitshalber hielt ich Paul fest an der Hand.

Die Wartezeit war angenehm kurz. Ein aufgebrachter Zweier kam in schnellem Schritt angelaufen, schob provozierend seinen linken Unterarm nach vorn und schielte auf die Armbanduhr.

»Sie sind viel zu früh. Ich bin mitten in einer Besprechung mit Frau Tannhäuser. Herr Rocksinger hat Ihnen doch unmöglich in der kurzen Zeit das ganze Museum zeigen können.«

»Ich habe eine sehr schnelle Auffassungsgabe. Mein Sohn hat mich tatkräftig unterstützt. Auf der Toilette müssen mal wieder die Papierhandtücher aufgefüllt werden.«

Diese kleine Stichelei zwischendurch stärkte mein Wohlbefinden. Nicht ganz korrekt fuhr ich fort: »Außerdem haben wir die Armbrust gefunden, mit der auf mich geschossen wurde.«

Zweier verstand den Zusammenhang nicht, den es ja auch nicht gab. »Papierhandtücher? Armbrust?«, fragte er verwirrt.

»Ja genau. Es ist der gleiche Pfeil.«

Endlich machte es bei ihm klick. Mit einer übertriebenen Geste klatschte er sich an seine Stirn. »Die Ausstellung im Erdgeschoss, na klar! Daran habe ich gar nicht gedacht. Das ist allerdings seltsam: Der Schlüssel und die

Waffe weisen auf das Barockschloss hin. Haben Sie noch etwas herausfinden können?«

Ich war nicht gewillt, seine Neugier zu befriedigen. Blöderweise tat es mein Sohn. »Papa hat eine Studentin getroffen, die einen Brief in irgendeiner Gruft gefunden hat. Der soll Millionen Euro Wert sein.«

Vielleicht lag es daran, dass Pauls Fantasie mit ihm durchgegangen war: Zweier erstarrte für einen Moment zur Salzsäule.

»Wa, was redest du da?«, wandte er sich an Paul. »Meinst du die Gruft in der Schlosskirche?«

Paul nickte. »Ja, das hat sie auch gesagt. Und dass sie morgen früh hier im Museum was verkaufen will.«

Ich unterbrach ihn. »Paul, die junge Dame hat doch nur blödes Zeug geredet.« Ich schaute zu Zweier. »Können wir unsere Führung durchs Zeughaus auf das Wichtigste beschränken? Sagen wir mal, so auf eine knappe Viertelstunde? Bei Herrn Rocksinger hat das auch funktioniert. Er ist bei seinen Führungen sehr kompetent. Kriegen Sie das auch hin?«

KPDs Kumpel reagierte überhaupt nicht auf meinen Wunsch.

»Ein Fund in der Gruft? Das wäre eine Sensation! Wissen Sie Näheres über diesen Brief?«

Genervt antwortete ich: »Das war doch nur vages Gerede. Sie sprach von einem Schriftstück, mehr nicht. Das kann man nicht ernst nehmen, lassen Sie sich das von einem psychologisch geschulten Polizeibeamten sagen.« Mein durch Neugier bedingter Nachsatz war allerdings sehr kontraproduktiv: »Wo soll diese Gruft überhaupt sein?«

»Sie sind doch daran vorbeigelaufen, Herr Palzki. Am nordwestlichen Anfang des Ehrenhofes befindet sich die Schlosskirche. Darunter ist die Gruft, in der zwei Leichen liegen.«

Paul bekam große Augen. »Papa, da gibt es zwei Tote, das musst du gleich melden! Schauen wir uns das mal an?«

»Nein, Paul, da darf man nicht rein. Die Toten sind bestimmt schon uralt.«

Zweier wirkte wie ausgewechselt. Nichts deutete mehr auf seine Grundnervosität hin, die er ständig zur Schau trug. Irgendetwas trieb ihn.

»Natürlich kann man in die Gruft rein. Die Alt-Katholische Gemeinde bietet regelmäßig Führungen an. Ich glaube, dass ich vorhin …«

»Das ist doch egal«, unterbrach ich barsch. »Es dürfte unmöglich sein, dass ein paar Studenten dort unten etwas gefunden haben. Der Ort ist doch seit Jahrhunderten genaustens bekannt.«

Zweier ging auf meinen Einwand ein. »Sicher, da haben Sie recht. Zumal die Kirche im letzten Krieg fast vollständig zerstört wurde. Einzig die Gruft blieb komplett unversehrt. Ich war einmal unten, daher kann ich mir schwer vorstellen, dass dort etwas bisher Unbekanntes gefunden wurde.«

»Na sehen Sie, vergessen wir die dubiosen Worte der Studentin einfach.«

»Die Verantwortung über die Schlosskirche unterliegt zwar nicht meinem Unternehmen, trotzdem sollten wir da mal nachschauen. Zufällig weiß ich, dass Herr Wischniewski im Haus ist.«

»Und wer ist das schon wieder?«, fragte ich betont uninteressiert.

Zweier erklärte es mir unbeirrt. »Alexander Wischniewski ist Mitglied der Alt-Katholischen Gemeinde, die in der Schlosskirche residiert. Außerdem ist er Theologe und Kunsthistoriker. Er weiß alles über die Gruft und hat schon mehrere Abhandlungen darüber geschrieben.«

Zweier schaute sich kurz um. »Nehmen Sie doch da drüben einen Moment Platz, ich mache mich auf die Suche nach Herrn Wischniewski.«

»Aber, aber, was ist mit der Führung durch die rem?«

Zweier blockte. »Die läuft uns nicht davon. Auch mit Frau Tannhäuser muss ich noch kurz reden. Ich bin gleich wieder da.«

Ich hatte keine Chance, ihn von diesem Vorhaben abzubringen. Auf der anderen Seite war eine Besichtigung der Gruft wahrscheinlich interessanter als ein staubtrockener Vortrag von Zweier. Hoffentlich war sie für Pauls Augen geeignet.

Es dauerte eine Weile, die mein Sohn für einen Toilettengang nutzte. Kein Wunder, so viel wie er ständig trank.

»Papa, ich habe Durst«, meldete er seine Rückkehr, dieses Mal mit trockenen Händen.

Schließlich kam Zweier zurück. Der Mann, den er im Schlepptau hatte, wirkte auf mich sehr angenehm und freundlich. Mit behaglicher Tonlage stellte er sich selbst vor und wechselte auch mit Paul ein paar Worte.

»Nachher zeige ich dir eines der größten Bilder in Mannheim«, versprach er ihm.

»Ist das in der Gruft?«, fragte Paul sofort nach.

Wischniewski schüttelte den Kopf. »Ne, dort liegen nur drei Leichen.«

Drei Leichen? Sprach Zweier vorhin nicht von zwei? Wieder ein auffälliges Detail, das nicht passte.

Zweier drängte und sagte, mit einem Blick auf meinen Sohn: »Ich lasse den Wagen stehen, es sind nur ein paar Schritte.«

Als wir aus dem Museum heraustraten und nach rechts abbogen, meinte mein Sohn: »Papa, wir sind aber von da gekommen.« Paul zeigte in die entgegengesetzte Richtung. Ich beachtete ihn nicht weiter.

Der Weg zum Ehrenhof war kürzer, als ich ihn in Erinnerung hatte. Bereits unterwegs erzählte der Theologe kleine Geschichten und Anekdoten über die Schlosskirche. Er war der geborene Erzähler, selbst Paul hing an seinen Lippen.

»Haben Sie den Schlüssel dabei?«, fragte ich ihn, als wir vor der Kirche standen.

»Wozu, Herr Palzki? Unsere Kirche ist tagsüber stets geöffnet. Für jedermann. Kommen Sie nur herein.« Er öffnete das Portal und ich staunte Bauklötze. So unscheinbar wie sie von außen wirkte, so gigantisch groß war sie im Innern. War dies eine optische Täuschung oder war da Zauberei im Spiel?

Wischniewski lächelte, als er Pauls und meine Verblüffung bemerkte. »Das geht jedem so, der das erste Mal eintritt. Herzlich willkommen.« Er machte eine großzügige Geste nach innen.

Paul hatte das Deckengemälde sofort entdeckt. »Wow, das will ich auch daheim. Papa, schau mal, da ist ein Drache.«

Ich blickte nach oben. Fast die komplette Decke war von einer Art antikem Wimmelbild ausgefüllt. So sehr ich auch suchte, den Drachen fand ich nicht. »Da ist kein Drache.«

Wischniewski kicherte in sich hinein. »Den Drachen entdecken nur Kinder. Für Erwachsene ist er so gut wie unsichtbar.« Auf mein Stirnrunzeln erklärte er warum. »Kinder sehen das Gemälde mit anderen Augen als wir Großen. Manchmal führe ich Grundschulkinder durch die Kirche. Die legen sich dann hier im Mittelgang auf den Boden und betrachten das Bild. Meistens ist es der Drache, den sie als Erstes bemerken.« Er zeigte mit seiner Hand an eine ganz bestimmte Stelle. Tatsächlich, nun sah ich ihn auch.

Da wir aber nicht wegen des Drachens gekommen waren, schaute ich mir den Rest der Kirche an. Über dem Eingang befand sich auf halber Höhe die Orgel. Auf einer Längsseite gab es etwa in gleicher Höhe der Orgel zahlreiche Logen.

»Für was sind die denn gut?«, fragte ich. »Das kenne ich nur aus dem Theater.«

Auch darauf gab es unmittelbar eine Antwort. »Dort oben saßen die Mitglieder des kurfürstlichen Hofes während der Gottesdienste. Die Kurfürstenloge war sogar beheizbar.«

»Wie kommt man da rauf?« Diese Frage kam von Paul und war durchaus berechtigt. Nirgendwo war ein Aufgang zu sehen.

Wischniewski zeigte auf eine unscheinbare Tür im Eingangsbereich der Kirche. »Da geht's hoch. Der Zugang erfolgt über die Flure der Universität.«

»Das heißt, durch diese Tür kann jeder Student von den Vorlesungssälen in die Kirche gehen. Ist das nicht ein Sicherheitsrisiko?«

»Ach was, Herr Palzki. Die Tür ist zwar abgeschlossen, allerdings nur mit einem alten Buntbartschloss, das jeder mit einem Stück Draht im Nu aufbekommt. Aber das ist nicht weiter schlimm. Unsere Kirche ist täglich geöffnet. Warum sollte sich ein Student die Mühe machen, das Schloss zu knacken, wenn er ganz normal durch das Hauptportal rein kann.«

»Nachts?«, fragte ich zögerlich.

»Ich bitte Sie, was soll hier nachts jemand tun? Diebstahl lohnt sich nicht. In unserer kleinen Ausstellung befinden sich nur Kopien.«

Irgendetwas in mir sagte, dass dieser Zugang eine wichtige Rolle in dem Fall, der bisher sehr diffus mäanderte, spielen könnte.

»Können wir da mal hochgehen?«

Zweier, der bereits vor zum Altar gegangen war, zeigte Unverständnis. »Wir wollen uns doch die Gruft anschauen!«, rief er uns trotzig zu.

»Später«, entgegnete ich und bat Herrn Wischniewski höflich, die Tür aufzusperren. Zweier war neugierig genug mitzukommen.

Wir kamen in einen kleinen Raum, der mit allem möglichen Zeug vollgestellt war. Eine weitere Tür fiel mir auf und eine hölzerne Wendeltreppe ging nach oben. Das obere Ende der Treppe war mit einem höchstens ein

Meter hohen Gitter abgesperrt, das aber nicht abgeschlossen war. Unvermittelt standen wir in den Fluren der Universität, wie ich sofort an dem Fluchtplan erkannte, der an der gegenüberliegenden Wand hing. Seltsam war, dass in dem Flur, der parallel zur Kirche verlief, rund ein Dutzend Gipsfiguren in Lebensgröße auf rechteckigen Sockeln standen. Zur Kirche hin wurde der Flur durch mehrere verglaste Rundbogen aufgelockert, durch die man in die Logen und in die Schlosskirche schauen konnte.

Wischniewski zeigte auf die Rundbogen. »Das waren früher die Zugänge zu den Logen. Aus Sicherheitsgründen hat man die inzwischen verglast.«

»Und was sind das für Figuren? Können da die Studenten so einfach durchlaufen?«

»Aber Herr Palzki. Das sind nur Gipsabdrücke von Statuen, die man kurz vor dem letzten Krieg von den Originalen gemacht macht. Die Studenten sind übrigens alt genug, um damit keinen Unfug anzustellen.«

»Hier oben war ich tatsächlich noch nie«, sagte Zweier, der sich ausführlich umsah. »Das muss ich bei Gelegenheit mal nachholen.«

Neugierig schaute ich noch kurz in zwei Hörsäle rein. Paul meinte dazu: »Nach den Ferien kann ich meiner Lehrerin sagen, dass ich schon auf der Uni war!« Er dachte kurz nach, dann fragte er mich: »Papa, was ist eigentlich eine Uni?«

KAPITEL 6
DAS LETZTE GEHEIMNIS DER GRUFT

»Gehen wir jetzt endlich runter zur Gruft?«, drängte Zweier.

»Ja, natürlich«, antwortete Wischniewski. »Sie haben mich sehr neugierig gemacht. Ich kenne in der Gruft jeden Millimeter.«

Wieder im Erdgeschoss angekommen, öffnete unser Führer die zweite Tür und wir gelangten in einen lang gezogenen Raum, der sich parallel zur Kirche befand. Hier standen mehrere Vitrinen und an den Wänden hingen zahlreiche Schaukästen mit Fotos. Wischniewski zeigte auf eines der Bilder.

»Hier sehen Sie, wie die Kirche nach dem Krieg ausgesehen hat. Nur ein paar Mauern waren stehen geblieben. Die Gruft blieb unversehrt, weil sie damals nur über eine kleine Falltür zugänglich war.«

Am Ende der Ausstellung kamen wir in die Sakristei, die sich direkt hinter dem Altar befand. Der Raum war überraschend groß und beinhaltete mehrere Tische.

»Die Sakristei ist auch Treffpunkt unserer Gemeinde«, erklärte Wischniewski stolz.

Zweier zeigte auf eine Treppe, die an der zur Kirche zeigenden Wand nach unten ging. »Gehen wir runter?« Er schien von seiner Nervosität wieder eingeholt worden zu sein.

Am Fußpunkt der Treppe schloss der Theologe eine Tür auf und schaltete ein trübes Licht an. Es ging noch tiefer. »Gehen Sie nur runter, meine Herren.«

Ich reagierte sofort. »Halt, das ist zu gefährlich!« Mit selten benutzten unterirdischen Gängen hatte ich seit den Ermittlungen in der Eichbaum-Brauerei so meine Erfahrung. »Wenn da unten die Kohlenstoffdioxidkonzentration zu groß ist, ersticken wir. Das geht ratzfatz und man merkt es nicht einmal.«

Wischniewski schaute mich zuerst überrascht an, dann lachte er. »Respekt, Herr Palzki. Dass Sie so etwas wissen! Aber hier müssen Sie keine Angst haben, auf beiden Seiten der Gruft gibt es große Lüftungskanäle. An Sauerstoffmangel ist dort unten bisher noch niemand gestorben.«

Auch über diese zweideutige Auskunft machte ich mir sofort Gedanken. Kurz darauf standen wir in einer Art Gewölbekeller. Uns gegenüber gab es zwei voneinander getrennte Grotten, die mit je einer Gittertür verschlossen waren. In diesen stand jeweils ein reichlich verzierter Sarg auf einem Sockel.

»Im rechten Sarkophag liegt Kurfürst Carl Philipp, im linken seine dritte Frau Violantha von Thurn und Taxis.«

Mir wurde unbehaglich zumute. Die Düsterheit und die Kälte des Raumes schlugen mir aufs Gemüt. An den Wänden hingen zwei Schaukästen mit Fotos. Auf einem konnte man eine vertrocknete Leiche sehen, die im Sarg lag. Reflexartig zog ich Paul zur Seite, doch er hatte davon bereits eine Blitzlichtaufnahme gemacht.

»Stark«, meinte er. »Fast so eklig wie die Lehrermonster mit ihren Schleimzungen im sechsten Level. Die lassen sich aber ganz leicht übertölpeln.«

»Ein bisschen mehr Ehrfurcht«, mahnte Zweier, doch ich war mir sicher, dass Paul den Begriff nicht kannte.

»Wurden die Gräber geöffnet?«, fragte ich Wischniewski.

»Bisher nur ein einziges Mal. 1946 wurden sie von unbekannten Tätern aufgebrochen. Das Grab von Violantha wurde geplündert, das von Carl Philipp blieb unversehrt, den sehen Sie auf dem Foto.« Er zeigte auf das Leichenbild, das Paul fotografiert hatte. »Bei Carl Philipp hat man bei der polizeilichen Untersuchung des Vorfalls einen Orden und ein Großkreuz gefunden und dem Badischen Landesmuseum in Karlsruhe übergeben. Wahrscheinlich wurden die Grabräuber überrascht. Nur so ist erklärbar, dass nur Violanthas Grab geplündert wurde.«

Während Zweier die polizeilichen Vernehmungsprotokolle las, die im Schaukasten hingen, fragte ich weiter: »Was hat man dann mit den Leichen gemacht?«

»Man hat sie wieder in den Sarkophagen bestattet. Seitdem sind sie verschlossen. Alle paar Jahre kommt ein Restaurator, um die Verzierungen der Särge zu reinigen. Bei Führungen kommt man nur in diesen Vorraum, in dem wir stehen.«

Durch diese Schilderung war ich mir sicher, dass die Studenten zumindest in den Särgen nichts von Belang gefunden haben könnten. Doch mir kam eine andere Sache in den Sinn.

»Herr Wischniewski, Sie sprachen vorhin von drei Leichen, wenn ich mich nicht verhört habe. Stimmt das?«

Mit einem Schlag wurde auch Zweier neugierig und blickte ebenfalls unseren Führer an.

Wischniewski lächelte. »Sie haben sich nicht verhört, Herr Palzki. In den 70er-Jahren des 20. Jahrhunderts wurde in diesem Vorraum mit einer Sondergenehmigung ein Pfarrer, der sich um den Wiederaufbau der Schlosskirche sehr verdient gemacht hat, bestattet. Sie stehen übrigens auf ihm.«

Erschrocken machte ich einen Satz zur Seite und blickte nach unten. Tatsächlich war hier zwischen dem steinernen Fußboden eine Platte eingelassen, die die Daten des Verstorbenen enthielt.

Paul meinte: »In meinem neuen Computerspiel gibt es auch so was. Da muss man die Marmorplatte aufhebeln, um an den Geheimgang zu kommen.«

»Untersteh dich!« Wischniewski drohte ihm leicht belustigt mit dem Zeigefinger.

Ich wandte mich an Wilhelm-Ludwig Zweier. »Sind Sie jetzt zufrieden? Hier unten gibt es keine Geheimnisse. Die Studentin hat gelogen.«

»Welche Studentin?«, unterbrach Wischniewski.

»Ach, hat Ihnen das Herr Zweier nicht gesagt? Ich habe die Information bezüglich des angeblich hier unten gefundenen Schriftstücks von einer absolut unglaubwürdigen Studentin.«

Wischniewski sah man seine Verwirrtheit deutlich an. »Ich dachte, Sie haben die Information in einem Literaturarchiv entdeckt, Herr Zweier? So haben Sie es mir jedenfalls gesagt.«

Zweier lief krebsrot an. »Na ja, ich war mir nicht sicher, ob Sie mir glauben, wenn ich Ihnen die Wahrheit gesagt hätte.«

»Ich bin Theologe«, erwiderte Wischniewski, »ich kann die Wahrheit durchaus ertragen.«

Mit einer Zwischenfrage versuchte ich die angehenden Streithammel zu besänftigen und auf ein anderes Thema zu bringen. »Können wir mal kurz zu den Särgen rein? Hier im Vorraum ist es wohl unmöglich, irgendetwas zu verstecken.«

Wischniewski überlegte kurz, dann nickte er. »Okay, ausnahmsweise. Warten Sie bitte hier unten, ich muss den Schlüssel in der Sakristei holen.«

Nachdem unser Führer hochgegangen war, umtrieben mich sofort fürchterliche Gedanken. Was wäre, wenn Wischniewski der Bösewicht ist und uns hier unten einschließen und verhungern lassen würde? Kein Mensch käme auf die Idee, uns in der Gruft zu suchen. Und bis zur nächsten Führung hätte uns Wischniewski längst irgendwo auf dem Unigelände verscharrt. Die Sekunden zogen sich wie Minuten, ja wie Stunden. Auch Zweier wurde unruhig und glotzte auf seine Uhr. Nur Paul fand es lustig und ergötzte sich mit selbst produzierten angsteinflößenden Geräuschen an der martialischen Akustik.

Ich atmete erleichtert auf, als unser Führer wieder auftauchte. In der Hand hielt er einen Schlüssel. »Ich habe ihn erst suchen müssen, er wurde schon lang nicht mehr benötigt.« Er schloss das Gitter vor Violanthas Sarkophag auf. Paul drängelte sich vor. Wir Erwachsenen begutachteten die reichlichen Verzierungen, deren Bedeutung uns Wischniewski erklärte. An der Außenwand der Grotte befand sich ein etwa ein Quadratmeter großer Tunnel, der fest vergittert war.

»Das ist einer der beiden Lüftungsschächte«, erklärte der Theologe. »Er endet draußen vor der Kirche.«

Tatsächlich konnte man nach zwei Metern das Ende des Schachtes erkennen, das ebenfalls vergittert war. Fahles Sonnenlicht fiel durch den Tunnel.

Wischniewski schloss nun die andere Gruft auf und erklärte uns die Verzierungen am Sarg von Carl Philipp. Auch hier gab es einen Lüftungsschacht, dessen Ende allerdings im Dunkeln lag. Der Theologe registrierte mein Interesse an dem dunklen Loch.

»Dieser Schacht ist um einiges länger, er endet hinter dem Unigebäude. Der Ausgang ist bekannt und selbstverständlich auf beiden Seiten vergittert.«

Paul, der mit Motivauswahl beim Fotografieren bisher keinerlei Erfahrung hatte, hielt das Handy von Herrn Ackermann in die Öffnung des Schachtes und drückte ab.

»So wird das nichts«, belehrte ich Paul. »Fotografiere lieber die Verzierungen.«

»Boah«, antwortete mein Sohn, der auf das Display des Handys blickte. »Da geht ein Gang nach oben, da hocken bestimmt die elenden Gruftmonster.«

»Spinn nicht herum«, motzte ich ihn an und nahm ihm das moderne Teufelszeug ab. Beiläufig schaute ich auf das Display. Mein Erstarren lockte auch Zweier und Wischniewski an. Ich zeigte ihnen die Aufnahme.

»Das gibt's doch nicht«, meinte unser Führer. »Davon weiß ich überhaupt nichts.« Er schaute nun in das dunkle Loch, konnte aber wie wir nichts sehen.

»Da ist eine Taschenlampe dran«, meinte Paul.

»Hast du die auch von Herrn Ackermann?«

»Quatsch, die ist beim Handy dabei.« Mein Sohn wischte ein paarmal über das Display und das Gerät begann zu leuchten.

Was wir sahen, war beeindruckend. Gut eineinhalb Meter nach dem Beginn des Lüftungsschachtes befand sich eine Abzweigung. Ein ebenso großer Tunnel ging nach oben ab.

»Wo geht's da hin?«, fragten Zweier und ich gleichzeitig.

Wischniewski zog die Schultern hoch. »Keine Ahnung, meine Herren. Diese Abzweigung ist äußerst mysteriös. Da ich alle Pläne des Wiederaufbaus kenne, weiß ich, dass dieser Tunnel eigentlich nicht existieren kann.«

Er zeigte zur Decke. »Die Decke der Gruft liegt über zwei Meter unter dem Boden des Hochaltars. Ein Gang oder ein Raum ist aber nirgendwo eingezeichnet.«

»Haben Sie vorhin nicht gesagt, dass die Gruft unzerstört blieb?«

Wischniewski dachte kurz nach. »Auf jeden Fall. Hier wurde nur der Zugang neu angelegt. Inwieweit der Boden des Altarraums neu konstruiert werden musste, kann ich ad hoc nicht sagen. Aber selbst wenn, hätte man die Sache in den Wiederaufbauplänen eingezeichnet.«

Zweier zitterte nun auch beim Sprechen vor Nervosität. »Das kann eigentlich nur bedeuten, dass die Abzweigung schon beim damaligen Bau der Schlosskirche angelegt wurde. Dann wäre der Gang fast 300 Jahre alt und bisher unentdeckt geblieben. Das ist ja …« Ihm fehlten die Worte.

»Langsam, langsam«, beruhigte Wischniewski. »Noch wissen wir gar nichts. Wir können schließlich nicht um die Ecke blicken. Vielleicht ist es nur eine Einbuchtung und der Gang endet nach 30 Zentimetern?«

»Das würde keinen Sinn ergeben«, gab ich zu bedenken. »Warum sollte man so etwas machen? Ohne bestimmten Zweck hätte man damals doch den Aufwand nicht betrieben.«

Zweier hatte eine Antwort. »30 Zentimeter würden genügen, um etwas zu verstecken. Man muss nicht gleich in den Dimensionen eines Nibelungenschatzes denken. Eine Entdeckung war nicht zu befürchten, damals gab es noch keine Taschenlampen.«

Wischniewski fiel etwas ein. »Es gibt da eine alte Legende, nach der es früher einen geheimen Gang zwischen der Gruft und dem Palais Bretzenheim gegeben haben soll. Kurfürst Carl Theodor soll durch diesen seine Mätresse in dem Palais besucht haben. In dem Gebäude befinden sich seit ein paar Jahren Teile des Amtsgerichts.« Er überlegte kurz und schüttelte den Kopf. »Das halte ich aber für äußerst unwahrscheinlich. Das Palais wurde erst nach Carl Theodors Wegzug nach München gebaut, außerdem liegt es auf der anderen Seite.« Er zeigte in Richtung des Lüftungsschachtes in der Grotte von Violantha.

»Papa«, meldete sich Paul. »Ich habe im Internet gelesen, wie man Dynamit macht. Darf ich das Gitter absprengen?«

Niemand gab ihm eine Antwort, wir waren alle in Gedanken versunken. Wir sollten einen Blick hinter die Abzweigung werfen. Ich untersuchte das Gitter, doch dieses war stabil in der Wand verankert. Ob es 60 Jahre alt war oder 300 konnte ich nicht feststellen.

»Da lasse ich Spezialisten aus Bruchsal kommen«, sagte Zweier. »Das Gitter brechen wir auf.«

Wischniewski war damit nicht einverstanden. »Darf ich Sie darauf hinweisen, Herr Zweier, dass dies keinesfalls infrage kommt. Das wäre eine indirekte Störung der Totenruhe. Ich werde der Sache nachgehen und die

Archive wälzen. Dann spreche ich mit unserem Kirchenvorstand. In ein paar Tagen kann ich Ihnen bestimmt erste Ergebnisse nennen. Der Tunnel ist jahrzehnte-, wenn nicht sogar jahrhundertealt, da wird es auf ein paar Tage nicht ankommen.«

Was er sagte, war nicht so verkehrt. Ich benötigte jetzt erst mal Zeit, um meine Gedanken zu sortieren. Zu viel war in den letzten beiden Tagen passiert, zu viel, das nicht zusammenpasste. Ich hatte bisher nicht den kleinsten Anhaltspunkt, was das Armbrustschießen mit den im Museum feiernden Studenten zu tun haben könnte. Und jetzt noch dieser mysteriöse Gang in der Gruft. Was hatte es mit diesem Schriftstück auf sich, das die Studentin verkaufen will? Ob es wirklich in der Gruft versteckt war, zweifelte ich an. Hier gab es keine Verstecke und das Gitter zum Tunnel war unversehrt. Konnte Ludwig-Wilhelm Zweier hinter der Sache stecken? Mussten wir ihm sogar Polizeischutz stellen? Den letzten Gedanken verwarf ich sofort, da sollte sich KPD drum kümmern, wenn er es für richtig hielt.

Gemeinsam verließen wir die Gruft. Paul blitzte zum Abschluss Zweier direkt durch seine dicke Brille in die Augen, was ich geflissentlich übersah. Was muss er meinem Sohn auch durchs Bild laufen?

Herr Wischniewski hatte noch einen Gedanken. »Ich halte es zwar für äußerst unwahrscheinlich, aber ich sollte erwähnen, dass es unter dem Ehrenhof eine Bunkeranlage aus dem Zweiten Weltkrieg gibt. Das ist von der Gruft gar nicht so weit entfernt, würde aber bedeuten, dass unter der Kirche auf voller Länge ein Gang entlang führen müsste.« Er überlegte kurz. »Und dann gibt es noch den ehemaligen Kohlenkeller. Der befindet sich direkt hinter der Kirche, ist aber wegen Einsturzgefahr nicht zugänglich. Sie können die Umrisse des Kellers anhand der Betonplatten erkennen, wenn Sie hinter das Schloss gehen. Der Platz ist allerdings abgesperrt. Soviel ich weiß, soll der Keller irgendwann mal verfüllt werden.«

In der Sakristei angekommen, überreichte mir unser Führer eine Broschüre über die Alt-Katholische Gemeinde. »Falls es Sie interessiert, Herr Palzki.«

Ich wollte mich gerade bedanken, da hörten wir aus der Kirche ein Rufen. »Herr Wischniewski! Sind Sie hier?«

»Um Himmels willen, ich habe Herrn Becker ganz vergessen.« Er öffnete die Verbindungstür zur Kirche und ging hinaus.

Ich selbst war zusammengezuckt. Kam mir schon die Stimme mehr als bekannt vor, wurde die Person durch die Namensnennung eindeutig verifiziert: Dietmar Becker. Dieser Student der Archäologie hatte mir zu meinem Glück gerade noch gefehlt. Sein Erscheinen war gleichbedeutend mit viel Arbeit. Stets tauchte er in meinem Leben auf, wenn es von Kapitalverbrechen und Toten geradezu wimmelte. Mord- und Totschlag zog er magisch an. Überall wo er sich aufhielt, hinterließ er weiße Flecken auf der Landkarte. Gebiete, die man erst wieder neu entdecken musste. Dies mag jetzt ein klein wenig übertrieben sein, im Kern traf es aber ins Schwarze. Becker schrieb für mehrere regionale Zeitungen als freier Mitarbeiter, um sich sein Studium zu finanzieren. Leider begnügte er sich damit nicht. Sein Traum, den er inzwischen mehrfach realisiert hat, war, Regionalkrimis zu schreiben. Grundsätzlich ist da nichts gegen einzuwenden, schließlich explodierten die Nachfrage und auch das Angebot nach diesen Geschichten in den letzten Jahren geradezu. Mir persönlich gefielen Beckers angebliche Krimis überhaupt nicht. Waren sie doch alles andere als realistisch geschrieben. Insbesondere die seriöse Polizeiarbeit zog er ständig durch den Kakao, auch wenn er den Chef immer sehr realitätsnah beschrieb. Den Gipfel des Ganzen setzte er auf, als er zum Dank dafür, dass ich ihm vor einer Weile das Leben rettete, seinen ermittelnden Kommissar nach mir umbenannte. Seitdem wurde ich ständig auf der Straße und der Dienststelle darauf angesprochen, ob ich wirklich so ein Ermittlungschaot wäre. Dabei dürfte es jedem halbwegs vernünftig denkenden Menschen klar sein, dass solch ein Kommissar, wie Becker ihn beschrieb, in der Realität keinen Tag überlebensfähig wäre.

Ich hatte den beiden eine Begrüßungsminute zugestanden. Nun ging ich ebenfalls in die Kirche. Da Becker mit dem Rücken zu mir stand, stellte ich mich hinter ihn und rief: »Sie sind vorläufig festgenommen, Herr Becker!«

Der Student erschrak leider nur fast zu Tode. Paul, der wie ich jetzt bemerkte, nicht nur zu viel Computer spielte, sondern auch zu viele ausländische Serien im Fernsehen sah, heulte wie eine amerikanische Polizeisirene. Das Echo war beeindruckend und schmerzte in den Ohren.

»Hat mir gestern Herr Ackermann beigebracht«, meinte er stolz nach dem Ende seiner Vorführung. »Legst du dem Gangster jetzt Handschellen an?« Er zeigte auf Becker.

»Geht nicht, die Beweise reichen nicht.« Ich wandte mich an den unverhofften Besucher.

»Guten Tag, Herr Becker, wie viele Leichen gibt es bis jetzt?«

Zweier verstand die Welt nicht mehr, was ihm bestimmt öfter passierte, insbesondere seit ich mit ihm unterwegs war.

Alexander Wischniewski durchblickte die Situation. »Sie kennen den krimischreibenden Journalisten, Herr Palzki? Natürlich, klar, seine Romane sind in unserer Region angesiedelt. Doch was meinen Sie mit Toten? Die unten in der Gruft?«

Paul musste blöderweise dazwischenquasseln. »Wir haben gerade einen Geheimgang gefunden.«

Becker war mit dieser Personen- und Informationsflut eindeutig überfordert.

»Hallo, Herr Palzki.« Becker klang kleinlaut. »Ich hatte keine Ahnung, dass ich Sie in der Schlosskirche treffe. Ich suchte nur Herrn Wischniewski, mit dem ich in den rem-Museen verabredet war.«

»Und welchem Verbrechen sind Sie auf der Spur?«

Er sah mich mit großen Augen an. »Welches Verbrechen? Ich möchte nur eine Reportage über die Wittelsbacher Ausstellung schreiben.« Doch Becker wäre nicht Becker, wenn er nicht Lunte gerochen hätte.

»Aber warum sind *Sie* hier, Herr Palzki? Was hat Ihr Sohn mit dem Geheimgang gemeint?«

»Da liegt ein wertvoller Schatz«, quasselte Paul erneut dazwischen. »Ich muss nur noch das Gitter absprengen.«

»Gar nichts wirst du«, schalt ich ihm. »Außer deinen Mund halten, und zwar sofort.«

Es war mir klar, dass es längst zu spät war. Der Student würde nachher Wischniewski ausquetschen wie eine Zitrone, zumindest verbal.

Der Archäologiestudent war schlau genug, vom Thema abzulenken.

»Ja, dann werde ich mich mal verabschieden und mit Herrn Wischniewski zum Museum gehen.« Er drehte sich zu ihm. »Oder haben Sie hier noch zu tun?«

Der Theologe verneinte. »Wir waren gerade dabei zu gehen. Ich schließe nur schnell die Tür zur Sakristei ab.«

Zweier hatte wahrscheinlich nicht alle Zusammenhänge verstanden, dennoch sprach er Becker an. »Für welche Zeitung schreiben Sie?«

»Für alle in der Region«, antwortete dieser stolz. »Seit meine Krimis überall verkauft werden, bekomme ich von sämtlichen Zeitungen in der Kurpfalz mehr als genug Aufträge.« Er lachte. »Am Anfang wollte ich meine Krimis noch unter Pseudonym veröffentlichen. Irgendwas mit ›Schneider‹. Inzwischen bin ich froh darüber, das nicht gemacht zu haben.«

»Sagen Sie mir, wie Sie auf Herrn Wischniewski kommen? Der hat doch mit den rem-Museen eigentlich nichts zu tun.«

Wischniewski selbst gab die Antwort. »Auch wenn wir mit unserer Kirche nicht an der Ausstellung beteiligt sind, ist unsere Schlosskirche untrennbar mit den Wittelsbachern verbunden. Carl Philipp, der in unserer Gruft liegt, ist schließlich der initiierende Erbauer des Barockschlosses.«

Dietmar Becker nickte dankbar für die Unterstützung. »Selbstverständlich habe ich auch Kontakt zu Mitarbeitern der rem-Museen. Da Herr Wischniewski heute dort zu tun hatte, haben wir uns der Einfachheit halber im Museum verabredet. Dort hat man mir gesagt, er wäre mit mehreren Personen zur Schlosskirche gegangen. Dass Herr Palzki eine der Personen war, wusste ich natürlich nicht.«

»Ist schon gut«, beruhigte ich ihn. »Wir haben genug für heute gesehen.«

Zum Glück ist der Lüftungsschacht vergittert, dachte ich. Damit ist ausgeschlossen, dass der Student auf dumme Gedanken kommt. Dass er heute noch mit Wischniewski hier wieder auftauchen würde, war mir klar.

Gemeinsam gingen wir zum Museum. Zweier parkte vollkommen verbotswidrig auf dem freien Platz vor dem Zeughaus. Bevor mein Sohn einstieg, kontrollierte er ihn peinlich auf Sauberkeit. Die Rückfahrt war ähnlich lustig wie die Hinfahrt. Paul fotografierte Zweiers Hinterkopfglatze, ohne dass er dies bemerkte.

»Morgen lassen wir es etwas ruhiger angehen«, bat ich meinen Bildungsförderer. »Ich habe heute so viel Neues gelernt, das muss ich erst mal verdauen.«

Zweier, der während des Fußweges von der Kirche zum Museum telefoniert hatte, schüttelte den Kopf. »Das geht nicht, Herr Palzki. Der Termin mit Frau Tannhäuser ist äußerst wichtig für mich. Leider hat sie heute andere Verpflichtungen. Ich habe mit ihr vereinbart, dass ich beziehungsweise wir morgen um acht Uhr bei ihr sein werden. Während ich mich mit Frau Tannhäuser unterhalte, organisiere ich Ihnen einen Führer für das Museum. Dann können wir unseren Rückstand wieder einholen.«

»Was für einen Rückstand? Ich habe fast alle Räume des Schlossmuseums gesehen, dazu die Schlosskirche und den Eingangsbereich des Zeughauses. Ich bin schon fast ein ausgebildeter Führer.«

Einer spontanen Eingebung folgend ergänzte ich: »Außerdem habe ich auch noch meine normale Arbeit. Den Rest des Tages muss ich mich um die Armbrust und den alten Schlüssel kümmern. Diese Sache darf man nicht schleifen lassen. Der Schuss mit der Armbrust hätte auch Ihnen gelten können.«

»Mir? Garantiert nicht. Nur ganz wenige Leute wissen, dass ich mich im Moment in dieser Region aufhalte. Und fast niemand wusste, dass ich mit Ihnen zum Heimatmuseum in Schifferstadt fuhr. Das war nur Klaus, Ihren Kollegen und uns beiden bekannt.«

»Denken Sie, der Pfeil war für mich gedacht? Oder wollen Sie behaupten, dass meine Kollegen mich ermorden wollen? Oder gar Herr Diefenbach?«

Zweier blies zum Angriff. »Beamten kann man nicht so einfach kündigen«, antwortete er gehässig. Als Retourkutsche legte ich das Tabakpäckchen auf das Armaturenbrett. Sofort war er wieder friedlich.

»Okay, ich lasse Sie heute in Ruhe. Sie werden sehen, das muss ein blöder Zufall gewesen sein.«

»So machen wir es. Morgen früh habe ich einen lang eingeplanten Arzttermin. Ersparen Sie mir Details, es ist etwas Unappetitliches. Fahren Sie zeitig zu Frau Tannhäuser und ich stoße später hinzu – mit meinem eigenen Wagen«, ergänzte ich.

»Meinetwegen, das brauchen wir Ihrem Chef gegenüber aber nicht extra zu erwähnen.«

Angsthase, Duckmäuser, dachte ich zufrieden. Morgen früh würde ich die Studentin treffen und endlich verstehen, was sich hinter der ganzen Geschichte verbarg. Zum Glück wusste ich zu diesem Zeitpunkt noch nicht, wie gefährlich der nächste Tag werden würde.

KAPITEL 7
ENDLICH WIEDER DAHEIM

»Wo hast du den komischen Kerl gelassen?«, fragte Gerhard zur Begrüßung, als ich mit Paul in Juttas Büro kam.

»Ich habe ihm ein Plätzchen in der Gruft organisiert. Jutta, haben wir noch Kekse oder so was in die Richtung?« Mein Blick hatte sich auf die leere Dose auf dem Besprechungstisch verfangen.

»Keine Chance«, erwiderte sie. »Kannst du bitte mal unchiffriert reden? Was meinst du überhaupt?«

Während ich mich setzte, sagte Paul: »Bin gleich wieder da« und verschwand. Bestimmt musste er nur zur Toilette.

Ich erzählte meinen Kollegen von den letzten ereignisreichen Stunden.

Nachdem ich fertig war, meinte Gerhard: »Ich kapier überhaupt nichts.«

Da ging es ihm wie mir. Jutta gab mir eine handschriftliche Notiz. »Kurz bevor du kamst, hat ein Herr Wischniewski angerufen. Die Nachricht passt zu dem, was du uns erzählt hast. Er wäre mit Herrn Becker nochmals in der Kirche gewesen und hat sich hinter dem Unigebäude den Ausgang des Lüftungsschachtes angeschaut. Wie nicht anders zu erwarten, ist dieser vergittert und unversehrt.«

»Mannomann«, stöhnte ich. »Da hat Becker ihn aber schnell überreden können zurückzukehren. Wir haben uns erst vor einer halben Stunde verabschiedet.«

Mein Sohn kam zurück. In einer Hand hielt er eine Exklusivpackung Kekse, die für Normalsterbliche unbezahlbar war, in der anderen eine 1,5-Liter-Flasche Cola. »Die Buddel ist für mich«, sagte er und stellte die Keksdose auf den Tisch. »Da steht drauf, dass auch welche mit Alkohol drin sind, Papa. Darf ich die mal probieren?«

Während meine Magensäfte in Wallung gerieten, mir gleichzeitig Übles schwante, hakte ich nach. »Wo hast du das her?«

»Organisiert.«

»Wo? Hast du das irgendwo geklaut?«

»Klauen, hier bei den Bullen? Das trau ich mich nicht, Papa. Das hat irgendwo rumgestanden und niemand war in der Nähe. Also gehört es auch niemandem.«

Seine kindliche Schlussfolgerung war zwar logisch wenig korrekt; da mein Über-Ich inzwischen das Cellophan entfernt hatte, beendete ich die Fragerei. Der Besitzer würde sich bestimmt melden. Sollte er eben sein Zeug nicht überall stehen lassen.

»Und nun?«, fragte Jutta.

»Wir haben viel zu tun, Kollegen. Zuerst sollten wir uns diesen Zweier vom Hals schaffen.«

»Wieso wir? Der ist im Moment ausschließlich dein Problem.«

»Danke, lieber Kollege. Was macht eigentlich deine neue Bekanntschaft?« Damit wollte ich ihn ein wenig aufziehen. Gerhard genoss sein Leben. Seine Lebensabschnittsgefährtinnen wechselten recht häufig. Immer dann, wenn das Thema Kinder akut wurde.

»Woher weißt du von Sybille?«, fragte dieser überrascht. »Die habe ich gestern erst beim Gassi gehen kennengelernt.«

Ich zog ein freches Grinsen auf. »Den Namen höre ich eben zum ersten Mal.«

»Du hast einen Hund?«, fragte Jutta.

»Ne, nicht wirklich. Ich leih mir manchmal einen Dalmatiner aus der Nachbarschaft. Mit Hund kommt man viel leichter in Kontakt zu fremden Menschen.«

»Insbesondere mit weiblichen«, ergänzte ich.

»Klar, aber woher wusstest du das mit Sybille, Reiner?«

»Ich habe doch überhaupt nichts gesagt von einer Sybille, sondern nur von deiner neuen Bekanntschaft.«

»Ja, aber …«

»Hätte ich von deiner *alten* Bekanntschaft gesprochen, wäre es viel unwahrscheinlicher gewesen, dass meine Frage passt.«

Jutta lachte schallend. »Eins zu null für dich, Reiner.«

»Kann ich an deinen Computer, Jutta?« Wir registrierten, dass Paul anwesend war.

»Das geht leider nicht, Paul. In der Dienststelle wird gerade ein zentrales Update aufgespielt.«

»Klasse«, freute sich mein Sohn. »Kriegst du dann auch die neue Version von ›Das Grauen im Lehrerzimmer‹? Da kann man jetzt auch die Rolle des verrückten Hausmeisters übernehmen.«

»Spielst du eigentlich auch Monopoly und so Zeug?«, fragte Gerhard, dessen Sybille es nun bezüglich Kinderwunsch noch schwieriger haben dürfte.

»Schon lang nicht mehr. Das ist alles viel zu einfach. Papa und Mama merken nicht mal meine kleinsten Schwindeleien. Da muss ich mich gar nicht mehr anstrengen.«

Bevor alles ausartete, beeilte ich mich, zum Thema zurückzukommen.

»Zweier muss weg. Der nervt nur. Konntet ihr inzwischen weitere Details über ihn ausfindig machen?«

Jutta ging zu ihrem Schreibtisch und holte eine dünne Akte. »Jürgen hat heute früh recherchiert.«

»Wo ist der überhaupt?«

»Spezialauftrag von KPD«, erklärte Gerhard. »Irgendwas Unaufschiebbares.«

Ich nahm die Akte und überflog sie. »Das ist nur Kleinkram. Mehr als Bewährung springt da nicht raus. Und wenn sein Kumpel KPD interveniert, kriegt Zweier das Bundesverdienstkreuz.«

Ich überlegte kurz. »Im Moment habe ich einen gewissen Freiraum. Erst morgen gegen Mittag will er mit mir die rem-Museen unsicher machen. Also los, KP-Diem statt KPD.«

»Das war aber ein kalter Witz.« Jutta tat so, als friere sie. »Seit wann sprichst du ausländisch?«

»Jeder spricht ausländisch, in fast jedem Land dieser Welt.«

»Jetzt fängt er auch noch an, mit Lebensweisheiten um sich zu werfen«, schwatzte Gerhard. »Hat dich dieser Zweier so beeindruckt?«

»Komm, bitte keine Beleidigungen. Sonst schick ich deiner Sybille ein paar liebe Kinderfotos.«

»Was wollen wir nun tun, Reiner?« Jutta wurde wieder sachlich, was ich sehr gut fand.

»Wir müssen an zwei verschiedenen Enden anpacken. Da ist die Sache mit der Armbrust und dem Schlüssel. Die Spur führt direkt ins Mannheimer Barockschloss. Meiner Meinung nach viel zu offensichtlich. Bitte überprüft, ob das Original des Schlüssels in Bruchsal liegt. Zweitens sollten wir die historischen Kostüme bei Herrn Rocksinger auf Vollständigkeit prüfen und fotografieren. Vielleicht erkennt dieser Waldschrat mit seinem Rollator eines davon wieder.«

»Das übernimmst aber du«, meinte Jutta. »Du hast eh inzwischen ein recht herzliches Verhältnis zu dem Kerl.«

Ich ließ mich in meinen Gedankengängen nicht ablenken. »Es muss eine Verbindung zu Zweier geben. Man könnte jetzt spekulieren, dass es ein Mitarbeiter der rem-Museen ist, der den unliebsamen Kollegen loswerden und den Verdacht gleichzeitig auf das Schloss lenken möchte.«

»Dann kann ich nur zur Vorsicht raten«, meinte Gerhard. »Du solltest deinem Lehrer nicht zu nahe kommen. Wer weiß, ob das der einzige Versuch bleibt, ihn umzubringen.«

»Davon rede ich die ganze Zeit. Wir müssen ihn loswerden. Und das gelingt am besten, wenn wir eine Nahtstelle zwischen ihm und dem mittelalterlichen Schützen konstruieren.« Ich ergänzte: »Ich weiß, Mittelalter war noch früher.«

»Okay.« Jutta hatte sich die Punkte notiert. »Was machen wir mit der Studentin? Hast du wenigstens Name und Adresse?«

»Das ging alles viel zu schnell. Bevor ich's richtig kapiert hatte, war sie schon auf und davon. Ich treffe mich mit ihr um 10.30 Uhr.«

»Das ist richtig früh für dich«, stichelte Gerhard. »Lassen wir sie gleich hochgehen?«

»Auf keinen Fall, dann erfahren wir nichts. Ich will wissen, wie groß diese mysteriöse Studentengruppe ist, ob sie wirklich etwas in der Gruft oder anderswo gefunden hat und warum diese jungen Leute sich nachts mit Rocksinger im Museum des Barockschlosses treffen.«

Gerhard hatte eine Idee. »Vielleicht gehört sie zu seiner Mittelalterband, von der du uns erzählt hast.«

Damit könnte mein Kollege durchaus recht haben, dachte ich. »Okay, klär du das bitte ab. Das sollte leicht herauszufinden sein. Wenn du nicht weiter kommst, frag Jürgen.«

Wie auf Kommando kam dieser mit grimmigem Blick die Tür herein.

»Sogar hier in unserer Dienststelle wird geklaut wie die Raben«, schimpfte er. »Nicht einmal einen kurzen Moment kann man seine Sachen unbewacht abstellen.«

Ich versuchte ihn zu beruhigen. »Komm, setz dich zu uns und iss ein paar von den köstlichen Keksen.«

Jürgen schaute zur Dose und bekam für einen Moment einen etwas starren Gesichtsausdruck. »Wa, was, was ist das?«, stotterte er. »Wie kommen die Kekse hierher?«

Scharf blickte ich Paul an. »Wo hast du die Dose genau gefunden?«

Paul hielt sich nach wie vor für unschuldig. »Die hat auf dem Kopierer im Flur gestanden. Zusammen mit der Flasche. Es war aber niemand in der Nähe.«

Jürgen schnappte nach Luft. »Genau dort habe ich das Zeug kurz abgestellt, weil ich dringend aufs Klo musste. Was hast du dir dabei gedacht?« Böse blickte er Paul an.

Auch wenn es nicht in Ordnung war, was Paul getan hatte, musste ich eingreifen. Leider war die Keksdose inzwischen zu einem Drittel leer. Natürlich hatte nicht nur ich zugelangt.

»Dann müssen wir schauen, wie wir den Schaden begrenzen. Für wen sind die Kekse eigentlich?«

Die Frage war rhetorisch. Aufgrund der vermuteten Preislage war die Antwort eindeutig.

»KPD«, antwortete Jürgen vorhersehbar. »Die Cola war für mich. Er hat mich nach Ludwigshafen zu einem Delikatessengeschäft geschickt. Dort bekommst du am Eingang Überzieher in die Hand gedrückt, weil du mit Straßenschuhen nicht in den Laden rein darfst.«

Er schaute auf die angebrochene Dose. »Was mach ich jetzt nur? KPD wird mich in der Luft zerreißen oder noch schlimmer: nach Ludwigshafen versetzen.«

Ich hatte Mitleid und gab Jürgen fünf Euro. »Geh nebenan zum Aldi und hol eine Packung Billigkekse, damit wir die Dose wieder auffüllen können. Das merkt kein Mensch und KPD schon gar nicht. Und in Zukunft passt du besser auf deine Sachen auf. Besonders, wenn sie dir nicht gehören.«

»Wir waren bei der Studentin stehen geblieben«, sagte Jutta, nachdem Jürgen abgezogen war. »Wie gehen wir da vor?«

»Mich kennt sie«, antwortete ich. »Außerdem denkt die Dame, dass ich zu einer für uns zurzeit völlig unbekannten Vereinigung gehöre, die ihr Kopien des gefundenen Schriftstücks abkaufen möchte. Ich würde gern wissen, worin die Brisanz des angeblichen Fundes liegt.«

»Wie viel sollen die Kopien kosten?«

»Danach konnte ich nicht fragen, sonst hätte sie Lunte gerochen. Sie sagte mir, dass es eventuell weitere Fundstücke geben könnte, was wiederum zu der Theorie mit der Gruft passen könnte. Die Texte sollen übrigens verschlüsselt sein, falls ich das vergessen hatte zu erwähnen.«

Gerhard zählte an den Fingern. »Dann hätten wir erstens eine Gruppe Studenten, zweitens eine weitere Gruppe, die etwas von den Studenten kaufen möchte und drittens den verkleideten Armbrustschützen.«

»Und viertens Hardy Rocksinger«, ergänzte ich. »Wobei es wahrscheinlich Überlappungen gibt. Fünftens könnte man diese Mittelaltermusikgruppe dazuzählen.«

»Das ergibt immer noch keinen Sinn«, meinte Gerhard.

»Zum Glück haben wir dafür einen Joker.«

Jutta schaute mich schäl an. »Du meinst doch nicht etwa KPDs Polizeireporter?«

Ich nickte. »Dietmar Becker weiß inzwischen bestimmt mehr als wir, darauf wette ich.«

»Das sind aber mal ganz neue Töne, Reiner. Normalerweise meidest du den Studenten, wo immer du kannst. Wobei, wenn man mal ganz ehrlich ist und objektiv analysiert, hat er uns beziehungsweise dir in den letzten Monaten mehr als einmal aus der Patsche geholfen.«

Ich brauste auf. »Das war doch jedes Mal nur Zufall! Außerdem wurde er von KPD mit streng vertraulichen Informationen gefüttert.«

Jutta trank ihre Tasse mit dem Spezialgebräu Sekundentod leer, dessen Inhalt eine vollkommene Schwärze aufwies. Selbst ein Schwarzes Loch konnte nicht dunkler sein.

»Warum bringst du ihn dann ins Spiel, wenn du ihn nicht magst?«

Ich druckste herum. »Mögen tu ich ihn schon, darum geht es nicht. Dieses Mal scheint er aber ausnahmsweise mal die besseren Voraussetzungen zu haben. Er kann ungehindert in den Museen recherchieren, während mir dieser komische Zweier auf Schritt und Tritt folgt.«

Gerhard hatte einen Einwand. »Wie wir wissen, hat Becker einen heißen Draht zu KPD. Er wird ihm alles brühwarm erzählen, und danach erfährt es sofort sein Spezi aus Bruchsal.«

»Eben nicht«, erwiderte ich. »Dieses Mal bekommt er von uns exklusiv die Chance, bei einer realistischen Ermittlungssache mitzumachen. Also ohne Zensur und die üblichen Verfälschungen von KPD. Vielleicht schreibt er dann zum ersten Mal einen vernünftigen Krimi. Einen, bei dem der ermittelnde Kommissar nicht wie immer völlig bedeppert daherkommt.«

Jürgen kam zurück und stellte eine Papiertüte mit Keksen auf den Tisch. »Es gab nichts anderes«, sagte er.

Gemeinsam füllten wir das Zeug um. Schlauerweise entnahmen wir zuerst die teuren Exklusivteile, um diese anschließend oberhalb des Billigkrams zu deponieren. Das Resultat war durchaus befriedigend. Jürgen brachte sogar wieder ein kleines Lächeln zustande. Als Ideengeber und Jürgens Lebensretter gönnte ich mir die verbliebenen Kekse aus der Papiertüte. Geschmacklich konnte ich keinerlei Unterschied zu den teuren ausmachen. Beide waren gleich süß.

»Wie willst du Kontakt zu Becker aufnehmen?«, fragte Jutta nach unserer Sortieraktion.

»Da mache ich mir überhaupt keine Gedanken drüber. Mit Sicherheit wird er mir in den nächsten Tagen ständig über die Füße stolpern. Was anderes ist vollkommen ausgeschlossen.«

Wir vernahmen ein Räuspern. KPD stolzierte in das Büro.

»Wieso ist der Junge immer noch da, Palzki?«

Hier war mal wieder meine Spontanität gefragt. »Paul hat mir nur schnell etwas vorbeigebracht, das ich daheim vergessen habe. Er ist gleich wieder verschwunden.«

KPD entdeckte die Keksdose. »Was macht die hier?«

Er schaute Jürgen fragend an. »Ich habe doch gesagt, dass es dringend ist und Sie mir die wertvolle Ware gleich ins Büro bringen sollen.«

»Ihr Büro war abgeschlossen.« Anerkennend nickte ich Jürgen zu. Welch spontaner Bluff aus seinem Mund.

Unser Chef überlegte. »Ich war vorhin mal kurz auf der Toilette. Na ja, ist jetzt auch egal.« Er schnappte sich die Dose und stand auf.

»Warum sind Sie eigentlich hier, Palzki? Ich wähnte Sie in Mannheim. Wo ist Ludwig-Wilhelm?«

In der Tat, dies war eine durchaus berechtigte Frage. Da ich es nicht wusste, aber auch keine schlafenden Hunde wecken wollte, antwortete ich: »Wir sind an einer schwierigen Stelle angelangt. Herr Zweier recherchiert gerade in einem Archiv und wird nachher wieder zu mir stoßen. Ihr Projekt ist in keinster Weise in Gefahr.«

KPD nickte und ging.

»Puh, das war knapp«, stöhnte Jürgen. »Der hätte keine drei Minuten früher kommen dürfen.«

Jutta hatte die kleine Episode bereits verdrängt. Sie hatte sich zahlreiche Notizen gemacht. Wahrscheinlich war dies eine gute Taktik.

»So, Jungs, jetzt planen wir mal die Sache ganz stringent durch.«

»Ja, Mama«, lästerte Gerhard.

Jutta strafte ihn mit einem Blick ab, kommentierte aber nicht. »Jürgen nimmt sich noch mal unseren lieben Ludwig-Wilhelm vor und auch den Schlosschef Rocksinger. Sobald er Infos zu der Mittelaltergruppe hat, gibt er Gerhard Bescheid.« Sie schaute nun diesen an. »Du kümmerst dich um diese Band. Was sie für Kleider tragen, ob sie Waffen haben und ob es Verbindungen zu dem Barockmuseum gibt. Und ruf in Bruchsal an wegen des Schlüssels.«

Jetzt war ich an der Reihe. Jutta wandte sich mir zu. »Wir beide fahren morgen nach Mannheim ins Reiss-Engelhorn-Museum.« Ich unterbrach sie. »Das geht nicht, Jutta. Wenn wir da zu zweit antanzen, ist das psychologisch ungeschickt. Sie wird sofort Reißaus nehmen.«

»Keine Panik, Reiner. Ich werde mich während deines Dates im Hintergrund halten. Es gibt schließlich noch diese mysteriöse Gruppe, die der Studentin das Schriftstück abkaufen möchte. Mindestens einer wird im Museum auftauchen. Außerdem, wie willst du an den Text kommen? Willst du ihn sofort beschlagnahmen? Freiwillig wird sie ihn dir kaum überlassen.«

Stimmt, darüber hatte ich mir noch keine Gedanken gemacht. »Also gut, du hast recht. Ich versuche, möglichst viele Informationen aus ihr rauszuquetschen, dann nehmen wir sie vorläufig fest. Da wir uns eine halbe Stunde früher verabredet haben, dürfte genügend Zeit verbleiben. Wie wir allerdings die andere Person, auf die die Studentin tatsächlich wartet, erkennen, das weiß ich nicht. Das lassen wir auf uns zukommen.«

»Prima«, bestätigte Jutta. »Im Anschluss fahre ich mit der Studentin ins Büro zur Vernehmung. Jürgen kann währenddessen den Text entschlüsseln. Kriegst du das hin, Jürgen?«

»Was soll das für eine Frage sein? Natürlich schaff ich das.«

»Und was mache ich in der Zeit?«

Jutta lachte. »Das hast du uns vorhin doch selbst erzählt. Du triffst dich mit deinem Privatlehrer und schaust dir den Aufbau der Wittelsbacher Ausstellung im Zeughaus an. Die meisten Vitrinen sollen zwar noch leer sein, deinen Geschichtslehrer wird das aber nicht weiter stören. Du wirst dabei bestimmt viel Spaß haben.«

Mist, Zweier hatte ich gerade erfolgreich verdrängt.

»Du hast es gut, Reiner«, frotzelte Gerhard. »Ich würde auch gern mal in einem Rolls-Royce durch die Gegend kutschiert werden.«

»Wir können sofort tauschen, wenn du auf Sterilität und 200 PS stehst.«

»Kilowatt heißt das, die Pferdestärken gelten als veraltet.«

Ich sprach das Wort ›Klugscheißer‹ nicht laut aus, anhand meiner Lippenbewegungen konnte man es dennoch erkennen.

Während ich aufstand, sah ich, wie Paul protestierte, weil Jürgen ihm die Colaflasche abnahm.

»Ich bin für den Rest des Tages zu Hause, falls etwas passiert. Stefanie wird bald mit Lisa und Lars aus der Klinik zurückkommen.«

»Einverstanden«, sagte Jutta. »Ich plane die Aktion in den rem-Museen durch, damit morgen nichts schiefgeht.«

»Was soll da schon schiefgehen, Jutta? Bisher haben wir jeden Fall gelöst.«

Meine Kollegen lachten herzhaft, während ich mit Paul das Büro verließ.

Meine Frau war bereits daheim. Das Erste, was mir auffiel, war Stefanies böser Blick.

»Ist was mit Lisa?«, fragte ich nervös. »Alles in Ordnung? Wo sind die beiden überhaupt?«

»Die schlafen«, entgegnete sie nicht allzu freundlich. »Mensch, Reiner, was hast du dir dabei eigentlich gedacht?«

Ich benötigte einen Moment, um zu erfassen, worum es ging.

»Ach so, jetzt verstehe ich. Das kann doch jedem mal passieren. Es ist schon ein paar Jahre her, dass ich Pizza selbst gemacht habe. Ich kann mich gar nicht mehr daran erinnern. Die blöde Hefe habe ich übersehen. Das nächste Mal denke ich dran. Hast du die Pizza probiert? Der Boden ist leider ein wenig krümlig geworden.«

Meine Frau stand eine Weile mit offenem Mund da. »Sonst hast du keine Sorgen?«

Großäugig blickte ich sie an. »Ich weiß jetzt wirklich nicht, was du meinst. Ist was mit Melanie? War es verkehrt, dass ich Paul und mir eine Pizza vom Caravella geholt habe? Ich konnte deinen Sohn schlecht hungrig ins Bett schicken.«

Endlich erfuhr ich, was Stefanie meinte.

»Du warst nur wenige Stunden zu Hause. Wie kann man in so kurzer Zeit solch ein riesiges Chaos veranstalten? Die Küche sieht aus, als hätte eine Kompanie eine Orgie gefeiert, im Wohnzimmer liegen die Kleider von dir und Paul verstreut in der Gegend rum und das Bad sieht aus wie ein Lazarett.«

Sie gab mir mit ihrer Gardinenpredigt ein gutes Gegenargument. Ich zeigte ihr den Verband am linken Arm, der zwar nicht mehr wehtat, aber einen optisch guten Eindruck machte.

»Ich habe alles gegeben, Stefanie, trotz meiner schweren Verletzung. Ich konnte gerade noch einen mehrtägigen Krankenhausaufenthalt verhindern. Die wollten sogar meinen Kopf untersuchen, weil ich auf's Pflaster gefallen bin.« Ich zog eine mitleidsvolle Miene auf. Darin waren alle Männer Weltmeister. Vermutlich handelte es sich um angeborene Reflexe, die bis auf Adam zurückzuführen waren.

Stefanie ließ sich davon beeindrucken. Ich erzählte alles und schmückte dabei manches Detail hilfreich aus. »Deswegen hat das mit der Pizza auch nicht so richtig geklappt«, beendete ich meine Geschichte.

Sie war hartnäckig. »Warum hast du Paul mitgenommen? Der hätte doch bei Ackermanns bleiben können.«

Mit einem Blick auf unseren Sohn, der nebendran stand, antwortete ich: »Das erkläre ich dir heute Abend.«

Paul kicherte, was wohl auch an der getrunkenen Cola lag. »Das war ein geiler Tag, Mama. Wir haben voll die gefährlichen Abenteuer erlebt und in einer grusligen Gruft sogar einen Geheimgang entdeckt. Dort wohnen die schleimigen Gruftmonster.«

Bevor Stefanie reagieren konnte, erläuterte ich: »Du weißt ja, was für eine blühende Fantasie unser Sohn hat. Vielleicht sollte er weniger Computer spielen.«

Auch dieses Mal hielt mich meine Frau für zumindest halbwegs glaubwürdig. Paul wurde in sein Zimmer geschickt.

»Ich mach uns mal was zu essen«, sagte sie. »Vermutlich hast du heute noch nichts Vernünftiges gekriegt, oder?«

Ich schüttelte den Kopf, weil mir keine bessere Antwort einfiel.

Eine Stunde später saßen wir gemeinsam am Esstisch. Meine Frau hatte vorher die erwachte Lisa gestillt. »Mit ihrem Nabel ist alles in Ordnung. Er wurde heute früh noch mal genaustens untersucht.«

Da Melanie nach wie vor bei einer Freundin war, blieb ihr Platz leer.

»Du, Reiner«, begann meine Frau und ich erschrak. So begannen meistens Sätze, die Unheil ankündigten.

»Wenn ihr im Moment in den Reiss-Engelhorn-Museen und im Barockschloss ermittelt, könntest du uns mal ein paar Familienfreikarten organisieren. Die Wittelsbacher Ausstellung würde ich mir gern anschauen.«

»Da gibt's doch nur altes Zeug!«, versuchte ich mich zu wehren und wusste, dass es umsonst sein würde. »Wir leben in der Gegenwart für die Zukunft, was sollen wir da mit Vergangenem?«

Stefanie schien einen Moment lang beeindruckt. »Du hast ja eine philosophische Ader, mein Lieber. Trotzdem, das mit dem Museumsbesuch machen wir. Ein bisschen Bildung hat noch nie jemandem geschadet. Auch einem Polizeibeamten nicht.« Sie schaute mich frech an.

»Außerdem«, ergänzte sie, »hast du dich selbst mal für Genealogie interessiert. Weißt du noch?«

»Da waren wir gerade frisch verheiratet. Weißt du, wie viele Jahre das her ist?«

»Ja, du auch?«

Ohne auf die Spitze einzugehen, fuhr ich fort. »Für Ahnenforschung braucht man viel Zeit und muss alte Schriften lesen können und in noch älteren Kirchenarchiven rumwühlen.«

»Wer weiß, vielleicht lohnt es sich und wir sind mit Rockefeller verwandt oder so?« Stefanie lächelte.

Was meine Frau sagte, stimmte schon. Damals, als ich noch viel Zeit hatte, wollte ich der Herkunft meines Nachnamens auf die Spur kommen, was aber alles andere als einfach war. Weiter als bis zu meinem Urgroßvater Kurt Palzki bin ich damals nicht gekommen. Alle mir zugänglichen Quellen konnten mir nicht helfen, meinen Ahnenstamm weiter zurückzuverfolgen.

»Sobald ich Zeit habe, schreibe ich Rockefeller einen Brief, okay?«

Die Debatte ging noch eine Weile hin und her und wurde durch das Erwachen von Lars abgebrochen. Der normale Wahnsinn hatte unsere Familie wieder eingeholt.

KAPITEL 8
DIE LINDENHOLZSKULPTUR

Der nächste Morgen begann harmlos. Paul verschlief das Frühstück, Melanie war außer Haus untergebracht und Stefanie kümmerte sich um die Zwillinge. Um ein gesundes Frühstück zuzubereiten, hatte sie dennoch Zeit. Dicke Scheiben Goudakäse in Kombination mit klebrigem Vollkornbrot gehörte nicht zu meinen kulinarischen Favoriten, was ich aber nicht an die große Glocke hängte. Gestärkt fuhr ich mit dem Wissen der vielen Einkehrmöglichkeiten der Mannheimer Innenstadt ins Büro.

Jutta erwartete mich mit einem provozierenden Blick auf die Uhr. »Guten Morgen, auch schon da?«

Ich murmelte eine unverständliche Begrüßung.

»Wo hast du Paul gelassen? KPD hat schon nach ihm gefragt.«

»Das war jetzt ein Witz, oder?«

Sie lachte. »Na klar, auch Frauen können lustig sein. Wie geht's Lisa und deiner Frau?«

»Alles im grünen Bereich«, antwortete ich stolz. »Einen Palzki haut so schnell nichts um.«

»Das haben wir vorgestern deutlich gesehen«, frotzelte sie und zeigte auf meinen Arm. Den Verband hatte mir gestern Abend Stefanie entfernt und als Ersatz ein Pflaster draufgeklebt. ›Ist ja nur ein Kratzer‹, meinte sie geringschätzend.

»Fahren wir gleich los oder gibt's Neuigkeiten?«

»Gerhard und Jürgen sind vor einer Stunde nach Mannheim zu Rocksinger gefahren. Sie wollen die Gewänder beschlagnahmen. Eigentlich müssten die beiden längst zurück sein.«

»Die sind bestimmt unterwegs frühstücken. Das trau ich denen zu, während der Arbeitszeit.«

»So was machst du selbstverständlich nie«, sagte Jutta und schnappte sich ihre Tasche. »Los komm, ich fahr.«

Dies war mir überhaupt nicht recht. Ich weiß jetzt nicht, ob Sie es schon wissen: Jutta war eine Heizerin. ›Heizen‹ bedeutete hier nicht das Umgangssprachliche schnell fahren, sondern einen Temperaturhinweis. So wie es physikalisch gesehen bei Minus 273 und ein paar zerquetschen Grad Celsius den absoluten Nullpunkt gab, arbeitete Jutta sich in ihrem Wagen an den wissenschaftlich noch nicht so klar definierten absoluten Hitzepunkt hin. Da wir im Moment Sommer hatten, lagen die Innenraumtemperaturen noch knapp unter der Glasschmelze.

Total verschwitzt stieg ich in Mannheim aus Juttas Wagen. »Boah, ist das heute frisch«, meinte meine Kollegin bei ihrem ersten Kontakt mit der Mannheimer Außentemperatur.

»Warum bist du eigentlich ins Parkhaus gefahren? Hast du die Preise gesehen? Wenn du da länger als fünf Stunden parkst, ist es günstiger, ein neues Auto zu kaufen und den alten einfach stehen zu lassen.«

»Das zahlt der Staat«, entgegnete sie knapp und korrekt.

Während wir zum Ausgang liefen, fühlte ich vorsichtig vor: »Du Jutta, wir sind sehr zeitig hier. Sollen wir noch schnell einen Kaffee trinken gehen?«

Sie hatte mich durchschaut. »Und ein paar Süßteilchen essen? Keine Chance, Reiner. Ich habe den Eindruck, du nimmst die Sache nicht ernst genug. Du gehst jetzt im Zeughaus in die Eingangshalle und schaust dich um. Ich komme in ein paar Minuten nach und mache das Gleiche. Selbstverständlich kennen wir uns nicht, verstanden?«

»Wer sind Sie denn? Warum sprechen Sie mich an?«

Jutta nickte. »Genau so. Los, hau schon ab.«

Der Eingangsbereich des Museums war fast leer. Ich schaute mir die Produkte im Museumsshop an, in denen Bücher und andere Sachen lagen, die man käuflich erwerben konnte. Dann schlenderte ich möglichst unauffällig durch die Halle und schaute mal in eine Richtung, mal in die andere. Von Jutta keine Spur. Ob sie sich verlaufen hatte?

»Kann ich Ihnen helfen?«

Ich drehte mich um. Vor mir stand eine uniformierte Dame, die mich mit skeptischem Blick begutachtete.

»Vielen Dank, das ist nett«, antwortete ich. »Ich warte noch auf jemanden.«

»Ach so. Dann wünsche ich Ihnen viel Spaß bei uns.« Sie ließ mich allein.

Die Zeit zog sich wie Kaugummi. Je öfter ich auf die Uhr schaute, desto langsamer verging sie. Ein Phänomen, das wohl noch niemand richtig untersucht hatte. Vielleicht irrte sogar der olle Einstein?

Pünktlich auf die Minute kam die Studentin zur Tür herein. Ich winkte ihr zu.

»Tag«, begrüßte sie mich kurz und bündig. »Der andere Mann, der das erste Mal da war, ist der nicht hier?«

»Er ist leider verhindert«, log ich. »Ich bin befugt, das Geschäftliche zu regeln. Haben Sie alles dabei?«

»So weit es ging. Nur einen Teil konnte ich bis jetzt unbemerkt kopieren. Ich gehe da ein hohes Risiko ein. Vielleicht sollte ich noch einen Zuschlag verlangen?«

Da ich keine Ahnung hatte, um welche Summe es ging, lenkte ich sie ab.

»Sind die Kopien bereits dechiffriert?«

Ihr Handy klingelte, was sie ignorierte.

»Nein, ein paar Überschriften sind aber im Klartext. Das ist sauschwer, weil wir keinen richtigen Fachmann dafür haben. Das müssen Sie selbst entschlüsseln.«

Ich schaute mich unauffällig nach Jutta um, konnte sie aber nach wie vor nicht entdecken.

»Bis wann wissen Sie, ob es weitere Funde in der Gruft gibt?«

»Pst!« Sie legte ihren Zeigefinger vor den Mund. »Seien Sie mal ein bisschen leiser, es muss nicht jeder hören, was ich für Sie habe.«

Sie überlegte einen Moment, dann sprach sie weiter. »Wir können nur an bestimmten Tagen in die Gruft, damit es nicht auffällt. Das Ganze hat sich als recht schwierig herausgestellt.«

»Und was hat Herr Rocksinger damit zu tun?«

Sie verriet sich durch ein kaum sichtbares Zusammenzucken. »Wer bitte? Ich kenne niemanden mit diesem Namen.«

Ich bohrte weiter. »Wie? Sie treffen sich regelmäßig mit Ihren Kommilitonen im Museum und kennen den Chef nicht?«

Ihre Stimme zitterte leicht, was bei schlechten Lügnern oft der Fall war. »Muss man unbedingt den Chef kennen, wenn man öfter im Museum ist?«

Bevor ich weiterfragen konnte, sagte sie: »Lassen Sie uns nach oben gehen. Dort sind wir ungestört und ich kann Ihnen die Kopien zeigen.«

Wir gingen an der Kasse vorbei, die Studentin winkte der Kassiererin kurz zu, was diese erwiderte.

»Müssen wir keinen Eintritt bezahlen?«, fragte ich erstaunt.

Sie grinste frech. »Wenn ich dabei bin, nicht. Ich arbeite im Zeughaus als Aushilfe und helfe bei der Vorbereitung zur Ausstellung. Daher kann ich rein, wann immer ich will.«

»Aber nur zu den Öffnungszeiten.«

Sie zog einen kleinen Sicherheitsschlüssel aus der Tasche und grinste erneut. »Nicht, wenn man sich mit der Wachmannschaft gut versteht. – Zumindest mit den Männern«, ergänzte sie.

Hinter der Eingangshalle lag ein fast ebenso langer Flur, dessen gegenüberliegende Seite komplett verglast war. Ich schaute ins Freie auf einen ausgedehnten Platz und ein dahinter liegendes Restaurant. Meine Führerin ging nach links und drückte am Flurende auf eine Aufzugstaste. Der größte Aufzug, den ich je gesehen hatte, öffnete sich. Sie drückte ihren Schlüssel in das Bedienfeld und betätigte die ›1‹.

Ein letzter Blick zurück in den Flur. Nirgendwo konnte ich Jutta entdecken. Was war da los?

»Normalerweise darf man nicht allein ins erste Obergeschoss.« Sie hob die Schultern. »Wir sind aber auch zu zweit.« Wieder dieses freche Grinsen.

Der Aufzug war zweitürig. Die andere Tür öffnete sich und wir kamen in eine sonderbare Halle. An dem großen Schriftzug an der Wand erkannte ich, dass hier demnächst die Wittelsbacher Ausstellung sein würde. Noch sah es sehr chaotisch aus. Überall standen Vitrinen in den unterschiedlichsten Größen herum, dazwischen, willkürlich verteilt massiv wirkende Stellwände. Für Paul wäre dies der größte Abenteuerspielplatz seines Lebens. Anschließend wäre es für meine Haftpflichtversicherung die größte Herausforderung seit ihrem Bestehen.

Ich wurde unruhig. Bestimmt ist die Museumsleitung nicht sehr amüsiert darüber, dass eine Aushilfe fremde Besucher durch eine unfertige Ausstellung führt.

»Wenn man uns erwischt!«

Die Studentin antwortete ohne große Emotionen. »Vormittags ist hier zurzeit niemand.« Sie vollführte eine großzügige Armbewegung.

Ich sah, dass manche Vitrinen bereits bestückt waren.

»Das sind die museumseigenen Stücke«, erklärte sie mir. »Die Leihgaben werden demnächst erwartet, ein paar wenige sind bereits da. Bis dahin muss hier alles pikobello sein.«

»Das sieht mir aber noch nach viel Arbeit aus«, entgegnete ich aufgrund des Chaos.

»Täuschen Sie sich nicht. Es gibt detaillierte Stellpläne. Jede Vitrine und jede Stellwand hat ihren exakten Platz. Es wird einen geführten Weg mit Einbahnstraßenregelung geben. Die Besucher werden mittels Vitrinen und Stellwänden durch die komplette Ausstellung gelenkt.«

Sie ging auf einen langen Tisch zu, auf dem neben mit Stoff bespannten Klötzen jede Menge schwarzer Tücher lagen. Dabei stolperte ich über ein auf dem Boden liegendes Kabel.

»Passen Sie doch auf«, meckerte sie. »Jede Vitrine hat einen Beleuchtungsanschluss, manche sogar Temperatur- und Luftfeuchtigkeitsregelungen.«

So viel Luxus gab es nicht einmal in KPDs Büro, dachte ich und stellte mir meinen Chef ausgestopft in einer der Vitrinen vor.

»Das ist mein Arbeitsplatz«, erläuterte sie. »Sobald die Leihgaben eintreffen, werden sie genauestens kontrolliert, protokolliert und fotografiert. Allein schon aus Beweissicherungsgründen, falls mal was auf dem Transport passiert.«

Sie drehte sich um und zeigte auf einen quadratischen Raum mit etwa zehn Metern Kantenlänge, der sich mitten in der Ausstellungshalle befand. »Das ist normalerweise unser Stuhllager, weil wir hier oben manchmal Veranstaltungen haben. Im Moment werden dort die ersten Leihgaben zwischengelagert, die vor ein paar Tagen viel zu früh ankamen. Nicht immer klappt es halt wie geplant.« Sie ging auf den Raum zu. »Kommen Sie, da drinnen gibt es keine neugierigen Kameras.«

»Werden wir beobachtet?«

»Ach vergessen Sie's. Warum sollte sich das Wachpersonal diese Etage auf dem Monitor anschauen, wo sie doch normalerweise um diese Tageszeit menschenleer ist.«

Jetzt wurde es interessant, gleich würde ich das mysteriöse Schriftstück sehen. Leider müsste ich sie dann ohne Juttas Hilfe vorläufig festnehmen und die Kopien beschlagnahmen. Ich hoffte, dass die Studentin keine erfahrene Karatekämpferin oder so etwas in der Richtung war. Doch vorher wollte ich noch weitere Informationen aus ihr herauslocken.

»Bevor wir zum Geschäft kommen: Ich gehe davon aus, dass Ihre Professorin oder wer da auch immer im Hintergrund arbeitet, nichts von Ihren Kopienverkäufen weiß, oder?«

»Ich bin doch nicht verrückt«, antwortete sie erregt. »Frau Professorin Stadelbauer weiß davon so wenig wie meine Kommilitonen. Die Schrift, die wir entdeckt haben, wird sowieso irgendwann mal veröffentlicht werden. Ich sehe es daher nicht als Missbrauch an, vorher Kopien zu verkaufen. Damit kann ich mir ein Stück weit mein Studium finanzieren. Mein Smartphone ist immerhin schon wieder fast ein Jahr alt.«

»Was machen Sie hier oben?«

Die laute Stimme ließ uns zusammenzucken. Zwei Sekunden später wären wir in dem Raum verschwunden gewesen, doch die blondhaarige Frau, die eben gerade aus dem Aufzug gekommen war, hatte uns entdeckt.

Die Studentin antwortete spontan und ohne mit der Wimper zu zucken. »Ich will nur schnell meinem Vater meinen Arbeitsplatz zeigen, Frau Block. Dann sind wir auch gleich wieder verschwunden.«

Na danke schön, dachte ich aufgebracht. Für wie alt hielt sie mich denn? Sie hätte auch sagen können, dass sie mit ihrem älteren Bruder hier ist.

»So geht das aber nicht«, sagte Frau Block und kam näher. »Sie wissen ganz genau, dass niemand ohne Genehmigung und Registrierung in die Ausstellung darf. Was meinen Sie, wenn das jeder machen würde?«

»Ist bloß mein Vater«, wiederholte sie gelassen. »Wir haben nichts angefasst.«

Dafür erntete sie einen bösen Blick.

»Ja ja, wir gehen ja schon wieder. Komm Daddy, jetzt weißt du, wo ich arbeiten muss. Wenn du mir genug Geld gibst, kann ich kündigen und mich auf's Studium konzentrieren.«

Ich folgte der dreisten Katja Lehmann in Richtung Aufzug. Frau Block war in einen Nebenraum gegangen und somit aus unserer Sichtweite.

Kurz entschlossen ging die Studentin an der Aufzugstür vorbei, zog ihren Schlüssel aus der Tasche und schloss eine unscheinbare Tür auf. Wir kamen in ein Treppenhaus.

»Das ist nur für das Personal«, erläuterte sie. »Lassen Sie uns runter zur Schatzkammer ins Erdgeschoss gehen, da ist am wenigsten los.«

Eine Schatzkammer hatte ich mir anders vorgestellt. In dem Raum befanden sich viele Holzfiguren, Ölgemälde und religiöse Gegenstände. Einen richtigen Schatz konnte ich nicht entdecken.

Katja, von der ich rhetorisch inzwischen einiges gewohnt war, lief zielstrebig auf die einzige Person zu, die sich außer uns in der Schatzkammer befand. Es war ein Aufseher.

»Fritz, du sollst bitte mal kurz zu Frau Block ins erste OG kommen«, säuselte sie ihm zu, ohne eine Spur rot zu werden. »Ich bleibe solange hier unten und passe auf.«

Sie schaute mich schelmisch an, während Fritz verschwand. »Männer«, war ihr einziger Kommentar, »sind so naiv und leicht beeinflussbar.«

Während ich fassungslos dastand, ging sie auf eine lebensgroße Skulptur zu und schwenkte dabei ein Papier in der Hand. Doch was war das? Hatte ich Halluzinationen oder wackelte die Figur tatsächlich? Erdbeben? Nein, dann würde alles wackeln. In Zeitlupentempo kippte die Figur nach vorn und am Zielpunkt befand sich nichts ahnend die Studentin. Ich spurtete mit drei, vier Schritten zu ihr, um sie mit einem Hechtsprung aus der Gefahrenzone zu ziehen.

Ich kam eine Winzigkeit zu spät. Mit lautem Gepolter fiel der hörbar schwere Koloss auf die Studentin und zerbrach dabei in mehrere Teile. Ich selbst knallte mit meinem Kopf gegen die Figur, was mir für einen Moment die Sinne raubte. Ich spürte, wie mir warmes Blut die Schläfe hinablief. Wie in einem zerfledderten Wollknäuel lagen Katja, die Bruchstücke der Skulptur und ich auf einem Haufen. Erst jetzt nahm ich den zerschmetterten Kopf der Studentin wahr, dessen Beschreibung ich mir aus Jugendschutzgründen versage. Es sah einfach bestialisch aus. Direkt vor meiner Nase befand sich die Hand der Studentin, die nach wie vor das Schriftstück umklammerte und mich an eine bestimmte Szene eines Edgar-Wallace-Films erinnerte. Ich konnte die Papiere fassen und in meiner eigenen Hand verschwinden lassen. Mein Kreislauf gab nach. Hinzu kam, dass eine laute und schrille Sirene loslegte und mir die restlichen Sinne raubte. In den letzten Augenblicken vor meiner Ohnmacht nahm ich eine Gestalt wahr, die in historischen Gewändern hinter der Tür zum Treppenhaus verschwand.

»Palzki!«

Das Dröhnen dieser Stimme war wie der Sekundentod getaufte Kaffee meiner Kollegen: Beides konnte Tote aufwecken. Bei mir handelte es sich zwar nur um eine temporäre Bewusstlosigkeit, Dr. Metzgers Stimme würde aber auch jeden Koma-Patienten in die Realität zurückbringen.

Zweimal klatschte mir eine feuchte Pranke auf die Wange. »Na kommen Sie schon, Palzki, simulieren können Sie daheim bei Ihrer Familie. Es ist nur ein kleiner Kratzer und eine winzige Beule.«

Sein Frankensteinlachen dröhnte durch die Schatzkammer. Sollte ich durch erneute Bewusstlosigkeit eine Flucht einleiten? Nein, das wäre ungeschickt. Metzger würde mir bestimmt eine Spritze mit irgendwelchen unbekannten Chemikalien verabreichen. Ich öffnete meine Augen einen Spaltbreit.

»Na, geht doch«, testierte der Notarzt und schlug mir so fest auf den Oberarm, dass es knirschte. »Nur zu, Sie brauchen keine Angst zu haben, Palzki. Ich habe keinen Spiegel dabei, Sie müssen sich nicht selbst anschauen.«

Ich wollte dem Pochen in meiner Stirn auf den Grund gehen und erfühlte ein Pflaster.

»Mehr braucht's nicht«, meinte Metzger. »Bei Ihrem Dickschädel. Wenn Sie das Pflaster nicht mehr benötigen, bringen Sie es mir bitte bei Gelegenheit wieder vorbei. Es ist ein Mehrwegpflaster und ziemlich teuer.«

Ich stellte fest, dass ich nicht nur kurz bewusstlos gewesen sein musste. Der Saal wimmelte von Polizisten, Wach- und Museumspersonal. Ich erkannte Frau Block, die stumm neben der zerschellten Skulptur stand und sehr blass wirkte. Katja hatte man inzwischen unter den Trümmern herausgezogen und mit einem Laken zugedeckt. Hier konnte auch Dr. Metzger mit seiner Stimme nichts mehr ausrichten. Ich bemerkte, dass sich nach wie vor das Schriftstück der Studentin in meiner linken Hand verbarg. Möglichst unauffällig stopfte ich es in die Hosentasche.

Der Notarzt verabschiedete sich. »Machen Sie es gut, Palzki. Ich muss weiter. Termine, Sie verstehen. Denken Sie daran, das Pflaster zurückzubringen, sonst muss ich es Ihnen in Rechnung stellen.« Er schnappte sich seine Tasche, die einem verrosteten Werkzeugkasten nicht unähnlich war, und verschwand.

»Können wir Sie befragen?«

Ein mir unbekannter Kollege trat an mich heran.

Ich benötigte eine Minute zum Sammeln und Aufstehen. Außer kleinen Kreislaufproblemen und dem Pochen in der Stirn ging es mir einigermaßen zufriedenstellend. Irgendjemand besorgte mir einen Stuhl.

»Erzählen Sie bitte, was passiert ist. Dass Sie mit dem Opfer im ersten Obergeschoss waren, wissen wir bereits von Frau Block.«

In komprimierter Fassung erzählte ich von der Begegnung mit der Studentin, verheimlichte dabei aber den wahren Grund. Während meiner Berichterstattung sah ich Jutta mit Ludwig-Wilhelm Zweier in die Schatzkammer kommen. Sie winkte mir kurz zu, anscheinend hatte sie Wichtigeres zu erledigen, als sich um mein Befinden zu kümmern.

»Und Sie wissen wirklich nicht, was die Tote von Ihnen wollte?«

»Nur das, was ich Ihnen gesagt habe. Sie wollte mir etwas verkaufen. Ich gehe davon aus, dass sie mich verwechselt hat. Vielleicht befindet es sich oben in der Ausstellung.«

Der Beamte überlegte. »Wir haben natürlich sofort die Videoaufzeichnungen beschlagnahmt. Frau Block hat Sie übrigens gefunden und uns verständigt. Das muss unmittelbar nach dem Unfall passiert sein, sie hat den Lärm gehört.«

Ich bekam große Augen. »Was für ein Unfall?« Gingen die Beamten tatsächlich von einem Unfall aus? Warum war Frau Block sofort zur Stelle? Ich sah sie doch am anderen Ende des Stockwerks, als Katja und ich die Treppe nach unten nahmen. Da stimmte doch etwas nicht.

»Haben Sie Indizien, dass es kein Unfall war?«, fragte mein badischer Kollege zurück und hob eine Augenbraue.

»Da war eine Person mit mittelalterlichen Kleidern im Saal«, antwortete ich. »Ich hab's aber nur aus den Augenwinkeln wahrgenommen.«

»Das ist in der Tat seltsam«, sagte mein Gesprächspartner. »Auf den Videos ist die Person auch drauf. Allerdings nicht in mittelalterlichen Kleidern. Wie Frau Block feststellte, handelt es sich um höchstens 200 Jahre alte Gewänder.«

Klugscheißer, dachte ich und behielt die Bemerkung für mich.

»Kann man ihn wenigstens identifizieren?« Ich hoffte, dass wir nun das erste Mal eine Täterbeschreibung hätten.

Er schüttelte den Kopf. »Wir wissen nicht einmal, ob es ein ›er‹ ist. Die Person muss detaillierte Ortskenntnisse haben und hat sich jeweils im Schatten der Videokameras bewegt. Der oder die Unbekannte ist nur von hinten zu sehen und trägt ein großes Kopftuch.«

Wir diskutierten noch eine Weile über die Möglichkeiten eines Anschlages, wobei ich mich mit Informationen sehr bedeckt hielt. Das war zwar nicht sehr fair meinen Mannheimer Kollegen gegenüber, aber hier ging es ums Ganze. Und das wollte ich erst verarbeiten.

Jutta kam auf mich zu.

»Alles klar?«, fragte sie leise.

»Wo warst du?«, fragte ich möglichst vorwurfsvoll. »Hast du nicht gesehen, wo wir hingegangen sind?«

Jutta schaute peinlich berührt zu Boden. »Ich musste dringend auf die Toilette, entschuldige bitte. Danach habe ich dich überall gesucht. Plötzlich kam Frau Block durch die Halle gerannt und dann hörten wir bereits den Krach der umfallenden Skulptur. Es war schon sehr verdächtig, dass Frau Block, zu dem Zeitpunkt wusste ich ja noch nicht, wer sie ist, schnurstracks auf die Schatzkammer zurannte. So als wüsste sie, was da passieren würde.«

»Da ist was oberfaul, Jutta. Bitte versuche an Kopien der Videoaufzeichnungen zu kommen. Ich möchte genau wissen, wo die Dame überall gewesen ist.«

Bevor Jutta etwas sagen konnte, fiel mir noch eine Sache ein. »Was hat unser lieber Zweier bis jetzt mitgekriegt?«

»Alles, schätze ich. Der scheint hier jeden zu kennen.«

Ich zog das geheimnisvolle Papier aus der Hosentasche und gab es unauffällig an Jutta weiter. »Wenn du wieder im Büro bist, gib das gleich dem Jürgen. Der soll sich das mal ganz genau anschauen.«

»Ist das …?«

Ich nickte. »Wenigstens ein Teilerfolg. Dass hier wieder einer in alten Klamotten rumgegeistert ist, weißt du bestimmt auch, oder? Das war bestimmt der 11-Uhr-Termin der Studentin.«

Dieses Mal nickte Jutta. »Ich habe das Video gesehen, man kann so gut wie nichts erkennen.« Sie musterte mein Pflaster. »Du warst ganz schön lang bewusstlos. Ich bekam einen Riesenschreck, als ich nach dem Videoschauen zurückkam und den skurrilen Arzt Metzger bei dir sah.«

»Halb so schlimm«, bagatellisierte ich. »Ich war ohnmächtig. Kannst du mir mal den Zweier von der Pelle halten? Er sieht so aus, als würde er mit mir reden wollen. Ich möchte mich kurz ungestört mit Frau Block unterhalten.«

Ich ging zu Frau Block, die immer noch die zerstörte Skulptur betrachtete. Katja hatte man inzwischen abgeholt.

»Was wissen Sie von alledem?«, fragte ich sie.

»Schrecklich, einfach unfassbar«, stotterte sie. »Wir hatten noch nie einen Todesfall im Zeughaus. Und dann sogar Ihre Tochter.«

Meine Tochter? Natürlich, Katja hatte mich ja als ihren Vater vorgestellt.

»Das stimmt so nicht, sie hat gelogen. Ich habe die Studentin heute das erste Mal gesehen.« Dass dies nicht korrekt war, tat im Moment nichts zur Sache.

Frau Block machte einen wirren Eindruck. »Aber warum das alles? Wenn man mich richtig informiert hat, sind Sie schließlich Polizist.«

»Ich bearbeite einen brisanten Fall«, leitete ich meine Käpt'n-Blaubär-Geschichte ein, »und ermittle teilweise undercover. Die Studentin wollte mir etwas zeigen, doch Sie kamen uns in die Quere.«

Frau Block war zwar offensichtlich erschüttert, dennoch versuchte sie, mir weitere Details zu entlocken. »Hat es etwas mit den Ausstellungsstücken im ersten OG zu tun oder mit den wenigen Leihgaben, die bereits hier sind?«

»Könnte sein«, antwortete ich unbestimmt. »Sind die Sachen, die bereits vor Ort sind, sehr wertvoll?«

»Was heißt hier wertvoll? Das ist sehr subjektiv. Bei uns im Zeughaus wird das Mittelalter der Wittelsbacherzeit gezeigt. Die Neuzeit ab etwa 1500 wird dagegen im Barockschloss ausgestellt. Die richtig wichtigen Leihgaben kommen aber erst nächste Woche, die sind im Moment in einem anderen Museum zwischengelagert, weil wir noch nicht so weit sind.«

Da ich wusste, dass unser Treffen mit den Leihgaben nichts zu tun hatte, stellte ich eine andere Frage. »Kannten Sie Katja näher?«

»Nein, sie war eine Aushilfe. Davon haben wir im Moment eine ganze Menge. Bisher war sie eigentlich immer sehr zuverlässig. Gut, sie hat manchen vom Wachpersonal ein bisschen den Kopf verdreht, das kommt aber öfter mal vor. Männer sind mit solchen Sachen sehr leicht zu beeinflussen.«

»Von der Person in der mittelalterlichen, äh, antiken Kleidung wissen Sie auch nichts?«

Frau Block stutzte. »Antike Kleidung?«

»Na ja, so altes Zeug halt.«

»Das haben wir uns bereits auf den Videos angeschaut. Ich habe keine Ahnung, wer das sein könnte.«

»Sieht man auf den Aufnahmen, ob diese Person in der Nähe dieser Figur war, als sie umfiel?«

Sie schaute zu den Bruchstücken auf dem Boden und seufzte. »Da müssen Sie Ihre Kollegen fragen.« Sie seufzte erneut. »Schade um die Egell Lindenholzskulptur.«

»Ekel?«, antwortete ich vorschnell. »So schlimm sieht sie doch gar nicht aus.«

Sie glotzte mich an, als wäre ich in ein Fettnäpfchen getappt.

»Egell, nicht Ekel. Paul Egell schuf den Heiligen Johannes Franziskus Regis zwischen 1735 und 1752.«

»Ach so, den meinen Sie.«

»Herr Palzki«, rief in dem Moment einer der Mannheimer Beamten. »Können Sie bitte mal kommen?«

Samt Frau Block und Ludwig-Wilhelm Zweier, der sich uns ungeniert anschloss, ging ich zu dem Beamten. Dieser hielt eine Schnur und ein Foto in der Hand.

»Diese reißfeste Schnur haben wir vor der Skulptur auf dem Boden gefunden. Können Sie sich dies erklären?«

Natürlich konnte ich das. Wie hat der Mörder nur wissen können, dass die Studentin an dem Egell-Denkmal vorbeiläuft? Dass er mithilfe der Schnur selbiges zum Umstürzen brachte, war mir eigentlich klar. So konnte er unsichtbar bleiben.

Ich antwortete mit einer Gegenfrage, um meine Meinung zu der Schnur nicht kundtun zu müssen. »Was ist das für ein Foto?«

»Keine Ahnung«, antwortete er. »Irgendein Orden. Das Foto hatte das Opfer in ihrer Tasche.«

Frau Block und Ludwig-Wilhelm Zweier drängten sich in den Vordergrund.

»Das ist der Orden des Goldenen Vlies«, meinte Zweier plötzlich. »So einen hat man im Sarkophag von Carl Philipp gefunden.«

Da war er wieder, der Querverweis auf die Gruft in der Schlosskirche. Gab es vielleicht doch ein Geheimnis im Grab von Carl Philipp? Hatte der Orden eine Verbindung zu dem Schriftstück, von dem wir inzwischen einen Teil besaßen? Ich riss mich von meinen eigenen Spekulationen los.

»Lassen Sie alles im Labor untersuchen«, empfahl ich meinem Kollegen, obwohl das selbstverständlich war.

Ich wandte mich an Frau Block. »Wo geht's da eigentlich hin?« Ich zeigte auf die Tür zum Personal-Treppenhaus.

»Aber das wissen Sie doch«, entgegnete sie. »Sie kamen doch von oben hier rein, wie wir auf den Aufnahmen gesehen haben.«

»Das meine ich auch nicht. Da geht auch eine Treppe nach unten und auf der anderen Seite ist noch eine Tür.«

»Ach so, das meinen Sie. Unten haben wir unser Lager und die Werkstatt. Die Tür geht ins Freie.«

»Die ist aber bestimmt abgeschlossen, oder?«

»Natürlich, das ist der Personalausgang. Dort kann man das Zeughaus verlassen, aber nicht reinkommen.«

»Außer wenn einem die Tür von innen aufgemacht wird«, ergänzte ich.

»Auf was wollen Sie hinaus?« Frau Block wurde wütend und unsicher zugleich.

Es gelang mir, die Gemüter zu beruhigen. Da mein Schädel wieder verstärkt zu pochen anfing, entschuldigte ich mich und setzte mich auf den Stuhl. In aller Ruhe ließ ich mir das eben Erlebte durch den Kopf gehen und fasste schließlich einen Plan.

KAPITEL 9
PALZKI TAPPT IN DIE FALLE

Ich musste Ludwig-Wilhelm Zweier loswerden, sonst würde er mir bei meinem gerade eben gefassten Plan wie ein kleines Kätzchen nachlaufen. Und was Zweier mitbekam, würde KPD sofort erfahren. Getreu dem Motto, ein Chef muss nicht alles wissen, wandte ich mich an Jutta.

»Du, diese Studentin hat mir vorhin den Namen ihrer Professorin genannt. Vielleicht ist ihr Tod noch nicht bis zur Uni durchgesickert. Ich werde sie mir mal vorknöpfen. Könntest du dich bitte um KPDs Spezi kümmern? Gib ihm irgendeine banale Aufgabe, damit er beschäftigt ist.«

Jutta grinste und wünschte mir viel Glück. Sie ging direkt auf Zweier zu, der versuchte, möglichst viel von der Tatortuntersuchung mitzukriegen.

»Herr Zweier«, sprach Jutta ihn an. »Ich hätte da eine Bitte, bei der Sie uns helfen könnten.«

Mehr bekam ich nicht mehr mit.

Da ich mir den Weg zum Barockschloss inzwischen verinnerlicht hatte, warum musste auch ein Quadrat wie das andere aussehen?, erreichte ich die Universität, die sich in einem großen Teil des Schlosses niedergelassen hatte.

Ich traute meinen Augen nicht, als ich vor dem Haupteingang der Uni ein Reisemobil wahrnahm.

›Beta-Tester gesucht‹, stand in blutroten Lettern auf der Seite. Darunter wurde es konkreter: ›Bachelor-Flatrate für Studenten – Mit Dr. Metzgers Brainstimulator in Rekordzeit zum Examen‹.

Dr. Matthias Metzger, der kurioseste Not-Notarzt, den man sich vorstellen kann, hatte vor einiger Zeit seine Kassenzulassung zurückgegeben, um sich als Privatarzt der individuellen Gesundheitsprophylaxe seiner Kunden, wie er die Patienten nannte, zu widmen. Die Gesundheitsreformen der letzten Jahre arbeiteten für ihn. Die Leute waren auf günstige Preise fixiert, so behauptete Metzger ständig. Seine vererbbare OP-Karte soll weltweit einmalig sein. Operationen führte er entweder ad hoc in seinem Reisemobil durch oder auf Wunsch bei seinen Kunden zu Hause. Trotz gelegentlicher Missgriffe war der Notarzt in der Region in bestimmten Personenkreisen sehr gefragt, wie mir mehrere verlässliche Quellen berichteten.

Da mir eventuelle Hintereingänge unbekannt waren, musste ich mich an diesem Kabinett des Horrors vorbeimogeln. Ich hatte keine Chance. Dr. Metzger saß vor dem Eingang auf einem kleinen Campinghocker und begutachtete gerade den Knöchel eines ihm gegenübersitzenden Studenten. »Da müssen wir die Sehnen neu antackern. Haben Sie fünf Minuten Zeit, dann mach ich das schnell.«

Er blickte auf. »Palzki! Was für eine Überraschung, geht es Ihnen wieder gut? Was machen Sie hier auf unbekanntem Terrain? Sie haben doch bestimmt noch nie eine Uni von innen gesehen! Oder stehen Sie unter Schock?«

Jetzt setzte sein gefürchtetes Frankensteinlachen ein, das selbst Frank Zander nicht authentischer kopieren konnte.

Ich wollte mich, ohne große Worte zu verlieren, an ihm vorbeidrängen. Zum Gruß hob ich kurz die Hand.

»Warten Sie doch, Palzki! Mit Ihrem Sonderschulabgangszeugnis lässt man Sie da nicht rein. Ich kann Ihnen da aber weiterhelfen.«

Wieder flutete sein krankes Lachen die Umgebung und übertönte sogar das Quietschen der vorbeifahrenden Straßenbahn der Linie 7.

Widerwillig blieb ich stehen. »Warum sind Sie nicht mehr vor dem Speyerer Dom, Herr Metzger?«

Unwirsch winkte er mit einer groben Handbewegung ab. »Die Presse hat schlecht über mich geschrieben, stellen Sie sich das mal vor! Wahrscheinlich, weil bei dem Journalisten eine Kleinigkeit schiefgegangen ist. Das kann doch immer mal passieren, also kein Grund sich aufzuregen. Einen Arm hat er ja noch.«

Ich beschloss, das Thema zu wechseln. »Und was machen Sie hier?«

Metzger stand so grobmotorisch auf, dass der Student, der ihm gegenübersaß, von seinem Stuhl fiel.

»Können Sie nicht lesen, Palzki? Da steht doch alles in Klarschrift. Ach stimmt, Sie gehören ja zur alternativen Intelligenz. Soll ich Ihnen das in Analphabetisch übersetzen?« Er zeigte auf die neue Aufschrift seines Reisemobils.

Langsam wurde es ärgerlich. Noch schwieg ich. Dies verstand Metzger als Aufforderung zum Weitersprechen.

»Bestimmt wissen Sie auch gar nicht, was ein Bachelor ist. Kommen Sie mal näher, Palzki, ich zeig Ihnen was.«

Er öffnete die Schiebetür seines Gefährts. Ich blickte hinein und sah Hunderte silberner Dosen, die auf einem ausziehbaren Tisch bis zur Decke gestapelt waren. Metzger schnappte sich eine der Dosen, auf denen Totenköpfe prangten, und reichte sie mir.

»Na, was sagen Sie dazu?« Er griff in seine Hosentasche und zog eine kleine Ampulle hervor. »Zu jeder Dose gehört eine Ampulle. Zusammen ergibt das mein bald berühmt werdender Zweikomponenten-Energy-Drink. Alternativ kann ich das Zeug auch direkt in die Blutbahn injizieren, hält dann doppelt so lang. Kostet auch doppelt so viel.«

Träumte ich das vielleicht nur? Lag ich seit der gekippten Statue im Museum im Koma? Das kann doch unmöglich die Realität sein.

Metzger ließ sich von meiner vermuteten Irrealität nicht beeindrucken.

»Als ich vor Kurzem zufällig in der Mensa war, habe ich gesehen, mit welchen mittelalterlichen Methoden die Studenten sich aufputschen. Die fressen wegen der Kohlenhydrate Nudeln bis zum Abwinken und wundern sich dann, wenn sie Blähungen zum Umfallen bekommen. Ein paar Professoren, die zu meinen Stammkunden gehören, haben mir bestätigt, dass es vor den Klausuren in letzter Zeit in den Vorlesungssälen immer penetrant stinken würde. Damit ist jetzt Schluss. Kein Student braucht vor den Klausuren mehr Nudeln zu essen. Täglich ein oder zwei meiner Energy-Drink-Ampullen in Kombination mit den Dosen und die Sache ist geritzt. Im Moment entwickle ich als neues Produkt einen IQ-Buster. Den spritze ich durch den Rachen direkt ins Hirn. Viel hilft viel, wie meistens. Ist leider noch nicht marktreif.«

»Haben Ihre Dosen eine Zulassung?«, fragte ich skeptisch nach.

Das Gegröle Dr. Metzgers war mir Antwort genug. »Zulassung? Was für ein Blödsinn! Das kostet nur unnötig viel Geld. Außerdem zählen meine Zweikomponentendrinks wahrscheinlich als Nahrungsergänzungsmittel. Eine Dose pumpt Ihnen den Monatsbedarf an Kohlenhydraten und noch ein paar andere Sachen direkt in den Kreislauf. Damit würden sogar Sie die Mittlere Reife schaffen, Palzki.«

Ohne auf die Beleidigung einzugehen, fragte ich in sarkastischem Ton weiter. »Dieses Wundermittel soll in den Klausuren bessere Noten bringen? Hilft es auch gegen eingewachsene Fußnägel?«

»Das menschliche Gehirn fährt voll auf meinen neuartigen Chemiemix in Verbindung mit Omega-7-Kohlenhydraten ab. Natürlich nur kurzfristig. Das ganze Lernpensum muss man sich als Student sowieso nur temporär in die Birne knallen. Nach der Klausur kann man den Mist wieder vergessen. Im Moment bin ich aber wegen der Dosierung noch etwas unsicher, daher die Testphase. Die Semesterferien bieten sich für Experimente regelrecht an, weil nur wenige Studenten da sind. Bis zu den nächsten Klausuren wird mein Mittel zum Blockbuster expandieren. Mit Geld-zurück-Garantie bei Durchfall, äh, beim Durchfallen.«

Das war zu viel für mich. Ich musste weg.

»Dann drücke ich Ihnen mal die Daumen, Herr Metzger. Ich muss jetzt weiter.«

»Sie sind hier falsch, Palzki!«, schrie mir der Notarzt nach. »Sie laufen in die Uni rein.«

Ich ließ mich durch den gehässigen Kommentar nicht beirren.

Metzger schrie mir noch etwas nach: »Ihr Freund, der Student, war heute auch schon da.«

Im Reflex drehte ich mich um. Doch dann fiel mir ein, dass ich mit Becker sowieso sprechen musste. Ob er bereits von dem Todesfall wusste?

Direkt hinter der Glaseingangstür befand sich auf der rechten Seite ein Informationsschalter. Die Dame dahinter zog eine Glasscheibe zur Seite und fragte nach meinem Begehr.

»Guten Tag, ich möchte zu Frau Professorin Stadelbauer.«

Die Antwort kam prompt. »Gehen Sie durch die nächste Glastür und dann links in den grünen Flügel.«

Ich kam in eine größere Vorhalle, in der eine breite Treppe nach oben führte. Im Hintergrund sah ich die grelle Werbung eines Campus-Shops. Auf beiden Seiten gingen lange Flure ab. Der auf der rechten Seite war in Rot gehalten und der auf der gegenüberliegenden Seite in grüner Wandfarbe. Da links und grün irgendwie passte und mir die Dame an der Pforte diesen Flügel empfohlen hatte, ging ich hinein. Für die großen Gemälde, die an den Wänden hingen, hatte ich keinen Blick. Auf gut Glück klopfte ich an der ersten Tür und öffnete sie, nachdem ich keine Antwort erhielt. Ich stellte fest, dass sich hinter der Tür ein weiterer Flur befand, der parallel zum grünen Flur führte. Auf der gegenüberliegenden Seite befanden sich ein paar Büros. Ich ging in das mir nahe liegende, in dem laut Türschild Herr Lutz Spitzner sitzen sollte.

»Einen kleinen Moment bitte«, sagte Herr Spitzner, nachdem ich meinen Wunsch geäußert hatte. »Ich schau schnell mal im Computer nach.«

Kurze Zeit später hatte er sie gefunden.

»Frau Professorin Beate Stadelbauer sitzt mit ihren Studenten gerade in der Badewanne. Kennen Sie den Weg dorthin?«

Ich glaubte, mich verhört zu haben. »Entschuldigen Sie bitte, ich habe gerade Badewanne verstanden. Lustig, nicht?«

»Ach so, Sie sind hier fremd«, antwortete Lutz Spitzner und schmunzelte. »Sie haben sich nicht verhört. Wir haben tatsächlich eine Badewanne in unserer Uni im Raum EO 289. Allerdings nicht so eine, wie Sie es sich vielleicht vorstellen.«

Badewanne?, dachte ich, was soll das jetzt wieder. Ich werde wohl wissen, wie eine Badewanne aussieht.

Mein fragender Blick zeigte ihm, dass weitere Erklärungen nötig waren.

»Die Badewanne ist so eine Art tiefergelegter Seminarraum. Niemand weiß, warum der so gebaut wurde. Er hat eine sehr schlechte Akustik und im Sommer steht die Hitze förmlich darin. Das ist dann tatsächlich fast wie in einer Badewanne.«

Er reichte mir einen schematischen Plan des Schlosses. »Hier sind wir gerade. Nehmen Sie in der Eingangshalle den roten Flur, dann hinten kurz links und dann …«

Seiner verbalen Beschreibung konnte ich nicht vollends folgen. Doch das, was er mir mit seinem Zeigefinger auf dem Plan zeigte, sollte genügen. So groß war dieses Schloss schließlich nicht. Ich bedankte mich für die Auskunft und machte mich auf den Weg. Den roten Flügel hatte ich gleich gefunden, der Rest war etwas aufwändiger. Ich denke, dass ich in diesem Fall durchaus mal auf ein paar nicht relevante Details verzichten kann. Das Ziel ist schließlich maßgeblich und das erreichte ich irgendwann auch.

Während ich vor dem Ziel etwas verschnaufte, immerhin hatte ich einige Treppenstufen hinter mir, öffnete sich die Tür zu dem Seminarraum und eine ganze Herde Studenten kam heraus. Ich ließ den größten Pulk vorbei und betrat dann die Badewanne.

Ich muss zugeben, die Beschreibung traf mit etwas Fantasie durchaus zu. Hinter der Tür befand sich ein kleines Podest, dann ging eine Treppe etwa zwei Meter nach unten. Dort befand sich der eigentliche Seminarraum, was ich anhand der Möblierung erkannte. Am hinteren Ende des Saales ging es wieder nach oben, sodass die eigentliche Raumnutzung in einem tiefen länglichen Loch stattfand.

Da sich auch die restliche Handvoll Menschen gerade bequemte, den Saal zu verlassen, verzichtete ich auf den Abstieg.

Frau Stadelbauer entsprach überhaupt nicht meinen Vorstellungen einer Professorin. Ich schätzte sie auf höchstens Mitte 30. Ihr blondes wallendes Haar war mit auberginefarbenen Strähnen durchsetzt. Ja, ich wusste, wie die Farbe Aubergine aussah, auch wenn ich das Zeug niemals essen könnte. Ihre Augen blitzten freundlich. Sie schaute mich fragend an.

»Guten Tag, Frau Professorin Stadelbauer.« Ich hoffte, dass sie es war. »Palzki ist mein Name. Reiner Palzki.« Meinen Beruf wollte ich noch für einen Moment verheimlichen. Wenn ich mich gleich als Beamter outen würde, war das Risiko hoch, dass sie sofort blockte.

»Es freut mich, Sie kennenzulernen, Herr Palzki. Ich bin Beate Stadelbauer. Was kann ich für Sie tun?«

»Hätten Sie einen Moment Zeit für mich?«

Sie nickte. »Kommen Sie mit in mein Büro. Es ist gleich um die Ecke.«

Während wir einen Flur entlanggingen, erklärte sie mir, dass sie zur Philosophischen Fakultät gehörte und dort für Geschichte zuständig war.

Ihr Büro sah absolut unspektakulär aus. Durch ein Sprossenfenster konnte man in den Ehrenhof schauen.

Sie zeigte auf ein paar Besucherstühle. »Wollen wir uns setzen?«

Ich nahm dankbar an.

»Es geht um Ihre Studentin Katja Lehmann.«

Für einen Sekundenbruchteil errötete sie. Sofort hatte sie sich wieder im Griff und nickte. »Frau Lehmann ist mir ein Begriff. In welcher Beziehung stehen Sie zu ihr?«

Bisher lief es gut für mich. Ich konnte meinen Bluff konkretisieren.

»Sie wollte mir etwas verkaufen.«

»Ich verstehe leider nicht, was Sie meinen, Herr Palzki.«

»Es geht um Kopien eines alten chiffrierten Textes.«

Stadelbauer riss die Augen auf. »Wie kam sie, äh, was für ein Text?«

Ich tat so, als hätte ich ihren Versprecher nicht wahrgenommen.

»Ich weiß, dass Sie und ein paar Studenten in der Gruft der Schlosskirche etwas gefunden haben.«

Ihr Schlucken nahm fast kein Ende.

»Das hat Sie Ihnen verraten? Katja hat uns zwar gesagt, dass ein Interessent auf sie zugegangen wäre, doch sie hätte abgelehnt, weil sie bedroht worden sei. Wir haben absolutes Stillschweigen vereinbart.«

Ich blieb stumm und sie ergänzte. »Sind Sie die Person, die Katja bedroht hat?«

»Nein, das war ich nicht. Sagen Sie mir, worum es in den Texten geht?«

»Sie hat Ihnen also noch nichts verkauft?«

»Mir nicht, aber einem anderen. Nun ist sie tot.«

Die Professorin reagierte seltsamerweise äußerst besonnen. »Katja tot? Unmöglich. Ich habe sie heute Morgen noch gesprochen.«

»Da hat sie auch noch gelebt. In den rem-Museen ist es passiert.«

»Um Gottes willen!« Sie schlug die Hände zusammen, da sie erst jetzt die ganze Tragweite verstanden hatte. »Wurde sie ermordet? Hat man den Täter gefasst?«

»Ja und nein«, antwortete ich und wurde konkreter. »Es liegt eindeutig Fremdverschulden vor. Der Täter konnte fliehen. Mehr weiß ich bis jetzt auch nicht.«

Die Frau Professorin wurde spürbar kühler im Umgang mit mir. »Und welche Rolle haben Sie dabei gespielt?«

Fast war ich versucht, ihr meinen Ausweis zu zeigen, doch ich beschloss, weiter inkognito zu bleiben.

»Sagen wir es mal so: Ich will Informationen zur Gruft. Insbesondere zu dem nicht dokumentierten Gang im Lüftungsschacht neben dem Sarkophag von Carl Philipp.«

Ihre Rückfrage kam sehr zögerlich. Dies war für mich ein weiteres Indiz, dass sie wesentlich mehr wusste, als sie mir gesagt hatte. »Welcher Gang? Ich verstehe nicht.«

»Kommen Sie«, setzte ich sie weiter unter Druck. »Irgendwo muss der hinführen. Sie haben dort das Schriftstück gefunden. Das ist mir längst bekannt.«

Die Professorin schwieg. Dass sie mich nicht einfach rauswarf, gab mir weiter Sicherheit, an der richtigen Stelle zu sein.

Sie stand auf. »Darf ich Ihnen am Fenster etwas zeigen, Herr Palzki?«

Gemeinsam schauten wir nach unten in den Ehrenhof.

»Sehen Sie die vier in den Boden eingelassenen Metallgitter?«

Ich entdeckte die über den Vorplatz verteilten Gitter. Sie waren zwar groß, aber so unscheinbar, dass sie mir bisher nicht aufgefallen waren.

»Das sind vier der sechs ehemaligen Zugänge zum unterirdischen Bunker. Er wurde 1942 für 3.000 Menschen gebaut, bis zu 8.000 waren während der Bombardierung Mannheims stellenweise dort unten.«

Dass es unter dem Ehrenhof einen Bunker gab, hatte Wischniewski bereits erwähnt.

»Dort unten haben Sie das Dokument gefunden? Kann man die Gitter öffnen?«

Frau Stadelbauer schüttelte den Kopf. »Die Gitter sind im Boden fest verankert. Außerdem sind sie so dick, dass LKWs gefahrlos drüberfahren können. In den Bunker darf wegen Einsturzgefahr niemand mehr rein. Vor zwei Jahrzehnten wurden dort noch Studentenpartys gefeiert.«

»Und dort wurden Sie fündig?«

»Ach wo. Im Bunker selbst ist alles dokumentiert. Das meiste jedenfalls.«

Oha, jetzt wurde es interessant. »Und was nicht?«

»Es gibt zwei weitere Zugänge zum Bunker, die vom Kellerbereich des Schlosses hineinführen. Einer ist schon immer zugemauert, der zweite wurde erst vor ein paar Jahren freigelegt, weil er bis dahin unbekannt war.«

Immer noch blickte ich in den Hof hinunter. »Diesen Zugang haben Sie und Ihre Studenten genutzt. Lassen Sie mich raten: Vom Bunker gibt es einen Zugang zur Gruft. Habe ich recht?«

Ein kurzes Lächeln flutete ihr Gesicht. Dies hätte mir als psychologisch geschulten Beamten eigentlich eine Warnung sein müssen.

»Soll ich es Ihnen zeigen?«

Die Motivation, mir das Geheimnis zu zeigen, war mir unklar. Doch schon bald würde ich es verstehen.

Während sie ihr Büro abschloss, stellte ich eine weitere Frage: »Kennt Herr Rocksinger den Fundort?«

»Sie wissen wohl wirklich alles?«, fragte sie zurück. »Nein, Herr Rocksinger weiß nur sehr wenig.«

Nach drei oder vier Abbiegungen hatte ich die Orientierung verloren. Sie holte einen Schlüssel aus der Tasche und öffnete eine unscheinbare Tür, die mit dem Schild ›Heizungskeller‹ versehen war.

»Wir kommen jetzt in einen der wenigen Bereiche des Schlosses, die unterkellert sind. Dieser Bereich wird Rektoratskeller genannt, weil das Rektorat direkt obendrüber sitzt. Es gibt nur zwei Zugänge: Diese Tür und einen Aufzug neben dem Haupteingang, der allerdings im Moment defekt ist.«

20 Treppenstufen später standen wir in einer anderen Welt.

»Das sind Teile des original Kellergewölbes. Im Krieg blieb es unversehrt.« Es klang fast ein wenig stolz.

Flure gingen in zwei Richtungen ab. Frau Stadelbauer ging zügig in den vorderen.

»Wo geht's da hin?«, fragte ich und zeigte in die andere Richtung, weil ich zum einen neugierig war, zum anderen meine Orientierung wiedergewinnen wollte.

»Sie wollen es aber genau wissen«, antwortete sie. »Ich zeig's Ihnen kurz.« Sie nahm den anderen Flur. Kurz darauf standen wir zwischen alten und verstaubten Bücherregalen. Mein erster Blick fiel auf eine gebundene Jahresausgabe der Rhein-Neckar-Zeitung von 1956.

»Das sind ausgelagerte Teile der Bibliothek«, erklärte sie und zwängte sich zwischen zwei Bücherregalen durch. Fast übergangslos kamen wir in einen Raum, der der Badewanne nicht unähnlich war. Er war groß wie ein Tennisplatz und mehrere Meter tief in den Keller eingelassen.

»Was war hier drin?«, fragte ich, weil der Raum gänzlich leer war.

»Das war der frühere Heizungsraum. Können Sie sich vorstellen, wie groß die Kessel waren, die hier standen? Das ganze Schloss wurde mit Kohle geheizt. Inzwischen haben wir Fernwärme.«

Sie ging den gleichen Weg zurück und nahm den ursprünglich von ihr gewählten. Wir kamen an einen Durchgang, der wie eine eingerissene Mauer aussah. Sie erklärte mir das Phänomen.

»Als damals die Heizungsanlage demontiert wurde, befand sich hier, wo wir gerade stehen, eine Dusche. Als man die ebenfalls abgerissen hat, entdeckte man den Übergang zum Bunker. Dieser muss kurz nach dem Krieg zugemauert worden sein.«

Zwei Meter dahinter befand sich eine mächtige Metalltür. Die Professorin schloss auf. »Bitte treten Sie ein.«

Das hätte ich besser sein lassen. Schneller als ich reagieren konnte, warf sie, nachdem ich eingetreten war, von der anderen Seite die Tür zu und schloss ab.

KAPITEL 10
DUNKLE ZEITEN

Schlagartig waren meine momentan wichtigsten Sinne außer Gefecht gesetzt. Die Dunkelheit konnte man als absolut bezeichnen, nicht das kleinste Lux traf auf meine Sehnerven. Geräusche? Fehlanzeige. Die Metalltür musste verdammt dick sein und gut abdichten. Wahrscheinlich war sie noch ein Original aus Kriegszeiten. Im ersten Reflex trommelte ich an die Tür, obwohl mir klar war, dass es nichts bringen würde. Außer uns beiden war niemand im Rektoratskeller unterwegs. Falls die Professorin zusätzlich die Zugangstür zum Heizungskeller verrammelte, würde mich so schnell hier unten niemand suchen, geschweige denn finden. Das Trommeln hatte einen eigentümlichen Hall erzeugt. Nicht so wie bei einem Echo in freier Landschaft oder in einem großen Gebäude wie dem Speyerer Dom, sondern irgendwie diffuser. Anders halt, oder andersder, wie der Kurpfälzer zu sagen pflegt.

Wieso fiel mir gerade jetzt ›The End‹ von ›The Doors‹ ein?

Die meisten Menschen würden in solch einer hoffnungslosen Situation in Panik geraten: Sinnlos herumschreien und einfach drauf losgehen und sich dabei den Kopf anrennen oder sich an anderen Körperteilen verletzen. Ich selbst blieb die Ruhe in Person, jedenfalls behaupte ich das, was mir ohne Zeuge niemand widerlegen kann.

Ich wusste, dass es reine Einbildung war: Mir wurde kalt, ich fror. Wenn Jutta dabei wäre, würde sie wahrscheinlich von Supraleitern fantasieren. Doch ich war

Mann genug, die Sinnestäuschung halbwegs zu ignorieren. Etwas Heikleres schwirrte mir im Kopf herum. Die Beraubung wichtiger Sinne war das eine, das andere war der überlebenswichtige Sauerstoff. Ich konnte nur hoffen, dass er in ausreichendem Maße vorhanden war. Wie ich aus Erfahrung wusste, gab es in selten benutzten Kellern gern mal überhöhte Kohlenstoffdioxidwerte, die man leider weder schmecken noch riechen konnte. Man wurde einfach müde und schlief schließlich ein. Für immer. Und dies konnte sehr schnell geschehen, wie ich vor einem guten halben Jahr erleben durfte. Allerdings sollte eine Bunkeranlage, in der sich laut der Professorin schon 8.000 Personen aufgehalten haben und in späteren Jahren Studentenfeten gefeiert wurden, über genügend Lüftungsmöglichkeiten für einen einzelnen Polizeibeamten verfügen. Was aber, wenn man diese wie die Heizungsanlage demontiert oder hermetisch verschlossen hatte?

Mir fiel nur ein Ausweg aus der Misere ein: Ich musste einen der vier vergitterten Zugänge im Ehrenhof finden und hoffen, dass es vor den Gittern keine weiteren verschlossenen Türen gab.

Jetzt wäre es gut, wenn ich Herrn Ackermanns Handy hätte, mit dem Paul den Gang in der Gruft entdeckt hatte. Mit der Taschenlampenfunktion könnte ich mich hier unten orientieren, falls ich die Funktion überhaupt zum Laufen bringen würde. Ich hatte keine Ahnung, wie diese skurril aussehenden Wischbewegungen funktionierten. Bedauerlicherweise hatte ich auch das Tabakspäckchen nebst Feuerzeug nicht dabei.

Doch mir fiel eine Lösung ein. Als zur aussterbenden Rasse der Armbanduhrenträger Zählender verfügte ich ebenfalls über eine zwar kleine, aber immerhin zuverlässige Lichtquelle. Ich drückte auf die Taste der Zifferblattbeleuchtung. Meine Augen brauchten einige Zeit, um sich an die Lichtverhältnisse zu gewöhnen. Was ich sah, machte mir Angst. Der Gang, in dem ich stand, schien ewig lang zu sein und mündete in der Dunkelheit. Auf beiden Seiten befanden sich alle paar Meter schmale Durchgänge. Wie sollte ich mich in solch einem Irrgarten zurechtfinden? Ich hatte nicht einmal Kreide oder so etwas dabei, um den Weg zu markieren. Plötzlich stutzte ich. Ich entdeckte an der Wand ein Notausgangsschild. Dummerweise war es unbeleuchtet und zeigte zudem auf die von der Professorin verschlossene Metalltür. Ein winziger Hoffnungsschimmer keimte auf. Vielleicht wurde die Notbeleuchtung nicht von zentraler Stelle geschaltet, sondern von einem Ort innerhalb des Bunkers. Ich kam zu dem Schluss, dass diese These unwahrscheinlich war. Wahrscheinlich hatte man die Stromleitungen längst abgeklemmt oder die Beleuchtung wurde von außerhalb des Bunkers geregelt.

Nennen wir es Zufall oder Glück. Ich nenne es Begabung. Mit seltsam verschränkten Händen, ich musste schließlich den Knopf an der Uhr drücken, betrachtete ich zahlreiche an der Decke verlaufende Stromkabel. Sie alle schienen in eine Richtung zu gehen und sich durch neu hinzukommende aus Nebenräumen zu vermehren. Ich folgte dem mächtiger werdenden Kabelstrang und stand schließlich vor einem alten Sicherungskasten. Ausgerechnet in diesem Moment ließ die Beleuchtung meiner Uhr beträchtlich nach. Die Batterie war wohl nicht mehr die frischeste. Verzweifelt, aber wohlbesonnen drückte ich mehr oder weniger willkürlich auf die zahlreichen und unbeschriebenen Schalter, drehte Sicherungen heraus, um sie in andere, leere Sicherungsgehäuse einzudrehen. Nichts passierte, abgesehen davon, dass meine einzige Lichtquelle komplett ihren Dienst einstellte.

Aus Wut darüber setzte ich mich auf den Boden. Würde man in ein paar Jahren hier unten im Bunker, direkt unter dem Sicherungskasten mein Skelett finden? Vielleicht nur wenige Schritte von einem rettenden Ausgang entfernt? Ich wurde müde und wusste genau, warum. Je tiefer in einem unterirdischen Gang, desto höher die Konzentration an Kohlenstoffdioxid und je niedriger der Sauerstoffanteil. Mir war die Gefahr des Erstickens durchaus bewusst, doch wehren konnte ich mich nicht. Die Müdigkeit übermannte mich. Ich schlief friedlich ein.

Ein Rascheln weckte mich. Nach einer kurzen Orientierungsphase wusste ich wieder, wo ich war. Wie lang ich geschlafen hatte, war mir unbekannt. Die Müdigkeit hatte ich erfreulicherweise nicht dem fehlenden Sauerstoff zu verdanken. Ein todbringendes Problem weniger, für eine Rettung dennoch nicht ausreichend. Wieder vernahm ich das seltsame Rascheln. Waren es Ratten, die wie Geier ein baldiges Opfer erspäht hatten?

Das Rascheln ging in ein Rumpeln über. Das Geräusch kam nicht näher. Eine Explosion ließ mich zusammenzucken. Wurde der Bunker just heute gesprengt oder gar verfüllt? War der Plan der Professorin perfider als gedacht? Ein Brüllen, das nicht von dieser Welt stammte, durchflutete die Gänge. Es hörte sich an wie Dr. Metzgers absurde Lache. Meine Fantasie machte sich selbstständig, das Ende konnte nicht mehr fern sein.

»PALZKI!«

Ich hörte meinen Namen, jedenfalls bildete ich mir das ein. Seltsame Lichtblitze durchzuckten den Bunker.

»Leben Sie noch, Palzki?«

Das war eindeutig Dr. Metzger. Wie sollte er aber in den Bunker kommen? Hatte er hier heimlich Operationssäle angemietet?

»Ja.« Mein erstes Wort war nicht mehr als ein leises Krächzen. Ich stand auf. »Hilfe!«, schrie ich, weil mir nichts Besseres einfiel.

Eine Minute lang geschah gar nichts, dann flutete plötzlich ein heller Strahler den Gang.

»Palzki! Folgen Sie dem Licht, wenn Sie können.«

Ich konnte, auch wenn die ungewohnte Helligkeit mich blendete. Es war nicht sehr weit. Als ich die künstliche Sonne erreichte, sah ich, dass ich in einem vertikalen Tunnel stand. Von oben grinsten mich drei Personen an, in denen ich Dr. Metzger, Dietmar Becker und Marco Fratelli erkannte.

Metzger begrüßte mich mit seinem Frankensteinlachen. »Das erste Mal in einer höheren Schule und dann gleich im Karzer gelandet. Das kann auch nur Ihnen passieren, Palzki.«

Mir fiel ein Stein vom Herzen, die Rettung war nahe. Allerdings waren bis zur Freiheit ein paar Höhenmeter zu überwinden. Ich konnte weder Treppe noch Leiter ausmachen. Dafür lagen vor meinen Füßen die Reste eines Gitters sowie eine völlig deformierte Metallplatte.

»Hallo, Herr Palzki«, begrüßte mich Fratelli. »Wir haben das Gitter und die Platte sprengen müssen. Herr Metzger hatte die passenden Chemikalien dabei.«

»Nitroglycerin«, brüllte der Notarzt dazwischen. »Ein äußerst wirksames Herzmittel und in China günstig in Großpackungen zu bekommen.«

Fratelli übernahm wieder das Wort: »Wir lassen Ihnen ein Seil hinunter.«

Ich freute mich nur bedingt über diese Hilfestellung. Seilklettern gehörte nicht gerade zu meinen Lieblingssportarten. Schon in der Schule hatte ich es gehasst. Um ehrlich zu sein, schaffte ich nie mehr als einen knappen halben Meter.

Kurz darauf landete das Seilende auf meinem Kopf. Es handelte sich um ein ähnlich dickes Tau wie es in Schulturnhallen Verwendung findet.

»Los, kommen Sie, Palzki.« Metzger leuchtete mich mit einer superstarken Taschenlampe an.

Ich gab alles, doch es war nicht genug. Nachdem ich eine Weile wie ein Verrückter an dem Seil herumgezappelt hatte, ließ ich es los.

»Es geht nicht. Ich habe mich im Dunkeln am Arm verletzt. Gibt es eine andere Möglichkeit, mich raus zu holen?«

Die Antwort von Fratelli war nicht sehr positiv. »Es ist niemand mehr in der Uni, der einen Schlüssel zum Heizungskeller hat. Das hier ist die einzige Möglichkeit, wenn Sie im Bunker nicht übernachten wollen.«

»Oh, das haben wir gleich«, rief der Notarzt. »Palzki, halten Sie sich gut am Seil fest. Ich werfe den Aufzug an.«

Mir schwante Übles. Dennoch tat ich wie verlangt. Ich hörte, wie Metzger seine Mobilklinik startete und ich wurde regelrecht aus dem Loch herauskatapultiert. Den Bunker hatte ich überlebt, nun würde ich zerschmettert an der Außenwand des Schlosses enden.

Doch weit gefehlt, ich landete fast angenehm sanft auf einem Berg aus LKW-Planen. Verdutzt sah ich mich um, von dem Schloss war nichts zu sehen. Ringsherum befanden sich Absperrgitter, die mit schwarzen Planen behängt waren. Im Innern des Käfigs standen Metzgers Mobilklinik sowie der mehrere Kubikmeter große Haufen mit LKW-Planen. Verdattert blickte ich meine Helfer an. »Wo sind wir?«

Metzger schüttelte den Kopf und drehte sich zu den beiden anderen. »Ich hab's euch doch gleich gesagt. Palzki ist kein bisschen stressresistent. Er ist da unten bestimmt komplett abgedreht.«

Fratelli kam dennoch näher. »Wir mussten uns vor neugierigen Blicken abschirmen, Herr Palzki«, erklärte er mir. »Zum Glück wurden heute Morgen die ersten Planen geliefert. Für das Schloss, Sie wissen schon.« Er kniff ein Auge zu.

»Woher wussten Sie, wo ich bin?« Die Frage nach der Uhrzeit ersparte ich mir. Anhand der einsetzenden Dämmerung konnte ich mir diese in etwa ausrechnen.

»Das war meine Aufgabe«, sagte Dietmar Becker stolz. »Als mir Herr Metzger sagte, dass Sie schon über eine Stunde in der Uni sein würden, kam mir das spanisch vor.«

»Haha«, unterbrach ich.

Becker überhörte die Unterbrechung. »Ich konnte Ihren Weg zunächst nicht nachvollziehen. Erst Ihre Kollegin Frau Wagner, die Sie ebenfalls suchte, konnte mir weiterhelfen.«

»Wo ist sie überhaupt?«, unterbrach ich erneut, während ich von dem Planenberg stieg.

»Die wartet auf das Spezialeinsatzkommando. Nachdem ich herausbekommen habe, wo Sie sind, sah Frau Wagner keine andere Möglichkeit.«

»Aber wir!«, fiel ihm der Notarzt rüde ins Wort. »Es gibt für alles eine Lösung!«

Metzger kam zu mir und riss mir ohne Vorwarnung das Pflaster von der Stirn. »Das brauchen Sie jetzt nicht mehr«, meinte er. »Das ist schon so gut wie verheilt.«

Ich tat mich schwer, die einzelnen Fäden zu verweben und alles zu verstehen.

»Hat Ihnen Frau Stadelbauer verraten, wo ich bin?«, fragte ich ungläubig.

Becker verneinte. »Mir nicht, aber ihrer Studentengruppe, die sie in der Bibliothek getroffen hat.«

»Sie haben die Professorin belauscht?«

Er nickte. »Als Student war es für mich ein Leichtes, herauszufinden, wo sie war. Und in der Bibliothek gibt es genügend Verstecke. Ich musste nicht einmal sehr nahe an die Gruppe dran. Mit meinem kleinen Richtmikrofon, das ich immer dabei habe, konnte ich jedes Wort verstehen.«

»Das ist nicht zufällig das neue Gimmick aus der Yps?«

»Lästern Sie nur, Herr Palzki. Ohne das Ding würden Sie immer noch im Bunker sein.«

»Okay, okay, entschuldigen Sie mich bitte. War auch Herr Rocksinger aus dem Museum dabei?«

»Nicht, dass ich wüsste. Es waren nur ein gutes halbes Dutzend Personen. Die Professorin und Studenten, mehr nicht. Jedenfalls sagte sie, dass sie den Mörder von Katja im Bunker eingesperrt hat.«

»Mörder?«, rief ich, doch dann fiel mir ein, dass ich der Professorin meinen Beruf verschwiegen hatte. War alles nur ein blödes Missverständnis?

»Und wie ging's dann weiter?«, fragte ich neugierig.

»Den Rest habe ich nicht verstanden. Es ging um ein Treffen, aber nicht hier in Mannheim und das Wort ›Leihgaben‹ fiel zweimal. Wie ich außerdem erfahren habe, konnten sie das Schriftstück immer noch nicht dechiffrieren, aber die Professorin wäre nah dran an der Lösung.«

»Hat man Sie entdeckt, Herr Becker?«

»Ach was«, entgegnete er nicht ohne Stolz. »So schnell lasse ich mich nicht enttarnen. Ich ging zurück zu Dr. Metzger, der inzwischen von Herrn Fratelli Besuch bekommen hatte. Gemeinsam haben wir dann den Befreiungsplan geschmiedet. Frau Wagner ist noch dazugekommen und hat gesagt, dass sie auf jeden Fall das SEK in Bereitschaft ruft.«

»Und dann haben Sie das Camp mitten auf dem Ehrenhof aufgebaut. Hatten Sie keine Bedenken, dass die Professorin das sieht? Die wüsste doch sofort, was los ist. Außerdem kann sie von ihrem Büro in den Ehrenhof schauen.«

Becker lächelte vieldeutig. »Die ist nach ihrem Treffen in der Bibliothek direkt nach Hause gefahren. Wir sind doch keine Anfänger.«

»Herr Becker?«

Von außerhalb der Umzäunung rief meine Kollegin.

»Alles in Ordnung, Jutta«, antwortete ich an seiner statt.

Der Notarzt ließ Jutta zu uns rein, indem er ein Gitterelement leicht verschwenkte.

»Na, da scheint ja alles gut gelaufen zu sein«, bemerkte sie, nachdem sie über den Planenhaufen und das Loch gestaunt hatte. »Die Absperrung lassen wir über Nacht besser stehen, damit niemand in das Loch fällt.«

»Das ist nicht so tief, wie es aussieht.« Ich hatte meinen Humor wieder zurück.

Sie schnappte ihr Handy und entließ das draußen irgendwo wartende SEK in den Feierabend. »Das hätte eine Aktion gegeben, wenn wir das Schloss gestürmt hätten«, meinte sie mit einem Schulterzucken.

»Hat das KPD ordnungsgemäß genehmigt?«

»Lieber Reiner, wir sind in Baden-Württemberg. Da draußen stehen lauter ausländische Beamte. KPD weiß von dieser Sache überhaupt nichts. Wahrscheinlich würde es ihn nicht einmal interessieren. Oder gab es Tote?«

Fratelli ging auf Jutta zu. »So ein Spezialeinsatzkommando, kann man das auch mieten?«

»Mieten? Wie kommen Sie darauf?«

Fratelli zeigte auf die Planen. »Ich will doch das Schloss verhängen, so wie es Christo demnächst mit dem Speyerer Dom macht. Mit einer schlagkräftigen Truppe würde das in Nullkommanichts gehen. Ich habe versucht, über das Arbeitsamt ein paar Aushilfen zu engagieren, aber das sind fast alle blutarme Würstchen. Hochtrainierte Polizisten dagegen …«

Jutta blickte ungläubig. »Da kann ich Ihnen nur wenig Hoffnung machen. Aber vielleicht sieht man es hier drüben im Osten lockerer als bei uns in Rheinland-Pfalz.«

Im Hintergrund zog Metzger den Scheinwerfer aus dem Bunker. »So, genug aufgeräumt. Morgen früh stehe ich wieder vor dem Haupteingang. Palzki, hier, nehmen Sie das.« Er drückte mir zwei Dosen und zwei Ampullen in die Hand. »Die schenke ich Ihnen. Damit Sie auch morgen noch kraftvoll zubeißen können.«

Jutta und ich verabschiedeten uns. Ich bedankte mich einzeln bei den Herren für die Rettung. Das hatten sie sich verdient.

»Da hast du mal wieder großes Glück gehabt, Reiner«, meinte Jutta, als wir in ihrem Wagen saßen. Ich nickte, für eine Konversation war ich zu müde, die Heizung gab mir den Rest. Jutta drehte den Regler auf die höchste Stufe. »Dir ist doch bestimmt kalt, nach den vielen Stunden im Bunker.«

Schicksalsergeben warf ich Metzgers Geschenk in den Fond. »Sei so gut und entsorge bitte den hochgefährlichen Müll.«

KAPITEL 11

DEM GEHEIMNIS AUF DER SPUR

Jutta setzte mich zu Hause ab. Bereits vor Stunden hatte sie meine Frau angerufen und ihr von meiner Misere berichtet. Natürlich hatte sie, um Stefanies Nerven nicht überzustrapazieren, die Angelegenheit leicht verharmlost.

Stefanie saß auf der Couch und sah sehr müde aus. Seit der Geburt unserer Zwillinge war dies so etwas wie ein Dauerzustand. Lars und Lisa schienen sich bei ihren Versorgungsansprüchen abzusprechen. Jedes der beiden Neugeborenen benötigte täglich ungefähr zwölf bis 15 Stunden Zeit für Nahrungsaufnahme, Säuberung und persönlichem Trost und Zusprache. Mittels einer leichten Kopfrechenaufgabe kann man als Außenstehender schnell die restliche Zeit überschlagen, die für persönliche und elementare Dinge, wie zum Beispiel Schlaf, übrig blieben. In den ersten drei Wochen nach der Geburt konnte ich meiner Frau noch mittels Urlaub zur Verfügung stehen und den Fulltime-Job auf zwei Erwachsene verteilen. Wobei Dinge wie Stillen natürlich nicht so einfach aufteilbar waren.

»Alles klar?«, fragte ich zur Begrüßung und setzte mich neben sie. »Was machen die Kinder?«

Stefanie gähnte und nickte gleichzeitig. »Alles im grünen Bereich. Und bei dir?« Sie rümpfte die Nase. »Wo hast du dich rumgetrieben? Jutta meinte, du hättest dich irgendwo in der Uni versehentlich eingeschlossen und der Schlüsseldienst müsste erst eine Genehmigung einholen. Und wie du aussiehst! Total verdreckt. Hat die Uni eine eigene Kläranlage?«

Juttas Bärendienst musste ich mit einer möglichst humorvollen Erklärung entkräftigen. »Eine Kläranlage gibt es dort nicht, aber eine Badewanne. Nur war da leider kein Wasser drin.« Stefanie gab sich damit noch nicht zufrieden. »Es ist alles irgendwie dumm gelaufen und dann war es auch noch dunkel in dem Raum. Aber jetzt bin ich ja wieder daheim.« Zwecks Ablenkung ergänzte ich: »Lisa und Lars schlafen? Gleichzeitig?«

Nach einem weiteren Gähnen antwortete Stefanie: »Schon seit 20 Minuten. Ist das nicht traumhaft?«

»Und warum bist du dann nicht ins Bett?«

»Wegen dir natürlich. Glaubst du, ich kann schlafen, wenn du unterwegs bist und Jutta mich telefonisch vorwarnt? Ich kann mir an den Fingern abzählen, dass ihr beide mir das Wichtigste verschweigt, stimmt's?«

Erbost wehrte ich mich gegen diese Behauptung, erntete aber nur ein mitleidsvolles Kopfschütteln.

»Ich mach dir noch schnell was zu essen, Reiner.«

»Um Himmels willen, nur das nicht!«

Stefanie sah mich entgeistert an. Verdammt, sie legte das anders aus, als ich es gedacht habe. »Nicht falsch verstehen, liebste Ehefrau«, flötete ich maßlos übertrieben. »Ich will nur, dass du dich schnell schlafen legst. Ein paar Brote kann ich mir rasch selbst schmieren.«

»Brote? Du meinst wohl eher die eingefrorenen fetttriefenden Pizzen, die ich heute in der Ecke der Tiefkühltruhe gefunden habe.«

»Es ist noch Pizza da?«

Ich erntete erneutes Kopfschütteln. »Gute Nacht, mach was du willst. Gehe aber bitte duschen.«

Eine letzte Frage hatte ich noch. »Wo ist Paul?«

»Der ist bereits im Bett. Die Anstrengung war er wahrscheinlich nicht mehr gewohnt.«

»Welche Anstrengung?«, fragte ich verdutzt und mir schwante Unbill.

»Er ist heute Mittag mit Herrn Ackermann spazieren gegangen. Über drei Stunden waren sie unterwegs.«

»Stefanie«, sagte ich, während ich blass wurde. »Paul und Spazierengehen, das ist so absurd wie ein ganzes Schuljahr, in dem ich wegen ihm nicht *ein Mal* zur Lehrerin muss. Da ist was faul an der Geschichte.«

Stefanie grübelte. »Ich habe mich schon etwas gewundert, als sie mit einem vollgepackten Bollerwagen losgezogen sind. Aber ich war so mit Lars und Lisa beschäftigt …«

Es half nichts, gleich morgen früh musste ich das Tagebuch der Schutzpolizei auf auffällige Ereignisse durchstöbern. Hoffentlich konnte ich die schlimmsten Spuren vertuschen.

Ich nutzte die Gunst der Stunde und holte mir gleich zwei Pizzen aus der Truhe, die ich am letzten Wochenende gekauft, und wie sich nun herausstellte, nur ungenügend versteckt hatte. Das Prinzip des Backofens hatte ich längst kapiert und seit ich wusste, dass man einen Backofen im Vergleich zu einem Mikrowellenherd auch wieder ausschalten musste, hielten sich die Brandgerüche in der Küche in erträglichen Maßen.

Nach dem Duschen und dem Verzehr der Pizzen kannte ich nur noch einen Weg: ins Bett. Gleichzeitig stand Stefanie auf, um zur schreienden Lisa zu gehen. Vielleicht war es auch Lars.

Der Donnerstag begann entspannt. Stefanie meckerte zwar etwas über die gewaltige Sauerei, die ich in der Küche hinterlassen hatte, aber ich war einfach zu müde zum Aufräumen. Das gesunde Frühstück war Strafe genug, wie ich fand. Eigentlich wollte ich mich vor meinem Aufbruch ins Büro um Paul kümmern, aber er schlief noch und Stefanie versprach, dem seltsamen Verhalten unseres Sohnes auf den Grund zu gehen.

Immer noch hundemüde ging ich ins Büro, da mein Wagen hinter der Dienststelle parkte. Meinem Plan, mich zunächst bei Jutta einen Vormittag lang auszuruhen, stand KPD im Weg, der sich bereits zusammen mit Gerhard bei meiner Kollegin im Büro befand.

»Wo bleiben Sie denn, Palzki?«, begrüßte er mich mit einem vorwurfsvollen Blick zur Uhr. Letzteres störte mich inzwischen nicht mehr, da die Geste für ihn anscheinend standardmäßig dazugehörte, wenn er mich begrüßte.

Dass KPD zu solch früher Stunde bei Jutta war, störte mich umso mehr. Das Ausruhen konnte ich mir abschminken.

Unser Dienststellenleiter stand da und schüttelte bestimmt eine halbe Minute lang seinen Kopf wie ein begossener Pudel.

»Palzki, Palzki«, begann er endlich. »Was soll ich mit Ihnen nur machen? Nicht einmal ins Museum kann ich Sie schicken, ohne dass es gleich wieder Tote gibt. Und dann kommt noch hinzu, dass es in Baden-Württemberg passierte. Wie soll ich das nur in meiner Statistik verbuchen? Die Mannheimer Kollegen haben dieses Jahr bisher sowieso nur wenige Kapitalverbrechen. Ich musste meine gesamte Kompetenz und Beziehungen ausreizen, damit wir die Ermittlungshoheit erhalten.«

Polternd setzte er sich an den Besprechungstisch und schenkte sich eine Tasse Kaffee ein. Was tat er da? Seinen letzten Versuch, Sekundentod zu trinken, hatte er nur knapp überlebt. Gerhard saß daneben und grinste nur.

Er nahm einen kleinen Schluck und schüttelte sich. »Boah, das Zeug weckt alle Lebensgeister. Genau das richtige für diese Krisensituation.«

»Krise? Ich verstehe nicht, Herr Diefenbach.«

»Das glaube ich Ihnen gern, Palzki«, entgegnete er beleidigend. »Schließlich bin auch ich der Chef und ganz allein für Krisen zuständig.«

Die Doppeldeutigkeit seiner Aussage bemerkte er nicht.

Er schaute zuerst Gerhard, dann Jutta an. »Frau Wagner, würden Sie sich bitte in den nächsten Tagen verstärkt um Ihren Kollegen kümmern? Nur solange, bis wir die Krise überwunden haben. Ich könnte Herrn Palzki natürlich auch versetzen. Aber das geht wegen der Schulungsmaßnahme nicht.«

Ich gähnte herausfordernd laut, worauf KPD sofort einging.

»Man kann mir nicht nachsagen, dass ich keinen Humor habe. Aber das finde ich überhaupt nicht lustig, Palzki! Wo waren Sie gestern Mittag übrigens? Sie waren nicht am Tatort, Sie waren nicht bei Ludwig-Wilhelm, haben Sie es sich gut gehen lassen?«

KPD schien von der Sache in der Universität nichts zu wissen. Um zu vermeiden, dass er mir auch dies negativ auslegte, schwieg ich einfach. Doch sogar das Schweigen legte er mir negativ aus.

»Ich weiß sowieso Bescheid«, meinte er viel wissend. »Ich kenne doch meine Pappenheimer. Wenn mein Vorschlag im Präsidium angenommen wird, werden ab nächstem Jahr alle meine Untergebenen mit GPS-Sender ausgestattet. Dann kann ich mir auf dem Monitor in meinem Büro in Echtzeit anschauen, wo Sie sich gerade herumtreiben.«

Er nahm einen weiteren Schluck Sekundentod, was ihm den Schweiß aus den Stirnporen trieb.

»Morgen bekommen wir die Akte aus Mannheim. Ich werde den Fall höchstpersönlich leiten. In letzter Zeit hat wegen Herrn Palzki das Renommee unserer Dienststelle etwas gelitten. Daher ist jetzt eine starke Hand gefragt.«

Mit ungewohnt bittstellerischem Blick schaute er erneut zu Jutta.

»Fahren Sie Herrn Palzki bitte nachher in das Reiss-Engelhorn-Museum und geben ihn bei Ludwig-Wilhelm ab. Er wird Palzki übernehmen und ihm das Museum zeigen. Wir dürfen unsere Schulungen nicht vernachlässigen, die Ausstellung fängt bald an.«

»Ist Herr Zweier schon dort?«, fragte Jutta.

KPD nickte. »Er hat im Moment unheimlich viel zu tun. Sie, Frau Wagner können in dem Zusammenhang gleich die Arbeit der Mannheimer Kollegen kontrollieren und schauen, ob die alles richtig gemacht haben. Ein paar Beamte sind heute Morgen in den rem-Museen, weil es noch ein paar Restarbeiten zu erledigen gibt.«

KPD schwenkte seinen Blick zu mir. »Und bitte keine weiteren Toten, Palzki! Und schon gar nicht in Baden-Württemberg, haben Sie verstanden?«

Mir lag bereits auf der Zunge, ihn zu fragen, ob er etwas gegen einen toten Schifferstadter Dienststellenleiter hätte.

KPD stand auf, nickte uns kurz zu, und verließ das Büro. In meiner Fantasie stellte ich mir vor, wie ich KPD in die Gruft der Schlosskirche lockte. Zwei Leichen sollten doch in einen Sarkophag passen, wenn man etwas drückte.

»Jutta, darf ich mich setzen?«, fragte ich meine Kollegin mit einer aufgesetzt hohen Stimme.

»Wenn du deine Hände gewaschen hast, mein Kind«, antwortete sie mutterhaft und grinste dabei. Gerhard tat es ihr gleich.

»KPD muss weg«, sagte ich, während ich Juttas offene Regale erfolglos nach Keksen absuchte. »Und zwar so schnell wie möglich.«

Gerhard, der genau wie Jürgen die ganze Szene bisher stumm verfolgt hatte, meinte: »Das ist jetzt nicht so dringend. Ab morgen ist er mit der toten Studentin beschäftigt. Weiß KPD überhaupt, um was es dort geht?«

Jutta trank eine halbe Tasse Sekundentod, ohne mit der Wimper zu zucken. »Wie kommst du auf so eine Idee? Der weiß wie immer nichts, Details interessieren ihn bekanntlich nie. Ihr wisst, wie unser Chef seine Fälle bisher gelöst hat.«

Ich blickte sie fragend an. »Welche Fälle? Ich kann mich an keinen einzigen erinnern.«

»Eben drum«, war ihre alles erklärende Antwort.

»Dann muss nur noch dieser Ludwig-Wilhelm weg.«

»Kannst du nicht mal mit etwas zufrieden sein, Reiner? Müssen es immer gleich weitere Forderungen sein? Am besten, du bringst deine Museumstour zügig hinter dich. Nur wer anfängt, wird auch fertig.«

Ich wechselte das Thema. »Okay, lassen wir den Mist. Was gibt's Neues aus Mannheim?«

Mein Magen knurrte, doch niemand zeigte Erbarmen.

Jutta öffnete eine dünne Akte. »Nicht mehr, als wir gestern bereits wussten. Das Foto, das diese Studentin Katja Lehmann bei sich hatte, zeigt, wie bereits von Zweier vermutet, tatsächlich den Orden des Goldenen Vlies, der in Carl Philipps Sarkophag als Grabbeigabe gefunden wurde. Für weitere Erkenntnisse müssen wir die Unterlagen aus Mannheim abwarten.«

»Dann werde ich mich wegen des Fotos mal ausführlich mit Alexander Wischniewski unterhalten. Ich habe gleich vermutet, dass mit dem etwas nicht stimmt.«

»Denkst du, dass er die Studentin umgebracht hat?«, fragte Gerhard.

»Keine Ahnung. Aber ihr wisst, potenziell kommt jeder Mensch als Täter infrage.«

»Du willst dich doch nicht etwa in KPDs Ermittlungen einmischen, oder?« Jutta klang belustigt. »Das würde er dir wahrscheinlich ziemlich krumm nehmen.«

»Und wenn schon!«, regte ich mich auf. »Ich bin immerhin unmittelbar betroffen gewesen. Sogar zweimal. Der Anschlag in Schifferstadt steht bestimmt im gleichen Zusammenhang.«

Gerhard mischte sich ein. »Vielleicht hat es jemand auf dich abgesehen und die Studentin war nur ein Kollateralschaden.«

Auf diesen Gedanken war ich auch längst gekommen. Aber das machte am wenigsten Sinn. Nein, die Anschläge haben mit der Wittelsbacher Ausstellung und diesem ominösen Text zu tun, da war ich mir sicher.

Jürgen gab ein erstes Lebenszeichen von sich. »Wollt ihr eigentlich wissen, was in dem Textfragment steht?«

Wir glotzten unseren Jungkollegen ungläubig an. »Sag bloß, du hast das Ding entschlüsselt?«

Jürgen grinste uns der Reihe nach an. »Habt ihr anderes erwartet?«

»Jetzt sag schon, was steht drin!« Ich zappelte herum wie ein Kleinkind.

Jürgen faltete einen zerknitterten Zettel auf, den er aus der Hosentasche zog. »KPD muss schließlich nicht alles sehen.«

Wir lobten ihn für seine Umsichtigkeit, worüber er sich sichtlich freute.

»Im Prinzip war es recht einfach, wenn man das Prinzip kapiert hat. Zuerst habe ich moderne Dechiffrierungsverfahren ausprobiert, aber das war alles sinnlos. Ich wollte schon aufgeben, da habe ich der Vollständigkeit halber noch ein paar uralte Verschlüsselungstechniken durchrechnen lassen und siehe da: Ich hatte plötzlich den Klartext vorliegen.«

»Wie denn das?«, wollte Gerhard wissen.

»Ganz einfach«, erklärte Jürgen. »Das Original der Nachricht ist mindestens 80 bis 100 Jahre alt, genau wissen wir es nicht. Und damals gab es eben keine Chiffriertechnik, wie wir sie heutzutage kennen. Da hätte ich viel früher draufkommen müssen. Und die alten Verfahren kann heutzutage jeder PC in Nullkommanichts errechnen. Es war alles so einfach.«

»Für diese Studentengruppe anscheinend nicht«, entgegnete ich. »Jetzt sag aber endlich, was steht drin?«

»Alte Stammbaumdaten.«

»Hä?«

»Du hast dich auch mal feiner ausgedrückt, Reiner«, tadelte Jutta.

Jürgen erklärte: »In dem Text werden diverse Personen genannt. Ganz oben steht Herzog Christian IV. von Zweibrücken, der von 1722 bis 1775 gelebt hat. Dieser soll nicht ganz standesgemäß eine Tänzerin geheiratet haben und zwar Marianne Camasse, die später zur Gräfin Forbach wurde und 1807 gestorben ist.«

»Das ist doch alles alter Kram. Das kann man bestimmt überall nachlesen.«

Unser Jungkollege nickte. »Stimmt, Reiner. Ich habe das bereits kontrolliert. Diese beiden haben wirklich gelebt, die Daten sind verifiziert. Bestätigen kann ich auch, dass die beiden mehrere Kinder hatten. Der erste Sohn hieß Christian von Zweybrücken. Der hat Adelaide-Françoise de Béthune-Pologne geheiratet. Der zweite Sohn hieß Philipp Wilhelm von Forbach.«

»Steht das auch in dem chiffrierten Text?«

Er nickte. »Genau wie der dritte Teil. Der Erstgeborene Christian hatte drei Töchter. Auf eine wird näher eingegangen. Kasimira Maria Louise Antoinette, die von 1787 bis 1846 lebte. Sie war zuerst mit Karl Christian Gustav Friedrich, Graf von Sayn-Wittgenstein verheiratet, der 1812 gefallen ist. Zwei Jahre später hat sie Antonius von Padua, Graf von Rechberg-Rothenlöwen geheiratet.«

Mir schwirrte der Kopf. »Und das alles hast du in anderen Quellen auch finden können?«

»Ja, diese Daten sind kein Geheimnis. Vielleicht waren sie es mal vor 100 oder 150 Jahren, aber heutzutage ist das alles bekannt. Offensichtlich wird auch auf den zweiten Sohn Philipp Wilhelm eingegangen. Doch dazu bräuchten wir den Rest des Textes.«

»Das heißt, die Studenten verfolgen ein Phantom, nur weil sie es nicht entschlüsseln können?«

»Das könnte sein. Aber wir kennen nur diese eine Seite. Vielleicht ist der Rest des Schriftstücks interessanter?«

Ich fasste einen Plan. »Jürgen, machst du mir bitte von deinem Zettel eine Kopie, die Namen kann sich ja kein Mensch merken.« Ich schaute zu Jutta. »Könnten wir einen kleinen Umweg machen, bevor wir zu Zweier fahren?«

Jutta kapierte. »Du willst nicht zufällig vorher an der Uni vorbeifahren und diese Professorin aufscheuchen?«

»Aber hundertprozentig. Und danach sollten wir bei diesem Wischniewski vorbei. Der weiß mehr, als er zugibt.«

Mein Magen knurrte erneut.

»Caravella hat noch zu«, meinte Gerhard mit einem Blick auf die Uhr.

Kein Problem, dachte ich. Unterwegs würde ich Jutta mit einem vorgespielten Unterzuckeranfall nötigen, an einer Bäckerei anzuhalten.

Ich stand auf. »Fahren wir, Jutta? Jürgen, hast du inzwischen etwas über diesen Rocksinger herausfinden können?«

Jürgen verneinte. »Ich hatte mit der Entschlüsselung des Textes genug zu tun. Um den kümmere ich mich heute. Die Vergangenheit der Studentin werde ich mir auch mal vorknöpfen.«

»Vergiss nicht die Professorin Beate Stadelbauer – ach, und Alexander Wischniewski kannst du ebenfalls prophylaktisch durch den Computer laufen lassen.«

»Das sind jede Menge Verdächtige«, meinte Gerhard. »Ich halte heute im Büro die Stellung. Die Kaffeemaschine muss dringend mal wieder entkalkt werden. Meine geschätzte Kollegin hat da in den letzten Tagen etwas geschlampt.«

Jutta drohte ihm belustigt mit dem Finger. »Schon mal was von Emanzipation gehört, junger Mann? Ich habe die Maschine in der letzten Woche zweimal entkalkt, diese Woche bist du dran.«

Ich wunderte mich, dass die Maschine überhaupt entkalkt werden musste, da ihr Wasser nur in homöopathischen Dosen zugeführt wurde.

Auf dem Weg zum Parkplatz fiel mir die außerordentlich hektische Betriebsamkeit bei den Kollegen der Schutzpolizei auf. So viele Beamte sah man selten auf einem Fleck.

»Was ist da los?«, fragte ich Jutta, da sie meist über Aktionen wie Schwerpunktkontrollen informiert war.

»Das sind die Nachwehen von gestern, hat man mir vorhin gesagt. Da sind im gesamten Stadtgebiet mysteriöse Sachen vorgefallen. Größere Schäden scheint es nicht gegeben zu haben, was aber im Einzelnen passiert ist, weiß ich noch nicht.«

Ich atmete tief durch und versuchte, die Sache zu verdrängen. Für Paul würde man wahrscheinlich das 1963 geschlossene Staatsgefängnis Alcatraz kaufen, demontieren und in Deutschland wieder aufbauen.

»Du«, sagte Jutta zu mir, als wir gerade losgefahren waren. »Würde es dir viel ausmachen, wenn ich in Ludwigshafen kurz an einer Bäckerei anhalte? Ich habe heute Morgen nur wenig gefrühstückt.«

Ich jubelte. Vergessen waren die unmenschlichen Innenraumtemperaturen in Juttas Wagen.

»Mach ruhig«, antwortete ich möglichst neutral. »Die paar Minuten holen wir locker wieder rein, wenn du auf der B 9 ein bisschen Gas gibst.«

»Schon mal was von Geschwindigkeitsbegrenzungen gehört, lieber Kollege?«

»Was ist das denn jetzt schon wieder? Eine neue Erfindung von KPD?«

In Vorfreude des Bäckereibesuches ging es mir wieder richtig gut. Jedenfalls bis zu dem Zeitpunkt, als meine Kollegin vor dem Geschäft parkte. ›Biobäcker Vegani‹, stand in Schnörkelschrift über dem Schaufenster.

Es schüttelte mich. »Willst du dir das wirklich antun, Jutta? Ich habe gerade letzte Woche einen Bericht über Bioeier gelesen. Die lassen die Hühner frei auf dem Gelände rumlaufen.«

»Ja und? Was ist daran so schlimm?«

»Die haben auch Hähne, die frei herumlaufen.«

Jutta sah mich fragend an. »Auf was willst du hinaus? Lass doch den Hühnern und Hähnen ihren Spaß.«

»Genau darum geht es, Jutta. Die Hühner legen dann befruchtete Eier. Stefanie hat auch schon mal so eins erwischt. Das ist einfach eklig.«

Jutta war nur einen Moment nachdenklich. »Das ist eine Bäckerei und kein Eierladen.«

»Okay, du hast gewonnen. Die Leute haben aber einen komischen Namen. Vegani möchte ich wirklich nicht heißen.«

Jutta lachte laut auf. »Das kann auch nur von dir kommen. Vegani bedeutet, dass die Bäckerei bei der Herstellung ihrer Backwaren unter anderem auf Eier und Milch verzichtet.«

Ich verschluckte mich an meinem eigenen Erschrecken. »Ne, oder?«, brachte ich schließlich hervor.

Jutta war bereits ausgestiegen. Ich schaute mich um. Da ich kein anderes Lebensmittelgeschäft in der Umgebung erblicken konnte, folgte ich meiner Kollegin in den dubiosen Laden. Gleich nachher würde ich die Lebensmittelkontrolle informieren. Irgendetwas konnte hier nicht mit rechten Dingen zugehen.

Der Verkaufsraum sah aus wie in jeder anderen Bäckerei auch. Verwundert nahm ich auf einem Regal an der Stirnseite des Ladens Flaschen mit Milch und Kakao zur Kenntnis. Aha, so streng schienen es die Bäckersleute mit der Veganerei nicht zu halten. Die Nachfrage schien auch hier das Angebot zu bestimmen.

Anders sah es in der Theke und dem dahinter befindlichen Regal aus. Irgendwie sahen die Brote und die Brötchen etwas seltsam aus. Eine nähere Beschreibung erspare ich mir, damit ich keine Protestwelle der vereinigten Veganer lostrete oder eine Abmahnung der Bäckereiinnung erhalte.

Verdutzt nahm ich zur Kenntnis, dass es auch Süßteilchen gab. Bei manchen konnte ich sogar Spuren von Schokolade ausmachen. Die meisten waren allerdings mit Obstteilen wie halbe Pfirsiche belegt.

»Womit kann ich Ihnen helfen?«, fragte mich in diesem Moment eine Kollegin der Dame, die Jutta bediente. Nach kurzem Zweifeln gewann mein Selbsterhaltungstrieb. »Vielen Dank, ich hab's mir anders überlegt.« Mit knallrotem Kopf stürzte ich nach draußen.

»Reiner, Reiner«, sagte Jutta, als wir im Auto saßen. »Mit dir kann man wirklich nirgendwo hingehen, ohne aufzufallen.« Sie legte eine riesige Bäckertüte auf die Rückbank.

»Ich habe nicht vor, da nochmal reinzugehen«, antwortete ich trotzig.

»Weißt du, was die Verkäuferin zu ihrer Kollegin gesagt hat, als du rausgestürmt bist? Sie wusste ja nicht, dass wir uns kennen.«

»Ich will's gar nicht wissen.«

»Schon wieder einer«, hat sie gesagt. »Anscheinend warst du nicht der Erste.«

»Und bestimmt auch nicht der Letzte. Hast du das Zeug gesehen, was die verkaufen?«

»Stell dir vor, ich habe sogar davon gekauft.«

»Wo soll das mit dieser unkontrollierbaren Evolution noch hinführen?«, dachte ich laut. Jutta gab keine Antwort.

Nachdem wir die Konrad-Adenauer-Brücke ins Baden-Württembergische Mannheim überquert hatten, fuhr Jutta die Vorderfront des Schlosses entlang.

»Park doch einfach im Ehrenhof«, empfahl ich ihr und zeigte auf den großen Platz. Die Absperrgitter von der Rettungsaktion standen noch an Ort und Stelle.

»Da darf man nicht rein, das siehst du doch.«

»Zweier hat dort auch geparkt und außerdem hast du eine Ausnahmegenehmigung im Wagen liegen.«

»Die aber nur für Notfälle gedacht ist«, erwiderte sie. »Ich fahr da drüben ins Parkhaus.«

»Was das den Steuerzahler wieder kostet!«

Der Fußweg hielt sich in Grenzen. Leider war er zu kurz, um unterwegs meinen Kalorienetat aufzufrischen. Ich fand keinen geeigneten Laden.

Selbstredend stand Dr. Metzger vor dem Uni-Eingang. Ein Student erwarb gerade eine Palette seiner komischen Energy-Dosen.

»Ah, hallo, Herr Palzki und Frau Wagner!«, bellte er über den Vorplatz. »Nehmen Sie heute Frau Wagner mit, damit Ihnen nicht wieder ein Ungeschick wie gestern passiert, Palzki? Die Uni ist wahrlich kein geeigneter Platz für einen Polizeibeamten und für Sie schon gar nicht.«

Er wandte sich an Jutta. »Passen Sie gut auf ihn auf. Ich habe heute keine Zeit, Ihren Kollegen zu befreien. Wollen Sie ein paar meiner Energy-Drinks mitnehmen, Frau Wagner? Palzki hat auch schon welche. Ich überlasse Ihnen kostenlos und unverbindlich ein paar Dosen. Vielleicht komme ich mit der Polizei ins Geschäft? Dort gibt's doch bestimmt auch Nachholbedarf in geistigen Dingen, oder? Intelligenzförderung ist noch wichtiger als Leseförderung. Die Ausfallquoten sind übrigens äußerst gering und ausschließlich auf hartnäckige Fälle begrenzt.«

Er blickte mich an, was ich ignorierte.

»Komm, Jutta, wir haben keine Zeit.«

Obwohl Metzger einer meiner Lebensretter war, hielt ich eine Verabschiedung für überflüssig.

Jutta ging zielstrebig auf das Sekretariat zu. Ob sie sich hier auskannte?

Um die Sache zu vereinfachen, stellten wir uns den beiden anwesenden Damen im Sekretariat als Polizeibeamte vor.

»Wir würden Frau Professorin Beate Stadelbauer in einer dringenden Angelegenheit sprechen wollen.«

»Einen kleinen Moment bitte.« Die Sekretärin blätterte in einer ewig langen Liste. »Tut mir leid, Frau Professorin Stadelbauer hat sich für heute krankheitsbedingt abgemeldet.«

Auch das noch, dachte ich. Immer diese zusätzlichen Widrigkeiten, die alles so aufwändig machten.

»Würden Sie uns bitte die Privatanschrift der Professorin geben?«

Die Dame hinter der Theke wurde unsicher. »Ich glaube nicht, dass ich Ihnen die so ohne Weiteres geben darf. Da müsste ich mich erst rückversichern. Das kann aber dauern, weil gerade eine Konferenz läuft.«

Da ich nicht damit rechnete, dass die Professorin in unmittelbarer Uninähe wohnte, gab ich der Sekretärin meine Visitenkarte.

»Auf der Karte finden Sie die Telefonnummer der Kriminalinspektion Schifferstadt. Wenn Sie die Genehmigung haben, rufen Sie bitte dort an und lassen sich mit Herrn Steinbeißer verbinden. Das ist ein Kollege von uns. Diesem nennen Sie dann bitte die Anschrift von Frau Stadelbauer.«

»Frau Professorin Stadelbauer«, verbesserte sie wohl im Reflex. »Sie sind aus Schifferstadt? Wieso aus Schifferstadt?«

Ich ergänzte: »Wie bereits gesagt ist es dringend. Es geht um eine länderübergreifende Ermittlung.«

Die Erklärung stellte sie zufrieden und sie versprach, später anzurufen.

»Das war wohl eine Pleite«, meinte Jutta, als wir wieder vor der Uni standen. Dr. Metzger war nicht zu sehen, vielleicht war er gerade in seinem Reisemobil und operierte.

»Gehen wir vor zur Schlosskirche, vielleicht ist Wischniewski dort.«

»Und wenn nicht?«, hakte Jutta nach. »Hast du seine Privatadresse?«

Die hatte ich natürlich nicht. »Dann fragen wir Hardy Rocksinger, der hat sie bestimmt.«

KAPITEL 12
NEUES AUS DER GRUFT

Wie ich wusste, war die Kirche tagsüber geöffnet. Das große Portal ließ sich mit Leichtigkeit öffnen. Auch Jutta staunte ob der Größe des Innenraums. »Wow, das hätte ich nicht erwartet. Die ist ja riesig!«

»Dann schau mal nach oben zum Drachen.«

Jutta blickte zur Freske. »Da ist kein Drache«, meinte sie schließlich unsicher.

»Was ist denn mit deiner Beobachtungsgabe los, liebe Kollegin? Den Drachen sieht doch jedes kleine Kind sofort.« Ich zeigte ihr das Fabelwesen.

Die Kirche war, von uns abgesehen, menschenleer. Allerdings fiel mir auf, dass die Tür zur Sakristei offen stand. Diese wurde, wie ich wusste, immer verschlossen gehalten.

»Ist hier jemand?«, rief ich laut in Richtung Altar und Sakristei. »Herr Wischniewski, sind Sie hier?«

Wir erhielten keine Antwort. Seltsam war das schon. Ich blickte zu Jutta.

Gemeinsam schlichen wir auf getrennten Wegen zur Sakristeitür. Während Jutta einen Bogen über den erhöhten Altarraum nahm, ging ich auf Zehenspitzen an der Seitenwand entlang. Die Stille hörte sich im Innern der Kirche seltsam an. Ich vermutete, dass irgendwelche Außengeräusche verzerrt hereindrangen. Bis auf's Äußerste gespannt standen wir schließlich seitlich an der offenen Tür und versuchten hineinzuschauen. Die Sakristei schien leer zu sein. Um nicht als Angsthase dazustehen, gab ich mir den Vortritt und ging vollends in die Sakristei. Unser erster Eindruck bestätigte sich: Sie war leer. Wir vernahmen ein leises Kratzen. War dies die berühmte Kirchenmaus oder handelte es sich um menschliche Geräusche?

»Die Tür zur Gruft steht offen«, flüsterte ich zu Jutta und zeigte auf den Treppenabgang. Jutta tat das Zweitvernünftigste. Sie zog ihre Dienstwaffe. Das Vernünftigste wäre gewesen, Verstärkung anzufordern und abzuwarten. Doch Jutta war mindestens so neugierig wie ich selbst, der wie immer unbewaffnet war.

Gemeinsam schlichen wir so langsam wie möglich die Treppe hinunter. Das diffuse Notlicht warf gespenstische Schatten. Und wieder hörten wir dieses Kratzgeräusch. Wir hatten nur noch wenige Stufen bis nach unten, als wir die Blutlache entdeckten. Je näher wir kamen, desto mehr vervollständigte sich das Szenario. Die Lache endete vor einer liegenden Person, die möglicherweise tot war. Als wir das Geräusch erneut hörten, erschraken wir heftig. Von der Leiche konnte es nicht stammen. Selbst Jutta zitterte unverkennbar. Dennoch krochen wir in gebückter Haltung weiter. Das Gitter zur Gruft von Carl Philipp stand offen. Da sich unsere Augen derweil an die Lichtverhältnisse gewöhnt hatten, konnten wir eine Person ausmachen, die gerade im Begriff war, vollends im Lüftungsschacht zu verschwinden. Der Täter musste das Gitter entfernt haben. Jutta nutzte die Gelegenheit, stand auf und eilte zur Gruft.

»Hände hoch, Polizei. Wir sind bewaffnet. Kommen Sie aus dem Loch heraus und heben Sie Ihre Hände hoch.«

Ich wusste nicht, wen ich erwartete. Dass der Mörder altertümliche Kleider trug, da war ich mir sicher. Doch es kam anders. Während der Täter umständlich rückwärts aus dem Lüftungsschacht kroch, erkannte ich die ganze Tragweite des Geschehens.

»Herr Becker, willkommen daheim!«, rief ich lauter als geplant, da meine Worte durch das Echo einen zusätzlichen Hall erhielten.

Jutta schaute fassungslos, doch im gleichen Moment war der Student aus der Röhre herausgekommen und drehte sich zu uns um. Jutta ließ zögernd die Waffe sinken.

»Hallo, Herr Becker. Nett, Sie mal wieder zu treffen«, sagte ich zu ihm. »Gestern haben Sie mein Leben gerettet, heute haben Sie ein anderes beendet.«

Der Student stotterte, während er zeitgleich krebsrot anlief. »Aber, aber, Herr Palzki, ich, äh, ich war da, das nicht.«

Er zeigte auf die tote Person, die ich längst als Alexander Wischniewski identifiziert hatte. Jutta fühlte seinen Puls. »Nichts mehr zu machen.«

Becker, der reglos neben dem Sarkophag von Carl Philipp stand, sprach weiter. »Ich habe ihn vor höchstens fünf Minuten gefunden. Er war bereits tot.«

»Das können Sie sonst wem erzählen«, provozierte ich ihn. Solange ich ihn unter Druck hielt, war er vielleicht bereit, mehr zu erzählen, als er es unter normalen Umständen tun würde. »Die Sache ist eindeutig, Herr Becker. Bestimmt werden wir Ihre Fingerabdrücke an Wischniewskis Leiche finden.«

Becker wechselte den Teint und wurde blass. Dies erkannte ich trotz der relativen Dunkelheit.

»Er war doch schon tot«, wiederholte er sich. »Ich habe versucht, seinen Puls zu erfühlen.«

»Und vorher haben Sie ihn erschlagen!« Jutta hatte Wischniewski grob untersucht und an seinem Hinterkopf eine große Wunde entdeckt, aus der das Blut gelaufen war.

»Womit denn?«, schrie der Student so laut, dass ich ihn mit einer Handbewegung bat, dies zu unterlassen. »Es ist nicht mal eine Tatwaffe da.«

»Haha, darauf falle ich nicht rein. Die wollten Sie gerade in dem Lüftungsschacht verstecken, stimmt's?«

»Aber nie im Leben, schauen Sie doch selbst hinein.«

»Wo geht es da überhaupt hin?«

Dietmar Becker wusste es nicht. »Das wollte ich gerade herausfinden, als Sie kamen.«

Jutta mischte sich ein. »Ist das eine Taschenlampe, die Sie in der Hand halten?«

Jetzt erst bemerkte ich, dass der Student eine ausgeschaltete Lampe dabei hatte.

»Ja, klar«, antwortete er und schaltete sie ein. Die Lichtverhältnisse verbesserten sich geringfügig. »Ich habe den Lichtschalter nicht finden können.« Er zeigte auf die Leiche. »Ich war mit Herrn Wischniewski verabredet. Dann entdeckte ich die offen stehenden Türen der Sakristei und zur Gruft. Kurz darauf habe ich ihn gefunden. Ich wollte gleich die Polizei rufen, das müssen Sie mir glauben, Herr Palzki.«

»Nur wollten Sie vorher das Geheimnis des unbekannten Stollens lüften. Was hätten Sie gemacht, wenn Wischniewskis Mörder noch hier gewesen wäre?«

Becker zog ein kleines Lächeln auf. »Das heißt, Sie glauben mir?«

»Selbstverständlich glaube ich Ihnen, Herr Becker. Als Mörder sind Sie viel zu sensibel. Sie können sich vielleicht unrealistische und haarsträubende Geschichten ausdenken, mehr aber auch nicht.«

»Schau mal, Reiner«, unterbrach mich Jutta. Sie hielt ein Stück Papier in der Hand. »Das ist eine Tarotkarte. Sieht sehr alt aus. Ob die aus dem Tunnel stammt?«

Ich betrachtete das vergilbte Stück. »Das werden wir bald wissen. Jetzt gehen wir erst mal hoch in die Sakristei und rufen die Spurensicherung an. Ihr zertrampelt ja alle Spuren.«

Jutta telefonierte mit ihrem Handy, und es dauerte nicht lange, bis die Mannheimer eintrafen.

»Sie schon wieder?«, sagte der Erste, als er mich erkannte. »Haben Sie wieder James Bond gespielt? Was haben Sie dieses Mal alles zerstört?«

Ich zählte still bis auf drei. Wenn ich den Schlüssel finden würde, könnte sich der Mannheimer Kollege über ein paar einsame Stunden in der Gruft freuen.

»Gehen Sie runter zu Ihrer Leiche«, sagte ich fast ohne emotionale Regung. »Die Ergebnisse brauchen wir bis gestern, spätestens vorgestern.«

Er zeigte mir den Vogel, bevor er zur Gruft ging. Mehrere im gleichen Moment eintreffende Kollegen folgten ihm.

Ich setzte mich an einen der Tische in der Sakristei. Jutta und Dietmar Becker machten es mir nach. »Jetzt erzählen Sie mal, warum Sie sich mit Wischniewski treffen wollten«, befragte ich den Studenten, obwohl mir der Grund längst klar war.

Zu einer Antwort kam es nicht, da wir aus der Kirche das ekstatische Brüllen von KPD vernahmen. Erst als wir ihn am Eingang der Sakristei sahen, konnte man ihn verstehen. »… so etwas passiert. Egal, was ich Palzki sage, er macht garantiert das Gegenteil. Das Leben könnte so angenehm sein, wenn …« In diesem Moment entdeckte er mich. Zielstrebig kam er auf mich zu. Schnaubend wie ein Walross in der Brunftzeit holte er mehrfach tief Luft.

»Palzki! Die Kurpfalz wird wegen Ihnen noch zur strukturschwachen Region erklärt. Was haben Sie jetzt wieder verzapft. Eins sage ich Ihnen: Wenn die Wittelsbacher Ausstellung vorbei ist, versetze ich Sie als Parkwächter zur Schifferstadter Waldfesthalle. Zumindest im Winter.«

Er drehte sich um und sah die Treppe, die nach unten zur Gruft ging.

»Wo geht's da hin?«

So leicht ließ ich mich von meinem Vorgesetzten nicht schocken, zu viel war ich von ihm gewohnt. »Gehen Sie nur runter zu den vier Leichen. Vielleicht gefällt es Ihnen dort.«

Meinen gehässigen letzten Satz hatte er nicht verstanden.

»Vier Tote auf einmal? Ja, sind Sie denn jetzt komplett wahnsinnig geworden, Palzki? Damit überholt uns die Mannheimer Kripo in der jährlichen Todesfallstatistik auf einen Schlag! Wehe Ihnen, wenn es mir nicht gelingt, die Ermittlungshoheit zu bekommen.« Er schnappte nach Luft. »Vier Tote heute und gestern eine.« Mehr zu sich selbst sagte er: »Darum muss ich mich persönlich kümmern.« Er stapfte nach unten. Erst jetzt sahen wir, dass Ludwig-Wilhelm Zweier hinter ihm stand.

»Was ist da unten passiert?«, fragte er, als KPD längst verschwunden war. »Klaus rief mich an und sagte, dass er auf dem Weg nach Mannheim wäre und ich zur Schlosskirche kommen soll. Er faselte recht unstrukturiert von diversen Fehlverhalten Ihrerseits, Herr Palzki. So ganz bin ich nicht durchgestiegen. Was machen Sie überhaupt hier? Wir waren doch in den rem-Museen verabredet.«

»Ich habe mich verlaufen«, antwortete ich, da ich nicht gewillt war, ihm die Wahrheit zu sagen.

»Und da unten?« Er zeigte zur Gruft.

»Wischniewski hat's erwischt«, antwortete ich kurz angebunden.

Zweier riss seinen Mund auf und schlug sich mit der flachen Hand auf selbigen. »Das darf nicht wahr sein. Wer macht denn so etwas?«

Jutta nahm ihn in die Zange. »Jemand der in der Gruft ein Geheimnis vermutet. Haben Sie eine Ahnung, wer da infrage käme?«

Diese Frage war ganz schön provokant, wie ich neidvoll anerkennen musste. Zweier selbst war einer der Kandidaten, die den neu entdeckten Gang sofort untersuchen wollten.

»Das weiß doch ich nicht. Weiß man inzwischen etwas Neues über den Lüftungsschacht?«

Ich steigerte die Provokation. »Wahrscheinlich handelt es sich wie von mir gleich am Anfang vermutet, um den Nibelungenschatz. Es wird eine Weile dauern, bis das Rheingold komplett geborgen ist.«

Ludwig-Wilhelm, von mir inzwischen der ›Gutgläubige‹ getauft, war nah dran, mir die Geschichte abzunehmen. Wahrscheinlich war sie aber dieses Mal eine Nuance zu dick aufgetragen.

Er zögerte mit der Antwort. »Ich weiß nicht, ob ich das für bare Münze nehmen soll, Herr Palzki. Die Nibelungensage spielt lange vor der Erbauung des Mannheimer Barockschlosses.«

»Ist das wahr?«, tat ich erstaunt. »Na ja, was immer da unten ist, wir werden es bald wissen.«

KPD kam aus der Gruft zurück, was ich sehr schade fand.

»Glück gehabt, Palzki. Drei der vier Toten liegen da unten schon etwas länger. Oder hatten Sie da auch Ihre Finger im Spiel?«

»Die Palzkis sind seit Generationen beliebte Massenmörder«, sagte ich, weil ich in Sachen Provokation gerade so geübt war.

Zu einer Antwort kam es nicht, da sich ein Spurensicherer einmischte. In der Hand hielt er eine Plastiktüte, in der sich die von Jutta gefundene Tarotkarte befand.

»Ist das alles, was Sie gefunden haben?«

Jutta nickte, während Zweier interessiert die Karte betrachtete.

»Das ist vermutlich eine original Spielkarte von Carl Theodor.«

»Wie bitte?«

»Ja, sehen Sie mal: Man erkennt deutlich das CT-Zeichen auf der linken oberen Ecke. Nur die Privatkarten von Carl Theodor und seiner Gemahlin Elisabeth Auguste durften diese Zeichen tragen.«

Und hier war er wieder: Der Beweis, dass alle Todesfälle und Mordversuche zusammenhingen. Auch dieses Mal gab es einen Hinweis auf den damaligen Kurpfälzer Chef.

Ich musste mich unbedingt mit dem Leben von Carl Theodor befassen. Weniger wegen der Ausstellung, sondern vielmehr wegen der kaltblütigen Morde.

»War dieser Theodor so prominent in seiner damaligen Zeit?«, fragte ich zweifelnd. »Es gibt schließlich noch Hunderte andere Schlösser in Deutschland.«

»Haben Sie eine Ahnung, Herr Palzki.« Zweier nahm den Faden auf. »Carl Theodors Herrschaftsgebiete repräsentierten das drittgrößte Staatsgebiet im Heiligen Römischen Reich Deutscher Nation. Und 1777 kam sogar noch Bayern hinzu.«

Als ich keine Antwort gab, ergänzte er: »Selbst Düsseldorf gehörte dazu.«

»Düsseldorf? Das nehme ich Ihnen nicht ab.«

Zweier brachte die Spur eines Lächelns zustande. »Wir haben mit unseren Exkursionen ja erst angefangen. Sie werden staunen, über welche Gebiete Carl Theodor regiert hatte.«

Was hatte ich da nur losgetreten? Mich interessierte nicht im Geringsten, was damals alles diesem Kurfürsten gehörte. Doch eine andere Sache kam mir in den Sinn.

»Gehörte Zweibrücken auch dem Theodor?«

Die Reaktion war nicht vorhersehbar. Ludwig-Wilhelm erstarrte und eine kleine Speichelspur lief ihm unkontrolliert aus dem rechten Mundwinkel. Seine dicke Brille zuckte auf und ab.

»Wie, wie, kom…, kommen Sie auf Zweibrücken?«, brachte er nach einer Weile hervor.

»Aber Herr Zweier.« Mit einem Seitenblick kontrollierte ich, dass KPD zuhörte. Glücklicherweise konnte ich mich an den ersten Namen erinnern, den Jürgen heute Morgen genannt hatte. Ein kleiner Bluff hatte noch nie geschadet.

»Natürlich ist mir der Name Herzog Christian IV. von Zweibrücken geläufig. Ich bin da nämlich sehr wissbegierig. Außerdem war ich mal in der Nähe von Zweibrücken einen Freund besuchen.«

Zweier hatte sich fast wieder unter Kontrolle. »Sie verblüffen mich ständig, Herr Palzki.«

»Zweibrücken? Was hat das mit uns zu tun?« KPD zeigte offen seine Ungebildetheit. »Erklär mir das mal, Ludwig-Wilhelm.«

Der Angesprochene drehte sich zu KPD und erläuterte ihm den Zusammenhang, der auch für mich neu war.

»Carl Theodor starb 1799 in München. Da das einzige erbberechtigte Kind, das er mit seiner Gattin zeugte, gleich nach der Geburt starb, wurde als nächster Verwandter dieser von Herrn Palzki genannte Christian von Zweibrücken als Erbe vorgesehen. Da er aber vor Carl Theodor starb und ebenfalls keine Erben hatte, ging alles an seinen Neffen. Seit 1799 regierte folglich die Seitenlinie Pfalz-Zweibrücken-Birkenfeld das riesige Reich der Wittelsbacher.«

KPD wusste mit den Informationen nichts anzufangen. »Haben Sie sich das gemerkt, Palzki? Wie gut, dass wir meinen Freund für unsere Bildungsoffensive gewinnen konnten. Wann machst du mit Palzki weiter, Ludwig-Wilhelm?«

Der Angesprochene schaute seinen Freund bittstellerisch an. »Heute müssen wir aus gegebenem Anlass pausieren. Wir wollen erst mal sehen, ob die Todesfälle Auswirkungen auf die Ausstellung haben. Ich würde gern hier bleiben und die Ermittlungen verfolgen, damit ich mich später mit Frau Tannhäuser von den rem-Museen und Herrn Rocksinger vom Barockschloss bezüglich der weiteren Vorgehensweise abstimmen kann.«

»Na gut«, sagte KPD nach reiflicher Überlegung. »Morgen früh geht's aber gleich weiter. Sonst geraten wir unter Zeitdruck. Sobald die Ergebnisse zu der toten Studentin vorliegen, werde ich selbst mit den Ermittlungen beginnen. Die Sache in der Gruft scheint ja, so wie ich das sehe, völlig unabhängig zu sein. Da es nur ein einziger Toter ist, den ich zudem nicht kenne, werde ich großzügigerweise die Ermittlungen den Mannheimer Kollegen überlassen. Da unten in der Gruft ist es mir zu duster und schmutzig.«

KPD verschwand. Ich selbst kam ins Grübeln. Laut den Erklärungen von Zweier hatte Christian von Zweibrücken keine Kinder. Hatte Jürgen nicht etwas anderes erzählt? Immer diese Widersprüche, dachte ich.

»Herr Becker, was machen Sie mit dem angebrochenen Tag? Sie haben doch sicherlich einiges zu tun, vielleicht auch mal wieder studieren?«

Der Student überging meine rhetorisch versteckte Aufforderung, das Feld zu räumen, geflissentlich. »Ich muss auf jeden Fall hierbleiben. Ihre Kollegen aus Mannheim werden mich bestimmt verhören wollen.«

»Vernehmen«, verbesserte ich klugscheißerisch. »Das hat doch Zeit. Warum waren Sie eigentlich mit Wischniewski verabredet? Das hatte ich Sie vorhin bereits gefragt.«

Becker druckste herum. »Das wäre die Sensation des Jahres geworden. Ich wollte mit Herrn Wischniewski bereden, wie wir den undokumentierten Gang marketingmäßig ausschlachten. Gerade im Vorfeld der Wittelsbacher Ausstellung würde sich die Presse auf solch ein Thema stürzen. Und von mir hätte es den ersten Artikel gegeben. Das wäre *die* Schlagzeile geworden.«

»Und das war alles?«

»Nicht ganz«, gab er zu. »Wir planten, einen kleinen Roboter in den Lüftungsschacht einfahren zu lassen. Wischniewski lehnte es nach wie vor ab, das Gitter entfernen zu lassen. Wir planten auch eine Pressekonferenz in der Sakristei.«

»Das hat sich ja jetzt erledigt«, sagte ich zu Becker und klang ein wenig schadenfroh. »Spätestens morgen wird das Geheimnis kein Geheimnis mehr sein. Sobald die Spurensicherung mit der Gruft fertig ist, kommt der Schacht dran.«

Becker interessierte noch etwas anderes. »Werden die Sarkophage geöffnet?«

Bei dem Gedanken drückte sich mir sofort ein Kloß in den Hals. »Das weiß ich wirklich nicht und außerdem interessiert es mich nicht. Warum sind Sie nicht mit Ihrem Chefinformant Diefenbach zurück nach Schifferstadt gefahren? Von ihm erfahren Sie doch immer alles aus erster Hand.«

Der Student war mit meiner Empfehlung nicht einverstanden.

»Im Moment stehe ich mit Herrn Diefenbach etwas auf Kriegsfuß. In meinem letzten Manuskript habe ich einen kleinen Fehler gemacht, den er mir bis jetzt noch nicht verziehen hat. Dabei handelt es sich nur um einen winzigen Satz, der ihn in seinen Augen unvorteilhaft wirken lässt. Jedenfalls nach seiner Meinung. Ich habe es zwar geändert, dennoch ist er etwas angesäuert.«

Ich verzichtete darauf, Details nachzufragen, da in meinen Augen alle Krimis von Becker von der ersten bis zur letzten Seite reine Fantastereien waren.

»Außerdem besitzt Ihr Chef weniger Informationen als Sie«, ergänzte er. »Da bleibe ich lieber am Tatort.«

Na dann Prost Mahlzeit, dachte ich und gab Jutta ein Zeichen, diesen Ort zu verlassen. Mit Becker würde ich mich morgen nochmals unterhalten. Man konnte nie wissen, was er bereits so alles wusste.

KAPITEL 13
BIENE MAJA

»Was meinst du, was wird man in dem Lüftungsschacht finden?«, fragte Jutta, als wir aus der Kirche traten.

»Ist dir das nicht klar? Nichts wird man finden. Egal, ob der Gang nach einem halben Meter aufhört oder in einen größeren Raum mündet, man wird nichts finden. Falls dort etwas lag, hat Wischniewskis Mörder es längst herausgeholt. Wahrscheinlich wurde er nur aus diesem Grund ermordet.«

»Oder er gehörte zu der Gruppe, die die Kopien von der Studentin kaufen wollte.«

Ich schüttelte den Kopf. »Das macht wenig Sinn. Wenn Wischniewski dazugehörte, hätte man sich den Umweg über die Studentin sparen können.«

»Vielleicht war die Professorin mit ihrer Gruppe schneller und hat den anderen den chiffrierten Text vor der Nase weggeschnappt.«

»Das kann natürlich sein«, gab ich zu. »Warum muss alles immer so verworren sein? Ein einfacher Eifersuchtsmord, den man an einem Tag aufklären kann, das lasse ich mir gefallen. Aber so etwas?«

Jutta setzte sich im Ehrenhof auf eine Bank. »Ich muss nachdenken«, sagte sie.

»Das kannst du später tun. Ich will jetzt wissen, was uns Hardy Rocksinger zu dem Thema zu sagen hat. Und wenn er noch so viel leugnet, er hatte Kontakt zu der Studentengruppe nebst Professorin.«

Jutta stand wieder auf. »Du hast recht, das sollten wir tun.«

»Ach hör doch auf mit diesen Selbstverständlichkeiten.« Sie streckte mir die Zunge raus, als wir in Richtung Museum gingen.

»Von da oben wollte Paul herunterpinkeln«, gab ich eine Anekdote zum Besten und zeigte stolz auf das Denkmal.

Jutta verzichtete auf einen Kommentar.

An der Museumskasse saß die Dame, die ich bereits kannte. Dies galt es ausnutzen.

»Hallo, Sie kennen mich noch?« Ihr kurzes vorsichtiges Nicken zeigte mir, dass sie sich nicht mehr so sicher war, ob ich tatsächlich ein Journalist oder nicht doch ein Polizeibeamter war.

»Vorn an der Kirche ist alles voller Bullen«, sagte ich zu der Kassendame, was Jutta sehr verblüffte. »Angeblich wurde ein Mann in der Gruft ermordet. Wissen Sie das bereits?«

Sie bekam große Augen. »Schon wieder jemand? Nein, das habe ich noch nicht mitbekommen. Gestern soll in den rem-Museen eine Studentin umgebracht worden sein und beinahe hätte es auch einen Polizisten erwischt. Wahrscheinlich war es eine von denen, die sich nachts mit Rocksinger im Museum treffen«, sagte sie in recht abfälligem Ton.

»Den Verdacht habe ich auch«, pflichtete ich ihr bei. »Ich glaube, ich bin mit meiner Kollegin«, ich zeigte auf Jutta, »einer großen Sache auf der Spur. Wenn sich das bewahrheitet, wird es einen Skandal geben. Und ich glaube, dass Rocksinger ganz tief drinsteckt.«

Ihre Mundwinkel verzogen sich nach oben. Das Gesagte schien Balsam für sie zu sein. »Womit kann ich Ihnen helfen?«

Ich rückte näher und flüsterte in geheimnisvollem Ton: »Ich muss nochmals mit Rocksinger sprechen. Natürlich sage ich ihm nicht, worum es geht. Offiziell schreibe ich nur über die baldige Ausstellungseröffnung.«

»Das ist blöd«, sagte sie. »Er hat sich heute kurzfristig einen Tag Urlaub genommen. Das ist auch so was: Wir stecken mitten in den Umbauarbeiten und haben Stress ohne Ende und der feine Herr nimmt sich einfach Urlaub.«

Schon wieder eine Unannehmlichkeit, dachte ich. Erst die Professorin, dann der tote Wischniewski und jetzt auch noch Rocksinger, der sich Urlaub genommen hat.

»Sie haben Ihren Chef nicht zufällig heute gesehen?«

Sie lachte kurz auf. »In seinem Urlaub? Niemals. Ich habe keine Ahnung, was er heute vorhat. Ich habe ihn gefragt, aber er hat es mir nicht verraten.«

»Hm«, sagte ich, weil mir zunächst nichts Sinnvolleres einfiel. »Ich denke, es wäre das Beste, zu ihm zu fahren. Hätten Sie für mich zufällig seine Privatadresse? Keine Angst, er wird nicht erfahren, wo ich sie her habe.« Mit einem Schmachtblick schaute ich sie an. Das wäre aber nicht nötig gewesen.

»Klar schreibe ich Ihnen die auf. Das darf ich zwar nicht, aber solchen Kerlen muss das Handwerk gelegt werden.«

Sie riss ein Blatt von einem Notizklotz und notierte mir die Adresse Rocksingers.

»Vielen Dank«, sagte ich, als sie mir das Blatt gab. »Halten Sie auf jeden Fall die Augen weiter auf. Dann kommen wir dem Geheimnis gemeinsam auf die Spur.«

Ich verabschiedete mich und wir waren beide zufrieden. Was will man mehr?

»Du hast die Dame ganz schön um den Finger gewickelt«, meinte Jutta. »Machst du das öfter?«

Ich grinste sie an. »Grundsätzlich mit allen Frauen. Nur die meisten merken es nicht.«

Da Rocksinger in Neustadt wohnte, war ich den Extremtemperaturen in Juttas Wagen vollkommen ungeschützt längere Zeit ausgeliefert. Während ich halb schwitzend und halb brennend fast ins Delirium fiel, geisterten die seltsamsten Ideen durch mein Hirn. Waren es bereits Endzeitfantasien meines sterbenden Geistes oder waren es geniale Eingebungen? Ich hatte mal gelesen, dass das Gehirn in Situationen, die außergewöhnlich bis lebensbedrohlich waren, auf bizarre Lösungsvorschläge kam. Es spielte einfach im Sinne eines Brainstormings alle möglichen und unmöglichen Varianten durch.

In Verbindung mit der Leiche von Wischniewski kam ich auf den Gedanken zu einem neuartigen und kostengünstigen Verfahren zur Mumifizierung. Man müsste die zu mumifizierende Leiche einfach eine halbe Stunde zu Jutta in den Wagen setzen. Dies würde reichen, um sämtliche Körperflüssigkeiten verdunsten zu lassen. Wahrscheinlich würde sich meine Kollegin aber weigern, Leichen als Beifahrer zu dulden.

Es rächte sich, dass Jutta aus Prinzip ohne Navi unterwegs war. Sie fuhr in Neustadt-Nord von der Autobahn über den fast schon überregional bekannten Groß-Kreisel in die Stadt. An der Tankstelle hielt sie und bat mich, nach dem Weg zu fragen. Dabei müsste sie doch wissen, dass ein Mann aus genetischen Gründen niemals nach dem Weg fragt. Vielleicht mit einer einzigen Ausnahme: Die Temperaturen innerhalb des Wagens entsprachen dem Sonnenzentrum.

»Was ist mit Ihnen los?«, fragte mich der Mann hinter der Kasse entgeistert. »Ist Ihnen nicht gut? Soll ich einen Notarzt rufen?«

»Es geht schon«, quetschte ich heraus, während der Schweiß auf den Boden tropfte. »Bei uns im Wagen lässt sich die Heizung nicht abstellen. Wir müssen aber nicht mehr weit. Können Sie mir bitte sagen, wo die Herzogstraße ist?«

»Da sind Sie hier aber verkehrt. Sie müssen nach Königsbach.«

»Nein, nein, da muss ein Irrtum vorliegen. In Neustadt muss es auch eine Straße geben, die so heißt.«

Der Mann lachte. »Sie sind nicht von hier, stimmt's? Eigenartig, dem Dialekt nach könnten Sie Pfälzer sein. Wo kommen Sie her?«

Es gelang mir nach einigem Hin und Her zu erfahren, dass Königsbach ein nördlich von Neustadt gelegener Ortsteil war. Als Schifferstadter musste man schließlich nicht alles wissen. Ich bedankte mich und versuchte, die verzwickte Wegbeschreibung im Gedächtnis zu behalten.

Mein unfehlbarer Instinkt und mein untrügliches Gedächtnis führten uns in Kombination auf Anhieb zur Herzogstraße: Norden ist dort, wo die Berge links sind. So einfach ist die Orientierung in der Rheinebene. Zumindest linksrheinisch. Und linksrheinisch ist dort, wo der Rhein rechts ist. Leserinnen können das gern anhand einer Karte überprüfen.

»Die Wärme scheint dir gut zu tun«, meinte Jutta, die nicht ein einziges Schweißperlchen auf ihrer Stirn zeigte. »Du bist das beste Navi, hier beginnt die Herzogstraße.«

Als meine Kollegin auf der linken Seite auf ein Gebäude zeigte, das 50 Meter von der Straße zurückversetzt stand, stöhnte ich auf. »Schon wieder altes Zeug. Hoffentlich ist da kein Museum drin.«

Das herrschaftliche Gebäude sah aus, als würde es einem Edgar-Wallace-Film der 60er-Jahre des vergangenen Jahrhunderts entspringen. Hoffentlich gab es hier keinen grünen Armbrustschützen. Eddi Arent oder Klaus Kinski als Butler würde vollauf genügen.

Jutta parkte auf der gegenüber liegenden Straßenseite.

Die Villa war mit schmiedeeisernen Gittern in Übermanngröße geschützt. Das Gelände war stark mit Buschwerk und alten Bäumen zugewuchert. Nur die Vorderfront des Gebäudes sah einigermaßen aufgeräumt aus.

»Hier soll Rocksinger wohnen?«, fragte ich mich selbst und kontrollierte den Zettel, den mir die Dame an der Museumskasse gegeben hatte. Die Hausnummer prangte groß und deutlich eingemeißelt in einem Sandsteinpfeiler neben dem Tor. Wir gingen auf die andere Straßenseite und suchten erfolglos nach einer Klingel oder einem Namensschild.

»Sollen wir?«, fragte ich Jutta unschlüssig.

»Wir sind Polizisten, Reiner. Gehen wir.«

Sie öffnete einen der beiden Torflügel ohne Probleme. »Frisch geölt«, meinte sie lapidar. Der breite Kiesweg führte zu einem Nebengebäude, in das eine Doppelgarage integriert war. Jutta sah ihn zuerst, hatte dadurch aber keinen Vorteil. Zwischen Villa und Nebengebäude kam ein

Hund, so groß wie ein Pony, angesprungen. Sein Jaulen stellte mir die Nackenhaare auf. Noch drei, vielleicht vier Sprünge und er würde uns erreichen. Die gute Jutta hatte ihren Schock überwunden und war dabei, ihre Waffe zu ziehen. Niemals würde sie rechtzeitig schießen können. Mit einem letzten Satz kam das tierische Kraftpaket angeflogen und sprang uns direkt vor die Füße. Staub stob auf. Doch statt sich sofort in den Waden zu verbeißen oder gar in einer unserer Kehlen, legte sich der Hund vor uns auf den Boden und winselte. Wir standen unschlüssig da, bis Jutta es wagte, sich hinzuknien und das Monster zaghaft zu streicheln.

Ich bezweifelte, dass der Hund wegen seines dichten Felles etwas von den Streicheleinheiten hatte. Vermutlich müsste man mit einem Vertikutierer drüberrollen, damit er etwas bemerkte.

»Na, mein Guter, alles klar bei dir?« Jutta schien das als Wachhund ungeeignete Tier im Griff zu haben. Ich versuchte, ein paar Schritte weiterzugehen, was mir gelang. Auch meine Kollegin stand vorsichtig auf. Der Hund machte es ihr gleich und folgte uns.

»Verrückt, was man auf seine alten Tage so alles erlebt. Ob wir hier wirklich richtig sind?«

Kurz bevor wir den Eingang der Villa erreichten, hörten wir seltsame Klänge. Sie schienen von einem Musikinstrument zu stammen, auch wenn es nicht nach irgendetwas mir Bekanntem klang, was nicht viel zu bedeuten hatte.

»Was ist das für eine schräge Melodie?«, schüttelte sich Jutta. »Das hört sich ja grausam an.«

Ich hatte das Lied längst erkannt. Es war unbeschreiblich, dass man ›Smoke on the water‹ von Deep Purple so furchtbar entstellen konnte. So etwas müsste unter Höchststrafe gestellt werden. Das, was wir hörten, war um einige Zehnerpotenzen schlimmer als meine Blockflötenübungen in der fünften Klasse mit ›Im Märzen der Bauer seine Rösslein einspannt‹. Als Schüler hatten wir dies damals in ›Mit Schmerzen der Bauer seine Rösslein entmannt‹ umgedichtet.

Ich musste mehrfach auf die unbeschriftete Klingel drücken, die unscheinbar neben der Eingangstür an zwei Drähten in der Luft schwebte. Die Geräusche erstarben und kurz darauf öffnete ein völlig überraschter Schlosschef im grauen Jogginganzug die Tür. Das machte ihn mir erstmal sympathisch, da auch ich zur Fraktion der Jogginganzugträger zählte. Zumindest zu Hause, auch wenn Karl Lagerfeld mal gesagt hatte, dass jemand, der im Jogginganzug herumläuft, die Kontrolle über sein Leben verloren hat. Ich war da anderer Meinung, was Lagerfeld aber höchstwahrscheinlich egal war.

»Hallo, Herr Palzki! Was für eine Überraschung. Sie bringen sogar noch eine Dame mit.« Er wurde einen Ton besonnener. »Ist etwas passiert?«

Bevor ich antworten konnte, sah er sein Untier, welches es sich hinter uns bequem gemacht hatte.

»Was haben Sie mit Biene Maja gemacht?« Verzweifelt ging er um uns herum und bückte sich zu seinem Riesenhund mit dem unmöglichen Namen.

»Haben Sie Biene Maja mit irgendeinem Stoff ruhiggestellt?« Er sah ängstlich zu uns auf. »Sie reagiert auf manche Chemikalien allergisch und bekommt davon einen hässlichen Ausschlag am Hals.« Er dachte kurz nach. »Er hat bisher noch keinen Fremden auf das Grundstück gelassen. Biene Maja ist der schärfste Wachhund, den es gibt. Wie haben Sie das geschafft?«

Jutta zwinkerte mir zu, während sie antwortete. »Polizeibeamte können mit Tieren mindestens genauso gut umgehen wie mit Menschen. Ihr kleines Hündchen war sofort zahm wie eine Miau-Katze. Ich bin übrigens Jutta Wagner, eine Kollegin von Herrn Palzki.«

Rocksinger stand auf und gab seinem Hund einen Klaps. Biene Maja schnüffelte aufgeregt an meiner Tasche.

»Seltsam«, sagte er. »Das kann eigentlich nur bedeuten, dass Sie in Ihrer Tasche etwas haben, was Biene Maja an mich erinnert. Kann das sein?«

Ich verneinte und öffnete die Tasche. Mit einem Mal wurde mir klar, warum uns die Bestie nicht zerfleischt hat. Ich zog den Museumsführer heraus, den Rocksinger mir geschenkt hatte.

»Kann es sein, dass er das gerochen hat?«

Rocksinger nahm das Heftchen und hielt es Biene Maja unter die Nase, die sofort loskläffte.

»Kaum zu glauben«, resümierte der Schlosschef. »Nur weil ich die Broschüre kurz in der Hand hielt, ließ Biene Maja Sie in Ruhe. Ich muss dringend das Bewachungskonzept verbessern, wenn mein Hund auf so banale Dinge hereinfällt.«

Er gab mir den Führer zurück. »Aber deswegen sind Sie bestimmt nicht gekommen. Was kann ich für Sie tun? Wie haben Sie eigentlich meine Adresse herausbekommen?«

Inzwischen hatte ich mich einigermaßen beruhigt. Nur diesem Heft hatten wir es zu verdanken, dass wir noch unter den Lebenden weilten. »Polizisten finden alles heraus, Herr Rocksinger. Wir haben nur ein paar eilige Fragen. Als wir erfuhren, dass Sie Urlaub haben, hielten wir es für geschickt, direkt zu Ihnen zu fahren.«

»Hätte man das nicht einfacher telefonisch regeln können? Wenn Sie alles herausfinden können, haben Sie bestimmt auch meine Nummer.«

Ich blickte kurz zu Jutta. Dumm gelaufen, auf den Gedanken sind wir gar nicht gekommen. Das hätte uns die Aufregung mit Biene Maja erspart.

»Es ist besser, die Sache im persönlichen Gespräch zu besprechen. Dürfen wir reinkommen?«

Rocksinger gab die Tür frei und zusammen mit der sich vorbeidrängelnden Biene Maja kamen wir in eine Halle, die die zwei- bis dreifache Größe meines Wohnzimmers haben dürfte. Rocksinger zeigte auf die Tür zur rechten. »Meine Familie ist heute auf Verwandtenbesuch. Ich genieße die Zeit mit meiner Experimentalmusik.«

Jutta nutzte meine Sprachlosigkeit für eine Frage. »Wir haben das bereits draußen gehört. Um welches Instrument handelt es sich?«

Rocksinger lachte. »Da kommen Sie nie drauf. Kommen Sie, ich zeige es Ihnen.« Hoffentlich beließ er es beim Zeigen.

Wir kamen in ein Musikzimmer. Ein Klavier, ein Keyboard, mehrere Gitarren, einige davon elektrisch, erkannte ich sofort. Andere konnte ich nur ungefähr zuordnen. Ob es sich um Trompeten, Saxofone oder sonst was handelte, hatte mich noch nie sonderlich interessiert. An der Wand hingen mehrere dicke Holzrohre und eine überdimensionale Pfeife. Mitten im Zimmer stand vor einem Notenständer ein ziemlich krummes bambusähnliches Rohr mit reichlichen Verzierungen. War dies die Blockflöte des Todes, die mich früher jahrelang albtraummäßig verfolgte?

»Da staunen Sie, was?«, meinte der Hausherr und nahm den Holzprügel in die Hand. »Das ist ein Didgeridoo, das traditionelle Musikinstrument der nordaustralischen Aborigines.«

»Warum ist das so krumm?«, fragte Jutta. Ich dagegen überlegte, wie ich elegant das Thema wechseln konnte.

»Das Instrument wird aus von Termiten ausgehöhlten Stämmen lokaler Eukalyptusarten gefertigt.« Er zeigte stolz auf sein Instrument. »Das ist ein Original.«

Meine Befürchtung bewahrheitete sich. Er setzte das Holzrohr an und spielte ›Smoke on the water‹. Ich wusste nicht, was unangenehmer war: Zuzuhören oder von Biene Maja zerfleischt zu werden.

Zum Glück spielte er nur ein paar Takte.

»Mit meiner Musik will ich mich vom allgemeinen Mainstream absetzen. Hardrock auf ungewöhnlichen Instrumenten, das hat was, Frau Wagner und Herr Palzki.«

Er stellte sein Didgeridoo ab. »Meine Familie sieht das leider im Moment noch etwas anders.« Er zeigte auf die dicken Holzteile, die an der Wand hingen. »Das wird mein nächstes Projekt. Das Alphorn gilt als eines der schwierigsten Instrumente überhaupt. Bisher hat noch niemand versucht, ›Highway to hell‹ darauf zu spielen. Ich bin gerade dabei, die Noten für das Stück von AC/DC anzupassen.«

Bevor er uns auch damit beglücken konnte, kam ich zu unserem Anliegen.

»Herr Rocksinger, wir sind eigentlich nicht wegen Ihrer schreck…, äh, seltsa…, äh, experimentellen Musik hier.«

Er verstand trotz meines Superversprechers. »Ja, klar, natürlich. Kommen Sie bitte mit ins Wohnzimmer.«

Zimmer?, dachte ich bei dem Anblick. Wohl eher Wohnsaal. Rocksinger erriet meine Gedanken.

»Das ist nur geerbt, Herr Palzki. Der Großvater meiner Frau war früher Industrieller. Das ist aber lang her. Der Bunker ist verdammt groß und verdammt teuer im Unterhalt. Im Winter heizen wir nur das Erdgeschoss.«

Wir nahmen auf einer normalen Ledercouch Platz. Der Schlosschef brachte Kaffee für Jutta, Wasser für mich und Kekse für alle. Ich hielt es für eine Verschwendung, doch Rocksinger fütterte damit auch seinen Vierbeiner.

»Von dem Tod der Studentin haben Sie bestimmt gehört, oder?«

»Tragisch«, antwortete er und es klang ehrlich. »Insbesondere im Vorfeld der Ausstellung. Frau Lehmann war noch so jung.«

»Woher kennen Sie ihren Namen?«, fragte Jutta sofort.

Rocksinger war nur einen klitzekleinen Moment überrascht. »Frau Tannhäuser von den rem-Museen hat mir das gestern gesagt. Ist der Name ein Geheimnis?«

»Nein, nein«, sagte ich. »Kannten Sie die Studentin?«

Er leugnete. »Ich habe mit den Studenten der Uni nur wenig Kontakt. Manchmal rede ich mit ein paar Aushilfen, wenn wir Führungen mit gesprochenen Szenen in historischer Verkleidung anbieten. Ob diese Studentin eine davon war, kann ich Ihnen aber nicht sagen. Das sollte aber feststellbar sein.«

»Das ist bereits veranlasst«, log ich. »Wissen Sie, was heute früh passiert ist?«

Rocksinger sah uns mit starrem Blick an. »Wurde wieder eine Studentin ermordet?«

Entweder war er ein guter Lügner oder er wusste es tatsächlich noch nicht.

»Wischniewski ist tot.«

Die Tasse Kaffee, die er in der Hand hielt, schwappte über und ergoss sich über Biene Maja, die nun stellenweise wie ein Dalmatiner aussah.

»Wischniewski?«, wiederholte Rocksinger bestürzt. »Das gibt's doch nicht. Wie ist das passiert?«

»Wir haben ihn in der Gruft der Schlosskirche gefunden. Sein Mörder hat anschließend das Gitter des Lüftungsschachtes entfernt.«

Zittrig stellte er die höchstens halbvolle Tasse auf den Tisch. »Die Sache mit dem unbekannten Gang hat sich bis zu mir rumgesprochen. Da scheint es sich um etwas höchst Brisantes zu handeln. Haben Sie bereits einen Verdacht?«

»Wir dachten, dass Sie uns helfen können«, sagte Jutta und schaute ihm in die Augen.

»Ich? Ich war schon mindestens zwei Jahre nicht mehr in der Gruft.«

Die letzte Aussage machte ihn noch eine Spur verdächtiger. Wie wir Polizeibeamten wussten, machte sich der Otto-Normal-Mörder häufig mit einer überflüssigen Aussage verdächtig, meist mit einem ungefragten Alibi.

»Frau Professorin Beate Stadelbauer kennen Sie aber bestimmt.«

Rocksinger blieb bei seiner Verleugnungstaktik. »Tut mir leid, den Namen habe ich noch nie gehört. Wurde sie auch …?«

Jutta übernahm und schüttelte den Kopf. »Sie hat behauptet, dass Sie sie kennen.«

Ich nickte meiner Kollegin für diesen Bluff anerkennend zu.

»Das kann aber nicht sein.« Der Schlosschef stand auf. »Da schmiedet doch jemand wieder wilde Intrigen. Das hatten wir schon einmal. Glauben Sie nicht alles, was Sie hören, Frau Wagner.«

Jutta lachte kurz auf. »Wenn Sie wüssten, wie oft wir Polizeibeamten angelogen werden. Wir kennen die komplette Palette.«

»Das würde ich mich niemals trauen«, parierte Rocksinger. »Ich bin jetzt innerlich ziemlich aufgewühlt. Wischniewskis Tod nimmt mich ziemlich mit. Ich kannte ihn sehr gut. Haben Sie etwas dagegen, draußen ein paar Schritte zu gehen?«

»Wenn Sie Biene Maja im Haus lassen.«

»Selbstverständlich«, sagte er.

KAPITEL 14
ROCKSINGER REDET

Rocksinger nahm den Durchgang zwischen Villa und Nebengebäude zur Rückseite des Anwesens. Ein Teich mittlerer Größe bettete sich in eine urwäldliche Landschaft ein.

»Leider haben wir kein Geld für einen eigenen Gärtner«, erklärte Rocksinger. »Daher überlassen wir fast alles dem Lauf der Natur. Nur zur Straßenfront schneiden wir zurück und hier hinten rings um den Teich.« Er zeigte auf das Gewässer. »Meine Koi-Karpfen sind mein Ein und Alles. – Außer meiner Familie natürlich«, ergänzte er schnell. Er setzte sich auf eine Sitzgruppe aus rustikalen Holzstämmen und bat uns, es ihm gleichzutun. Wir setzten uns ihm gegenüber.

»Der arme Wischniewski. Er war immer so fröhlich und menschlich. Mit jedem kam er klar, ein Phänomen in unserer heutigen Zeit.« Er versank in Gedanken. Plötzlich sah er auf. »Wie sind Sie eigentlich reingekommen? Das Tor ist doch abgeschlossen!«

Wir blickten ihn an. »Vorhin war offen«, sagte Jutta. »Es schien mir sogar frisch geölt zu sein.«

»Frisch geölt?«, schrie Rocksinger und sprang auf. »Das Tor quietscht, dass man es in Mannheim hören kann.«

Die Reaktion Rocksingers rettete sein Leben, vielleicht sogar zwei. Durch seine heftige Spontanreaktion hatte auch ich mich bewegt. Das Pfeifen und das Blut an meinem Oberarm sah beziehungsweise hörte ich gleichzeitig. Der Schrei

Rocksingers folgte sofort. Während ich perplex auf meinen Arm schaute, fiel der Hausherr schreiend auf die Bank. Jutta zog sofort ihre Waffe. Der Schütze war nicht zu sehen, hier gab es Tausende Versteckmöglichkeiten. Selbst wenn wir uns in Sicherheit bringen wollten, hätte niemand von uns gewusst, wohin. Der nächste Schuss könnte für einen von uns das Game over bedeuten. Rocksinger hielt sein blutiges Bein umklammert. Trotz seiner Schmerzensschreie hörten wir einen startenden PKW, der mit einem Kavalierstart davonraste. Mit einem bisschen Glück war das der Schütze.

Jutta schnappte sich das Handy und setzte einen Notruf ab. Meine Verwundung hatte ich inzwischen als harmlosen Streifschuss identifiziert, der dennoch höllisch brannte. Nur wenig Blut tropfte auf den gepflasterten Boden. Rocksinger war schlimmer dran. Seine Jeans waren im Bereich des rechten Oberschenkels blutdurchtränkt.

Jutta leistete, so gut es ging, Erste Hilfe. Erstaunlich schnell fuhr ein Notarzt nebst Krankenwagen vor und kurz darauf kamen die Beamten, die durch Juttas Anruf wussten, dass wir Kollegen waren. Mit wenigen Sätzen konnte ich ihnen klarmachen, dass das Gelände durchsucht werden musste und Reifenspuren vor dem Haus zu finden seien. Ich zeigte in die Richtung, aus der vermutlich der Schuss abgegeben wurde.

Ein Sanitäter klebte mir ein winziges Pflaster auf den Oberarm und meinte kurzerhand: »Ist ja nur ein Kratzer.«

Rocksinger hatte ein größeres Problem. Der ersten Rekonstruktion zufolge kam das Projektil von hinten, streifte meinen Oberarm, durchdrang dann Rocksingers Oberschenkel und blieb schließlich in der Lehne der Holzbank stecken.

Die Grobuntersuchung des Geländes ergab, dass der Täter entkommen war. Der Notarzt bereitete Rocksinger für die Fahrt ins Krankenhaus vor. Er meinte zwar, dass es schlimmer aussehen würde, als es sei, trotzdem müsste der glatte Durchschuss genauer untersucht werden. Ich bat den Notarzt, den Krankenwagen noch nicht gleich losfahren zu lassen, da es noch etwas Wichtiges mit Rocksinger zu besprechen gab.

Gemeinsam mit Jutta ging ich zum Wagen, in dem der Hausherr lag. Er hatte ein Beruhigungs- und ein Schmerzmittel erhalten. Sein gequältes Lächeln war dennoch nicht sehr überzeugend.

»Herr Palzki, warum wollte mich der Schütze umlegen?«

»Das fragen wir Sie, Herr Rocksinger«, antwortete ich und schaute ihn fragend an. »Ich bin mir sicher, dass Sie die Antwort kennen.«

»Wieso denn das?«

Meine Güte, hatte er immer noch nichts gelernt? Da war er knapp dem Tod entronnen und spielte immer noch den Unwissenden.

»Wieso treffen Sie sich ständig mit Frau Stadelbauer und den Studenten?«

Trotz Bluff war ich mir sicher, ein Bulleye getroffen zu haben.

Großäugig fixierte er mich. »Aber deswegen kommt doch niemand auf die Idee, mich umbringen zu wollen. Das macht überhaupt keinen Sinn.«

»Aha, Sie geben also zu, Kontakt zu der Gruppe mit der Professorin zu haben. Sehr schön, so langsam kommen wir voran.«

Rocksinger schnaufte mehrmals kräftig durch. »Ja, okay, ich geb's ja zu. Wir haben schließlich nichts Unrechtes getan – okay, bis auf die Sache im Museum.«

»Das wissen wir längst, Herr Rocksinger.« Ich musste den Druck weiter erhöhen und spekulierte munter drauf los. »Die Wendeltreppe im Museum führt nach oben zur Bibliothek. Auf diesem Weg haben Sie die Studenten und Frau Stadelbauer nachts ins Museum geschleust.«

Er nickte ergeben. »Ja, so war es. Der Zugang zur Wendeltreppe ist in der Bibliothek mit einer Panzerglastür verschlossen. Es ist der einzige Zugang, der nicht an der Alarmanlage hängt. Die Anlage habe ich während unserer Treffs deaktiviert, als Chef habe ich schließlich den Code.«

Jutta hatte längst einen Notizblock aus ihrer Tasche gezogen und schrieb eifrig mit. Der Notarzt stand hinter dem offenen Wagen und schaute ständig provozierend auf die Uhr.

»Und warum das Ganze? Hätten Sie Ihre Meetings nicht in der Bibliothek abhalten können?«

»Niemals, Herr Palzki. Wir mussten ungestört sein. Niemand soll von dem gefundenen Schriftstück erfahren, bevor es decodiert ist.«

Hoppla, anscheinend steckte Rocksinger tiefer in der Sache, als ich gedacht hatte.

»Darf ich davon ausgehen, dass Sie wissen, wo es gefunden wurde?«

Er schloss für einen Moment die Augen. Hoffentlich war das Beruhigungsmittel nicht zu stark.

»In der Gruft, das dürfte wohl auch Ihnen inzwischen klar sein, oder? Ich habe das nur zufällig mitbekommen und Beate, ich kenne Beate Stadelbauer schon länger, vorgeschlagen, die Sache im Museum zu besprechen. So kam es zu unseren regelmäßigen Meetings im Blauen Salon. Außerdem konnte ich die Studenten hin und wieder am Rande etwas unterhalten. Im Museum steht ein Klavier, und Kultur kann man nie genug erleben.«

Sofort schoss mir ein Gedanke durch den Kopf und die Studenten taten mir leid. »Was haben Sie denen so alles vorgespielt?«

»Das ›Phantom der Uni‹«, antwortete er sofort. »Ich bin seit Längerem dabei, ein Barock-Musical zu schreiben, das im Schloss spielt.«

Da dies nun geklärt war, konnte ich wieder zum eigentlichen Thema übergehen.

»Warum haben Sie da mitgemacht? Was ist an diesen Ahnentafeln so interessant?«

Rocksingers offener Mund ließ mich bis zu seinem Zäpfchen blicken. »Sie wissen, was da drin steht?«

»Polizisten wissen alles«, antwortete ich unbestimmt.

»Wir konnten bisher nur die Überschriften lesen, der Rest ist in einer Geheimschrift verfasst, die wir nicht entschlüsseln konnten. Beate, äh, Frau Stadelbauer hat mich heute Morgen angerufen, dass sie wahrscheinlich die Lösung gefunden hat. Morgen Abend wollen wir uns wieder treffen.«

»Sie haben mir immer noch keine Antwort auf meine Frage gegeben, warum Sie da mitmachen.«

»Ist Ihnen das nicht klar, Herr Palzki? Da bahnt sich eine Sensation an, die mit dem Barockschloss zu tun haben könnte. Vielleicht muss man sogar Teile der Wittelsbacher Geschichte neu schreiben, stellen Sie sich das mal vor!«

»Das wäre allerdings tragisch«, antwortete ich, obwohl ich das Gegenteil meinte. Ich ordnete kurz meine Gedanken. So langsam ergaben die Ermittlungen ein Bild. Jetzt müsste ich nur noch klären, wer hinter der mysteriösen Gruppe stand, die der Studentin Kopien des Schriftstücks abkaufen wollte. Wahrscheinlich waren diese Personen auch für die beiden Morde verantwortlich. Vielleicht hatten sie inzwischen die Informationen besorgt und wollten nun alle Zeugen beseitigen. Dies könnte das Attentat auf Rocksinger erklären und gleichzeitig bedeuten, dass die Professorin und die Studenten in höchster Gefahr schwebten. Aber Zweier? Wieso tauchte in Schifferstadt der Armbrustschütze auf? So ganz rund war die Geschichte noch nicht.

Ich wandte mich erneut an Rocksinger. »Wissen Sie, wer die Gruft aufgebrochen und Wischniewski umgebracht hat?«

Er schüttelte leicht den Kopf, schien dabei aber Schmerzen zu haben.

»Nur Katja hatte einen Kontakt zu den Unbekannten. Wir haben nicht einmal eine Ahnung, wie viele es sind. Dass Katja heimlich Kopien verkaufte, wissen wir auch erst seit gestern.«

»Wie wurde eigentlich das Schriftstück gefunden? Das Gitter in der Gruft war schließlich bis vor Kurzem unbeschädigt.«

»Das haben die Studenten mit einem langen dicken Draht irgendwie rausziehen können«, sagte Rocksinger. »Das Papier lag in einer Holzschatulle und fiel plötzlich von oben herab in den Lüftungsschacht. Wir wissen nicht, ob es dort noch mehr Funde gibt. Beziehungsweise gab, jetzt ist das Gitter ja weg. Wischniewski hatte von alledem übrigens keine Ahnung. In unserem letzten Meeting im Blauen Salon überlegten wir, ob man einen ferngesteuerten Roboter benutzen könnte. Im ersten Schritt wollten wir ein paar Fotos machen, um zu sehen, wie lang der Gang ist.«

»Können wir jetzt langsam fahren?« Ich blickte nach draußen zum Fragenden. Der Arzt schien sehr ärgerlich zu sein.

»Einen kleinen Moment bitte, wir sind gleich fertig.«

Ich drehte mich zu Rocksinger. »Wo können wir Frau Stadelbauer finden?«

»Ich weiß es nicht. Heute Morgen sagte sie mir, dass sie gestern einen von den Leuten, die Katja ermordet haben, in dem Bunker unter dem Ehrenhof eingesperrt hat. Das wollte sie nach unserem Telefonat anonym der Polizei melden. Für heute hat sich Beate krankgemeldet. Die Sache hat sich nun als richtig gefährlich herausgestellt. Davon war am Anfang nicht auszugehen. Anscheinend ist das Schriftstück brisanter als gedacht. Hoffentlich kann Beate das Papier entschlüsseln, damit wir endlich wissen, was los ist.«

»Ich muss die Professorin unbedingt erreichen. Haben Sie ihre Telefonnummer?«

Rocksinger nickte und diktierte Jutta eine Handynummer.

Ich wollte mich gerade verabschieden, der wartende Arzt sah mittlerweile gewaltbereit aus, da legte Rocksinger in Columbo-Manier noch eine Info nach.

»Vielleicht hat es auch etwas mit Schwetzingen zu tun.«

Schwetzingen, dachte ich, was soll das jetzt schon wieder? Ich sah ihn fragend an.

»Beate hat irgendwoher erfahren, dass im Schwetzinger Schloss Ausstellungsstücke, die für die Wittelsbacher Ausstellung aus anderen Museen ausgeliehen werden, verschoben werden sollen.«

»Verschoben?« Ich verstand überhaupt nichts.

»Ausgetauscht«, klärte uns Rocksinger auf. »Die Originale sollen gegen Kopien ausgetauscht werden, bevor sie nach Mannheim kommen.«

Der Krankenwagen wurde gestartet, obwohl die Hecktür noch offen stand.

Er sprach weiter. »Das kann ich mir aber beim besten Willen nicht vorstellen. Da muss es sich um eine Falschmeldung handeln.«

»Was hat das Schwetzinger Schloss mit den Wittelsbachern zu tun?« Nach wie vor kapierte ich nur die Hälfte. Das Schwetzinger Schloss oder vielmehr der Schwetzinger Schlossgarten war mir natürlich ein Begriff, auch wenn ich ihn eher negativ verortete. Der Schlossgarten zeichnete nämlich für eines meiner wenigen Kindheitstraumata verantwortlich, zu denen neben Rosenkohl die sonntäglichen Wanderungen gehörten, während die Nachbarkinder draußen fröhlich spielten. Diese Spaziergänge hatten mir nicht nur die Lust auf den Pfälzer Wald genommen, sondern auch auf den Schlossgarten in Schwetzingen. Aus Kindessicht bestand dieser viele Hektar große Park aus Blumen und sonst aus nichts anderem. Wenn man als Erwachsener in der Hocke durch den Park gehen würde, könnte man das verstehen und nachvollziehen. Der komplette Horizont besteht dort für ein Kind aus Blumen. So hatte ich es jedenfalls in Erinnerung. Wahrscheinlich tat mein Erinnerungsvermögen ein Übriges, indem es das negativ Erlebte grandios übertrieb.

Rocksinger war von meiner Frage überrascht. »So richtig kennen Sie sich mit den Wittelsbachern wohl nicht aus, Herr Palzki. Besuchen Sie die Ausstellung, man kann dabei viel lernen.« Er bekam eine kleine Schmerzattacke und verzog den Mund. Dann fuhr er fort. »Das Schwetzinger Schloss war die Sommerresidenz von Carl Theodor. Jeden Sommer ist er mit seinem Hofstaat von Mannheim nach Schwetzingen gezogen.«

Noch ein Schloss, dachte ich. Wahrscheinlich würde sich darin ebenfalls ein Museum befinden. Wenn der Fall nicht bald gelöst ist, würde ich noch an einer Schloss-Phobie erkranken.

Ich stieg aus dem Krankenwagen aus und gab Jutta ein Zeichen, es mir nachzumachen.

»Sie können los«, sagte ich zum Arzt.

»Wir lassen Ihr Zimmer in der Klinik bewachen«, rief ich abschließend zu Rocksinger in den Wagen. »Nur zur Sicherheit, falls der Schütze sich noch mal blicken lassen sollte. Wann kommt eigentlich Ihre Familie zurück?«

»In etwa zwei Stunden«, schallte es mir entgegen. »Würden Sie sich bitte um Biene Maja kümmern? Die braucht was zum Futtern.«

»Okay, ich schicke einen Beamten ins Haus.«

»Lassen Sie das lieber sein, Herr Palzki. Sie sind der Einzige, der mit ihr klarkommt.«

Bevor ich reagieren konnte, schloss der Arzt die Hecktür. Zum Abschied zeigte er mir den Vogel. Ich hatte keine Ahnung, warum er das tat.

Mit Biene Maja hatte Rocksinger mir ein kleines beziehungsweise großes Problem hinterlassen. Es wäre keine gute Idee, wenn einer von den vielen Beamten, die hier herumkrochen, auf die Idee käme, in das Haus zu gehen. Jutta hatte schließlich die rettende Idee und es zeigte sich mal wieder, dass manche Probleme mit einfachen Mitteln zu beheben waren. So etwas konnte auch nur Frauen passieren. Sie ging einfach zu den Beamten, die sich im Garten aufhielten und erklärte ihnen die Situation mit dem großen bösen Hund, der das Haus bewachte.

»Das hätte ich auch gekonnt«, sagte ich zu meiner Kollegin. Sie lächelte fies zurück. »Aber nur, wenn ich es dir vorher erklärt hätte. Komm, wir fahren zurück.«

Während Jutta zur Autobahn steuerte, versuchte ich mit ihrem Handy, die Professorin zu erreichen, aber weder sie noch ein Anrufbeantworter ging dran.

»Rocksinger ist jetzt sauber, Reiner. Oder was meinst du? Als Tatverdächtigen können wir ihn nach dem Attentat streichen. Was er gemacht hat, ist zwar nicht hasenrein, aber das soll unsere Sorge nicht sein.«

»Ne du, das ist mir alles zu glatt. Ich glaube, dass er an der einen oder anderen Stelle nicht die ganze Wahrheit gesagt hat. Es kann durchaus sein, dass er zu der bekannten Gruppe gehört, die vermutlich die Studentin und Wischniewski umgebracht hat.« Mir fiel noch etwas ein. »Die Dame an der Kasse des Schlossmuseums hat ihn Baron Münchhausen genannt. Das gibt mir zusätzlich zu denken.«

»Wenn Rocksinger sowieso das Schriftstück aus erster Hand hatte, warum sollte er dann der Studentin Kopien über einen Strohmann abkaufen?«

»So ganz verstehe ich das auch noch nicht, Jutta. Aber wenn du zwischen den Zeilen gehört hast, hat Rocksinger das gefundene Papier nicht, sondern die Professorin. Und solange der Großteil chiffriert ist, kann niemand etwas damit anfangen.«

»Vielleicht kennen die Mörder den Code?«, spekulierte ich. »Wie auch immer, Rocksinger kann durchaus eine Schlüsselrolle spielen. Vielleicht gehörte sogar Wischniewski dazu und inzwischen haben sie sich zerstritten und bringen sich gegenseitig um.«

»Und Ludwig-Wilhelm Zweier? Auf den wurde auch geschossen. Auch wenn du den Pfeil abgekriegt hast.«

»Das wäre überhaupt der Oberhammer! KPDs Bekannter entpuppt sich als Mitglied einer Mördervereinigung. Das glaube ich zwar nicht, auf den Zahn fühlen müssen wir ihm aber sowieso.«

Während Jutta Richtung Schifferstadt fuhr, setzte ich für die folgende Konversation meinen größtmöglichen Charme ein.

»Du, Jutta«, flötete ich. »Heute Morgen waren wir ja in deiner Lieblingsbäckerei. Wie hat das ekli…, äh, gesunde Zeug eigentlich geschmeckt?«

Sie hatte mich wahrscheinlich bereits beim ersten Wort durchschaut. »Worauf willst du hinaus?«

»Äh, ja, also, ich habe heute noch nicht so viel gegessen. Und jetzt gerade die Aufregung in Neustadt. Könnten wir …?«

»Wohin?«

Mit meinen zarten Rehäuglein, so bildete ich es mir jedenfalls ein, strahlte ich sie an. »Curry-Sau in Speyer?«

»Bist du verrückt? Das ist ja ein riesiger Umweg!«

Damit hatte sie natürlich recht. Auf der anderen Seite war es Usus, bei den Ermittlungen zu jedem größeren Fall mindestens einmal die Curry-Sau aufzusuchen. Was den Studenten die Nudeln, war mir die Curry-Sau. Zum Nachtanken geistiger Nahrung, falls man eine Begründung bräuchte. Ich brauchte eine und zwar schnell. Die nach geistiger Nahrung würde bei Jutta keine Chance haben. Aber Hunger macht erfinderisch, ich hatte die rettende Idee.

»Ich habe meinen Speyerer Lieblingsimbiss natürlich nicht zufällig ausgewählt und auch nicht, weil es ein Umweg ist.«

»So? Dann bin ich mal gespannt!«

»Zweier hat sich in Speyer eingemietet. Ich würde mir gern mal anschauen, wo der so absteigt.«

KAPITEL 15
BESUCH IM LINDERHOF

Mein Trick funktionierte. Wir fuhren an Schifferstadt vorbei direkt zur Curry-Sau nach Speyer, die wir auch ohne Navi und Nachfragen zielsicher fanden. Jutta blieb im Auto sitzen, während ich meinen Kalorienpegel auffrischte und zusätzlich etwas auf Vorrat einlagerte. Für spontan auftretende schlechte Zeiten war ich gut gerüstet. Jetzt konnten wir uns auf den Weg zur Pension machen, in der Zweier nach seinen Angaben eingecheckt hatte.

»Warum fährst du nicht?«, fragte ich Jutta, nachdem ich mich mit einem gewissen Völlegefühl in den Beifahrersitz plumpsen ließ.

»Dein Job ist gefragt, Reiner.«

Was sollte das nun wieder bedeuten? War Jutta eingeschnappt, weil es hier keine vegetarischen, veganischen oder sonst welche pseudogesunden Sachen gab? Die Lösung war viel schlimmer. Sie zeigte auf die Windschutzscheibe.

»Hast du einen Strafzettel kassiert?«

Jutta zog eine Schnute. »Ich bin gefahren, nicht du. Was siehst du sonst nicht auf der Scheibe?« Sie gab selbst die Antwort. »Ein Navi. Also steige bitte aus und frage an deinem obskuren Imbiss nach dem Weg.«

Was blieb mir anderes übrig, als ihrem Wunsch Folge zu leisten, schließlich war es meine Idee, zu Zweiers Pension zu fahren. Bedauerlicherweise standen gerade keine Kunden vor der Curry-Sau, sodass ich die Dame hinter dem

Tresen bemühen musste. Um meinen peinlichen Wunsch nach Auskunft unaufdringlich zu verpacken, ummantelte ich ihn mit einer Bestellung.

Ein paar Minuten später stieg ich mit einem Cheeseburger to go wieder zu Jutta in den Wagen. Diese verzog angewidert ihren Mund und schaute auf meinen Bauch.

»Probier lieber mal die selbstgemachte geniale Soße auf den Cheeseburgern«, entgegnete ich.

In dem südwestlichen Zipfel von Speyer, in dem die Straße ›Im Vogelgesang‹ lag, war ich wahrscheinlich noch nie vorher gewesen. Wir fanden sie auf Anhieb. Auch die Pension ›Linderhof‹ war mit ihrer prunkvollen Straßenansicht nicht zu übersehen. Hier hatte sich ein Architekt verausgabt, vielleicht auch mehrere. Das mit Erkern, kleinen Türmchen und wilden Ornamenten verunstaltete Haus löste in mir einen leichten bis mittleren Brechreiz aus, vielleicht hatte ich auch nur zu viel gegessen. Jutta dagegen gefiel das Kunstwerk. Sogar die Gartenzwerge im Dirndl und Lederhose, die in kunstvollen Schubkarren drapiert herumstanden, fanden ihre Zustimmung.

»Willst du schnell allein rein?« Ich versuchte, meine Haut zu retten.

»Hab dich nicht so, innen sieht es bestimmt noch hübscher aus.«

»Bestimmt«, antwortete ich und entließ ein paar Gase.

Die große Glastür öffnete sich automatisch und wir traten in eine klimatisierte Welt ein, die sehr befremdlich aussah. Und das ist jetzt wirklich wohlwollend formuliert.

Eine sphärische Musik belästigte meine Ohren, auch wenn sie recht dezent im Raum zu schweben schien.

Heute war nicht mein musikalischer Tag: erst Rocksinger in Neustadt und nun dies.

Die akustischen Qualen wurden von den olfaktorischen weit überragt. Es roch, als hätte man mit einem Räucherstäbchenkonzentrat die Wände gestrichen. Ich spürte, wie sich meine Lungenflügel gemeinsam mit der Speiseröhre zu einer Einheit verkrampften und hartnäckig versuchten, die Engstelle am Hals zu überwinden.

Als ob das nicht bereits genügend Reizüberflutung wäre, kam die optische Pein als fast schon erlösender Dolchstoß hinzu. Die absolut taugliche Kulisse für alle Art von Bollywood-Filmen war um Welten geschmackloser als KPDs Büroeinrichtung. Ich hoffte inständig, dass mir niemand etwas zu trinken anbieten würde. Eine vierte Sinnlosigkeit würde ich nicht überstehen. Ich fühlte mich, und hier kam der fünfte Sinn ins Spiel, auch so schon mehr tot als lebendig.

»Guten Tag, Frau und Herr Brechtel! Fühlen Sie sich wohl bei uns, herzlich willkommen.«

Eine Dame, die bestimmt doppelt so alt war wie sie aussehen wollte und vermutlich bereits vor Jahren persönliche Geburtstagswünsche des Bundespräsidenten entgegennehmen durfte, schwebte auf uns zu.

Sie ging zu Jutta und reichte ihr die Hand, wobei das sehr lächerlich aussah. Ihr Handrücken lag oben und ihre Finger vibrierten wie Spinnenbeine in Richtung Boden. Vielleicht war dies den schwergewichtigen Ringen nebst bunten Steinen zu verdanken, die alle Finger säumten und sie flächig überdeckten.

Jutta griff instinktiv die Hand. Mein sechster Sinn sagte mir, dass auch sie an Kreislaufproblemen litt.

»Wir sind nicht Familie Brechtel«, sagte sie schließlich und die Dame des Hauses zog sofort ihre Spinnenhand zurück.

»Ach so«, hauchte sie. »Wir sind leider ausgebucht. Unsere Gäste buchen mindestens ein halbes Jahr im Voraus.«

»Wir können uns Ihren Luxusschuppen gar nicht leisten«, fiel ich ihr ins Wort, um es kurz zu machen.

Erschrocken schwebte sie ein paar Schritte zurück. »Dann kann ich Ihnen nicht weiterhelfen. Wir sind ein geschlossener Club. Anfragen stellen Sie bitte ausschließlich schriftlich.«

Gerade wollte ich meine Visitenkarte ziehen, doch ich hatte eine bessere Idee. »Wir ziehen Erkundigungen in einem Ermittlungsverfahren in Baden-Württemberg ein, wir sind Polizeibeamte.« Ich lobte mich selbst für meine Idee, uns aus der Sache herauszuhalten. Falls Zweier von unserem Besuch erfahren würde, käme er nicht auf den Gedanken, dass es Schifferstadter Beamte gewesen wären. »Wir ermitteln gegen einen Ihrer Gäste.«

»Tut mir leid, von mir erhalten Sie keine Auskunft. Wir sind ein seriöses Etablissement und auf unsere Diskretion stolz. Wenn Sie wüssten, wer alles bei uns absteigt!«

Ich hasste es, wenn uns jemand nach der sogenannten ›Oggersheimer Methode‹, im normalen Sprachgebrauch auch ›Aussitzen‹ genannt, sämtliche Informationen verweigerte. Doch im Vergleich zu Politikern hatte ich so meine Gegenmaßnahmen in petto.

»Schade«, sagte ich ohne große Erregung und blickte zu Jutta. »Frau Wagner, wären Sie so gut, die Beamten hereinzulassen? Da diese Dame nicht mit uns kooperiert, müssen wir die Computer und alle Unterlagen, die wir finden, beschlagnahmen.«

»Wie bitte?« Die Dame schwebte wieder auf uns zu. »Das können Sie nicht machen, hier wohnen doch keine Kriminellen. Nur Menschen, die Geld haben und den Luxus lieben.«

»Genau das werden wir jetzt überprüfen. Insbesondere Ihren Gast Ludwig-Wilhelm Zweier.«

Zur Unterstützung tat Jutta so, als ginge sie zum Ausgang.

»Halt, warten Sie! Sie bekommen ja Ihre Informationen.«

Sie tänzelte an eine Art Tresen, der mit Esoterik-Nippes aller Art überflutet war.

»Herr Zweier war schon mehrmals bei uns zu Gast«, sagte sie, während sie ein goldenes Buch öffnete. »Brauchen Sie die Privatanschrift?«

»Alles, was Sie haben«, entgegnete ich knapp und bestimmt.

Mit einem ebenfalls goldenen Füllfederhalter schrieb sie in den folgenden Minuten einige Daten aus dem Buch ab.

»Herr Zweier hat eine kleine Marotte«, erzählte sie schließlich und zum ersten Mal überzog ihr faltiges Gesicht ein Grinsen, auch wenn es nur ein Hauch war. »Aber das haben eigentlich alle meine Gäste. Herr Zweier bucht jedes Mal, wenn er hier ist, in der Tiefgarage drei nebeneinanderliegende Parkplätze. Sein Wagen ist sein Heiligtum. Noch nie hat er mit einer Frau eingecheckt, – mit einem Mann natürlich auch noch nicht«, ergänzte sie schnell. »Dafür fährt er manchmal mitten in der Nacht weg und kommt erst zum Frühstück wieder. Gerade vorgestern wieder. Ich bin aber viel zu diskret, um da nachzufragen. Das geht mich auch nichts an.«

Da sieh mal einer an, auch Zweier hatte seine Geheimnisse. Und dass er bereits öfter hier zu Gast war, musste auch nicht bedeutungslos sein. In dem Zusammenhang hatte ich einen Gedankenblitz. Ich nutzte ihre Redseligkeit aus und stellte eine weitere Vermutungsfrage ins Blaue hinein: »Ist Herr Diefenbach ebenfalls im Haus, wenn Zweier hier gastiert?«

Die Pensionswirtin war überrascht. »Sie kennen Herrn Dr. Diefenbach? Das wird ihm überhaupt nicht recht sein. Er reist nämlich immer inkognito an. Aber Sie sind ja aus Baden-Württemberg, oder?«

Ich nickte. »Und die Antwort auf meine Frage?«

Sie blätterte ihr schlaues Buch durch. »Sie haben richtig vermutet. Jedes Mal sind die beiden Herren gleichzeitig zu Gast. Das ist mir noch nie aufgefallen.«

Ich ließ mir die handschriftlichen Notizen geben und überflog sie. So richtig weiterhelfen würden sie uns nicht. Zweier war in den letzten fünf Jahren siebenmal in diesem Etablissement. Das konnte alles bedeuten, vielleicht war es harmlos und er genoss den Luxus, vielleicht aber auch nicht.

Wir verabschiedeten uns. Die Dame machte ein nachdenkliches Gesicht. »Hoffentlich spricht sich das nicht bei meinen hochwohlgeborenen Gästen herum.«

»Das liegt ganz bei Ihnen«, antwortete ich. »Behalten Sie es einfach für sich.«

Die Umgewöhnung an die Wirklichkeit draußen brach mir zwar nicht das Genick; trotzdem landeten zwei halbverdaute Cheeseburger in einem der Gartenzwergschubkarren. Der eben erlebte Kulturlag war schlimmer als jeder Jetlag.

»Mann, war da drin eine dicke Luft.«

Jutta gab mir naserümpfend ein Taschentuch. »War doch ganz nett. Nur die himmelblauen Vorhänge haben farblich nicht so ganz harmoniert.«

Typisch Frau, dachte ich. Mir war nicht einmal aufgefallen, dass es Vorhänge gab.

»Dr. Diefenbach, allein dafür hat es sich gelohnt, hierher zu fahren.«

Auf der Fahrt zur Dienststelle versuchte ich erneut erfolglos, die Professorin anzurufen.

In Juttas Büro saß neben Gerhard und Jürgen auch Dietmar Becker.

»Habt ihr es euch in meinem Büro gemütlich gemacht?«, begrüßte Jutta die Anwesenden mit Blick auf den Besprechungstisch, der mit Getränken, Keksen und zwei aufgerissenen und teilentleerten Bäckertüten vollgestellt war. Mein ausgeprägter Pawlow-Reflex übernahm die Vorherrschaft über mich.

»Das süße Zeug habe ich mitgebracht«, meldete der Student. »Ich dachte, nach dem Vorfall in der Gruft ist es besser, persönlich vorzusprechen. Leider kann ich Ihnen zum Tathergang nicht mehr sagen, als heute Morgen. Mir ist das Ganze schleierhaft.«

»Und was gibt es sonst Neues?« Wie magisch angezogen setzte ich mich an den Besprechungstisch und griff zu.

»Die Kollegen aus Mannheim haben angerufen«, sagte Gerhard. »Deine Professorin hat sich bei denen anonym gemeldet. Natürlich konnte sie leicht identifiziert werden.«

Ich musste erst einen größeren Brocken hinunterschlucken.

»Was hat sie gesagt? Ich versuche schon die ganze Zeit, sie zu erreichen.«

»Sie hat nur mitgeteilt, dass sie einen Mörder in der Bunkeranlage unter dem Ehrenhof eingesperrt hat, mehr nicht. Die Kollegen haben dann hinter der Absperrung im Hof das Loch und die LKW-Planen entdeckt. Wegen der Absperrung ist die Sache heute früh bei dem Vorfall in der Gruft nicht weiter aufgefallen, weil man eine Baustelle vermutete. Dieser Fratelli kam dann wie zufällig hinzu und behauptete, dass ihm die Planen in der letzten Nacht gestohlen wurden.«

»Und die Professorin? Hat man die wenigstens vorläufig festgenommen?«

Gerhard trank eine Tasse Sekundentod auf ex. »Dafür gab's keine Veranlassung. Jutta hatte ja gestern Abend prophylaktisch das SEK informiert. Daher wusste man, was los war. Trotzdem musste ein Techniker runter in den Bunker. Dort unten verlaufen nämlich die Hauptstromleitungen für den südlichen Schlossteil des Ehrenhofes. Irgendein Depp muss in den Bunker rein sein und hat die Hauptsicherungen lahmgelegt. Dadurch war unter anderem die Alarmanlage des Museums ausgeschaltet. Du hast nicht zufällig dort unten eine fremde Person getroffen?«

Verschämt blickte ich zu Boden. Dumm gelaufen, das konnte ich wirklich nicht ahnen.

»Ich war übrigens mit Jürgen in Mannheim im Schloss«, sagte Gerhard. »Die Gewänder haben wir beschlagnahmt und ins Labor gebracht. An der Kasse saß eine Frau, die ist vor Freude fast explodiert. Und sie hat die ganze Zeit Jürgen angestiert.«

Unserem Jungkollegen war die Aussage sichtbar peinlich.

»Was gab es sonst noch?« Ablenkung war die beste Taktik, sowohl in eigener Sache mit dem Bunker als auch als Hilfestellung für Jürgen.

Jürgen saß auf Juttas Bürostuhl und las vom Bildschirm ab. »Ich habe alle Personen, die wir bisher im Fokus haben, überprüft. Was Relevantes konnte ich bei keinem finden. Rocksingers Mittelalterband scheint harmlos zu sein. Sie haben eine eigene Homepage und treten regelmäßig auf Festen auf. Es gibt sogar Fanclubs.«

»Das ist die offizielle Seite«, belehrte ich Jürgen. »Wer weiß, was da inoffiziell alles gemauschelt wird. Schau dir doch zum Beispiel nur in Großstädten die vielen Einzelhandelsgeschäfte an. Die zahlen doch bestimmt astronomische Mieten. Und wenn man vorbeiläuft, sind die Läden fast immer leer. Ohne Zusatzgeschäfte könnten die kein Vierteljahr überleben.«

Gerhard wurde neugierig. »Was meinst du mit Zusatzgeschäften?«

»Drogenhandel, illegale Importe, das ganze Portfolio eben.«

Jutta zog eine Schnute. »Ich glaube, du schaust zu viele Krimis im Fernsehen.«

Ich wechselte erneut das Thema, darin war ich schließlich geübt. »Jürgen, schaust du mal bitte nach der Privatadresse von Beate Stadelbauer? Ich würde mich gern persönlich bei ihr bedanken. Oder hat jemand von der Uni angerufen und die Daten durchgegeben?«

Gerhard wusste von nichts.

Während der Jungkollege in die Tastatur haute, wandte ich mich an Becker. »Sie sind doch am Tatort geblieben. Wurde noch etwas gefunden? Weiß man inzwischen, wo der Gang hinführt?«

Dietmar Becker setzte sich gerade hin, wahrscheinlich wollte er damit wichtiger wirken. »Zum Hergang der Tat gibt es keine weiteren Erkenntnisse. Später ist ein Spezialist von der Feuerwehr gekommen, der in den Schacht gekrochen ist. Dann …«

»Was ist denn hier los?«

Wieder mal wurden wir von KPD überrascht. Dieses Mal sogar an einer spannenden Stelle. Zum Glück reagierte Becker und brach seinen Bericht ab.

»Hat jemand Geburtstag?«, fragte unser Chef, als er den Besprechungstisch entdeckte. Hinter ihm trottete Ludwig-Wilhelm Zweier herein.

Jutta versuchte, KPD zu beruhigen. »Das ist nur für den kleinen Hunger zwischendurch, Herr Dok…, äh, Herr Diefenbach. Wir stehen wegen den Ermittlungen dermaßen im Stress, dass wir uns keine Pause leisten können und deshalb während der Arbeit essen.«

KPD schien dies zu gefallen. »Das ist mal ein wirklich guter Ansatz und sehr arbeitgeberfreundlich, Frau Wagner. Vielleicht kann ich das auch bei der Schutzpolizei durchsetzen. Die fahren ja immer zu zweit durch die Gegend, was ich persönlich für völlig übertrieben halte. Der Beifahrer hat sowieso nie etwas zu tun, da kann man die Mitfahrt eigentlich als Pause deklarieren. Essen kann er dabei auch. Und nach einer halben Stunde wird gewechselt.«

Ihm fiel noch etwas ein und er blickte zu Jürgen. »Das Gebäck, das Sie besorgt haben, ist vorzüglich, die Dose ist bereits leer. Das hat zwar einen stolzen Preis, schmeckt aber um Welten besser als die billige Discounterware.«

Es gelang uns, Contenance zu bewahren.

KPD kam zu dem Grund seines Auftauchens: »Herr Palzki, hat Ihnen der kleine Todesfall heute früh in der Gruft zu sehr zugesetzt? Ein Spurensicherer aus Mannheim hat angerufen und sich über Sie beschwert. Polizeibeamte müssen über den Dingen schweben und niemals mitleidig werden. Ich glaube, ich werde Ihnen nach den Schulungsmaßnahmen ein neues Aufgabengebiet zuordnen. Ich weiß auch schon welches: Auf dem bisher ungenutzten Dachboden unserer Dienststelle werden Sie das neue Archiv aufbauen. Mein ganzer Schriftverkehr muss schließlich der Nachwelt erhalten bleiben.«

Im Augenwinkel sah ich, wie Jürgen höllisch erschrak. Er dachte bestimmt an die provisorische Kegelbahn im Speicher.

Ich musste in die Offensive gehen, dabei sollte ich auch seinen Spezi mal wieder eine Runde ärgern.

»Ich wollte zu Herrn Zweier in die rem-Museen, Herr Diefenbach, um einen neuen Termin zu vereinbaren. Vor dem Museum sah ich, wie ein paar Jugendliche Herrn Zweiers Kleinwagen im Bereich des Hecks zerkratzten. Selbstlos habe ich die Verfolgung aufgenommen, musste sie aber nach zwei Stunden aufgeben.«

Wie vorausberechnet, stieß Zweier einen spitzen Schrei aus und rannte aus dem Büro. Da war es nur noch eins, dachte ich in Erinnerung eines heutzutage gesellschaftlich nicht mehr korrekten Kinderliedes.

»Gleich morgen früh mache ich mit Herrn Zweier weiter«, bekräftigte ich den Wunsch meines Chefs. »Wir sind aber auch schon verdammt weit mit diesen Wittelsdingern.«

»Na, dann scheint ja alles in trockenen Tüchern zu sein«, konstatierte KPD. »Um die Gruftgeschichte kümmern sich die Mannheimer und die tote Studentin übernehme ich, sobald die Akte da ist.«

Er blickte sich suchend um. »Prima, dass Ihr Sohn heute nicht hier ist, Palzki. Soweit hätten wir dann alles geklärt.«

Im Türrahmen drehte er sich nochmal um. »Kommen Sie halt mit, Herr Becker. Auch wenn ich mit Ihrem letzten Werk anfangs nicht hundertprozentig zufrieden war, eine Chance will ich Ihnen noch geben. Schließlich ist übermorgen unser großer Tag.«

Becker, der viel lieber bei uns geblieben wäre, da er wusste, dass KPD keinerlei Informationsvorsprung besaß, stand quälend langsam auf. Wenn er ihm nicht folgen würde, bräuchte er sich bei KPD nie mehr blicken zu lassen.

»Schade«, bemerkte ich, als die beiden verschwunden waren. »Jetzt weiß ich immer noch nicht, wo der unbekannte Gang hinführt. Hat euch Becker das bereits verraten?«

Jürgen und Gerhard schüttelten simultan ihre Köpfe. Na ja, kriegsentscheidend war das im Moment wohl nicht. Im Notfall könnte ich in Mannheim anrufen.

Ich bemerkte, wie Jutta und Gerhard tuschelten. Schließlich zeigte sie ihm den Vogel und sagte: »Spinnst du? Das ist unverantwortlich!«

»Es schmeckt sagenhaft«, konterte Gerhard. »So was Geniales habe ich noch nie vorher getrunken.«

»Dürfte ich wissen, worum es geht?«

»Dein Kollege spinnt«, antwortete Jutta. »Ich habe heute Morgen Dr. Metzgers Dosen und Ampullen mit ins Büro gebracht, um sie in den Sonderabfall zu geben. Gerhard hat ein Set davon getrunken.«

»Du weißt nicht, was du verpasst, liebe Jutta. Wenn ich das recht verstehe, kann ich das zweite Set auch haben. Oder willst du es probieren, Reiner?«

Ich dachte an die Pension ›Linderhof‹. Dort blieb mein Geschmackssinn, zumindest der, der von der Zunge ausgeht, unbefleckt. Da ich wusste, dass Metzgers Experimente in der Betaphase waren, lehnte ich ab. »Ne du, ich hab gerade keinen Durst.«

Jürgen unterbrach unsere Unterhaltung. Er saß immer noch an Juttas PC. »Da kommt gerade eine E-Mail rein. Im Garten von Rocksinger wurde ebenfalls eine Tarotkarte gefunden mit CT-Zeichen. Was war da eigentlich los? Die Kollegen aus Neustadt haben zwar vorhin angerufen, so ganz habe ich das aber nicht verstanden.«

Jutta klärte Gerhard und Jürgen im Schnelldurchgang auf.

»Da will man uns wohl mit Gewalt klarmachen, dass das Attentat auf Rocksinger mit dem Mord an Wischniewski zusammenhängt. Als ob das nicht auch ohne Tarotkarte klar wäre.«

»Der gleichen Meinung bin ich auch, Jutta«, bekräftigte ich sie. »Eine zentrale Schlussfolgerung ist, dass Rocksinger und Zweier weiterhin gefährdet sind. Nach zwei Todesfällen kann man zu keinem anderen Ergebnis kommen. Der Schlosschef muss gut gesichert werden. Schickst du ein paar Kollegen hin, Jürgen?«

»Und was ist mit Zweier?«, fragte Gerhard.

Ich gab keine Antwort. Mein Selbstschutz war mir wichtiger. Immerhin habe ich bereits einmal meine Wange beziehungsweise Arm für ihn hingehalten. Wie auf Zuruf kam mein persönlicher Bildungslehrer zurück.

»Ich habe keinen Kratzer finden können«, meinte er und klang ziemlich aufgelöst. »Den Fliegendreck am rechten Außenspiegel haben Sie wahrscheinlich nicht gemeint.«

»Oh, da habe ich vielleicht was verwechselt.«

»Fliegendreck und Kratzer?«

»Höchstwahrscheinlich war es ein anderer Wagen.« Nach seinem ungläubigen Blick änderte ich meine Taktik. »Es ging alles so schnell. Unter Umständen wollten die Jugendlichen gerade damit beginnen, Ihren Wagen zu zerkratzen und ich kam noch rechtzeitig, um es zu verhindern. Habe ich nicht heldenhaft reagiert?«

Ludwig-Wilhelm der Gutgläubige war hin- und hergerissen. Um diesen Mist nicht weiter vertiefen zu müssen, ging ich in die Offensive.

»Wann machen wir morgen früh weiter? Ich bin schon sehr gespannt auf die nächste Führung. Müssen wir auch nach Zweibrücken?«

Er reagierte mit Unverständnis. »Wieso Zweibrücken? Lassen Sie uns erst mal die Tour durch die rem-Museen machen. Morgen früh um acht Uhr, würde das bei Ihnen gehen?«

»So spät? Ich würde vorschlagen, wir beginnen bereits um elf Uhr.« Wieder war es mir gelungen, mein Gegenüber zu verwirren. Bevor er etwas sagen konnte, ergänzte ich: »Wir treffen uns direkt im Museum. Ich muss vorher noch mit meinem Wagen in die Werkstatt. Die Heizung lässt sich nicht auf die höchste Stufe stellen.«

Gerhard und Jürgen lachten, Jutta schaute unbeteiligt und Zweier begriff nur wenig.

»Um elf also«, bestätigte er nach einer Weile. »Okay, das sollte reichen. Heute unternehmen wir nichts mehr, ich habe noch einen privaten Termin in Speyer.«

»Dann wollen wir Sie mal nicht länger aufhalten, Herr Zweier. Wir sehen uns dann am Freitag in alter oder neuer Frische.« Provozierend streckte ich als Aufforderung zum Gehen meinen Arm in Richtung Tür.

Er verstand die Geste und verabschiedete sich.

»Genial, deine Verwirrungstaktik, Reiner«, lobte mich Jutta. »Zweier wird KPD alles brühwarm berichten. Dein Ruf eilt dir voraus.«

»Ist der Ruf erst ruiniert, lebt es sich ganz ungeniert.« Auch wenn der Spruch jahrzehntealt war, er traf in dieser Situation ins Schwarze. Sobald das Problem Zweier gelöst war, musste ich das Großproblem KPD final angehen. Ich oder ich, eine andere Lösung kam für mich nicht infrage.

»Ich habe die Adresse«, meldete Jürgen. »Deine Professorin wohnt in Limburgerhof. Weißt du, wo das liegt?«

»Für Witze bin nur ich oder mein Sohn zuständig.« Ein Teil Limburgerhofs lag auf früherer Schifferstadter Gemarkung. Ich hatte eine Idee, da ich nicht wirklich Lust hatte, heute noch auf emotionalen Konfrontationskurs mit der Professorin zu gehen. Außerdem würde ich mit meinem Auftauchen für Verwirrung sorgen. In ihren Augen war ich schließlich der Mörder ihrer Studentin Katja. Daher dürfte es besser sein, sie zunächst eine Zeit lang zu observieren. Nach den bisherigen Ermittlungen erschien sie, von der Verwicklung in den Fund des Schriftstücks abgesehen, zwar harmlos. Dennoch entfalteten sich schwierige Fälle oft genug plötzlich in eine völlig andere Richtung.

»Jürgen, ich hätte einen Spezialauftrag für dich. Du willst doch schon immer mal James Bond spielen. Ich hätte da was richtig Gefährliches für dich. Außerdem ist es im Außendienst, du kämst also mal raus aus dem staubigen Büro.«

Jürgen strahlte. »Wirklich, Reiner? Wenn es was Gefährliches ist, darf es aber meine Mutter nicht erfahren.«

Wir verkniffen uns alle ein Grinsen, wussten wir doch, dass Jungkollege Jürgen noch zu Hause bei seiner Mama lebte und der erste Schritt in die lebenswirkliche Selbstständigkeit noch ausstand.

»Keine Angst«, spottete Gerhard dazwischen, »der Reiner verrät zu Hause auch nicht immer alles.«

»Das ist was ganz anderes!«

Nachdem Jutta den Kaffee aufgewischt hatte, der ihr beim Losprusten entglitten war, erzählte ich meinen Plan.

»Wir sollten Frau Professorin Stadelbauer und ihre Wohnung die Nacht über observieren, bevor wir sie offiziell vernehmen. Falls sie nicht daheim ist, wird sie wohl im Laufe des Abends auftauchen. Jürgen, du organisierst zwei oder drei Beamte, die dich dabei unterstützen und deinem Kommando unterstehen.« Meine Worte gingen ihm sichtbar runter wie Butter. »Jeder, der die Wohnung von der Professorin verlässt, wird unauffällig vorläufig aus dem Verkehr gezogen. Falls die Dame des Hauses wegfährt, wird sie mobil observiert. Klebe von mir aus einen Sender unter ihren Wagen. Wir dürfen das, wir sind schließlich keine Privatschnüffler.«

Jürgen stand aufgeregt auf. »Da fange ich gleich an. Ich rufe kurz daheim bei meiner Mutter an, damit sie sich keine Sorgen um mich macht. Wie lang sollen wir observieren?«

Auch darüber hatte ich mir bereits Gedanken gemacht. »Bis morgen früh. Dann nehmen wir gemeinsam die Professorin fest, damit du das auch mal lernst.«

Gerhard hatte einen Querschläger parat. »Warum machst du das eigentlich nicht selbst, Reiner?«

Ich zeigte auf das Pflaster am Oberarm. »Mit meiner schweren Verletzung durch den Schuss in Neustadt muss ich mich erst ausruhen.«

»Das ist doch nur ein klitzekleiner Kratzer, noch kleiner als der von der Armbrust am Montag.«

Verzweifelt wehrte ich mich. »Frauen haben davon überhaupt keine Ahnung.«

Da die Süßigkeiten, die Becker mitgebracht hatte, sich inzwischen in Magenbrei aufgelöst hatten, verabschiedete ich mich. »Falls sich wegen Neustadt oder Mannheim etwas Wichtiges ergeben sollte, ruft einfach bei mir daheim an. Ansonsten fahre ich morgen früh nach Limburgerhof und hole dann mit Jürgen die Professorin ab.«

Ich schnappte mir den Zettel mit der Adresse.

»Denke dran, um elf Uhr in der Früh musst du in Mannheim sein«, erinnerte mich Jutta.

Bevor ich meine Heimfahrt antrat, wollte ich noch eine Kleinigkeit überprüfen. Falls meine Vermutung falsch wäre, müsste ich zwar etwas improvisieren, doch sie erwies sich als richtig. Noch bevor ich die Tür zu KPDs Thronsaal öffnen konnte, rief mir eine Kollegin, die am Flurende stand, zu: »Herr Diefenbach hat für heute Feierabend gemacht, da er zu einem wichtigen Termin muss.«

KAPITEL 16
EINE SELTSAME OBSERVATION

Melanie empfing mich mit einem gehässigen Grinsen an der Haustür. »Papa, weißt du schon, was mein blöder Bruder angestellt hat?«

»Blöde Petze«, schrie Paul aus dem Hintergrund.

Na prima, dachte ich. Ich war wieder in der Hölle des Privatlebens angekommen.

Stefanie saß mit Lars und Lisa auf der Couch und sah sehr müde aus, was nicht wirklich ungewöhnlich war.

»Hallo, wie geht's dir? Alles klar bei den Kleinen?«

Sie nickte. »So weit ist alles im grünen Bereich. Vorhin haben deine Kollegen unseren Nachbarn abgeholt.«

Spontane Schweißausbrüche bekam ich bisher eigentlich nur in Juttas Wagen. Mussten wir jetzt Paul zur Adoption freigeben? War das Jugendamt bereits alarmiert?

»War es wegen Pauls Ausflug?«, fragte ich unnötigerweise.

»Was denn sonst! Zum Glück ist unser Sohn erst neun. Herr Ackermann scheint mir geistig nicht viel älter zu sein.«

Paul lugte verschämt zur Wohnzimmertür herein. Näherzukommen traute er sich nicht. Mir war klar, ich musste jetzt den Autoritären raushängen lassen und meinem Sohn ordentlich den Kopf waschen.

»Komm mal her«, sagte ich zu ihm. »Erzähl mir, was los war.«

So langsam wie noch nie kam er angeschlichen und setzte sich außerhalb meiner Reichweite auf die kleinere Couch.

»Das war doch voll cool, Papa«, begann er zaghaft mit dem Geständnis. »Herr Ackermann hat supergute Ideen. Warum haben ihn die Bullen mitgenommen? Muss er jetzt in den Knast? Darf ich ihn besuchen?«

»Jetzt erzähl erst mal.«

»Wir haben doch nur ein paar selbstgemalte Plakate aufgehängt. Politiker machen das doch auch manchmal.«

Stefanie platzte der Kragen. »Ja, Plakate! Auf allen stand das Gleiche: ›Wegen Umbauarbeiten biss auf Weiteres geschlossen‹. Sogar mit Schreibfehler.« Sie schnaufte tief durch und ich war mal wieder ratlos.

»Und was wird umgebaut?«

Paul erzählte: »Alle Geschäfte, die es in Schifferstadt gibt. Auch die Wirtschaften und die meisten Ärzte.«

Nach einem kurzen Blick in mein nach wie vor ratlos dreinblickendes Gesicht klärte meine Frau auf.

»Die sind mit dem Bollerwagen durch ganz Schifferstadt gezogen und haben an jedes Geschäft, jede Kneipe und jede Arztpraxis so ein Schild geklebt. Stell dir mal vor, was im Dorf los war.«

Fast wäre ich in Versuchung gekommen, ihr zu sagen, dass Schifferstadt seit 1950 Stadtrechte besaß, doch das hätte mir den Ruf eines Klugscheißers eingebracht. Außerdem war ich bestürzt. Erst nach und nach wurde mir die Tragweite des Handelns der beiden klar.

»Das heißt, alle die einkaufen oder zum Arzt wollten, sind wieder heimgegangen?«

Stefanie blickte Paul böse an. »Ganz so schlimm war es

nicht. Einige haben es recht schnell gemerkt, dass da was nicht stimmt. In vielen Geschäften hat es aber mehrere Stunden gedauert, bis man das Schild entdeckt hat. Mal abwarten, was da an Schadenersatzklagen auf uns zukommen.«

Ich durfte Paul zwar nicht in Schutz nehmen, die Sache musste ich trotzdem klarstellen. »Paul wird nichts passieren. Dann schon eher unserem Nachbarn als Anstifter.« Ich hielt Paul eine Gardinenpredigt und versuchte dabei, möglichst autoritär zu wirken. Tatsächlich machte meine Rede auf ihn viel Eindruck. Er hörte blass und still zu. Melanie lief währenddessen mindestens fünfmal vom Flur durchs Wohnzimmer in die Küche und umgekehrt, nur um möglichst wenig zu verpassen.

»Okay«, sagte Paul am Schluss und in vernünftigem Ton fügte er an: »Ich mache das nie mehr, Papa. Das war blöd von mir.«

Stefanie strahlte, anscheinend hatte sie mir das nicht zugetraut. Ich war ebenfalls stolz auf meine Leistung, wusste aber, dass Paul älter wurde. Nach einbrechender Pubertät in drei oder vier Jahren dürfte es nicht mehr so einfach sein.

»Ich gehe jetzt in mein Bett. Gute Nacht, Mama. Gute Nacht, Papa.«

Seine Mutter war restlos begeistert. »Ich finde es toll, dass du deinen Fehler einsiehst, Paul«, rief sie ihm nach.

Er drehte sich noch mal um und sagte: »Ja, das war viel zu anstrengend, die viele Lauferei. Wenn Herr Ackermann wieder da ist, machen wir was anderes. Der hat noch ganz viele tolle Ideen, bei denen man nicht laufen muss.«

Paul drehte sich um und verschwand nach oben. Stefanie und ich stierten perplex Löcher in die Luft.

»Meinst du, er hat die Ernsthaftigkeit der Lage verstanden?«, fragte sie mich schließlich.

»Der doch nicht«, antwortete Melanie, die gerade zufällig durchs Wohnzimmer lief. »Brüder sind für so was viel zu doof.«

Ich wusste, dass unser Bücherregal in den nächsten Tagen um ein paar weitere Bände zum Thema Kindererziehung anwachsen würde.

Meiner Frau gelang es nach einem hastig zubereiteten Abendessen, Lars und Lisa zu einer gemeinsamen Nachtruhe zu überreden. Da diese Zeitspanne selten länger als drei bis vier Stunden dauerte, zog sie sich ins Schlafzimmer zurück und ich folgte ihr.

Wir unterhielten uns noch ein wenig über den vergangenen Tag. Vermutlich schliefen wir zeitgleich ein.

Am nächsten Morgen ließ ich Stefanie schlafen, da sie vermutlich in der Nacht mehrere Stillpausen einlegen musste, die ich wie immer nicht mitbekommen hatte. Um meinen Tiefschlaf beneidete mich meine Frau schon immer.

Beim Frühstück improvisierte ich, schließlich hatte ich lang genug allein gewohnt. Es wären sogar noch zwei Pizzen in der Tiefkühltruhe gewesen, aber das hätte mich zu viel Zeit gekostet.

Der Weg nach Limburgerhof war kurz und der Trifelsring schnell gefunden. Typisch Jürgen, dachte ich, er parkt seinen Wagen direkt vor dem Einfamilienhaus der Professorin. Auffälliger ging es nun wirklich nicht.

Ich hielt direkt hinter ihm an, was er nicht bemerkte. Wahrscheinlich könnte auf der Straße ein Castor-Transport vorbeiziehen, Jürgen würde es nicht registrieren. Als ich neben der Fahrertür stand, klopfte ich mit der Faust auf's Wagendach. Seiner Mimik entnahm ich, dass er sich gehörig erschreckt hatte.

Ein völlig verwahrloster Jürgen stieg aus. Unrasiert mit Dreitagebart, fetttriefenden Haaren und einem Geruch, der mir fast die Schuhe auszog.

»Boah, was ist da los?«, begrüßte ich meinen Kollegen und zog meine Nase außer Reichweite. »Wie viele Wochen sitzt du schon in dem Wagen?«

Jürgen blickte verdattert aus der Wäsche. »Wie meinst du das, Reiner? Ich bin seit gestern Nachmittag hier. Über Nacht waren zeitweise noch zwei Kollegen da, die auf der Straßenseite gegenüber Position bezogen haben. Vor einer Stunde habe ich die beiden heimgeschickt. Hätte ich das nicht tun sollen?«

»Doch, natürlich. Ich meine ja nur, wie du aussiehst. Kannst du dich nicht mal anständig rasieren? Mir ist noch nie aufgefallen, dass du überhaupt unter Bartwuchs leidest.«

Jürgen kraulte sich am Bart. »Das ist ganz schlimm bei mir. Ich muss mich drei- bis viermal am Tag rasieren, so schnell wuchern bei mir die Stacheln. Selbst in den Pausen rasiere ich mich manchmal. Das habe ich bisher bloß niemandem verraten. Jutta würde da bestimmt drüber lachen.«

»Jutta doch nicht«, beruhigte ich ihn und hatte selbst gehörig zu tun, nicht herauszulachen. »Falls du auf die Idee kommst, nachher ins Büro zu fahren, geh dich lieber vorher daheim rasieren – und die Haare waschen.«

»Die fettigen Haare habe ich von meiner Mama geerbt«, erklärte Jürgen. »Willst du ein Stück kalte Pizza?«

Ich sah ins Auto und entdeckte auf dem Beifahrersitz neben den auch für meine Verhältnisse unappetitlich aussehenden Resten einer Pizza diverse Pommes-Schalen.

»Bist du während der Observation zu einem Imbiss gefahren?«

»Ach woher denn, ich habe den Pizzadienst angerufen. Bis die das kapiert haben, dass die nicht bei der Professorin klingeln sollen, sondern dass ich vor dem Haus auf der Straße stehe.«

»Was? Du hast die Adresse der Stadelbauer angeben? Wenn der Pizzadienst wegen einer Nachfrage bei ihr angerufen hätte?«

Jürgen wurde kleinlaut. »Ich habe noch nie vorher observiert. Es ist ja nichts passiert. Die Professorin hat das Haus nicht verlassen. Besuch bekam sie auch keinen.«

»Na, dann komm mal mit. Wir klingeln jetzt bei ihr, damit du das auch noch lernst. Lass dein Wagenfenster unten, damit der Mief abzieht.«

»Soll ich meine Waffe mitnehmen?«

»Du hast eine Waffe?«, fragte ich überrascht. »Lass die bloß im Wagen. Nicht, dass noch etwas passiert.«

Das freistehende Gebäude aus den 70er-Jahren des letzten Jahrhunderts war genauso unauffällig wie die anderen in der Straße. Die Grundstücksgrößen wären heutzutage allerdings unbezahlbar.

Auch ein mehrfaches Klingeln brachte kein Resultat.

»Hast du in Erfahrung gebracht, wer alles in dem Haus gemeldet ist?«

»Klaro«, antwortete Jürgen und strahlte. »Ich habe heute Nacht über mein Notebook sämtliche Bewohner der ganzen Straße überprüft. Drei Häuser weiter habe ich sogar eine frühere Klassenkameradin von mir entdeckt.«

»Prima, ich bin stolz auf dich. Verrätst du mir auch, wer alles in diesem Haus wohnt?«

»Nur Beate Stadelbauer«, antwortete Jürgen. »Ihr Mann zog vor drei Jahren aus, als sie die Scheidung einreichte. Brauchst du das Aktenzeichen? Habe ich alles notiert. Ich habe sogar eine Kopie ihrer Provokationsurkunde oder wie das Ding heißt.«

»Promotion, heißt das«, klärte ich ihn auf. »Hat irgendwas mit Werbung zu tun.«

»Hallo, Sie da!«

Wir drehten uns zu der Ruferin um. Eine Frau, die für die sommerlichen Temperaturen ungewöhnlich dick bekleidet war, stand auf dem Gehweg. »Wollen Sie zu Beate?«

»Lass mich reden«, raunzte ich Jürgen zu. »Damit du noch mehr lernst.«

»Ja, genau zu ihr wollen wir. Können Sie uns sagen, wo sie ist? In der Universität sagte man uns, dass wir sie zu Hause erreichen können.«

Die Information stammte zwar von gestern, sollte aber durchaus noch aktuell sein, da Jürgen sie seit gestern Abend nicht weggehen sah. Außerdem suggerierte ich damit der unbekannten Frau unterschwellig, ein Bekannter der Professorin zu sein.

»Eigentlich schon«, erwiderte sie. »Wollen Sie Beate wegen der komischen Sache in Schwetzingen sprechen?«

Bingo, dachte ich und bestätigte die Vermutung der naiven Dame. »Genau deswegen sind wir da. Wieso wissen Sie davon?«

Damit hatte ich die scheinbare Beweislast umgedreht und mein Gegenüber in Erklärungsnot gebracht.

»Ich bin Beates Nachbarin«, sagte sie stolz. »Bis zu meiner Pensionierung im letzten Jahr war ich Lehrerin.«

Ganz schön naiv für eine ehemalige Lehrerin, dachte ich. Aber dieses Thema wollte ich zum jetzigen Zeitpunkt wirklich nicht gedanklich vertiefen.

»Das ist ja prima«, antwortete ich ohne zu sagen, ob das auf den Aspekt der Nachbarschaft oder auf den ihres ehemaligen Berufes gemünzt war.

»Dann wissen Sie bestimmt, wo wir sie erreichen können. Es ist nämlich sehr dringend, aber das ist Ihnen sicher bekannt.«

Sie nickte eifrig. Wahrscheinlich war dieses Gespräch eine willkommene Abwechslung in ihrem trostlosen Pensionärsdasein.

»Gestern Nachmittag ist sie mit ihren Studenten zum Schwetzinger Schloss gefahren. Beate wollte dort den Skandal aufdecken.«

Diese Aussage traf mich wie ein Schlag. Die Professorin war überhaupt nicht zuhause. Um Jürgen gegenüber meinen Fauxpas nicht zugeben zu müssen, versuchte ich ihn zu überspielen.

»Sie meinen die Leihgaben, die gegen Kopien ausgetauscht werden sollen?«

»Genau. Eigentlich wollte sie abends wieder zurück sein. So langsam mache ich mir Sorgen um sie.«

»Keine Angst«, beruhigte ich die Nachbarin. »Ich fahre sofort nach Schwetzingen und schaue, was los ist. Bis heute Mittag ist bestimmt alles geklärt. Haben Sie vielen Dank für alles.«

Die pensionierte Lehrerin lächelte. »Das ist wirklich nett. Was kann ich Beate sagen, wenn sie zurückkommt? Verraten Sie mir Ihren Namen?«

»Sagen Sie Beate einfach, ich sei der Mann, der sie in der Badewanne angesprochen hat, dann weiß sie Bescheid.«

»Badewanne?« Schlagartig wurde sie rot.

Ich nickte und im gleichen Moment fiel mir noch eine Frage ein. »Hat Beate gesagt, wo das Treffen stattfinden wird?«

»Badewanne«, wiederholte sie zunächst murmelnd. »Sie war sehr in Eile, daher weiß ich nicht viel. Sie sprach von einer dritten Etage, die unrenoviert wäre. Ich habe keine Ahnung, was sie damit meinte.«

»Irgendetwas mit dem Schloss?«

»Wie gesagt, ich weiß es nicht. Bisher bin ich noch nicht dazugekommen, das Schloss in Schwetzingen zu besichtigen.«

Ich bedankte mich brav bei Stadelbauers Nachbarin und ging mit Jürgen zu meinem Wagen, da er von der Dame etwas weiter entfernt stand.

»Du fährst jetzt heim zum Rasieren und Duschen. Danach gibst du im Büro Jutta und Gerhard Bescheid. Ich fahre allein nach Schwetzingen. Wenn was ist, rufe ich von unterwegs aus an. – Ach, noch etwas, lass dir eine Ausrede für meinen Termin mit Zweier einfallen. Eine Museumsführung liegt jetzt wirklich außerhalb meines persönlichen Interessenschwerpunktes.«

»Ich? Warum soll ich mir eine Ausrede für deinen Termin einfallen lassen?«

»Weil Gefahr in Verzug ist, Junge. Du hast doch gehört,

was die Nachbarin der Professorin gesagt hat. Ich muss sofort nach Schwetzingen.«

Jürgen leistete immer noch Widerstand. »Wenn es gefährlich ist, darfst du schon zweimal nicht allein dorthin fahren. Wir müssen unserem Vorgesetzten Bescheid geben und das SEK aktivieren.«

Meine Güte, dachte ich über so viel Einfalt. »Du weißt genau, was passiert, wenn wir KPD informieren: nämlich nichts. In Schwetzingen läuft irgendein krummes Ding, und das muss verhindert werden und zwar schnell. Wenn wir da jetzt in Kompaniestärke einfallen, müssen wir mit weiteren Toten rechnen, das kann doch nicht in deinem Sinn sein, oder?«

Mit diesem rhetorischen Kniff gelang es mir, Jürgen zu überzeugen. Manchmal war es doch gut, sich ein paar Ratgeber zur persönlichen Horizonterweiterung in der Bibliothek auszuleihen.

Natürlich wäre es vernünftig gewesen, Jutta oder Gerhard mitzunehmen oder wieder einmal das baden-württembergische SEK-Heer prophylaktisch in Bereitschaft zu versetzen.

So richtig glaubte ich nicht daran, dass mich im Schwetzinger Schloss eine Überraschung erwartete. Die Rolle der Professorin war längst aufgeklärt und unsere Beziehung, die auf einem Missverständnis beruhte, würde ich in einem ruhigen und nichtemotionalen Gespräch wieder auf gesunde Beine stellen. Eigentlich gab es nur einen wichtigen Grund, ihr nachzufahren: Ich musste herausfinden, was in dem gefundenen Schriftstück stand. Wenn ich Rocksinger in diesem einen Punkt Glauben schenken konnte, war sie zumindest nah dran, den Text zu entschlüsseln. Dass sie mir mit der mysteriösen Gruppe weiterhelfen konnte, die mutmaßlich für zwei Morde und mehrere Anschläge verantwortlich war, glaubte ich nicht. Dann hätte sie mich kaum in den Bunker gesperrt.

Ich wechselte von der B 9 auf die A 61 und fuhr staulos über die Rheinbrücke. Noch vor kurzer Zeit wäre dies tagsüber ein Ding der Unmöglichkeit gewesen. Aus dem Bauch heraus dauerte die Renovierung der Autobahnbrücke Jahrzehnte, realistisch wohl etwa zwei Jahre. In dieser Zeit war nicht nur diese Brücke, sondern auch die benachbarte in Speyer so gut wie immer dicht. Rund ein Drittel der knapp zehn Millionen Euro Kosten wurden durch die beiden fest installierten Radarsäulen im Baustellenbereich wieder eingespielt. KPD hatte irgendeinem Ausschuss tatsächlich vorgeschlagen, die Baustelle trotz fertiggestellter Maßnahme noch für etwa vier Jahre aufrecht zu erhalten. Spätestens dann wären die gesamten Baustellenkosten zielgruppengerecht von den Autofahrern bezahlt gewesen und man könnte ans Geld verdienen denken.

KAPITEL 17
CARL THEODORS SOMMERRESIDENZ

Es war nicht einfach, einen Parkplatz zu finden. Schwetzingen schien mehr Politessen als Einwohner zu haben. Ich hielt gerade neben dem Tor des Haupteingangs an, da kam bereits die erste mit klischeehaft roten Haaren und strenger Miene auf mich zugestapft. Ich konnte sagen, was ich wollte, die Politesse wollte meine Ausnahmegenehmigung nicht akzeptieren. Ausnahmen gebe es in dieser Stadt nur für den Bürgermeister und ein paar seiner Freunde, meinte sie. Außerdem würde ich den Verkehr behindern.

Darüber war ich mehr als erstaunt. Der komplette Straßenbereich vor dem Schloss war verkehrsberuhigt. Gewaltige Tafeln kündigten Radarkontrollen an, die bestimmt zur Refinanzierung des Schlosses dienten.

Um Aufsehen zu vermeiden, knickte ich, es war bestimmt das erste Mal in meinem Leben, vor so viel Ordnungsmacht ein. Grummelnd fuhr ich auf einen in der Nähe gelegenen Parkplatz, der ein Schweinegeld kostete. Bestimmt funktionierte später beim Bezahlen die Quittungsausgabe nicht, sodass es mich eine halbe Arbeitswoche kosten würde, mein vorgelegtes Privatvermögen wieder zurück zu erhalten.

Ich schob dieses Problem erstmal zur Seite, schließlich musste ich die Professorin finden, koste es fast, was es wolle. Einen groben Plan hatte ich längst geschmiedet, zumindest für die erste Etappe.

Etwa 100 Meter vor dem Schloss entdeckte ich zwei Pavillons, im rechten befand sich neben der Kasse auch ein Souvenirladen. Erst nachdem ich die englischsprachige Tafel mit den Eintrittspreisen und anderen Informationen übersetzt hatte, entdeckte ich daneben die deutschsprachige Variante. Ich verbuchte das kleine Missgeschick als Auffrischungskurs in eigener Sache.

Mein Plan, zunächst einen Führer durch das Gebäude zu erwerben, wurde durch die Vielfalt der angebotenen Medien beeinträchtigt. Einfach die Dame hinter der Kasse zu fragen, war für mich natürlich keine zulässige Option. Ich benötigte auch gar nicht so furchtbar lang, um mich auf einen Schlossführer des Autors Wolfgang Schröck-Schmidt zu einigen. Den Kauf einer Eintrittskarte lehnte ich zunächst ab.

Mit meiner Neuerwerbung setzte ich mich in ein Café, das sich gegenüber des Kassenpavillons befand.

Zunächst interessierte mich weniger die Geschichte des Schlosses und des Parks als die schematischen Karten am Ende des Buches. Schnell erkannte ich, dass neben dem Erdgeschoss, das Kapelle und Verwaltung beherbergte, die ersten beiden Obergeschosse museal ausgebaut waren. Von einem dritten Obergeschoss konnte ich in dem Führer auf die Schnelle nichts finden. Mein Blick in Richtung des mächtigen Schlosses zeigte mir allerdings unverkennbar, dass es dieses und ein zusätzliches Dachgeschoss gab. Die

Bemerkung Stadelbauers gegenüber ihrer Nachbarin ergab folglich einen Sinn. Wurden dort oben, wo es keine Führungen gab, die Leihgaben verschoben? Doch wie sollte ich da hinkommen? Wenn mein Wissen über die Wittelsbacher Zeit eine Nuance besser wäre, könnte ich mich der Verwaltung inkognito als neuen Führer durch das Schloss anbieten. Vielleicht sollte ich Juttas Taktik ausprobieren und einfach fragen? Zwecks fehlender Alternative tat ich genau das. Nachdem ich Getränke und das doppelte Frühstück mit dem Namen ›Sommerfrische‹ bezahlt hatte, ging ich erneut in den Souvenirladen.

»Ich suche eine Kollegin von mir, Frau Professorin Beate Stadelbauer.« Durch die Nennung des Titels erhoffte ich mir eine bevorzugte Behandlung.

»Tut mir leid, der Name sagt mir nichts«, antwortete die Dame hinter der Kasse freundlich und zuvorkommend. »Gehört sie zu der Delegation, die zur Tagung angereist ist?«

Und wieder ein potenzieller Querschläger, dachte ich. Ohne zu wissen, was es mit der Tagung auf sich hatte, verneinte ich.

»Ich denke nicht. Würden Sie bitte bei Ihren Kollegen nachfragen? Es ist nämlich sehr wichtig.«

Sie nickte mir freundlich zu und nahm den Hörer ab. Zwei- oder dreimal wählte sie neue Kurzwahlnummern, bis sie jemanden erreichte und meine Frage weitergeben konnte.

»Ja, ja, klar, mach ich«, stotterte die Dame und wirkte schlagartig nicht mehr ausgeglichen. Sie legte den Hörer auf. »Einen kleinen Moment bitte. Frau Sophie Bayer kommt gleich zu Ihnen.«

Ich musste nicht lang warten. Eine jüngere Frau, ich schätzte sie auf Mitte 20, stürzte regelrecht in den Laden. Verblüfft registrierte ich, dass sie alte Kleider trug. Also irgendwas, das aus dem Mittelalter stammte oder aus Zeiten Carl Theodors, so genau konnte ich das intuitiv nicht zuordnen.

»Haben Sie Neuigkeiten von Frau Stadelbauer?«, rief sie mir entgegen, während sich ihre langen und wehenden Haare in einem Bücherregal verfingen.

Huch, welcher Wirbelwind kam da angeflogen, dachte ich erstaunt. Die scheint es sehr eilig zu haben. Und dann diese Kostümierung. Schlagartig kam mir der Armbrustschütze in den Sinn.

»Langsam, langsam«, beruhigte ich sie und wartete, bis sie zum Stillstand gekommen war. Während sie nach Luft schnappte, klärte ich den Irrtum auf: »Leider kann ich Ihnen nicht helfen, ich bin selbst auf der Suche nach der Professorin. Ich weiß nur, dass sie gestern Nachmittag mit ein paar Studenten nach Schwetzingen gefahren ist.«

Sie sah enttäuscht aus. »Aber das weiß ich doch«, entgegnete sie. »Ich glaube, da muss etwas passiert sein. Das Beste wird sein, wenn ich die Polizei rufe, das ist längst überfällig.«

Dieses Mal hielt ich es für angezeigt, gleich meine wahre Identität zu präsentieren. Nicht, dass sie auf dumme Gedanken kommen und mich irgendwo einsperren würde. Außerdem lief die Parkzeit unerbittlich.

Ich zückte meinen Dienstausweis und hielt ihn ihr vor die Augen. »Die Polizei ist schon da.« Schnell zog ich das Plastikstück wieder zurück, bevor sie Details wie Bundesland erkennen konnte.

»Wann und wo haben Sie die Professorin zuletzt gesehen?« Nur mit einer aktiven Gesprächsführung konnte ich wertvolle Informationen in kurzer Zeit erhalten.

»Ja, natürlich«, sagte sie wenig Frage-Antwort-konsistent, »mein Name ist übrigens Sophie Bayer. Entschuldigen Sie bitte mein Aussehen, ich habe gerade eine Führung durchs Schloss in historischer Bekleidung beendet.« Sie schaute mir kurz in die Augen. »Und wie heißen Sie?«

»Palzki«, antwortete ich. »Reiner Palzki.« Viel hatte sie auf meinem Dienstausweis anscheinend nicht erkennen können.

»Kennen Sie Frau Stadelbauer näher?«, wollte ich wissen.

»Ich habe bei ihr studiert. Als sie gestern Nachmittag plötzlich vor mir stand, war ich sehr überrascht. Das, was sie mir erzählte, war dann sehr haarsträubend.«

»Sie erzählte Ihnen von den Ausstellungsstücken, die vertauscht werden sollen, stimmt's?«

Sie nickte. »Gehen wir nach vorn?«

Gemeinsam gingen wir den Fußweg zum Schloss. Das Mittelstück mit dem Durchgang zum Schlossgarten war etwas nach hinten zurückversetzt. Frau Bayer ignorierte den Durchgang und bog vor dem Gebäude rechts ab. Kurz danach öffnete sie eine Tür, die in ein Nebengebäude führte.

»Dies ist die Schlosskapelle«, klärte sie mich auf.

Sie war wesentlich kleiner und spartanischer ausgestattet als die Kirche im Mannheimer Barockschloss. Drachen konnte ich auch keine ausmachen, aber ich war schließlich kein Kind. Auf der schlossabgewandten Seite entdeckte ich auf einer Empore eine Orgel. Auf der gegenüberliegenden Seite gab es eine zweistöckige Loge. Hoffentlich blieb mir wenigstens eine Gruft erspart.

Sie zeigte auf die untere Loge. »Dort habe ich gestern Frau Stadelbauer und ihre drei Studenten das letzte Mal gesehen. Seitdem ist sie spurlos verschwunden. Sie geht auch nicht an ihr Handy.«

»Kann es sein, dass sich die vier irgendwo im Schloss aufhalten?«

Sie schüttelte heftig den Kopf, dabei flog mir ein Teil ihrer Haare ins Gesicht. Sofort entschuldigte sie sich.

»Das funktioniert nur theoretisch. Sobald abends die Alarmanlage scharf geschaltet wird, kann sich in dem Gebäude niemand mehr unbefugt aufhalten.«

Falls nicht zufällig die Stromsicherung entfernt wurde, dachte ich über eigene Erfahrungen nach.

Sie erzählte weiter. »Folglich müssen sie und die Studenten das Schloss verlassen haben, was aber unmöglich ist. Aber warum erreiche ich sie dann nicht? Außerdem waren wir mit der Untersuchung noch nicht fertig.«

»Welche Untersuchung?« Die Frage nach der Unmöglichkeit, das Gebäude zu verlassen, speicherte ich im Zwischengedächtnis ab, um sie nicht zu überfordern.

»Die Leihgaben, die für die rem-Museen und das Barockschloss gedacht sind, stehen zurzeit aus Platzgründen bei uns im dritten Obergeschoss. Wenn die Museen in Mannheim mit dem Umbau fertig sind, werden sie abgeholt. Aus Sicherheitsgründen weiß das aber so gut wie niemand. Frau Stadelbauer hat die Ausstellungsstücke kurz begutachtet, konnte aber ohne nähere Prüfung nicht erkennen, ob es sich um die Originale handelt oder ob sie bereits gegen Kopien ausgetauscht wurden.«

»Und dann?«

Frau Bayer zuckte mit den Schultern. »Sie war unschlüssig, da sie ja keine Beweise für ihre Vermutung hatte. Gemeinsam gingen wir nach unten. Im ersten Stock stand die Tür zum ersten Vorzimmer offen, da ist sie dann mit ihren Studenten rein. Da im gleichen Moment eine Führung kam, gingen wir raus in die Hofloge, um aus dem Weg zu sein.«

Sie zeigte auf die unterste der beiden Logen.

»Der Kollege, der die Führung hielt, kam kurz zu uns rein und meinte zu mir, dass er mir etwas zeigen möchte. Ich ging dann mit ihm und seinen Zuhörern ins zweite Vorzimmer. Er zeigte mir den offenen Kamin. Ein Unbekannter hatte darin Papier verbrannt. Das ist natürlich ungeheuerlich, da im Schloss absolutes Rauch- und Feuerverbot gilt.«

»Haben Sie den Feuerteufel erwischt?«

»Es ist uns allen absolut schleierhaft, wie das passieren konnte. Aber das ist noch nicht alles. Als ich zur Loge zurückkam, war Frau Stadelbauer mit ihren Studenten spurlos verschwunden.«

Ich hatte keine Ahnung, wie ich das verbrannte Papier einordnen sollte. Alles könnte im Prinzip harmlos sein, vielleicht waren die Ausstellungsstücke im dritten Obergeschoss noch original.

»Und Sie haben überall gesucht?«

»Sogar mit sämtlichen Kollegen. Wir haben das Schloss komplett durchsucht, auch die geheimen Ecken.«

»Geheime Ecken?« Warum musste ich meinen Mitmenschen die interessanten Informationen stets aus der Nase ziehen?

»Nicht das, was Sie jetzt denken, Herr Palzki. Wir Mitarbeiter kennen die Ecken natürlich. Zum Beispiel gibt es in den Degagements ein Garderobenzimmer, das nicht betreten werden darf. Von der Tür aus kann man Kleidungsstücke wie Korsetts bewundern. Wenn man allerdings in den Raum hineingeht, findet man im hinteren Bereich eine Tür, die zu einer schmalen Treppe nach oben führt. Und dort oben gibt es einen Raum, der vom zweiten Stockwerk aus keinen Zugang hat. Das liegt daran, dass es sich um einen kleinen Anbau des Schlosses handelt, der später angeflanscht wurde.«

Ich wartete vergeblich darauf, dass sie weitersprach. »Jetzt sagen Sie schon endlich, was ist in dem Raum?«

Sie lachte. »Ein Büro, sonst nichts. Im Erdgeschoss gibt es dafür nicht genügend Platz.«

Ich überlegte, ob sie mich auf den Arm nahm. »Man muss also durchs Museum laufen, um in das Büro zu kommen?« Ich hatte zwar keine Ahnung, was die oder das erwähnte Degagement war, es klang aber nach Museum.

»So ist es«, antwortete sie. »Der Herr, der darin arbeitet, hat es sich sehr gemütlich eingerichtet. Von ihm stammt übrigens der Führer, den Sie in der Hand halten.«

Enttäuscht von den sogenannten geheimen Ecken resümierte ich die Geschichte um die Professorin. »Wenn Ihre Kollegen und Sie das ganze Schloss abgesucht haben, bleibt eigentlich nur eine Lösung: Die vier sind in der Zwischenzeit gegangen.«

»Es muss eine weitere Möglichkeit geben, denn das ist so gut wie unmöglich.«

»Wieso denn das?«

»Weil man ohne Schlüssel weder in das Schloss reinkommt noch hinaus«, antwortete sie bestimmt. »Die Eingangstür muss immer verschlossen sein. Und das war sie auch.«

Nachzufragen, ob die Professorin einen Schlüssel hatte, ersparte ich mir. Woher auch? Ich stand vor einem Dilemma. Sollte ich versuchen, das geheimnisvolle Verschwinden der Vierergruppe zu lüften, auch wenn sich die Lösung wahrscheinlich als trivial herausstellen würde? Oder sollte ich den Weg des geringsten Widerstands gehen und einfach abwarten, bis die Dame von allein wieder auftauchte?

Meine Neugier gewann. Weniger meine Neugier bezüglich des Museums, da hatte ich in den letzten Tagen genügend Museen gesehen. Aber das dritte Obergeschoss, das im Buch nicht erwähnt wurde, sowie die Ausstellungsstücke über die Wittelsbacher, das sollte ich mir schon anschauen.

»Ich verstehe«, sagte ich zu Frau Bayer. »Wir werden systematisch vorgehen. Zeigen Sie mir bitte zuerst die Loge, damit ich mir den Ausgangspunkt einprägen kann. Dann würde ich gern den dritten Stock sehen.«

»Wollen Sie das allein machen, Herr Palzki? Sollen wir nicht besser ein paar Ihrer Kollegen hinzurufen?«

»Warum denn?«, widersprach ich. »Gefährlich werden kann es nicht. Schließlich haben Sie bereits alles durchsucht.«

»Wie Sie meinen, dann kommen Sie mal mit.«

Wir verließen die Kapelle auf dem gleichen Weg, auf dem wir hergekommen waren. Am Anfang des Durchgangs zum Mittelteil des Gebäudes schloss sie eine Tür auf. Unmittelbar dahinter ging eine Treppe nach oben. Als wir den ersten Raum betraten, fühlte ich mich um Jahrhunderte zurück versetzt.

»Wir befinden uns jetzt im ersten Vorzimmer von Carl Theodor.« Sie zeigte nach links. »Dort geht es zum zweiten Vorzimmer, zur Hofloge müssen wir aber geradeaus.«

Während ich ihr durch einen kleinen Durchgang folgte, dachte ich darüber nach, wozu jemand zwei so riesige Vorzimmer bräuchte. Auch damals wurde anscheinend zumindest in Herrscherkreisen das Status- und Prestigedenken höher als Rationalität beurteilt.

Die rot gehaltene Loge, die im unteren Bereich weiß getäfelt war, besaß zur Kapelle hin drei Sprossenfenster, wovon das mittlere leicht geöffnet war. Das Inventar war überschaubar und bestand aus zwei roten Stühlen nebst kleiner Kirchenbank sowie einer Glasvitrine mit seltsamem Zeug.

»Hier habe ich Frau Stadelbauer das letzte Mal gesehen. – Lebend«, fügte sie an, als wäre ihr Tod für sie längst beschlossene Sache. Den unterschwelligen Hinweis hatte ich dennoch verstanden.

»Und wann haben Sie sie tot gesehen?«

Verdattert stierte sie mich an. »Ab…, a… aber, so habe ich das nicht gemeint«, rechtfertigte sie sich. »Ich hoffe doch sehr, dass sie noch lebt.«

Oberflächlich gesehen barg der etwas verwinkelte Raum keine offensichtlichen Geheimnisse. Es war schließlich keine Geheimloge. Dennoch fiel mir etwas auf. Bereits als Schüler las ich in meinen ersten kriminalistischen Lehrbüchern, die Autorin hieß Enid Blyton, dass seltsam zugeschnittene Räume oftmals Heimlichkeiten verbargen. So auch hier: Die hintere linke Ecke der Loge fehlte, eine Wand trennte einen sicherlich neun Quadratmeter großen Bereich ab. Bereits mein erster Faustschlag war ein Treffer. Direkt neben der in der Wand eingelassenen Vitrine klopfte ich auf die Mauer: Es klang hohl.

»Was machen Sie da?« Frau Bayer hatte sich heftigst erschrocken. »Bitte nichts anfassen.«

Ich klopfte erneut auf die Wand, mit Anfassen hatte dies nur indirekt zu tun. »Was ist dahinter?«

»Woher wissen Sie das?«, staunte sie. »Das ist ja unglaublich.«

»Polizisten wissen alles«, entgegnete ich und stellte mich in Positur. »Geheimräume entdecken liegt jedem Polizeibeamten im Blut. Also, was befindet sich hinter dieser Wand?«

Sie brachte ein kleines Schmunzeln zutage. »Jedenfalls kein Geheimraum, Herr Palzki. Haben Sie in der Kapelle die Glasscheibe in der Wand neben dem Eingang gesehen, direkt hier unter uns?«

Mir blieb nicht anderes übrig, als den Kopf zu schütteln, alles andere könnte schnell peinlich werden.

»Dann will ich Ihnen die Sache erklären«, begann sie. »Die Kapelle und das komplette Nebengebäude wurden erst nachträglich an das Schloss angebaut. Da die Flucht zur Schlossvorderseite leicht versetzt ist, hat man vor die ursprüngliche Mauer eine zweite gesetzt, damit die Flucht einheitlich wirkt. Wir haben die Sache übrigens erst vor wenigen Jahren entdeckt. Aber es ist nur ein Spalt zwischen den beiden Mauern, nichts Spektakuläres. In der Kapelle haben wir die Lücke zwischen den beiden Mauern freigelegt und mit einer Glasscheibe verkleidet. Wenn Sie wollen, können Sie sich das später unten anschauen.«

Nachdem die Sache geklärt war, hatte sie auch bereits ihren Reiz verloren. Hätte man mich nur schon als Kind hier reingelassen, die doppelte Mauer wäre viel früher entdeckt worden.

»Was wollen Sie jetzt sehen, Herr Palzki?«

»Das dritte Obergeschoss. Hier scheinen die vier nicht zu sein. Ach ja, vielleicht zeigen Sie mir noch kurz den Kamin mit den Papierresten.«

»Das Zeug wurde bereits gestern entfernt und alles sauber gemacht«, erklärte sie mir.

Na prima, diese Spur war also verwischt.

Frau Bayer ging voraus in Richtung zweites Vorzimmer. Stumm zeigte sie auf den Kamin. Er war alt, mehr konnte ich nicht sehen. Dafür hörten wir Stimmen.

»Oh, da kommt gerade eine Führung. Vielleicht sollten wir aus dem Weg gehen.«

Sie trat zur Seite und ich tat es ihr nach. Ein Führer, der ebenfalls historische Klamotten trug, kam herein und etwa 20 Personen folgten ihm. Dass sich unter diesen Personen auch Dietmar Becker befand, wunderte mich fast nicht. Dennoch stierten wir uns zunächst eine Zeit lang gegenseitig an.

KAPITEL 18
EIN WERTVOLLER FUND

Frau Bayer fiel unser seltsames Verhalten natürlich auf. »Kennen Sie den Mann? Mir kommt er irgendwie bekannt vor«, flüsterte sie mir zu, während ihr Kollege über das Vorzimmer referierte.

»Ja, leider«, flüsterte ich zurück.

Wir warteten, bis sich die Gruppe in das nächste Zimmer verzogen hatte. Ich schätzte, dass dort ein drittes Vorzimmer auf sie wartete. Der Student ließ sich ans Ende der Gruppe zurückfallen und kam dann unauffällig auf uns zu.

»Hallo, Herr Palzki«, meinte er verlegen und wandte sich an meine Begleiterin. »Mein Name ist Dietmar Becker, Student der Archäologie.«

»Ich kenne Sie, Herr Becker«, antwortete meine Privatführerin. »Auch wenn ich einen Moment gebraucht habe, Sie zuzuordnen. Ich habe sämtliche Kriminalromane aus Ihrer Feder gelesen. Sind Sie gerade wieder auf Recherche für einen neuen Krimi? Ich kann Ihnen gern ein paar geheimnisvolle Orte im Schloss zeigen. Wenn Sie da eine Leiche verstecken, findet man sie erst wieder, wenn es anfängt zu stinken. – Mein Name ist übrigens Sophie Bayer, ich bin ausgebildete Schlossführerin.« Sie strahlte den Studenten an, was ich widerwärtig fand.

Becker nutzte die Gelegenheit und schmeichelte sich ein. »Das Gewand steht Ihnen gut, Frau Bayer. Es freut mich, dass Ihnen meine Romane so gut gefallen.« Er bedachte mich mit einem triumphierenden Seitenblick.

»Dabei sind sie so was von unrealistisch«, stänkerte ich dagegen an. »Die Polizeiarbeit wird vollkommen stümperhaft beschrieben. Ich verstehe nicht, dass dies die Leser nicht bemerken.«

»Warum helfen Sie Herrn Becker nicht einfach«, fragte sie. »Sie scheinen sich gut zu kennen.«

»Das macht er doch, Frau Bayer«, erwiderte der Student zuckersüß. »Er meint es auch nicht so. Unser Kommissar liest die Krimis heimlich, würde das aber niemals zugeben.«

Ich wollte gerade aufbrausend reagieren, als ich die Falle bemerkte. Warum sollte ich mich überhaupt rechtfertigen? Becker war schließlich die Person, die hier nichts zu suchen hatte.

»Warum schnüffeln Sie mir wieder nach, Herr Becker?«

Über die unerwartete Gesprächswendung war er sichtlich überrascht. »Ich, äh, ich, nehme doch bloß an einer Führung teil. Ich wusste nicht, dass Sie hier sind, Herr Palzki.«

»Da lachen ja die Hühner, raus mit der Sprache. Hat KPD Sie geschickt?«

Das Stirnrunzeln meiner Begleiterin ignorierte ich. Was sich hinter KPD verbarg, musste sie nicht wissen.

Becker ließ sich durch meinen lauten Ton beeindrucken. Er rückte mit der Wahrheit raus.

»Ich hab's von Frau Professorin Stadelbauers Nachbarin erfahren.«

Skandalös, was ich da hörte. Wenigstens hatte ich dieses Mal die Information vor Becker gehabt.

»Und wann waren Sie bei ihr?«

Der Student schaute mich nervös an. »Gestern Abend, ich hatte aber keine Zeit, gleich nach Schwetzingen zu fahren. Ich musste die Kriminacht vorbereiten, die morgen stattfindet.«

Gestern Abend? Ich dachte nach. Da war doch Jürgen vor Ort. Irgendetwas war hier faul. Außerdem nahm KPD Becker mit, als er das Büro verließ. Und was meinte er mit der Kriminacht? Darum wollte ich mich später kümmern.

»Sie waren doch mit Herrn Diefenbach unterwegs, oder?« Ich vermied die Abkürzung KPD, um nicht noch mehr Verwirrung zu stiften.

Becker brachte den Ansatz eines Lächelns zustande. »Das war nur eine sehr kurze Affäre. Dann fiel ihm ein, dass er einen Termin in Speyer hatte. Er entschuldigte sich und ich war wieder frei. Die Adresse der Professorin hatte ich natürlich längst in Erfahrung gebracht. Allerdings war sie nicht zu Hause.«

»Jürgen hat das Anwesen beobachtet. Hat er Sie nicht bemerkt?«

Jetzt lachte er laut heraus. »Er nicht, aber ich ihn. Der stand so auffällig da, da hätte man gleich eine Plakatwand hinstellen können mit dem Hinweis ›Vorsicht Observation‹.«

»Und wie sind Sie dann an ihm vorbeigekommen?«

»Nichts leichter als das. Ich brauchte nicht einmal mein Detektivhandbuch zu bemühen. Als ich einen Pizzaboten auf das Auto Ihres Kollegen zulaufen sah, habe ich ihn abgefangen und gegen einen kleinen Obolus seine Rolle übernommen. Jürgen hat mich nicht einmal angeschaut, so verrückt war er auf das Essen, das ich ihm brachte. Als ich ihn so hingebungsvoll schmatzen sah, bin ich ganz normal zum Haus der Professorin gegangen. Aber es machte niemand auf. Nachdem ich wieder auf der Straße angelangt war, kam ihre Nachbarin und klärte mich darüber auf, dass Frau Stadelbauer von ihrem Ausflug zum Schwetzinger Schloss noch nicht zurück sei. Sie gab mir ihre Telefonnummer. Vor etwa zwei Stunden habe ich bei ihr angerufen und erfahren, dass sie immer noch verschwunden ist.«

»Und da sind Sie sofort hierher gefahren«, ergänzte ich für ihn den Schluss.

Er nickte. Frau Bayer war hellhörig geworden. »Dann schreiben Sie im Moment einen Krimi über Frau Stadelbauer?«

»Im Moment schreibe ich noch nicht, ich sammle Ideen. Aber bisher ist alles sehr vielversprechend, insbesondere mit den beiden Toten.«

Die Führerin zuckte zusammen. In der Presse waren die beiden Todesfälle aus ermittlungstaktischen Gründen bisher noch nicht erwähnt worden.

»Welche Toten?«, stotterte sie ungläubig.

»Glauben Sie doch Herrn Becker nicht alles«, wertete ich den letzten Satz des Studenten ab und fixierte ihn zusätzlich mit einem Todesblick. »Autoren neigen dazu, übermäßig zu fantasieren. Das liegt denen im Blut. Niemand sollte einen Schriftsteller ernst nehmen.«

Ich zeigte in Richtung erstes Vorzimmer. »Lassen Sie uns endlich hoch ins dritte Obergeschoss gehen.« Eine andere Frage lag mir auf der Zunge. »Wie viele von diesen Vorzimmern hatte dieser Carl Theo Dingsbums eigentlich?«

Sie bemerkte nicht, dass ich das Thema gewechselt hatte. »Sie meinen bestimmt Carl Theodor, oder?«, fragte sie unsicher. »Warum wollen Sie das wissen?«

»Ach, nur so«, antwortete ich. Die Antwort konnte ich nachher in meinem Buch nachschlagen.

Sie blickte Becker an. »Soll ich Sie zu meinem Kollegen bringen, damit Sie nicht so viel von der Führung verpassen?«

Der Student war viel zu schlau, um sich darauf einzulassen. »Lassen Sie mal gut sein, Frau Bayer. Ich schließe mich Ihnen an.«

Während wir die nächste Etage erklommen, nahm ich den Studenten zur Seite. Jetzt war eine gute Gelegenheit. Ich versuchte, meine Frage möglichst beiläufig klingen zu lassen. »Wir wurden gestern von KPD unterbrochen, als Sie uns erklären wollten, wohin der undokumentierte Gang, der vom Lüftungsschacht der Gruft abzweigt, führt.«

Becker begann zu schwärmen. »Das ist der helle Wahnsinn, sage ich Ihnen. Also, der Gang führt …«

Dieses Mal unterbrach uns Sophie Bayer. Sie zeigte auf zwei Türen im Treppenhaus des zweiten Obergeschosses. »Hier befinden sich die Appartements des Herzogs von Zweibrücken und der Reichsgräfin von Hochberg. Auf der gegenüberliegenden Seite liegen die Dienerzimmer, auch Degagements genannt.«

Na also, dachte ich, damit wäre auch das Rätsel dieses Wortes geklärt. Man durfte es nur nicht zu eilig haben. Becker konnte meine Frage leider nicht weiter beantworten, da sich unsere Führerin an ihn wandte. »Sie wissen, was da oben steht, Herr Becker?« Sie zeigte auf die vor uns liegende Treppe.

»Die Nachbarin der Professorin hat es mir gesagt. Ich finde es seltsam, dass man hier oben Museumsstücke zwischenlagert.«

»Das müssen Sie aus einem anderen Blickwinkel sehen. Sämtliche Stücke sind Leihgaben aus anderen Museen und meist sehr wertvoll. Daher müssen sie an einem Ort gelagert werden, der zum einen hochgesichert ist, wie dieses Schloss, und zum anderen genügend Platz bietet. Und gerade der letzte Aspekt ist nicht selbstverständlich. Die Archive der meisten Museen platzen aus ihren Nähten.«

»Warum hat man die Stücke nicht einfach in ihren ursprünglichen Museen stehen lassen, bis sie gebraucht werden?«

Anerkennend nickte ich Becker zu, was er aber nicht bemerkte. Das war eine intelligente Frage, fand ich.

»Das ist schwierig«, erklärte Sophie Bayer. »Die Leihgaben kommen aus den unterschiedlichsten Museen und das geht nicht von heute auf morgen. Deshalb braucht man manchmal ein Zwischenlager. In Mannheim kommen noch Umbauten hinzu, was die Sache komplexer werden lässt.«

Sie schloss eine unscheinbare Speichertür auf. Wir gelangten in einen ähnlichen Flur wie im ersten Obergeschoss.

Mit einem Lächeln schloss sie eine weitere Tür auf, die mit einer schwarzen Zarge eingefasst war. Wir traten schlagartig in eine andere Welt. Diese war duster und roch alt und verstaubt. Elektrisches Licht gab es keines, nur das Sonnenlicht quälte sich durch schmutzig kleine Sprossenfenster. Jeder Schritt ließ die alten Bodendielen um die Wette quietschen. Die unverputzten Wände luden nicht gerade zum längeren Verweilen ein.

»Warum sieht das alles so heruntergekommen aus?«, fragte ich erstaunt.

Sophie Bayer seufzte. »Alles eine Frage des Geldes, Herr Palzki. Selbstverständlich würden wir auch dieses Stockwerk renovieren und museal herrichten lassen, bei Kosten weit im siebenstelligen Bereich ist dies zurzeit aber utopisch.« Wir kamen in den nächsten Raum, dessen Wände stellenweise mit Tapetenresten verkleidet waren. »Das ist alles noch original«, klärte sie uns auf und zeigte auf einen Wandverschlag. »Da waren früher Betten drin. Tagsüber hat man einfach die Türen geschlossen. Und schon konnte der Raum anders genutzt werden.«

Becker, der Archäologiestudent, war von den Räumlichkeiten fasziniert. Ich fand's einfach nur alt und schmutzig. Wir kamen in einen langen Flur, der auf mich wie ein in der Dunkelheit verschwindender Tunnel wirkte. Ich fragte mich, wie viele Schauer- und Horrorfilme hier oben bereits gedreht wurden. Ein Blick in eine kleine Kammer, die von dem Flur abzweigte, drückte mir die Magensäure nach oben. Vor einem kleinen Fenster lagen Hunderte, vielleicht auch Tausende Mückenleichen. »Was ist da passiert?«, fragte ich erschrocken, »wo kommen die vielen Mücken her?«

Frau Bayer warf einen kleinen Blick in den Raum. »Wenn Sie mir die Bemerkung erlauben, Herr Palzki: Das sind Fliegen und keine Mücken.«

Immer diese Klugscheißerei, dachte ich und nickte stumm.

»Leider passiert das manchmal. Im Museum hängen an nicht sichtbaren Stellen Fliegenfallen, hier oben leider nicht. Wenn es eine trächtige Fliege durch einen Fensterspalt schafft, kommt es vor, dass innerhalb eines Tages solch eine Menge an Nachwuchs schlüpft. Die leben dann ein paar Stunden und gehen gleich wieder ein. Einmal im Jahr kommt eine Reinigungskraft mit einem Industriesauger hoch und räumt auf.«

Unsere Führerin ging auf die nächste Tür zu, die abgeschlossen war. Sie zog den passenden Schlüssel aus ihrer Tasche, was mich zu einer Frage veranlasste. »Können alle Schlossführer zu den Leihgaben?«

Frau Bayer sah mich befremdet an. »Selbstverständlich, meine Kollegen und ich haben vertrauensvolle Jobs. Wir können jederzeit ins Museum und auch in den Rest des Schlosses.«

Meine Erwartungshaltung wurde nicht befriedigt. Auf rund zwei Dutzend Europaletten standen Holzkisten in den unterschiedlichsten Größen. Daneben stand ein mechanischer Hubwagen, mit dem man die Paletten transportieren konnte.

Von Museumsatmosphäre keine Spur. Auch Dietmar Becker blickte enttäuscht drein. »Darf man einen Blick in die Kisten werfen?«, fragte er unsere Führerin.

»Aber gern, Herr Becker«, flötete sie. »Aber bitte nur in die offenen.« Sie ging auf einen Kistenberg zu, der auf der rechten Seite stand und hob einen Deckel auf, der ohne besondere Befestigung lose auf einer etwa tischgroßen Kiste lag. »Frau Stadelbauer hat diese gestern mit meinem Einverständnis geöffnet.«

»Warum gerade diese?«, fragte ich.

»Ich weiß nicht. Wir haben insgesamt drei Kisten zufällig ausgewählt. – Natürlich nur jeweils die obersten auf einem Stapel, wir konnten ja nicht einfach umräumen«, ergänzte sie schnell.

Mir war natürlich sofort klar, dass die Auswahl suggeriert sein könnte, falls Frau Bayer mit dem Verschwinden der Professorin zu tun hatte, denn davon war ich inzwischen so gut wie überzeugt. Spielte sie mir Theater vor und was war ihre Motivation?

Gemeinsam mit Becker schaute ich in die Kiste. Der Gegenstand hatte Ähnlichkeit mit einer Sitzgelegenheit. Er sah aus wie ein Schaukelstuhl, dessen Rundhölzer falsch montiert waren. Das Sitzkissen war mit filigranen Mustern bestickt.

»Oh, ein Tabouret«, sagte der Student entzückt. Unsere Führerin war begeistert. »Sie kennen sich wirklich vorzüglich aus, Herr Becker. Laut Inventarliste stammt er aus der Hofschreinerei Mannheim.«

»Die kenne ich«, warf ich gelangweilt ein. »Das sieht mir aber nicht nach einem Original aus. Der Stoff ist ganz abgewetzt.«

Becker lachte. »Ich wusste gar nicht, dass Sie Humor haben, Herr Palzki. Vielleicht sollte ich das im nächsten Roman erwähnen. Dann wirken meine Krimis nicht mehr so todernst.«

Frau Bayer hatte meinen sarkastischen Einwurf nicht verstanden. »Woran erkennen Sie, dass dies eine Kopie ist? Frau Stadelbauer konnte es nicht feststellen.«

»Herr Palzki hat davon überhaupt keine Ahnung, Frau Bayer«, erklärte ihr der Student und rollte dabei mit den Augen. »Ich hätte auch sagen können, dass in der Kiste ein antikes Keyboard steht und er hätte mir das geglaubt.«

Normalerweise hätte ich jetzt Becker zur Ordnung gerufen und ihn zur Sau gemacht. Ohne es zu wissen, hatte er mir aber einen guten Dienst erwiesen. Wie in den altehrwürdigen Inspektor Columbo-Filmen würde mich unsere Führerin nun in meinen kriminalistischen Fähigkeiten unterschätzen, was sich zumindest in den Columbo-Filmen am Schluss stets als fatal für den Täter herausstellte. Ich untermauerte diese These mit einem weiteren Satz. »Sie sind lieber ganz still, Herr Becker. Wie nämlich schon der hebräische Philosoph Pythagoras zu sagen pflegte, ist nichts so, wie es scheint. Nur ein ausgebildeter Kriminalbeamter hat in schwierigen Fällen wie diesen den Überblick.«

Bevor eine unnötige Diskussion aufkam, läutete ich den Rückzug ein.

»Die Kisten sind hiermit beschlagnahmt«, erklärte ich kraft meiner Autorität. »Auch auf die Gefahr hin, dass die Ausstellung verschoben werden muss, die Kisten müssen komplett und detailliert überprüft werden. Ich werde nachher gleich das Nötige veranlassen.«

Sophie Bayer blickte mich fassungslos an. Wahrscheinlich nicht wegen des ollen Pythagoras-Satzes, sondern eher wegen der Beschlagnahmung.

»Das wird die Chefin aber nicht gern sehen.«

»Da wird sie wohl durchmüssen«, entgegnete ich kühl. »Außerdem werden das Schloss und der gesamte Park durchsucht.«

»Der Park auch?« Fast schrie sie. Damit hatte sie sich in meinen Augen verraten. Ich wusste nun, wo man die Professorin suchen musste.

»Ist das ein Problem?«, fragte ich zurück. »Wir müssen Frau Stadelbauer finden.«

»Wissen Sie, wie groß der Park ist?«

»Wissen Sie, wie viele Polizisten es in Rheinland, äh, in Baden-Württemberg gibt?« Damit beendete ich die Diskussion und ging in Richtung Ausgang.

»Wollen Sie noch das Dachgeschoss sehen, Herr Palzki?« Sie klang nun sehr kühl.

Ich winkte ab. »Das können die Kollegen nachher machen, oben ist es bestimmt noch staubiger.«

Stumm gingen wir eine Etage tiefer.

»Dann wollen Sie bestimmt auch das Appartement des Herzogs von Zweibrücken nicht sehen?«

»Nein«, sagte ich, aber im gleichen Moment hatte ich das Wörtchen ›Zweibrücken‹ in seiner vollen Tragweite verstanden. Da war doch was. Ja genau, die chiffrierte Textstelle, die Jürgen entschlüsselt hatte. Darin wimmelte es geradezu von irgendwelchen Typen, deren Namensbestandteil Zweibrücken war.

»Das heißt doch«, verbesserte ich mich. »Die Räume scheinen immerhin renoviert zu sein.« Den wahren Grund wollte ich für mich behalten.

Gleich im ersten Raum gab es eine Überraschung. Auf mehreren rollbaren Kleiderständern, wie es sie in Modegeschäften gab, hingen Dutzende historische Gewänder. Seltsamerweise schienen sie mir kleiner als die im Mannheimer Barockschloss. Hatte ich nicht irgendwann mal gelesen, dass die Leute früher kleinwüchsiger waren als heutzutage?

Frau Bayer schien meine Gedanken zu erraten. »Diese Räume werden in den normalen Führungen nicht begangen. Hier finden ab und an Kinderführungen durchs Schloss statt. Um es für die Kids nicht so langweilig zu machen, dürfen sie sich verkleiden. Das ist ein Riesenspaß und kommt sehr gut an.«

»Ist das hier das erste Vorzimmer des Herzogs?« Es sah ähnlich aus, wie einen Stock tiefer bei Carl Theodor.

Sie nickte. Dies war für mich die Gelegenheit festzustellen, wie viele Vorzimmer solch ein Appartement im Regelfall hatte. »Lassen Sie uns kurz durch die Räume gehen.« Ich zeigte auf die Tür, die mutmaßlich zum nächsten Vorzimmer führte.

In diesem Moment hörten wir ein Klopfen. Ich drehte mich um, konnte aber niemanden sehen. »Kann das von unten kommen?«

Becker verneinte. »Ich bin mir fast sicher, dass es aus der Richtung kam.« Er zeigte auf eine schmale Tür, die durch einen Kleiderständer fast völlig verborgen war.

»Wo geht's da hin?«

»Zur oberen Hofloge«, antwortete Sophie Bayer. »Mit Blick in die Kapelle«, ergänzte sie.

Die Tür war nicht abgeschlossen. Der Raum war kleiner als die Loge des Kurfürsten, die sich ein Stockwerk darunter befand und hatte eine weitere Besonderheit: Der Logenteil, der in die Kapelle reichte, lag rund einen Meter tiefer. Um dorthin zu gelangen, musste man ein paar Stufen einer alten und knarzenden Holztreppe nach unten gehen. Da wir das Geräusch von der Kapelle her kommend vermuteten, gingen wir nach unten und schauten in den Kirchenraum. Keiner war zu sehen. Hatten wir uns das Klopfen nur eingebildet? Im gleichen Moment hörten wir es wieder: Ein Klopfen, das in ein wildes Trommeln überging. Ratlos blickten wir uns um und sahen nichts Ungewöhnliches. Da das Klopfen nicht endete, konnte ich dem Geräusch folgen. Mit einem Ohr in Richtung Boden, da kam es ganz sicher her, schritt ich die wenigen Stufen nach oben. Der Boden der Loge war mit breiten Bohlen belegt. Direkt am oberen Treppenaufgang war das gleichmäßige Verlegemuster gestört und eine Holzplatte von einem guten Quadratmeter Grundfläche eingefügt. Jedem flüchtigen Besucher der Loge würde dieser Umstand nicht auffallen. Das Klopfen kam eindeutig von unterhalb der Platte.

»Los, Herr Becker, helfen Sie mir.« Ich zeigte auf die Holzplatte und er verstand. Unsere ersten Versuche waren erfolglos, weil wir keinen Ansatzpunkt hatten, um die Platte herauszuhebeln. Der Student zog ein Taschenmesser aus seiner Hose, lächelte mich kurz an und drehte den Korkenzieher in den Bodenbelag. Sekunden später konnte er damit die Holzplatte hochheben. Gemeinsam stellten wir das schwere Stück zur Seite und starrten in das Loch: Vier Personen inklusive der Professorin blickten uns übermüdet und ziemlich schmutzig entgegen. Als die Professorin mich erkannte, erschrak sie.

»Polizei«, sagte ich zur Sicherheit. »Wir sind hier, um Sie zu retten.«

Becker, der unwesentlich sportlichere und gelenkigere von uns beiden, zog das Quartett der Reihe nach aus dem Verlies. Sie setzten sich auf die Stufen. Man sah allen vier deutlich an, dass ihnen Schlaf fehlte. Ich stellte der Professorin Becker und mich vor.

»Ich wusste nicht, dass Sie ein Polizist sind«, sagte Beate Stadelbauer sichtlich peinlich berührt. »Es tut mir sehr leid, dass ich Sie im Bunker eingesperrt habe. Ich dachte, Sie wären der Mörder von Katja.«

Ein Seitenblick auf Sophie Bayer zeigte mir, dass sie nicht reagierte. Waren ihr die Todesfälle längst bekannt? Ich konnte nach wie vor nicht einordnen, ob sie eine Show abzog.

»Kein Problem«, antwortete der Student für mich. »Ich habe ihn befreien können.«

Alter Angeber, dachte ich. Da waren schließlich auch andere dabei. Außerdem hätte ich mich bestimmt selbst befreien können.

»Ich geh mal was zu trinken holen«, sagte unsere Führerin. Damit hatte sie recht, die vier sahen nicht sehr gesund aus. »Verständigen Sie bitte auch ein paar Krankenwagen, Frau Bayer«, rief ich ihr nach.

Die Professorin schien von dem Quartett die beste Kondition zu haben. Von sich aus erzählte sie, was passiert war.

»Nachdem Frau Bayer mit ihrem Kollegen zum zweiten Vorzimmer gegangen war, stand plötzlich ein etwa 60-jähriger Mann vor uns, der wie auf einem mir bekannten Porträt von Carl Theodor gekleidet war. Mit einer Waffe lotste er uns ein Stockwerk höher in diese Loge. Leider war die Kapelle zu dem Zeitpunkt menschenleer, sodass wir von dort keine Hilfe erwarten konnten.«

»Und dann hat er Sie in dieses dunkle Loch gesperrt?«

Sie nickte. »Er zwang Julian und Christian, die Holzplatte mit einem Hebel, den er dabeihatte, hochzustemmen. Von mir wollte er das gefundene Schriftstück haben. Das hatte ich aber nicht dabei, wir waren schließlich wegen der Leihgaben hier. Da ist der Kerl durchgedreht, hat mir meine Wohnungsschlüssel und alle unsere Handys abgenommen und uns in die Kammer unter dem Fußboden gezwungen. Christian wollte sich wehren, doch er hatte eine Spraydose dabei. Ich kann mich nur noch daran erinnern, dass er diese benutzt hat, dann waren wir alle bewusstlos.«

Ich verstand, warum Frau Stadelbauer und die Studenten nicht die Hilferufe der Suchmannschaft gehört hatten. Sie waren in der Zeit bewusstlos.

Ich überlegte. Wenn dieser Kerl, der offensichtlich ein mehrfacher Mörder war, die Wohnungsschlüssel der Professorin besaß, wäre er bestimmt bereits dort gewesen. Hatte Jürgen bei seiner Observation auch ihn übersehen?

»Das gefundene Schriftstück, befindet sich das bei Ihnen zu Hause?«

Frau Stadelbauer bestätigte meine Vermutung. »Wenn es noch dort ist. Ich hatte es im Wohnzimmer offen auf dem Tisch liegen. Mit so etwas hatte ich schließlich nicht gerechnet.« Ihr fiel etwas ein. »In meinem Büro in der Uni habe ich Kopien des Textes. Ob Ihnen das weiterhilft, weiß ich nicht, denn das meiste ist verschlüsselt. Ich habe inzwischen zwar eine Idee, welches Verschlüsselungsverfahren dahinterstecken könnte, aber leider noch keine Zeit, es zu überprüfen.«

»Macht nichts«, entgegnete ich. »Den Teil, den Frau Lehmann verkaufen wollte, konnten wir mittlerweile dechiffrieren. Es handelt sich um Stammbäume irgendwelcher Adligen des 18. und 19. Jahrhunderts. Zweibrücken wird zum Beispiel erwähnt.«

Die Professorin blickte zornig drein. »Katja hat uns diese Suppe eingebrockt. Nur durch ihre Eigenmächtigkeiten sind diese Mörder auf uns aufmerksam geworden. Dass es sich um genealogische Daten handelt, war uns bekannt, Herr Palzki. Die Überschriften in dem Text sind nämlich unverschlüsselt. Entschuldigen Sie bitte nochmals, dass ich Sie mit denen verwechselte.«

»Kein Problem. Sie sprechen von mehreren Personen. Hatten Sie vorher bereits Kontakt oder woher wissen Sie, dass es mehrere sind?«

Sie schluckte. »Wir wissen nicht einmal, wie viele es sind. Wir sind automatisch von einer Gruppe ausgegangen. Der seltsame Kerl gestern war der Erste, dem ich persönlich gegenüberstand.«

»Offensichtlich hat er Sie mit der Geschichte der Leihgaben, die vertauscht werden sollen, hierher gelockt. Damit ist er ein hohes Risiko eingegangen. Auf das Motiv bin ich schon sehr gespannt. Trotzdem werden wir die Leihgaben überprüfen müssen, sicher ist sicher.«

Frau Bayer kam mit mehreren Wasserflaschen zurück. Zwei ihrer Kollegen hatten sich ihr angeschlossen.

»Die Krankenwagen und Polizei sind unterwegs, Herr Palzki.«

Ich hatte einen verwegenen Plan, auch wenn er aus Beamtensicht nicht so ganz legal war. Doch ich war mir sicher, damit die Enttarnung der Mörder entscheidend vorantreiben zu können.

»Frau Stadelbauer«, begann ich und meine Stimme klang bittstellerisch. »Wäre es möglich, dass Sie mit meinem Kollegen«, ich verzog das Gesicht zu einer weltschmerzhaften Grimasse, »Dietmar Becker in Ihr Büro fahren, damit wir möglichst schnell an den Text kommen? Herr Becker wird Sie danach ins Krankenhaus fahren.«

Die Professorin war damit einverstanden, schließlich hatte ich bei ihr etwas gut.

»Krankenhaus brauche ich nicht, nur ein Bett zum Ausschlafen und eine Mahlzeit.«

»So machen wir es«, sagte ich zu ihr und grinste Becker an. Auch dieser war sichtlich erfreut über die Rolle, die ich ihm ausnahmsweise zuteil werden ließ.

»Sie sind doch mit dem Auto hier, Herr Becker?«, fragte ich zur Sicherheit nach, da ich wusste, dass der Student meist nur mit öffentlichen Verkehrsmitteln unterwegs war.

»Klar doch«, antwortete Becker. »Ich bin seit Frühjahr Mitglied bei einem Carsharing-Verein. Selbstverständlich fahre ich Frau Professorin Stadelbauer nach Mannheim und danach heim.«

»Und anschließend auf dem kürzesten Weg zur Dienststelle nach Schifferstadt!«

»Jawoll, Kollege«, antwortete Becker dreist. Eigentlich hatte ich das selbst provoziert.

KAPITEL 19
DER ANONYME BRIEF

Ich ließ die beiden gehen, um möglichst keine Zeit zu verschwenden. Während ich auf die badischen Kollegen wartete, unterhielt ich mich mit den beiden Studenten und der Studentin. Brauchbare Informationen konnte ich dadurch nicht gewinnen. Julian spielte in der gleichen Mittelalterband wie Hardy Rocksinger, auch hier gab es also eine Querverbindung, die im Detail untersucht werden musste.

Es war sehr umständlich, den badischen Beamten die Situation zu erklären, ohne zu viel zu verraten. Nicht, um diese zu ärgern, sondern weil ich inzwischen gewillt war, den oder die Mörder in kürzester Zeit zu fassen. Die Lösung des Rätsels lag im Inhalt des Textes. Ich hoffte, dass Jürgens Dechiffrierungskünste professioneller als seine Observationskünste waren.

Endlich, nach über zwei Stunden konnte ich mich verabschieden. Becker dürfte inzwischen, wenn alles gut gegangen war, und davon ging ich aus, längst in Schifferstadt angekommen sein.

Natürlich war der Student nicht da, als ich bei Jutta eintraf, die Kaffee trinkend mit Gerhard und Jürgen zusammensaß.

»Na, alles klar?«, fragte Jutta. »Hast du die Professorin gefunden?«

Ich setzte mich zu den dreien an den Besprechungstisch und bekämpfte den reichlich vorhandenen Keksvorrat. Vor lauter Gedanken, die mir im Kopf herumschwirrten, hatte ich total vergessen, in Speyer bei der Curry-Sau vorbeizufahren. Ob ich langsam alt und sonderbar wurde? Ich beschloss, die Vergesslichkeit als einmaligen Ausrutscher einfach zu vergessen.

Immer wenn ich zwischendurch kurz den Mund leer hatte, sprach ich den nächsten Satz.

»Mannomann«, unterbrach mich nach einer Weile Gerhard. »Du musst halb verhungert sein.«

»Ich habe viel erlebt, Junge.« Zur Bekräftigung meines Arguments schnappte ich mir gleich drei Kekse auf einmal.

»Herr Becker ist bisher nicht aufgetaucht«, sagte Jutta, nachdem ich fertig berichtet hatte.

Warum konnte nicht ein Mal ein Plan zu meiner Zufriedenheit aufgehen, dachte ich wütend. Zunächst knöpfte ich mir Jürgen vor.

»Bis auf Weiteres wirst du nur noch im Innendienst eingesetzt. Statt dich die ganze Nacht mit Pizza und Notebook ablenken zu lassen, hättest du besser das Haus der Professorin bewacht.«

»A…, ab…, aber, da war niemand«, stotterte Jürgen.

»Hast du dir den Pizzaboten mal näher angeschaut?«

Unser Jungkollege verstand nicht. »War das ein Spion?«

»So was Ähnliches«, antwortete ich zornig. »Dietmar Becker höchstpersönlich hat dich ausgeschmiert. Aber das badest du dieses Mal selbst aus. Mit Sicherheit wird er darüber in seinem nächsten Krimi schreiben.«

Betroffen blickte er mich an. Doch ich war noch nicht fertig. »Am gleichen Abend muss unser Mörder in dem Haus der Professorin gewesen sein. Das hast du bestimmt auch übersehen, oder?«

»Nein, da war niemand!«, behauptete Jürgen steif und fest. »Nur der Spaziergänger mit den wuscheligen Haaren. Aber der ist nicht zum Haus gegangen.«

Zu dritt glotzten wir ihn an. »Was für ein Spaziergänger?«, fragten wir fast synchron.

»Das war nur ein harmloser alter Mann«, erläuterte unser Jungkollege verlegen. »Er klopfte an die Scheibe der Beifahrerseite und fragte mich, was ich da machen würde. Ich sagte ihm, dass ich auf jemanden warte. Dann fragte er mich nach einer bestimmten Straße in Limburgerhof. Während ich auf meinem Notebook nachschaute, ließ ich ihn kurz in den Wagen steigen.«

»Und dann ging er wieder?«, fragte Jutta skeptisch.

Jürgen wand sich. Schließlich antwortete er kleinlaut: »Ich weiß nicht mehr so genau. Irgendwann war er dann weg.«

Das gibt's doch nicht, dachte ich, und Gerhard und Jutta wahrscheinlich auch. So naiv kann doch kein Mensch sein.

»Ist dir an dem Mann etwas aufgefallen?«

»Na ja, seine wuscheligen Haare. Zuerst dachte ich, er hätte eine Perücke auf. Dann holte er aber eine Dose Haarspray aus der Jackentasche. Das hätte er ja nicht gemacht, wenn die Haare unecht gewesen wären.«

»Und von da an weißt du nichts mehr, stimmt's?«

Sein Nicken war nur noch die Bestätigung.

»Er hat dich betäubt, mein Lieber. So wie die Professorin und die Studenten in Mannheim.«

Mit großen Augen schaute er mich an. »Dann war das gar kein Haarspray?«

Mit einer übertriebenen Handbewegung klatschte ich mir an die Stirn. Natürlich genau an die Stelle, an die mir im Zeughaus die Skulptur gedonnert war. Ein schmerzhaftes Ziehen durchzog meinen Schädel. Vielleicht war es auch besser so, sonst hätte ich Jürgen vollends zur Sau gemacht.

»Hallihallo«, schallte es zur Tür herein. Becker war angekommen.

»Ich habe unterwegs noch kurz an einer Bäckerei gehalten«, sagte der Student. »Ich hoffe, das geht in Ordnung, Kollege Palzki.«

Da Jutta und Gerhard erstaunt dreinblickten, klärte ich sie auf. »Das haben wir als Tarnung im Schwetzinger Schloss benutzt. Damit ist jetzt aber Schluss, Herr Becker.« Meine Magensäfte brodelten.

Jürgen war froh, dass wir an einem anderen Thema angelangt waren. Der Student öffnete die Tüte und ich sah die Misere.

»In Ludwigshafen habe ich zufällig eine Bäckerei entdeckt, die neuerdings vegane Produkte anbietet. Warum nicht mal so etwas probieren, dachte ich mir. Die Verkäuferinnen sind sehr freundlich gewesen.«

»Die kann man aber nicht essen«, kommentierte ich enttäuscht. Das Zeug, das er mitgebracht hatte, sah widerwärtig aus. Seltsamerweise sahen das meine Kollegen anders. Und zwar alle. Ich konnte darüber nur den Kopf schütteln.

»Haben Sie die Kopien?«

Becker strahlte über beide Wangen. »Aber sicher doch, auf mich ist stets Verlass. Unterwegs habe ich mir bereits Gedanken über ein Exposé für meinen nächsten Krimi gemacht, Herr Palzki. Die Szene im Schwetzinger Schloss ist auf jeden Fall dabei. Auch Sie, Herr Palzki, werde ich selbstverständlich gebührend erwähnen, damit der Humor nicht zu kurz kommt.«

Ich bedankte mich nicht und sagte stattdessen: »Dann geben Sie das Zeug mal gleich an Jürgen weiter. Wie das geht, haben Sie gestern Abend bereits als Pizzabote geübt.«

Der Student zog ein paar Blätter aus seiner Hosentasche und übergab diese mit einem ›tut mir leid‹ an unseren Jungkollegen. Dieser zog die Schultern ein, schnappte sich die Kopien und setzte sich wie selbstverständlich an Juttas Computer.

»Ach, fast hätte ich es vergessen«, sagte Gerhard, stand auf und gab mir ein Blatt Papier, das auf Juttas Schreibtisch lag. »Du hast mal wieder eine anonyme Nachricht bekommen. Eine mehr oder weniger persönliche Einladung zu einer Kriminacht. Seit wann interessierst du dich für so etwas, Reiner?«

Während ich stutzig dreinschaute, überschlug sich fast die Stimme unseres Hobbyautors. »Kriminacht? Meinen Sie meinen Auftritt morgen im Mannheimer Barockschloss?«

Mit dieser Frage bestätigte er, dass er immer für eine Überraschung gut war.

»Wovon faseln Sie da?«, fragte ich zurück, während ich mir die anonyme Einladung schnappte. Sie steckte in einem Kuvert, auf dem sich ausschließlich mein Name sowie der Eingangsstempel unserer Dienststelle befanden. Folglich wurde sie bei uns in den Briefkasten eingeworfen.

»Das wissen Sie nicht, Herr Palzki? Es hängen doch überall Plakate. Morgen Abend findet im Rittersaal des Mannheimer Barockschlosses die Premierenveranstaltung meines neuen Krimis statt. Das wird sogar von einem Radiosender aufgezeichnet. Haben Sie das wirklich nicht mitbekommen? Ich habe Ihnen doch eine Einladung zugeschickt.«

»Das muss wohl mit der vielen Werbung untergegangen sein«, entschuldigte ich mich abwesend. Wahrscheinlich lag sie in meinem Büro im überfüllten und zugestaubten Eingangskörbchen. Mit meinen Gedanken war ich bei dem anonymen Brief. Der anonyme Schreiber lud mich zur Mannheimer Kriminacht ein und bat mich, eine halbe Stunde vor Beginn der Veranstaltung im Trabantensaal neben dem Rittersaal zu sein. Dort würde ich eine wichtige Information erhalten.

»Das ist ganz klar eine Falle«, sagte ich.

»Sieht ja ein Blinder«, bestätigte Gerhard.

»Was? Meine Premierenlesung soll eine Falle sein?« Becker verstand nichts.

»Falle werden«, verbesserte ich. »Kennen Sie Hardy Rocksinger?«

»Na klar«, antwortete der Student. »Von ihm kam die Idee, die Premiere im Schloss zu veranstalten. Am Telefon hat er mir gestern gesagt, dass er einen kleinen Unfall hatte, die Premiere dadurch aber nicht in Gefahr ist. Gestern Abend hatte ich meine Generalprobe, da war Herr Rocksinger nicht anwesend.«

»Was meinst du?«, fragte Jutta. »Stammt das von unseren Freunden in den schönen Kostümen?«

»Aber hundertprozentig, Kollegin. Die scheinen ganz schön unter Druck zu stehen, wenn sie solch plumpe Methoden aufbieten.«

»Oder einen teuflischen Plan«, ergänzte Jutta.

»Das klären wir gleich.« Ich drehte mich zu Jürgen. »Zuerst mal die Grundlagen schaffen. Bist du fertig mit dem Entschlüsseln, James Jürgen Bond?«

»Dauert noch einen Moment. Da ist gerade ein Zwangs-

Sicherheitsupdate des Betriebssystems reingekommen, das läuft noch durch.«

Das hat's früher nicht gegeben, dachte ich und wandte mich an Becker. »Dann erzählen Sie mal von dem Gang in der Gruft. Jetzt haben Sie endlich Gelegenheit, ausführlich über diese Sache zu sprechen. Machen Sie es sich gemütlich.«

Er lächelte verlegen. »Okay, ich erkläre Ihnen alles. Danach sollten wir aber über morgen Abend sprechen. Ich hab das nicht kapiert, was Sie vorhin mit der Falle gemeint haben. Es ist alles genauestens geplant, das wird das Mannheimer Highlight des Jahres.«

»Davon bin ich überzeugt. Jetzt schießen Sie mal los. Ich will wissen, warum Alexander Wischniewski sterben musste.«

Becker lächelte mir gütig zu und begann. »Es war ein großes Glück für mich, dass ich bleiben durfte, als der Lüftungsschacht untersucht wurde. Ein Feuerwehrmann wagte schließlich …«

»Ah, Sie besprechen gerade die Notfallpläne für morgen!«

Muss ich erwähnen, dass KPD nebst Ludwig-Wilhelm Zweier gerade zur Tür reinkamen?

KPD trat zu Becker und klopfte ihm auf den Rücken. »Die Passagen, die Sie morgen zum Besten geben, haben wir ja gemeinsam abgestimmt. Ich finde es sehr gelungen, dass ich so häufig erwähnt werde. Der Zuhörer will schließlich wissen, wer für die Verbrechensbekämpfung federführend in Südwestdeutschland verantwortlich ist. Damit haben Sie Ihren kleinen Ausrutscher wieder gutgemacht.«

Er stockte, als er mich erkannte.

»Herr Palzki«, schnarrte er wieder einmal mit fünf ›r‹. »Was ist heute wieder schiefgegangen? Ludwig-Wilhelm wartete in den rem-Museen und wer ist nicht gekommen? Sie!«

Ich setzte alles auf eine Karte. »Das ist seltsam, Herr Diefenbach. Bis vor einer Stunde war ich im Museum. Ich habe Herrn Zweier auch nicht gesehen.«

Dass wir in zwei verschiedenen Museen waren, behielt ich wohlweislich für mich.

KPD drehte sich zu seinem Kumpan: »Du warst doch vor Ort, oder?«

»Natürlich«, beeilte sich Zweier zu rechtfertigen. »Zum verabredeten Zeitpunkt wartete ich in der Eingangshalle. Vorher hatte ich einen Termin mit Frau Tannhäuser.«

»Steht Ihre Uhr vielleicht noch auf Winterzeit?«, versuchte ich weiter zu intrigieren.

»Wir haben Hochsommer, Herr Palzki. Das habe selbst ich bemerkt. Ich muss allerdings zugeben, dass ich zwischendurch mal auf der Toilette war.«

»Da haben wir's«, schlussfolgerte ich triumphierend. »Dann haben wir uns schlicht und einfach verpasst. Ich bin die ganze Zeit im Museum herumgeirrt und habe mir vieles angeschaut. Mein Wissen über die Wittelsbacher hat heute beträchtlich zugenommen. Wann machen wir weiter?«

»Jetzt ist erst mal Wochenende, Palzki. Aber Montagfrüh geht's gleich weiter, wir können uns keine weiteren Verzögerungen leisten. Kommen Sie eigentlich morgen auch zu Herrn Beckers Premierenveranstaltung? Es ist ein schöner Kriminalroman geworden.«

Ohne auf eine Antwort zu warten, blickte er zu dem Schriftsteller. »Kommen Sie doch gleich noch auf einen Sprung mit zu mir in mein Büro. Wir sollten den Ablauf der Lesung nochmal durchsprechen, damit nichts schiefgeht.«

Widerwillig stand der Autor auf und folgte unserem Chef und seinem Freund Ludwig-Wilhelm Zweier. Auf der einen Seite war es gut, dass KPD und Zweier so schnell wieder verschwunden waren, auf der anderen Seite war es ärgerlich, dass er Becker mitnahm. Nun war die Antwort um das Geheimnis der Gruft abermals vertagt.

Jürgen, der still hinter Juttas Computer saß und den KPD nicht einmal registriert hatte, kam zu uns an den Besprechungstisch.

»Viel schlauer werden wir dadurch nicht«, meinte er. »Der Text handelt ausschließlich von der Verwandtschaft Christians IV., Herzog von Pfalz-Zweibrücken. Da dieser keine erbberechtigten Kinder hatte, sollte nach einem Wittelsbacher Hausvertrag sein jüngerer Bruder Friedrich der Erbe von unserem bekannten Carl Theodor werden. Sein Bruder Friedrich starb allerdings früh, hatte aber zwei Söhne, Karl August und Max Joseph, die nach dem Tode ihres Vaters von ihrem Onkel Christian erzogen wurden.«

»Das ist ja hochinteressant«, schnaubte ich sarkastisch.

»Es kommt noch besser. Nach dem Tod von Christian IV. wurde sein Neffe Karl II. August Herzog von Pfalz-Zweibrücken. Doch auch er starb 1795 noch zu Lebzeiten Carl Theodors. Sein Bruder Max Joseph wurde schließlich 1799 Erbe von Carl Theodor und 1806 zum ersten König von Bayern.«

»Und deswegen wurden Menschen umgebracht? Das steht doch bestimmt in Wikipedia.«

Jürgen nickte. »Bis dahin stimmt alles überein, Reiner. Doch ein Abschnitt birgt Sprengkraft.«

»Dann spreng mal los«, sagte ich gespielt gelangweilt. Die Daten konnte ich mir sowieso nicht merken.

»Dieser Christian IV. heiratete die 16-jährige Tänzerin Marianne Camasse. Sie wurde später Gräfin. Mit ihr hatte er sechs Kinder, die aber nicht als erbberechtigt galten.«

»Das wissen wir doch alles schon.«

»In dem Schriftstück wird aber behauptet, dass er seine Frau zwar am Mannheimer Theater kennengelernt hat, sie aber keine Tänzerin war, sondern bereits von Geburt an adlig. Er heiratete also von vornherein standesgemäß. Die Geschichte mit der Tänzerin soll erst nachträglich forciert worden sein, um die Erbreihenfolge der Wittelsbacher nicht ändern zu müssen.«

»Heißt das, die Geschichte wäre anders verlaufen, wenn damals der Richtige geerbt hätte?«

»Davon ist auszugehen«, meinte Jürgen. »Dann wäre den Bayern auch Ludwig II. erspart geblieben. Allerdings gäbe es dann auch kein Schloss Neuschwanstein und solche Dinge.«

»Das könnte ich gerade noch verschmerzen. Wer wäre dann der richtige Erbe gewesen?«

Jürgen las weiter von seiner Übersetzung ab. »Christian IV. hatte sechs Kinder. Der erste Sohn bekam nur drei Mädchen, das hatten wir ja bereits entschlüsselt. Sein Zweitgeborener, Philipp Wilhelm von Forbach, brachte vier Kinder, darunter zwei Söhne zur Welt.«

»Er brachte sie selbst zur Welt?«, fragte ich überrascht.

»Ich meine natürlich seine Frau«, verbesserte Jürgen lächelnd. »Wir sind auch noch nicht fertig, Reiner. Jetzt kommt der Knaller.« Er blickte in die Übersetzung und las ab. »Dieser Philipp kam, wie gesagt, auf vier Kinder. Der Erste hieß, haltet euch fest, Christian Marianne Wilhelm August Franz von Birkenfeld-Bischweiler. Na, ist das nicht ein toller Name?«

Ich atmete geräuschvoll aus. In meiner Fantasie hatte ich mir eingebildet, dass nun der Name Diefenbach auftauchen würde.

»Wie lang geht das noch weiter?«, fragte ich leicht genervt. »Hatte der Typ mit dem rekordverdächtig langen Namen auch wieder Kinder?«

Jürgen zeigte sich von meinem sarkastischen Einwand unbeeindruckt. »Dieser Christian von Forbach, wie er abgekürzt hieß, war zweimal verheiratet. Seine erste Frau starb mit 18 Jahren zwei Monate nach der Geburt des einzigen Kindes von Christian. Sie hieß Christiane Freifrau von Guttenberg-Steinenhausen.«

Guttenberg? Wurde es jetzt sogar politisch? Lag darin die Brisanz des Falles? Dann sollte ich die Sache schleunigst an KPD abtreten.

»Und diesem Kind hätte korrekterweise Bayern gehört?«

»Und noch viel mehr«, ergänzte Jürgen.

»Steht da auch, wie der Erbe heißt?«

»Im offiziellen Stammbaum steht, dass es ein Mädchen war. Karoline von Birkenfeld-Bischweiler starb allerdings 1818 mit eineinhalb Jahren.«

»Und was soll das jetzt? Dann ist diese Linie ja wohl ausgestorben, oder?«

»Ja, aber jetzt kommt das eigentlich Wichtige. In dem

entschlüsselten Text wird behauptet, dass Karoline einen Zwillingsbruder hatte. Und dieser wäre der rechtmäßige Erbe der Wittelsbacher gewesen und hätte den Anspruch auf den bayrischen Königstitel gehabt.«

Ich fühlte mich unwohl, da dies nicht mein Metier war. Viele seltsame Namen schwirrten mir durch den Kopf. »Erzählst du uns, wie es weitergeht? Noch knapp 200 Jahre Stammbaum, dann sind wir in der Gegenwart.«

Jürgen schüttelte den Kopf. »Der Text endet sehr abrupt. Es scheint ein Teil zu fehlen. Im Internet habe ich auch nichts darüber gefunden.«

Jutta meldete sich zu Wort. »Es hat wohl den Anschein, dass jemand nicht möchte, dass über diese Seitenlinie recherchiert wird. Wenn ich mal eine spontane Vermutung äußern darf, dann stecken die momentanen Wittelsbacher dahinter. Gibt's da überhaupt noch welche?« Sie blickte zu Jürgen.

»Na klar, aber natürlich nicht mehr in herrschender Position. Soll ich da mal recherchieren?«

»Mach das«, bestätigte ich ihn. »Auch wenn ich vermute, dass da mehr dahintersteckt. Ich sehe keine andere Möglichkeit, als uns auf das Spielchen mit der Einladung zur Kriminacht einzulassen. Wenn's schiefgeht, schieben wir KPD die Schuld zu, er wird ja auch anwesend sein.«

»Wie willst du da vorgehen, Reiner? Wir haben zwar einen Haufen Verdächtige, aber sonst nichts. Wenn die Täter mit Armbrust und historischen Kleidern auftreten, werden sie im Barockschloss einen Heimvorteil haben. Wer weiß, was uns dort erwartet.«

»Und genau deswegen müssen wir eine bestimmte Person einweihen.«

»Jacques?«, fragten Gerhard und Jutta gleichzeitig.

»Ich mache mich gleich auf den Weg. Jürgen, würdest du bitte mal eine Sophie Bayer durch den Computer jagen? Sie arbeitet im Schwetzinger Schloss.«

»Und was machen wir in der Zwischenzeit?«

»Ihr findet derweil alles Mögliche über diese Kriminacht heraus. Becker wird nicht ewig bei KPD bleiben. Ich denke, dass wir später alle gemeinsam mit Jacques nach Mannheim fahren.«

Mit einem äußerst unbefriedigenden Gefühl im Bauch fuhr ich los. Ich hatte keine Ahnung, ob und wie uns mein Freund Jacques helfen konnte.

KAPITEL 20
JACQUES, DER LUFTIKUS

Im Kestenbergerweg angekommen, parkte ich vor dem nicht mehr ganz so frischen Einfamilienhaus, das Jacques Bosco, der letzte Allgemeingelehrte der Menschheit und sagenhafte Erfinder, seit dem Tod seiner Frau allein bewohnte. In Jacques' Labor spielte ich zum Entsetzen meiner Eltern bereits als Kind Verstecken. Auch während meiner Schulzeit war er mir als Berater häufig nützlich. Die meisten der damaligen Schülerstreiche gingen auf mein Konto. Natürlich mit tatkräftiger Unterstützung Jacques'. Ich weiß noch, als wäre es gestern gewesen, als wir die einzige Zugangstür zum Lehrerzimmer hermetisch abdichteten und durch das Schlüsselloch mit einer Pumpe die Luft aus dem Zimmer absaugten und es so zur Unterdruckkammer umfunktionierten. Das war gelebter Physikunterricht. Natürlich gelang es zunächst niemandem, die Tür, die nach außen aufging, zu öffnen. Erst nachdem der Hausmeister die Dichtungsmasse im Schlüsselloch entfernt hatte, glich sich langsam der Druck wieder aus.

Vor einem knappen Jahr hatte sich der Erfinder, der Einstein nicht unähnlich aussah, mit einem ausländischen Geheimdienst angelegt, was zur Folge hatte, dass sein Labor, das sich hinter der Garage befand, in die Luft flog. Bis zum kürzlich erfolgten Wiederaufbau experimentierte er einfach in seiner Küche und Wohnzimmer weiter.

Nanu, bereits einige Meter vor der Labortür vernahm ich Dudelsackmusik. Auch wenn ich diese gern hörte, wunderte ich mich sehr darüber, da Jacques so wie ich alles andere als musikalisch veranlagt war. Ich konnte mich nicht einmal daran erinnern, dass je ein Radio in seinem Labor lief. Bestimmt hatte das mit einer seiner neuen Erfindungen zu tun.

Ich klopfte an und trat ein. Mitten im Labor stand mein Freund mit einem umgeschnallten Dudelsack. Er spielte tatsächlich selbst. Das heißt, er bediente zwar die Pfeife, aus der die Töne kamen. Aber das Anblasrohr baumelte lose an der Seite. Wo kam der Luftdruck her, der den prall gefüllten Sack nicht zusammenfallen ließ?

Jacques lächelte und spielte das mir unbekannte Lied fertig. Nachdem er das Instrument auf eine Werkbank gelegt hatte, begrüßte er mich.

»Hallo, Reiner, nett dich mal wieder zu sehen. Was liegt an?«

Jacques wusste genau, warum ich ihn besuchte. Seine Menschenkenntnis war trotz der selbstgesuchten Einsamkeit, in der er lebte, frappierend. »Willst du dich nicht erst mal mit mir über Alltägliches unterhalten?«

Er lachte kurz auf. »Alltägliches? Alles in meinem Leben ist alltäglich. Hier und da mal eine kleine Erfindung, die die Welt noch nicht braucht, das war's dann. Also, sag schon, was gibt's zu tun?«

Man muss allerdings erwähnen, dass mein Freund uns in der letzten Zeit öfter mit der einen oder anderen brillanten Erfindung aus der Bredouille geholfen hat. Leider ging das jedes Mal nicht so ganz konform mit der Deutschen Rechtsprechung sowie den Aufgaben und zulässigen

Möglichkeiten eines Polizeibeamten. Bisher ging immer alles gut aus und der Erfolg rechtfertigte in diesen Fällen die Methode. Und das war alles, was für KPD zählte. Meist sonnte er sich anschließend an seinem Erfolg, auch wenn er so gut wie nie etwas dazu beitrug.

»Was ist das für ein Dudelsack?« Bevor ich auf mein Problem zu sprechen kam, wollte ich erst dieses Geheimnis lüften. »Eine Tonleiter ist für dich doch nichts anderes als eine Holzleiter, nur aus einem anderen Material.«

»Hast du heute deinen witzigen Tag, Reiner?« Jacques klang dennoch belustigt. »Ich war mal ein Vierteljahr oben in Schottland bei Nessie.«

»Sag bloß, du glaubst an den Schmarrn mit dem Ungeheuer von Loch Ness?«

Jetzt lachte mein Freund lauthals heraus. »Ich nicht, aber viele meiner Kollegen. Damals gab es eine groß angelegte wissenschaftliche Expedition, um das Ungeheuer aufzuspüren. Ich habe mir den Spaß gemacht und Nessie etwas zum Leben erweckt. Meine Erfolge kannst du übrigens im Museum in der Nähe des Sees begutachten. Ein knappes Dutzend Mal wurde Nessie mehr oder weniger deutlich gesichtet und die Teilnehmer schwören heute noch Stein und Bein, dass das Ungeheuer echt war.«

»Und das warst alles du?«, fragte ich verblüfft.

»Genial, oder?«, antwortete Jacques. »Ich hatte damals eine kreative Phase, aber keine Lust, irgendetwas zu erfinden. Während meines Urlaubs habe ich dann Dudelsackspielen gelernt.«

Ich nahm das Instrument und begutachtete es. Der Sack war nach wie vor prall gefüllt. »Wie funktioniert das? Normalerweise muss doch der Spieler ständig Luft über das Anblasrohr einpusten.«

Der Erfinder winkte mit einer kleinen Handbewegung ab. »Viel zu anstrengend in meinem Alter. Ich habe den Dudelsack etwas automatisiert.« Er schlug mit der flachen Hand auf den Sack. Er gab nicht im Geringsten nach.

»Mir ist es gelungen, extrem hohen Luftdruck verlustfrei transportabel zu machen.«

»Hä?« Trotz Unterdruckluftkammer im Lehrerzimmer verstand ich nichts.

Jacques grinste mich an. »Deine Schulzeit liegt lange zurück, wie ich sehe beziehungsweise höre. Pass mal auf.«

Auf einem kleinen Tisch lagen Plastiktüten, die den gelben Wertstoffsäcken, die im Landkreis benutzt wurden und fast immer platzten, wenn man mehr als fünf leere Joghurtbecher einfüllte, sehr ähnlich aussahen.

»Folie, die nur wenige Moleküle dick und dadurch sehr leicht ist, habe ich ja früher bereits erfunden.«

Ich wusste, dass es sich dabei um die Wertstoffsäcke handelte. Mein Freund hatte diese Folie niemals erfunden, um daraus Säcke zu machen, um etwas darin zu transportieren.

»Inzwischen habe ich das verbessern können. Die Folie ist nun auch außergewöhnlich reißfest, trotz ihrer Dünnheit. Probier's mal.«

Er gab mir eine der Folien und ich versuchte erfolglos, diese zu zerreißen.

»Siehste«, meinte der Erfinder. »Und darin kann man hervorragend Luft transportieren. Das Gewicht der Verpackung ist vernachlässigbar.«

Ich fragte mich, ob mein Freund nun in einem Alter angekommen war, in dem man nicht mehr so genau den Überblick über sein eigenes Leben hatte. Doch ich täuschte mich.

»Du hast doch in deiner Garage auch so eine Höllenmaschine von Kompressor, oder?«

»Na klar. Mit meinem Acht-Bar-Kompressor kann ich ratzfatz die Reifen unserer Fahrräder aufpumpen. Mit der Luftpumpe war mir das immer zu mühsam. Das Gerät gab's mal im Baumarkt im Angebot für 99 Euro.«

»Das hättest du dir sparen können, Reiner. Außerdem machen die Dinger einen Höllenlärm und gehen schnell kaputt, weil sie undicht werden.«

»Ich brauch's ja nicht so oft«, entgegnete ich.

»In Zukunft kannst du dir Luft auf Vorrat kaufen, mein Junge. Jedenfalls, wenn sich ein Hersteller für meine Erfindung interessiert. In zwei oder drei Wochen wird das System funktionieren. Im Moment hat es noch ein paar Kinderkrankheiten. Beim Dudelsack klappt es bereits.«

»Luft auf Vorrat? Was soll ich darunter verstehen?«

»Natürlich keine normale Luft wie in der Erdatmosphäre. Ich meine, mit ein wenig mehr Druck, also komprimierte Luft.« Er ergänzte: »Übrigens, falls du es aus dem Physikunterricht nicht mehr weißt: Auf jeden Quadratzentimeter der Erde drückt die Erdatmosphäre mit einem Druck von etwa zehn Tonnen, das ist doch sehr beachtlich, oder?«

»Und warum sind wir dann nicht platt wie eine Flunder?«

Jacques zog eine Augenbraue hoch. »Manchmal frage ich mich, warum du in der Schule warst. Der Druck kommt nicht nur von oben, sondern von allen Seiten. Deswegen merkst du davon nichts. Menschen haben auch kein Sinnesorgan, um den Luftdruck messen zu können. Aber ich will auf etwas anderes hinaus. Dein Kompressor kann maximal acht Bar Druck aufbauen. Für Zuhause reicht das auch völlig aus. Mein Kompressor Marke Eigenbau wird 10.000 Bar erzeugen können. Gestern habe ich damit knapp 7.000 geschafft.«

»Und wo steht dein Gerät? Das muss ja so groß wie ein Haus sein.«

»Mit zeitgenössischer Technik vielleicht«, sagte mein Freund und zeigte unter der Werkbank auf einen kofferkleinen Metallkasten.

»Das da unten? Nie im Leben! 7.000 Bar, die fliegen dir ja um die Ohren. Vom Kestenbergerweg wäre nur noch eine Sandwüste übrig.«

Jacques zog den Kasten, der nicht nur klein, sondern auch sehr leicht war, heraus. »Du kannst den Druck natürlich nicht frei im Labor aufbauen. Man muss ihn sicher verpacken. Und genau da kommen meine dünnen Foliensäcke ins Spiel.«

Wollte Jacques mir einen Streich spielen? Das war allerdings nicht seine Art. Er zeigte wieder auf den Dudelsack.

»Da ist so ein Sack drin. Den habe ich mit 250 Bar aufgepumpt. Damit kann man etwa 20 Stunden lang spielen ohne nachzutanken.«

Ich betrachtete das Musikinstrument nun mit anderen Augen. »Und wenn da was passiert? Ein Loch oder so?«

»Letzte Woche hat's wegen einem dummen Materialfehler bei 220 Bar den Sack zerrissen. Das war wie ein Überschallknall direkt im eigenen Hirn.«

»Keine Verletzungen?«, fragte ich misstrauisch nach.

»Na ja, ein paar blaue Flecken gab's schon. Zum Glück war die Tür des Labors geschlossen, sonst wäre ich wahrscheinlich irgendwo am Schulzentrum gelandet.«

Zwecks Selbstschutz fragte ich ihn, ob wir uns draußen weiter unterhalten könnten, doch er ließ sich darauf nicht ein.

»Der Dudelsack ist sicher, Reiner. Es sollten halt keine Kinder mit ihm spielen. Und von der Bundeswehr auch niemand. Die kommen nur auf dumme Gedanken.«

Eigentlich wollte ich das Thema gerade beenden. Doch was die Bundeswehr damit zu tun hatte, das wollte ich noch wissen. Jacques erklärte es mir.

»So ein komprimierter Druckluftsack ist natürlich wunderbar waffentauglich. Zumal es mir gelungen ist, ähnlich wie beim Licht, einen Luftlaser zu entwickeln.«

Langsam nahm die Geschichte überhand. Vielleicht hatte ich bei den vielen Verletzungen, die ich mir in den letzten Tagen zugezogen hatte, ein Fantasie-Trauma entwickelt? Fassungslos stierte ich Jacques mit offenem Mund an.

»Schau doch nicht so«, meinte dieser. »Das war kein Hexenwerk. Warum sollte man Luft nicht genauso bündeln können wie Licht? Ich habe das vorgestern Nacht heimlich auf der Straße ausprobiert, Reiner. Das funktioniert. Ich habe eine meiner Tüten mit 200 Bar aufgeblasen und vorher eine Düse mit zwei Zentimetern Durchmesser angebracht. In fünf Metern Entfernung waren es immer noch 198 Bar! Damit habe ich meinen Wagen in die Hofeinfahrt geblasen, obwohl die Handbremse angezogen war.«

Noch immer konnte ich keinen Ton rausbringen.

»Jetzt habe ich ein Loch in der Motorhaube. Früher waren die Autos stabiler«, meinte er abschließend.

Bevor er auf die Idee kam, seinen Wagen in eine Werkstatt zu bringen, teilte ich ihm den Grund meines Kommens mit.

»Morgen Abend stellt Dietmar Becker im Mannheimer Barockschloss seinen neuen Krimi vor. Willst du mitkommen? Dir fehlt sowieso ein bisschen Abwechslung, sonst würdest du nicht solche blöden Sachen erfinden.«

»Die sind nicht blöd«, erwiderte er. »Damit revolutioniere ich die Menschheit! Mit meinen Erfindungen wird die langsame und zeitraubende Evolution zur Nebensache bei der Entwicklung des modernen Menschen.«

»Von mir aus. Gehst du mit?«

Er blickte mich misstrauisch an. »Ich dachte, du magst diese Krimis nicht?«

Ich druckste ein wenig herum. »Na ja, man muss auch mal ein Opfer bringen können. Außerdem ist das Museum im Schloss sehr gelungen.«

Jacques hatte mich längst durchschaut. »Als ob du dich für Museen interessieren würdest. Für dich liegt das Barock mit Sicherheit irgendwo im Mittelalter.«

»Na hör mal«, erwiderte ich aufgebracht. »Ich bin ein Kenner, was die Wittelsbacher Zeit des 18. Jahrhunderts angeht. Schließlich hat sich bestimmt schon jeder, der in der Kurpfalz wohnt, intensiv mit Carl Theodor und Konsorten befasst. Außerdem werde ich demnächst Referate über das Thema halten.«

Wahrscheinlich war es das erste Mal, dass der Erfinder von mir überrascht war. Doch er roch Lunte.

»Das nehme ich dir nicht ab, Reiner. Sag endlich, was ist passiert?«

Er bot mir auf einem Hocker Platz an und ich begann zu erzählen.

Voller Staunen hörte er mir zu und stellte ab und zu eine Zwischenfrage.

»Das ist ja alles vollkommen konfus«, meinte er, nachdem ich fertig war. »Zwei Tote und mehrere Mordanschläge wegen einem hinlänglich bekannten Stammbaum der Wittelsbacher. Das passt vorn und hinten nicht.«

»Vergiss die Vertuschung der Erbreihenfolge nicht, die in dem Schriftstück behauptet wird.«

Jacques saß eine Weile stumm und gedankenversunken da. Dann fasste er zusammen. »Wir wissen im Moment weder, wer der Täter sein könnte, noch wie viele es sind. Alles, was wir wissen, ist, dass du zu einem bestimmten Zeitpunkt in den Trabantensaal neben dem Rittersaal kommen sollst. Bei unserem Plan müssen wir folglich alle Eventualitäten berücksichtigen.«

Dass Jacques von ›wir‹ sprach, sah ich als gutes Zeichen.

»Nur wir zwei?«, hakte er nach.

»Jutta und Gerhard machen auch mit. Auf Jürgen will ich zurzeit verzichten, der müsste erst geschult werden.«

»Und Dietmar Becker?«

»Der liest aus seinem Krimi.«

»Dann kann er bei den Vorbereitungen mithelfen. Zum Vorlesen muss man sich schließlich nicht groß vorbereiten.« Er stand auf. »Gehen wir?«

»Wohin? Wir haben noch keinen Plan.«

Er kam zu mir und streichelte mir über den Kopf, wie er es früher gemacht hatte, als ich noch ein Kind war. »Aber

Reinerle, lass den Onkel Jacques nur machen. Wir fahren zu deinen Kollegen und besprechen meinen Plan. Später kann Herr Becker mit zu mir kommen und helfen, ein paar Sachen einzuladen. Keine Panik, das kriegen wir schon hin. – Es sollte nur dein komischer Chef nichts davon erfahren«, ergänzte er.

»Aber der kommt doch auch zur Lesung«, sagte ich bestürzt.

»Na, dann kommt's, wie es kommt. Damit haben wir schließlich genug Erfahrung.«

Während wir in den Waldspitzweg fuhren, freute sich Jacques wie ein kleines Kind. Vergnügt rieb er sich die Hände und lächelte geheimnisvoll. Ich dagegen hatte ein äußerst flaues Gefühl in der Magengegend. Bisher sind die nicht ganz so legalen Einsätze mit dem Erfinder zwar immer gut ausgegangen, doch dieses Mal waren die Voraussetzungen für ein Gelingen sehr viel ungünstiger. Der oder die Unbekannte hatte einen nicht zu unterschätzenden Vorteil und konnte sich in aller Ruhe auf den Termin vorbereiten. Warum wollte man überhaupt gerade mich treffen? Ging es wirklich nur um das mysteriöse Schriftstück? Die Täter hatten doch längst das Original und wussten, was sich in dem unbekannten Gang befunden hatte. War das Ganze nur ein Ablenkungsmanöver, um Ludwig-Wilhelm Zweier zur Strecke zu bringen, der mit Sicherheit KPD morgen begleiten musste? Oder vielleicht Hardy Rocksinger? Mein Grübeln führte zu keinem Erfolg.

Als wir in Juttas Büro kamen und Jacques freudig begrüßt wurde, sahen wir, dass Dietmar Becker ebenfalls anwesend war.

»Haben Sie alles mit KPD klären können?«, fragte ich den Hobby-Schnüffler und Buch-Autor.

»Hören Sie bloß auf«, erwiderte Becker bitter. »Ihr Vorgesetzter hat einen Knall.«

»Diese Information ist so wertvoll, als wenn Sie sagen würden, dass ein Schneemann weiß ist.«

»Er hat mit mir die Betonung seines Namens geübt. Insbesondere auf das ›P‹ in Klaus P. Diefenbach legt er großen Wert. Das wäre wichtig für den Wiedererkennungswert. Frauen legen sich für's Ego einen Doppelnamen zu, Männer imponieren lieber mit abgekürzten Vornamen, sagte er.«

Da Becker von der anonymen Einladung noch nichts wusste, wurde er von uns aufgeklärt.

»Und das soll während meiner Premierenlesung passieren?« Der Student war erschüttert.

»Vorher«, beruhigte ich ihn. »Wir nehmen schnell den Mörder fest und dann können Sie in Ruhe Ihren fünf oder sechs Zuhörern aus Ihrem komischen Buch vorlesen.«

»Fünf oder sechs? Herr Palzki, die Veranstaltung ist beinahe ausverkauft.«

Ich rief mir die Ausmaße des Rittersaals ins Gedächtnis. Er musste viel kleiner sein, als ich ihn in Erinnerung hatte.

»Von mir aus«, sagte ich mit gequälter Stimme. »Sie haben bestimmt einige Kommilitonen zwangsrekrutiert. Aber darum geht es im Moment nicht. Haben Sie Lust, Jacques Bosco zu helfen? Vielleicht bekommen Sie ein paar Anregungen für Ihren nächsten blutrünstigen Thriller.«

Becker war hin- und hergerissen. »Ich würde gern mitmachen, aber ich muss doch meine Premiere vorbereiten.«

»Was gibt's da groß vorzubereiten? Vorlesen haben Sie in der Schule gelernt. Sie waren doch in der Schule, oder?«

Damit gelang es mir, ihn ein wenig aufzuheitern.

»Eigentlich haben Sie recht, Herr Palzki. So wenig wie sich die meisten Lehrer auf den Unterricht vorbereiten, muss es ein professioneller Autor wie ich vor seiner Lesung tun.«

»Na sehen Sie. Und das mit Ihrem Dialekt und Ihrer undeutlichen Aussprache kriegen Sie in ein paar Jahren auch noch hin.«

Becker wäre nicht Becker, wenn er sich diese Gelegenheit entgehen lassen würde.

»Wir fahren nachher alle gemeinsam nach Mannheim«, erklärte ich dem Studenten.

Jacques, der meinen letzten Satz mitbekommen hatte, widersprach. »Ne, Reiner, das muss nicht sein. Es reicht vollkommen, wenn ich mit Herrn Becker unseren Plan vorbereite. Glaub mir, es ist besser, wenn du nicht zu viel davon weißt, dann reagierst du morgen Abend authentischer.«

»Spinnst du? Soll ich ins offene Messer rennen? Ich will wissen, was passiert.«

Jacques nahm es sportlich. »Wenn ich dir jetzt sagen würde, dass ich das ganze Stockwerk mit Wasser flute, würdest du dann hingehen?«

»Du willst was? Nie im Leben mache ich da mit.«

»Siehst du, Reiner. Deshalb bleibst du besser ahnungslos. Natürlich fluten wir das Museum nicht, das wäre vollkommen unrealistisch.«

Jutta mischte sich ein. »Gerhard und ich fahren mit nach Mannheim. Dann ist auch jemand von der Polizei bei den Vorbereitungen dabei.«

»Und ich? Bin ich euer Spielball, oder was?«

»Kein schlechter Gedanke«, meinte Gerhard süffisant. »Du bist doch der Initiator des Plans, weißt du nicht mehr? Jacques mit ins Boot zu nehmen war deine Idee.«

Meine weiteren Einwände wurden mit großer Mehrheit abgeschmettert. Wenig später hatten sie sich verabschiedet und ich blieb mit Jürgen allein zurück.

»Was machen wir jetzt mit dem angefangenen Mittag?«, fragte ich Jürgen.

»Pizzaservice?«, fragte er zurück und landete damit bei mir einen Volltreffer.

Eigentlich wollte ich Becker noch fragen, was sich in dem undokumentierten Gang in der Gruft verbarg. So langsam wurde ich doch etwas neugierig. Nachdem ich zusammen mit Jürgen die Pizzen vertilgt hatte, verabschiedete ich mich in eine ungewisse Zukunft.

KAPITEL 21
DIE DRACHENINVASION

Stefanie war wenig über meinen zusätzlichen Samstagsdienst erfreut. Ich signalisierte ihr, dass ich dafür in der nächsten Woche einen Tag zu Hause bleiben würde. Als zusätzliches Argument deutete ich an, Freikarten für die Wittelsbacher Ausstellung zu besorgen. Ausgiebig und dadurch viel zu auffällig erzählte ich, dass auch Gerhard und Jutta bei der Beckerschen Lesung dabei sein würden.

»Da steckt doch mehr dahinter!«, vermutete sie nicht ganz unrichtig. Zu einer weiteren Diskussion kam es nicht, da zeitgleich Lars und Lisa ihr Weltuntergangsgeschrei anstimmten und Paul ins Wohnzimmer kam.

»Du, Papa«, berichtete er freudestrahlend, während Stefanie zu den Zwillingen ins Kinderzimmer ging. »Herr Ackermann ist wieder zu Hause. Dann haben wir vielleicht doch alles richtig gemacht. Kannst du uns das nächste Mal mit dem Auto fahren? Das Laufen war echt mega-anstrengend.«

Melanie lief auch dieses Mal wie zufällig durchs Wohnzimmer und tippte sich dabei mit dem Zeigefinger an die Stirn. »Doofe Jungs«, meinte sie und verschwand in der Küche.

Ich entschied mich in Anbetracht der Anspannung, unter der ich stand, ausnahmsweise nichts zu unternehmen. Ich verbot meinem Sohn lediglich den Umgang mit Herrn Ackermann, bis er ein klärendes Wörtchen mit seiner Mutter gesprochen hatte. Stefanie würden bestimmt geeignete Argumente einfallen. Ansonsten verlief der Rest des Tages ganz normal, also so wie immer.

Ich wusste nicht warum, aber ich hatte fürchterlich geschlafen. Albträume quälten mich fast die ganze Nacht.

Stefanie brachte es nach mehreren, teils chaotischen Anläufen fertig, mit allen vier Kindern gemeinsam zum Einkaufen zu fahren.

Ich genoss noch etwas die Ruhe vor dem Sturm und fuhr dann zeitig nach Mannheim. Um meine Kräfte zu schonen, parkte ich im Ehrenhof und legte die Ausnahmegenehmigung, die in Baden-Württemberg nicht gültig war, auf das Armaturenbrett.

An der Kasse saß die mir bekannte Dame. Sie erkannte mich sofort und winkte mich zu sich.

»Rocksinger hat die komplette Alarmanlage abgeschaltet, stellen Sie sich das mal vor. Normalerweise bleibt die Anlage für den Rest des Museums scharf, wenn im Rittersaal eine Veranstaltung stattfindet. Das Gebäude kann man doch sonst überhaupt nicht richtig bewachen. Und morgen fehlen dann wieder Ausstellungsstücke.«

»Wieder?«, fragte ich überrascht zurück. Sie zuckte nur mit den Schultern und sah mich mitwisserisch an.

»Vorhin kam eine Firma und brachte ein paar Kartons mit historischen Kostümen. Dabei haben wir doch selbst genug.«

Anscheinend hatte es sich nicht bis zu ihr herumgesprochen, dass Gerhard die vorhandenen beschlagnahmt hatte.

»Heute kriegen wir ihn«, sagte ich verschwörerisch zu ihr. »Passen Sie genau auf, wer alles zur Lesung kommt. Vielleicht hat Rocksinger Helfer.«

»Natürlich hat er die. Und ich kann mir denken, wer es ist.«

Ich setzte meine ganze Überredungskunst ein, konnte ihr aber keine Namen entlocken.

»Hallo, Herr Palzki.« Ich drehte mich zur Seite und sah den Schlosschef auf mich zukommen. »Habe ich mir doch gedacht, dass die Kriminalpolizei sich solch eine Veranstaltung nicht entgehen lässt. Herzlich willkommen, Herr Palzki.«

Er führte mich in Richtung Treppenanlage. Ein kurzer Blick zurück zur Kasse zeigte mir ein schneeweißes und hilflos wirkendes Gesicht. Darum musste ich mich später kümmern.

»Na, geht's Ihnen wieder gut, Herr Rocksinger? War die Verletzung doch nicht so wild?«

»Ach was«, antwortete er. »Das war nur der Schreck und das viele Blut. Der Arzt meinte, dass ich großes Glück gehabt hätte. Den Personenschutz habe ich weggeschickt.«

»Haben Sie keine Angst, dass der Attentäter erneut zuschlägt?«

»Hier im Museum? Das halte ich für ausgeschlossen. Kommen Sie, schauen Sie sich den Saal an.«

Wir gingen das breite Treppenhaus nach oben und kamen in den komplett bestuhlten Rittersaal. Auf einer kleinen Bühne standen unter anderem ein Stuhl sowie ein Tisch mit Blumenvase und Wasserflasche. Standard, dachte ich. Konnten sich die Krimiautoren nicht einmal was anderes einfallen lassen? Etwas, was diese drögen Veranstaltungen lebendiger machte? Na ja, das war schließlich nicht mein Problem. Neben der Bühne waren gewaltige Lautsprecher aufgestellt, mit denen man wahrscheinlich die SAP-Arena beschallen konnte. Selbst an Scheinwerfer hatte man gedacht. Überall lagen Kabel und zwei oder drei Techniker des Radiosenders wuselten herum.

Aus einer Ecke kam Frau Professorin Stadelbauer, hängte sich bei Rocksinger in den Ellbogen ein und begrüßte mich schon fast überschwänglich. »Ich habe Hardy bereits alles erzählt, Herr Palzki. Konnten Sie den Text inzwischen entschlüsseln?«

Die Dame war sehr schnell beim Thema, dachte ich mir. Sie kam zwar für mich nicht als Täterin infrage, dennoch haderte ich einen Moment mit der Antwort. Sollte ich ehrlich antworten oder eher abwiegeln? Ich entschied mich für einen Vorstoß. Wer weiß, wozu der gut sein würde.

»Die Wahrheit wissen wir seit gestern Abend, Frau Stadelbauer. Inzwischen verstehen wir auch die Motive der Täter. Es ist nur noch eine Frage von Stunden, bis wir die Mörder von Wischniewski und Katja festnehmen werden.«

Rocksinger bekam große Augen und die Professorin nickte erfreut. »Da bin ich schon sehr gespannt. Herr Becker hat mir gestern auf dem Weg nach Mannheim bisher unbekannte Hintergründe geschildert. Solche Ganoven dürfen ihrer gerechten Strafe nicht entgehen, Herr Palzki!«

Ich bestätigte ihre Meinung und sagte dem Schlosschef, dass ich mich ein wenig umschauen würde. Die Räumlichkeiten waren mir durch seine Führung weitgehend bekannt, zusätzlich zog ich seinen Schlossführer aus der Tasche. Damit war ich auch gegen das spontane Auftreten einer Biene Maja gewappnet.

Ich kam nicht weit. KPD und Ludwig-Wilhelm Zweier kamen zur Tür herein. Was heißt kamen, sie schritten würdevoll: KPD mit hervorgestreckter Brust und riesigen Schritten voraus, die mich schon fast an militärische Stechschritte erinnerten, Zweier nicht viel minder stolz dahinter.

»Ah, das ist also der Rittersaal!« Mein Chef drehte sich einmal im Kreis. »Diese Leuchter würden sich in meinem Büro auch gut machen. Man müsste nur die Decke durchbrechen und die Räume über meinem Büro dazunehmen. Das werde ich mir mal für mein nächstes Projekt im Hinterkopf eintragen.«

Zweier stellte KPD den Schlosschef vor. Mich ignorierte er wie so häufig.

»Sie sind also Herr Rocksinger, der Herrn Becker freundlicherweise den Rittersaal für seine Premierenlesung zur Verfügung gestellt hat. Es ist ein schöner Roman geworden, ich selbst werde an diversen Stellen erwähnt, wissen Sie. Herr Becker sagte, dass Sie selbst etwas zum Programm beitragen?«

Der Schlosschef nickte eifrig. »Ich trete mit einer kleinen musikalischen Einlage im Vorprogramm auf. Ist aber nichts Besonderes.« Er zeigte auf mich. »Ihr Kollege, Herr Palzki …«

»Untergebener Palzki«, verbesserte KPD sofort.

Rocksinger ging nicht näher darauf ein. »Herr Palzki hat mir gerade erzählt, dass der gefundene Text endlich übersetzt werden konnte und die Mörder noch heute verhaftet werden können.«

»Welcher Text?«, fragte KPD verwirrt.

»Festgenommen, nicht verhaftet«, sagte ich zeitgleich.

»Der Inhalt ist bekannt?«, fragte auch Zweier zur selben Zeit.

Die Situation ähnelte der an einer Rechts-vor-links-Kreuzung, an der zur gleichen Zeit vier Fahrzeuge ankamen.

»Das klären wir nach der Veranstaltung«, bestimmte ich. »Jetzt hören wir erst mal Herrn Becker zu.« Ich deutete auf die Stuhlreihen, von denen bereits einige wenige besetzt waren, auch wenn es noch eine Weile bis zu Beckers Auftritt dauern sollte.

Um weiteren Fragen aus dem Weg zu gehen, ging ich in den benachbarten Trabantensaal. Neben dem mir bereits bekannten länglichen, seltsam geschwungenen Tisch, standen mobile Trennwände und handwerkliche Maschinen und Materialien herum. Auch das zahlreiche Equipment des Radiosenders sorgte für ein ziemliches Durcheinander. In diesem Raum sollte das geheimnisvolle Treffen stattfinden? Ich ging um die Stellwände herum, konnte aber nichts Außergewöhnliches entdecken. Wo waren eigentlich meine Kollegen und Jacques? So viele Versteckmöglichkeiten gab es hier doch gar nicht. Verwundert, aber mit höchster Aufmerksamkeit schritt ich die Zimmerflucht entlang. Ich kam in den Blauen Salon, an dessen Tisch sich Paul Anfang der Woche setzen wollte, danach in einen Saal, der zur Abwechslung mal komplett in Gelb gehalten war. Der anschließende Raum erwies sich als Sackgasse. Wiederum in blau gehalten stand darin ein alter Flügel. Übte hier Rocksinger für sein Musical ›Phantom der Uni‹? Mir fiel auf, dass ich bisher keinem Museumswächter begegnet war. Wenn ich charakterlich nicht so gefestigt wäre, könnte ich mit Leichtigkeit den einen oder anderen Gegenstand unbemerkt einstecken.

Ich besah mir eine Weile das Inventar des Klavierzimmers und ging dann durch das Blaue Zimmer hinaus in den Flur. Auch dort war alles menschenleer. Doch was war das?

Ich hörte Stimmengemurmel. Sofort ging mein Körper in Abwehrbereitschaft. Wo kamen die Geräusche her? Es war leicht, die Richtung festzustellen. Ich stand direkt neben der engen Wendeltreppe, die ich mit Rocksinger bei meinem ersten Besuch benutzt hatte. Vorsichtig lugte ich in die Öffnung hinein, konnte aber niemanden sehen. Die Stimmen kamen eindeutig von oben und änderten ihre Intensität nicht. Mindestens zwei Personen mussten sich in dem Treppenwendel befinden, der von hier in die Bibliothek der Universität führte und mit einer Kordel versperrt war. Sollte dort die Kommandozentrale von Jacques sein? Wenn ja, stellte er sich aber sehr unprofessionell an. Ich überlegte, ob ich nach oben gehen sollte. Vielleicht war es eine Falle und der Täter rechnete mit meiner Neugier? Ich musste mich nicht entscheiden, denn die Stimmen kamen näher. Um einen gewissen Vorteil mittels Überraschungseffekt zu haben, stellte ich mich etwas versteckt neben den Zugang. Frau Block und Frau Bayer erschraken höllisch, als sie aus der Treppenanlage traten und ich nur einen halben Meter neben ihnen auftauchte.

»Haben Sie mich erschreckt«, keuchte Frau Block. »Was machen Sie hier, Herr Palzki?«

»Das wollte ich Sie auch gerade fragen«, antwortete ich und sah ihr dabei fest in die Augen. »Meines Wissens soll die Kordel verhindern, dass Personen nach oben gehen.«

»Wir haben uns doch bloß verlaufen«, entgegnete sie nicht sehr glaubhaft.

Sophie Bayer wollte lieber bei der Wahrheit bleiben. »Herr Becker hat mich nach dem Abenteuer in Schwetzingen zu seiner Lesung eingeladen. Und da habe ich meine Freundin mitgebracht.« Sie zeigte auf Frau Block. Dass die beiden miteinander bekannt waren, war für mich eine neue Information.

»Das erklärt aber nicht Ihre Anwesenheit in einem nicht zugänglichen Teil des Museums«, erwiderte ich. »Hat Rocksinger für Sie die Alarmanlage ausgeschaltet?«

»Wer ist Rocksinger?«, fragte Sophie Bayer. »Es ist so, Herr Palzki. Dietmar Becker hat mir vorhin von dem geheimen Zugang zur Bibliothek vorgeschwärmt. Und das wollten wir uns anschauen.«

»Hat Sie jemand außer mir gesehen?«

Frau Block lächelte schüchtern. »Ein paar Studenten in der Bibliothek haben ziemlich blöd geschaut, als wir auf der Innenseite der Glastür standen. Aber die Tür war natürlich abgeschlossen. Sophie und ich wollten dann weiter nach oben, da war es aber dunkel. Leider haben wir keine Taschenlampen dabei.«

Während der Unterredung sah ich, wie Dutzende Menschen die breite Treppenanlage heraufkamen und im Rittersaal verschwanden. Anscheinend begann nun der offizielle Einlass. Ich blickte auf meine Uhr. Hatte ich wirklich so lange im Museum herumgetrödelt? Es war bereits zehn Minuten über der verabredeten Zeit. Schnell fertigte ich die beiden Damen ab.

»Dann wünsche ich Ihnen viel Spaß bei der Lesung. Suchen Sie sich gleich gute Plätze. So langsam scheint es voll zu werden.«

Gemeinsam gingen wir nach vorn. Ich wollte eigentlich

nur einen Blick in den Rittersaal werfen und danach vom Flur aus in den Trabantensaal schlüpfen. Doch Becker, der auf dem Podest saß und Blätter sortierte, hatte mich bereits entdeckt. Nervös winkte er mich zu sich. Dabei bemerkte ich, dass KPD tatsächlich einen Sessel auf die Bühne neben Beckers Stuhl gestellt hatte. Er testete gerade die beste Sitzposition. Mit gefalteter Stirn beobachtete er, was der Student von mir wollte.

Sichtlich aufgeregt fragte Becker so laut, dass KPD jedes Wort hören musste. »Haben Sie die Mörder bereits gefasst, Herr Palzki? Ging alles glatt?«

»Welche Mörder?«, mischte sich KPD nicht unerwartet ein. »Worum geht es, Palzki?«

»Ach nichts, Herr Diefenbach. Herr Becker und ich überlegen nur, ob man dieses Ambiente für seinen nächsten Krimi benutzen könnte. Wir bräuchten nur noch eine kriminelle Geschichte. Vielleicht lassen wir mal einen hohen Vertreter der Kriminalpolizei über die Klippe springen, was meinen Sie, Herr Becker?«

Während ich das Podest verließ, sah ich, wie sich KPD zu Becker beugte und ihm etwas sagte. Egal, was es war, es interessierte mich nicht die Bohne. Ich würde später Becker fragen, was KPD von ihm wollte.

Ich spürte, dass es jetzt gleich passieren würde. Trotz der Verspätung betrat ich den Trabantensaal. Er war leer. Hatte ich den Täter verpasst?

Mit stark erhöhtem Herzschlag untersuchte ich erneut die Rückseiten der mobilen Trennwände, doch ohne Ergebnis. Hier war niemand, Verstecke konnte ich keine erkennen.

»Herr Palzki?« Der Ruf kam aus dem Blauen Salon.

Jetzt oder nie dachte ich und trat ein. Wie von Geisterhand schloss sich hinter mir die Tür. Ich war mit den beiden Männern, die ich noch nie vorher gesehen hatte, allein im Saal. Die Szene war absurd. Die beiden waren zwischen 50 und 60 Jahre alt, trugen Vollbart und steckten in historischen Gewändern. Sie saßen an dem Tisch, an dem sich Rocksinger mit den Studenten getroffen hatte. Die Absurdität wurde dadurch gesteigert, dass einer der beiden mit einer Armbrust auf mich zielte, der andere mit einer pistolenähnlichen Waffe, die gut und gern 200 Jahre alt sein könnte.

»Es freut uns, Sie mal unter fünf Augen sprechen zu können, Herr Palzki.« Er lachte kurz auf und zeigte auf sein Glasauge. »Leider geht meine kleine Behinderung zu Lasten des dreidimensionalen Sehens. Was sich für Sie bisher ja als Glück erwiesen hat. Das wird sich aber heute leider ändern müssen. Kommen Sie doch etwas näher.«

Die beiden standen auf und kamen mir bis auf etwa fünf Meter entgegen. Längst hatte ich bemerkt, dass die anderen Zugänge zum Blauen Salon ebenfalls geschlossen waren.

»Sie wollen also den Text haben, den die Studenten in der Gruft gefunden haben.«

Jetzt lachten beide. »Geschenkt, Herr Palzki. Was da drin steht, wissen wir längst.«

Mit dieser Antwort hatte ich nicht gerechnet. Hoffentlich war Jacques auf seinem Posten. Und meine Kollegen, von denen ich ebenfalls bisher kein Lebenszeichen erkannt hatte.

»Und warum mussten die Studentin und Wischniewski sterben?«

»Wegen Ihnen, Herr Palzki. Nur wegen Ihnen.« Er leckte sich die Oberlippe ab. »Wenn ich Sie in Schifferstadt gleich richtig getroffen hätte, wäre uns das alles erspart geblieben.«

Nanu, das nahm ja eine ganz andere Richtung an, mein Herzschlag beschleunigte weiter.

»Sie wollten vor dem Heimatmuseum mich töten und nicht Zweier?«

Die Armbrust bebte vor Lachen. Die Waffe seines mörderischen Kollegen zielte dagegen sehr genau.

»Und auch in Neustadt. Dass Rocksinger was abgekriegt hat, hat er nur Ihnen zu verdanken. Wären Sie ruhig sitzen geblieben, könnten Ihre Verwandten inzwischen die Erbangelegenheiten bereden.«

Diese Informationen waren unglaublich schwerer Tobak für mich. Weder Zweier noch Rocksinger sollen Ziele der beiden gewesen sein? Es ging die ganze Zeit nur um mich. Doch warum?

Trotz der Gefährlichkeit der Situation fragte ich weiter. Was hätte ich auch sonst tun sollen?

»Was ist mit der Studentin? War das ebenfalls nur ein Kollateralschaden?«

Der Armbrustschütze hob bedauernd seine Schultern. »Das war nur ein kleiner Unfall. Ich habe die Falle versehentlich zu früh ausgelöst. Eigentlich sollten Sie unter der Figur liegen. Aber so war es auch ganz gut. Diese blöde Studentin hätte die Infos auch an andere verkaufen können. Und das musste auf jeden Fall verhindert werden.«

»Aha, hat es also doch mit dem chiffrierten Text zu tun. Wo geht eigentlich der geheime Gang in der Gruft hin? Das mit Wischniewski waren Sie doch bestimmt auch?«

Wieder leckte er seine Oberlippe, die mir etwas gerötet erschien. »Was musste er auch den Schlüssel zur Gruft verstecken? Unser Chef mochte das gar nicht.«

»Sie haben einen Chef?«, fragte ich zwischenrein.

Wieder erhielt ich ein, wenn auch gehässiges Lachen zur Antwort. »Er hat Wischniewski eigenhändig erledigt. Das Gitter hatten wir schnell abgesägt. Ich werde Ihnen verraten, was wir gefunden haben, Herr Palzki. Lang können Sie sich darüber sowieso nicht freuen.« Er drohte mit seiner Armbrust. »Nachdem das Gitter entfernt war, bin ich …«

Die Tür zum Flur ging auf und KPD kam zusammen mit Zweier herein. Die beiden benötigten einen Moment, um die Lage zu verstehen.

»Was ist hier los?«, polterte KPD daraufhin. »Was sollen diese komischen Waffen?«

Der Armbrustschütze deutete eine kleine Verbeugung an. »Würden Sie bitte zu Ihrem Mitarbeiter gehen, dann klären wir Sie gerne auf, Herr Dr. Diefenbach.«

KPD brüskierte sich einen Augenblick, aber es blieb ihm nichts anderes übrig, als der Anweisung zu folgen.

Was jetzt passierte, hätte ich mir in den kühnsten Träumen nicht vorstellen können. Ludwig-Wilhelm Zweier schloss die Tür und ging auf die beiden zu. »Hat einwandfrei geklappt, Georg. Dieses Mal haben wir den Palzki.«

Zweier drehte sich zu uns um.

»Das ist die Stunde der Wahrheit, Herr Palzki. Sie werden jetzt sterben und Klaus natürlich auch. Dann ist das Abenteuer bereits vorbei.«

KPDs Kinnlade fiel nach unten. »Was soll das Ludwig-Wilhelm? Gehört das Theater zu Beckers Veranstaltung?«

»Tut mir leid für dich, Klaus«, antwortete er ohne hörbares Mitleid. »Ich kam nur über dich an Palzki dran.«

KPD glotzte erst Zweier und dann mich an. »Was willst du von Palzki? Wir müssen doch unsere Bildungsoffensive zum Erfolg bringen.«

Zweier blickte KPD verächtlich an. »Ja, so bist du: wie immer schwer von Begriff. Ich war derjenige, der dich von der Sache mit den Wittelsbachern überzeugt hat. Ich war es auch, der Palzki für das Projekt empfohlen hat. Mein Teil des Planes klappte vorzüglich. Nur was Georg und Franz daraus gemacht haben, waren Pleiten und Pannen. Genauso wie ihre Schnapsidee mit den überflüssigen Tarotkarten.«

»Aber Chef«, stotterte Georg.

Zweier gab ihm mit einer Handbewegung unmissverständlich zu verstehen, dass er zu schweigen habe. Es war eindeutig, dass er der Chef war.

»Ich stehe nach wie vor hinter meinem Versprechen, Georg. Wenn Palzki tot ist und ich unsere Angelegenheit geklärt habe, werdet ihr beiden hoch dotierte Posten auf Lebenszeit erhalten.«

»Klären Sie mich bitte auf, bevor Sie mich umbringen?«, fragte ich Zweier. »Was habe ich Ihnen denn getan?«

»Sie haben nichts getan, dass ist es ja. Es geht nur darum, die Geschichte wieder geradezubiegen.«

Seine Augen funkelten und er bekam einen glasigen Blick. »Seit Jahren recherchiere ich in alten Kirchenbüchern und Bibliotheken. Jetzt endlich kann ich beweisen, dass ich der rechtmäßige Erbe der Wittelsbacher bin. Noch will mir niemand glauben, aber ich bin im Recht. Die Gerichte werden mir recht geben müssen, da habe ich nicht den geringsten Zweifel. Die Beweise sind unerschütterlich. Na ja, mit einer klitzekleinen Ausnahme.«

»So etwas Verworrenes habe ich schon lang nicht mehr gehört. Warum wollen Sie nicht gleich der Kaiser von Deutschland, ach was sage ich, von Europa werden?«

»Lachen Sie nur, Palzki.« Speichel lief aus seinem Mundwinkel. »Sie liegen gar nicht so weit von der Wahrheit entfernt. Ein Wittelsbacher war auch mal eine Zeit lang König von Griechenland. Wer weiß, was sich noch alles ergibt.«

Der ist total durchgedreht, dachte ich. Und deshalb wohl sehr gefährlich. Verrückte und Lehrer sind meist unberechenbar. Ich konnte nur hoffen, dass Jacques' Rettungsaktion in Kürze begann.

»Und was hat das mit mir zu tun?«

»Dieses Dokument, das die Studenten in der Gruft gefunden haben.« Er machte eine kleine Pause und wischte sich mit dem Ärmel den Mund ab. »Wir wissen, dass es dieses brisante Schriftstück gab. Wir wussten auch, was darin steht. Dummerweise hat der Autor recht. Christian IV. hatte tatsächlich erbberechtigte Kinder gezeugt. Doch diese Sache darf niemals ans Tageslicht gelangen. Denn wenn dies geschieht, bricht meine ganze Argumentation zusammen, nach der ich allein der letzte lebende Wittelsbacher bin.«

Meine Gedanken mäanderten durch die langen Ahnenreihen, über die Jürgen referiert hatte.

»Das heißt, dass Sie, Herr Zweier, auch kein echter Wittelsbacher sind, sondern ganz allein der Erbe dieses Christian Dingsbums.«

»Was aber niemand erfahren darf«, antwortete Zweier sofort und deutete auf die beiden Waffen seiner Helfer.

»Und wer wäre der rechtmäßige Erbe, wenn man ausnahmsweise alles ganz korrekt sehen würde?«

Zweier lachte auf. »Wissen Sie das immer noch nicht, Herr Palzki? Sie haben es doch bereits übersetzt. Es sind die Nachkommen des Zwillingsbruders von Karoline Therese von Birkenfeld-Bischweiler.«

»Hieß da nicht die Mutter Guttenberg oder so?«

»Sie haben ja mal richtig aufgepasst. Als Belohnung sollen Sie die ganze Geschichte erfahren. Der überlebende Zwillingsbruder hatte nämlich eine kleine Behinderung und zwar eine geistige. Daher wurde er von seinem Vater und der Stiefmutter weitgehend unter Verschluss gehalten. Trotz seiner geistigen Unreife war er der Lebensfreude nicht abgeneigt und hat einen Jungen gezeugt. Der wurde dann unter einem fremden Namen zur Adoption freigegeben.«

»Und dann verlaufen die Spuren bestimmt im Sand«, sagte ich.

»Im Gegenteil«, fuhr Zweier fort. »Das ist dokumentiert. Oder vielmehr dokumentiert gewesen. Selbstverständlich habe ich die Quellen verschwinden lassen. Es gab nur noch diesen einen Hinweis in der Gruft.«

»Jetzt machen Sie es aber spannend.«

KPD stand die ganze Zeit mit offenem Mund da und wusste nicht, wie er reagieren sollte.

»Dem Jungen, der 1850 geboren wurde, gab man den Namen Kurt Palzki. Ja, die haben sich einen ziemlich witzigen Namen ausgesucht.«

»Palzki?« Mehr brachte ich nicht hervor. In meinem Kopf drehte sich alles. Zweier erlaubte sich bestimmt einen Spaß mit mir. Ich sollte der rechtmäßige Erbe der Wittelsbacher sein? Wirre Gedanken schossen mir durch den Kopf. War das der Grund, warum ich bei meinem Ahnenforschungsprojekt vor vielen Jahren nicht weiter als bis zu meinem Urgroßvater Kurt kam? Woher wusste Zweier überhaupt von meinem Uropa?

»Sind Sie sehr überrascht, Herr Palzki?«, fragte Zweier. »Sie entstammen von einem geistig Verwirrten. Irgendwie passt das zu dem, was ich mit Ihnen erlebt habe. Die ganze Zeit haben Sie *mich* nämlich für einen Trottel gehalten, dabei habe ich nur geschauspielert.«

KPD stammelte ein paar Wortfetzen, die niemand verstand.

»Ach, Klaus, sei doch ein einziges Mal ruhig. Gleich hast du es geschafft.«

Er wandte sich wieder mir zu. »Jetzt wissen Sie alles, Herr Palzki. Und dieses Wissen schaffen wir sofort wieder aus der Welt. Georg, dein Einsatz.« Er nickte dem Armbrustträger zu.

Im gleichen Moment passierte etwas Sonderbares. Wir hörten ein lautes Blasen. Im Reflex drehten wir uns zu der Lärmquelle. Wie aus dem Nichts erschien aus der gegenüberliegenden Raumecke ein furchteinflößender Drache, der innerhalb von zwei oder drei Sekunden sein Volumen vervielfachte und schließlich die Ausmaße eines ausgewachsenen Elefanten besaß. Aus seinem Maul fauchte nur Luft. Der Pistolenschütze zielte erschrocken auf das Fabelwesen und drückte ab. Mit einem lauten Knall zerplatzte der Drachen und in derselben Sekunde kamen zwei weitere zum Vorschein, die sofort auf die gleiche Größe wie ihr Vorgänger expandierten. Zweier stürzte zu Franz und entriss ihm die Pistole und zielte nun selbst auf einen der Drachen. Franz rief ihm etwas zu, worauf er kurz irritiert zu ihm blickte und dann wütend die Waffe auf den

Boden knallte. Anscheinend hatte das alte Ding nur einen Schuss. Bis zu diesem Moment bedrohte uns der Armbrustschütze Georg nach wie vor mit seiner Waffe. Doch jetzt machte Zweier den entscheidenden Fehler. Er entriss auch Georg die Waffe und richtete sie gegen die Drachen. Wieder explodierte einer und zwei neue erschienen. Zu dritt fauchten die Fabelwesen Zweier an, der auf einmal sehr hilflos wirkte. Nun wäre es an der Zeit gewesen, die Gauner zu überwältigen. Da ich auf den zur Salzsäule erstarrten KPD nicht rechnen konnte, musste ich mir aufgrund der Überzahl spontan einen Angriffsplan überlegen. Zum Glück benötigte ich diesen nicht. Wie mit einer Fernsteuerung gelenkt, richteten die Drachen ihre Köpfe auf die Ganoven. Ein Luftstrahl, wie er vermutlich hinter der Turbine eines Jets herrschte, schoss aus dem mittleren Monster direkt auf die Brust von Zweier. Mit einem Knall flog er mehrere Meter durch den Saal und blieb regungslos auf dem Parkett liegen. Seine Kumpanen Georg und Franz erkannten ihre einzige Möglichkeit in der Flucht. Weit kamen sie nicht: Die beiden anderen Drachen fauchten sie ebenfalls quer durch den Blauen Salon. Auch sie blieben regungslos liegen.

Was jetzt passierte, war wieder einmal typisch für Jacques. Genauso schnell wie die Drachen expandierten, schrumpften sie wieder in Miniaturformat. Aus der Tür zum Gelben Salon trat fröhlich pfeifend der Erfinder. Hinter ihm kamen Gerhard und Jutta, denen deutlich der Schweiß auf der Stirn stand.

»Na, alles klar, Reiner?«, fragte Jacques, als hätte er mich gerade zufällig beim Einkaufen im Discounter getroffen. »Die drei werden noch eine Weile schlafen, wir haben sie etwas betäubt. Auf die Idee haben sie mich selbst gebracht, als du mir die Geschichte vom Schwetzinger Schloss erzählt hast.«

Meine Kollegen sammelten die historischen Waffen ein und legten den Ganoven Handschellen an.

KPD erwachte aus seinem Starrsein. »Was war das eben? Habe ich geträumt? Was ist mit Ludwig-Wilhelm passiert?«

Ich wollte gerade antworten, da hörten wir aus der Richtung des Rittersaals ›Also sprach Zarathustra‹. Die Sinfonie von Richard Strauss war sogar mir bekannt, auch wenn sie heute sehr schräg klang.

»Herr Diefenbach, die Lesung fängt an.«

KPD hatte es ebenfalls gehört und nickte rasch. »Gleich nach der Sinfonie, die Herr Rocksinger mit unbekannten Instrumenten vertont, kommt meine Begrüßungsrede. Ich muss rüber.«

Er nickte uns kurz zu und meinte zum Schluss: »Räumen Sie bitte noch etwas auf, das ist schließlich ein Museum.«

Jutta hatte längst Rettungswagen geordert. Während wir warteten und Jacques Einzelheiten seiner Drachenaktion erzählte, hörten wir aus dem Rittersaal die Begrüßungsrede, die selbstverständlich von KPD gehalten wurde. Bruchstücke schallten bis zu uns in den Blauen Salon.

»... Begrüße ich Sie herzlich zur Krimilesung mit Herrn Becker ... vorab darf ich Ihnen mitteilen ... ich persönlich vor ein paar Minuten ... die Mörder der Studentin und des Mannes in der Gruft gefangen habe ... ich den Fall gelöst habe ... Täter sind geständig ... nur durch mein unerschrockenes Handeln ... Details erfahren Sie nach der

Lesung … Spontane Pressekonferenz zu dem Fall … und nun viel Spaß wünscht Ihnen Ihr Klaus P. Diefenbach.«

Wir, die im Blauen Salon Verbliebenen, schauten uns entsetzt an. Ich konnte mir gut vorstellen, wie sich KPD gerade vor dem Publikum zum zehnten Mal verbeugte. In wenigen Minuten dürfte die Nachricht über den Radiosender gehen.

Es hätte so ein schöner Tag werden können.

EPILOG

Mein neuer vermuteter Adelsstatus brachte mir im Beruf keinerlei Vorteile. KPD, der natürlich alle Lorbeeren einheimste, hatte seinen ehemaligen Freund als nicht zurechnungsfähig erkannt, was er natürlich schon länger wusste. Falls ich allerdings nachweisen könnte, dass ich tatsächlich der rechtmäßige Erbe der Wittelsbacher sei, solle ich ihm rechtzeitig Bescheid geben, damit er mir als mein persönlicher Berater zur Seite stehen und mich in die höhere Gesellschaft einführen könnte.

Ludwig-Wilhelm Zweier und seine Kumpanen sitzen in Untersuchungshaft. Die Gutachter streiten sich über deren Zurechnungsfähigkeit.

Wie mir über Kollegen zu Ohren gekommen ist, hat KPD mehrere Fachleute beauftragt, sich mit seinen Vorfahren zu beschäftigen.

Zu Hause war es ähnlich wie im Beruf: Stefanie interessierte das Thema nicht wirklich. Nur Paul meinte: »Papa, wenn du getötet wirst, ganz versehentlich natürlich, bin ich dann dein Erbe?«

Trotzdem musste ich eines Tages mit Familie die Ausstellungen zu den Wittelsbachern besuchen. »Gehört das alles mir, wenn du …?« Schlitzohrig schaute mich mein Sohn dabei an.

Dietmar Becker ist bereits wieder am Schreiben. Seinen nächsten Fall will er nach einem authentischen Fall im Vorfeld der Wittelsbacher Ausstellung schreiben, wie er sich ausdrückte. Für den Showdown hätte KPD ihm einen tollen Vorschlag gemacht.

Von Jacques hatte ich seitdem nichts mehr gehört, was aber nicht ungewöhnlich ist. Es gibt schließlich noch genug zu erfinden.

Dr. Metzger muss den Nerv der Studenten getroffen haben. Sein neuer Bekanntheitsgrad in der jüngeren Bevölkerung verhalf ihm zu einer zeitlich befristeten Gastprofessur an der Uni Mannheim, wobei seine Vorlesungen von Mal zu Mal beliebter wurden.

Rocksingers Mittelalterband stellte sich als harmlos heraus. Auch andere Delikte waren ihm nicht nachzuweisen.

Frau Professor Stadelbauer hat den gefundenen Text der Allgemeinheit zugänglich gemacht. Über den Wahrheitsgehalt der darin gemachten Thesen streiten sich die Experten und der von mir persönlich beauftragte Anwalt für Erbangelegenheiten.

Jungkollege Jürgen läuft seit Tagen durch die Inspektion und erzählt jedem, der es nicht wissen will, dass er in Beckers nächstem Roman eine Hauptrolle spielen würde.

Herr Ackermann war tatsächlich wieder zu Hause. Dieses private Problem ist nach wie vor ungelöst.

Der Sache mit dem bisher unentdeckten Gang in der Gruft bin ich natürlich auf den Grund gegangen. Er führt von … oh verdammt, wie spät es wieder geworden ist. Mist, in einer Minute ist Abgabetermin für dieses Manuskript. Tschau, bis zum nächsten Mal.

ENDE

DANKSAGUNG

Der Auslöser dieses Krimis war die Zeitungslektüre. Als intensiver Zeitungsleser (Sie sehen, es lohnt sich) las ich eines Tages einen Artikel der Journalistin Nicole Heß, in dem sie den neuen Schlossverwalter des Mannheimer Barockschlosses, Harry Filsinger, porträtierte. Sofort schnarrten in mir zahlreiche Synapsen. Barockschloss, Schwetzinger Schloss, Wittelsbacher Ausstellung im Jahr 2013, das wäre doch ein gefundenes Fressen für unseren allseits beliebten Kommissar Palzki. Ausgestattet mit meinem halben Achtelwissen über Schloss und Wittelsbacher schickte ich Herrn Filsinger eine E-Mail. Der erste Termin ließ nicht lang auf sich warten. Im Museum des Barockschlosses traf ich den Chef persönlich. Er fand die Idee bezaubernd, man konnte ihm seine Begeisterung regelrecht ansehen. Wir schmiedeten spontan einen ersten Grobplan und Harry Filsinger (im Roman trefflich, allerdings leicht überzeichnet, als Hardy Rocksinger skizziert) verschaffte mir die nötigen Kontakte zur Uni Mannheim, zu den rem-Museen, zur Alt-Katholischen Gemeinde der Schlosskirche und zum Schwetzinger Schloss. Überall rannte ich offene Türen ein, es war einfach grandios. Egal, was ich wissen wollte, ich bekam eine ausführliche Antwort. Überall konnte ich auf Experten zurückgreifen, die mir auch das letzte kleine Detail erklärten. Mein inzwischen profundes Halbwissen werde ich mit Sicherheit während der Ausstellungszeit weiter vertiefen. Wenn Sie noch Fragen haben, vergessen Sie

Wikipedia und Google, fragen Sie einfach mich oder noch besser: Besuchen Sie die Ausstellung.

Herrn Alexander Wischniewski habe ich es zu verdanken, dass einer meiner Kindheitsträume wahr wurde. Wer träumt als Kind nicht davon, einen bisher unentdeckten Geheimgang zu finden?

Der Nachmittag begann absolut harmlos. Vor dem Mannheimer Barockschloss traf ich mich mit dem Kunsthistoriker und Theologen Alexander Wischniewski, der mir als Mitglied der Alt-Katholischen Gemeinde die Schlosskirche, die Bestandteil des Barockschlosses ist, zeigte. Es war eine äußerst kurzweilige Führung. Mit viel Humor und netten Geschichten wurde ich durch die Kirche und die angrenzenden Räumlichkeiten geführt. Er zeigte mir auch Fotos, die belegten, dass die Kirche während des letzten Krieges fast vollständig zerstört war. Unversehrt blieb die Gruft. In dieser liegen Carl Philipp und seine dritte Frau, Gräfin Violantha von Thurn und Taxis. Herr Wischniewski schloss für mich die Gittertore auf, und ich hatte das seltene »Vergnügen«, direkt bis zu den Särgen gehen zu können. Da ich für den vorliegenden Roman ein paar versteckte Ecken suchte, fiel mir der vergitterte Lüftungsschacht auf, der sich neben dem Sarg Carl Philipps in der Gruftwand befindet. Das Ende des recht langen Schachtes ist bekannt und endet hinter dem Unigebäude. Während mein Führer von den Verzierungen der Särge schwärmte, schoss ich ein Foto des Schachtes, in den man aufgrund der Dunkelheit nur etwa einen Meter tief hineinschauen konnte. Der Blitz löste aus und das Ergebnis verblüffte uns beide: Auf dem Display des Fotos sahen wir, dass nach etwa zwei Metern ein Gang im rechten Winkel nach oben abzweigt. Über der Gruft befindet sich die Kirche, nach einer ersten groben Abschätzung allerdings mindestens zwei Meter höher. Herr Wischniewski war außer sich: Diese Abzweigung ist nirgendwo dokumentiert. Es ist seiner ersten Einschätzung nach zwar wahrscheinlich, dass dieser Gang in den 50er-Jahren beim Wiederaufbau der Kirche eine Rolle gespielt hat, sicher ist dies aber nicht. Wie auch immer, dieses Geheimnis muss gelöst werden! Die von mir gemachten Fotos, die den Gang belegen, finden Sie unter dem Internetlink am Ende des Romans. Vielen Dank, Herr Wischniewski, für die Erfüllung eines Kindheitstraums!

Herrn Wolfgang Schröck-Schmidt habe ich ein weiteres unvergessliches Erlebnis zu verdanken. Herr Schröck-Schmidt, Mitautor von mehreren historischen Romanen (http://www.edition-lit.de) zeigte mir das Innenleben des Schwetzinger Schlosses, was weit über eine normale Führung hinausging. Wir öffneten versteckte Türen, die selbst den vielen Besuchern der offiziellen Führungen nicht auffallen und besahen uns auch diverse und hochinteressante abgesperrte Bereiche. Insbesondere die nicht öffentlich zugänglichen oberen Stockwerke waren faszinierend. Hier oben wohnte in vergangenen Jahrhunderten der Hofstaat. Die ganze Ebene ist bisher unrestauriert. Das alte Gemäuer, die Balken bis hin zu den Türblättern ließen mich erschaudern. Welches Leben unter welchen Umständen musste hier oben in längst vergangenen Zeiten existiert haben.

Ungläubig staunte ich, als Herr Schröck-Schmidt mitten in der Ausstellung eine verborgene Tür öffnete und wir unvermittelt in einem kleinen Anbau standen. Es ging eine enge Treppe nach oben und schließlich landeten wir in seinem Büro. Der Weg durch das Museum ist die einzige Möglichkeit, seinen Arbeitsplatz zu erreichen.

In dem Zusammenhang danke ich auch der Schlosschefin Sandra Moritz, die mir diese unvergesslichen Stunden ermöglicht hat.

Frau Katja Bär und Herrn Lutz Spitzner von der Universität Mannheim verdanke ich tiefe Einblicke in das Innenleben des Schlosses. Herr Spitzner zeigte mir nicht nur die berühmt-berüchtigte Badewanne im Ostteil des Ehrenhofes, sondern auch den sogenannten Rektoratskeller. Er ist genauso, wie er im Roman beschrieben wurde. Der Zugang zum Bunker wurde tatsächlich erst vor ein paar Jahren bei der Demontage der Heizungsanlage und des Abrisses der Dusche entdeckt. Dass es von der Gruft der Schlosskirche einen Geheimgang zum Bunker oder zum ehemaligen Kohlenkeller gibt, dies wird auch weiterhin ein wohlbehütetes Geheimnis bleiben. Die Gerüchteküche ist sich da allerdings einig …

Für die tiefen Einblicke in das Zeughaus der Reiss-Engelhorn-Museen bedanke ich mich bei Britta Bock und Karin Brugger. Haben Sie vielen Dank für die interessanten Einblicke in Ihr Museum. Ich freue mich schon sehr auf die Ausstellung.

Bedanken will ich mich auch bei Marco Fraleoni, dem Geschäftsführer der Peregrinus GmbH, die den ›Pilger‹ herausgibt. Es hat Spaß gemacht, sein Alter Ego »Marco Fratelli« aus ›Pilgerspuren‹ erneut auftreten lassen zu dürfen.

Claudia Senghaas, Cheflektorin und Programmleiterin des Gmeiner-Verlags verwandelte mein wirres Manuskript mal wieder in einen runden Kriminalroman, der Ihnen hoffentlich gefallen hat.

Gleich auf der ersten Seite haben Sie von einer angeblichen UNESCO-Anerkennung der Volkshochschule des Rhein-Pfalz-Kreises gelesen. Vielleicht haben Sie gedacht, dass da der Autor mal wieder kräftig übertrieben hat. Pustekuchen. In der RHEINPFALZ vom 20.10.2012 können Sie nachlesen, dass die Kreisvolkshochschule von der UNESCO für nachhaltige Bildung gewürdigt wurde. Nachhaltig war mein VHS-Französischkurs vor über 30 Jahren für mich persönlich allerdings weniger. Außer ›avec fromage‹ ist bei mir nicht viel hängen geblieben.

Genug der Lobes- und Dankeshymnen. Ich hoffe, dass Ihnen ›Ahnenfluch‹ gefallen hat. Wenn nicht, behalten Sie es nicht für sich, sondern schreiben oder mailen Sie mir, warum Ihnen das Buch nicht gefallen hat und was ich besser machen könnte. Ich kann Ihnen zwar nicht versprechen, auf alle Vorschläge einzugehen, aber ich werde mich bemühen, Ihre Kritik ernst zu nehmen. Mir macht das Schreiben der Palzki-Romane sehr viel Spaß und mir liegt viel daran, dass Ihnen das Lesen mindestens genauso viel Spaß bereitet.

Vielleicht gibt es irgendwann auch mal einen Aniliner-Palzki. Im Moment ist die BASF allerdings noch etwas stur.

Falls Sie selbst auf Spurensuche gehen wollen: http://www.palzki.de

Fotos und Informationen zu den Handlungsorten des vorliegenden Romans finden Sie unter http://www.ahnenfluch.palzki.de

EXTRA BONUS 1: RATEKRIMI – DER MUSIKER

Es hätte so ein schöner Tag werden können.

Ich konnte es beinahe nicht glauben, es war wieder Februar. Nicht genug, dass in diesem Monat meist der Höhepunkt der fünften Jahreszeit stattfand, es war auch der Monat, an dem der Student Dietmar Becker mit schöner Regelmäßigkeit einen neuen Regionalkrimi veröffentlichte. Ich konnte den Krimis, die in der Kurpfalz spielten, nichts abgewinnen. Das lag daran, dass sie absolut unrealistisch waren und der ermittelnde Kommissar immer sehr tölpelhaft beschrieben wurde. Um mir eine Freude zu machen, hatte mir dieser Archäologiestudent tatsächlich zu Weihnachten das bisher unveröffentlichte Manuskript seines neuen Romans geschenkt. Meiner Frau zuliebe habe ich es trotz heftigen Widerwillens gelesen. Beckers Fantasie schien mal wieder mit ihm durchzugehen. Ich habe Becker mehr als einmal gesagt, dass die Figur des Metzgers seine Romane nicht unbedingt realistischer machte. Als Antwort bekam ich zu hören, dass er den Notarzt ja nicht erfunden habe, sondern dass es ihn tatsächlich geben würde. Nun ja, da hatte er eigentlich recht. Trotzdem, man musste der Bevölkerung nicht unbedingt immer die Wahrheit sagen. Das war sie schließlich nicht gewohnt. Dass Becker aber bei dem ermittelnden Kommissar flunkerte, und das nicht zu wenig, stößt mir bei jedem seiner Romane auf. Ein solcher Polizeibeamter hätte in der freien Wildbahn nicht den Hauch einer Chance. Kein Wunder, dass er am Ende jedes Mal die Hilfe eines Erfinders und seines Vorgesetzten brauchte. Das Schlimmste aber waren in unserer Dienststelle die vielen Anfragen aus der lesenden Bevölkerung, ob dieser komische Kommissar ihre Romane signieren würde. Das war mengenmäßig durchaus mit den jährlichen Briefen vieler Kinder an den Weihnachtsmann vergleichbar.

Glücklicherweise hatte ich heute eine interessante Aufgabe, die für Abwechslung der mordfreien Monotonie der letzten Wochen sorgte. Es handelte sich zwar um kein Kapitalverbrechen, doch auch einfache Ermittlungssachen konnten recht knifflig sein. Frau Heddesheimer hatte mich vor einer halben Stunde angerufen und mir vertraulich von einem bösen Verdacht erzählt. Die gute Frau war langjährige Chefsekretärin der überregional bekannten Musikschule in Edigheim. Vor einem Vierteljahr war ihr vorhergehender Chef aus Altersgründen ausgeschieden. Der Job als Geschäftsführer wurde danach öffentlich ausgeschrieben. Ihr neuer Chef wurde Dr. Robert Spricht, eine Koryphäe in Sachen musikalischer Bildung. Seine Doktorarbeit über die Entwicklung der modernen Holzblasinstrumente wurde laut Frau Heddesheimer mehrfach ausgezeichnet. Doch nach den ersten Wochen wurde die Dame misstrauisch. Irgendetwas stimmte mit ihm nicht, sagte sie mir. Davon abgesehen sei er arrogant und unausstehlich. Ich sagte ihr, dass ich gegen die letztgenannten Charaktereigenschaften nichts tun könnte, ich mich aber gern mal mit ihr darüber unterhalten würde.

So saß ich nun bei ihr im Büro, trank Kaffee und hörte ihren Beschwerden zu. Ich muss zugeben, es hörte sich nicht gut an, für eine offizielle Ermittlung war es aber zu wenig. Fatalerweise kam nun der Chef persönlich ins Büro. In ihrem Übereifer und weil ihr nichts Besseres einfiel, stellte mich Frau Heddesheimer als Abgesandten des Polizeipräsidiums vor, der für eine Jubiläumsfeier die Dienste der Musikschule buchen möchte. Dr. Spricht lud mich sofort in sein opulentes Büro ein, das sogar noch größer und gewagter eingerichtet war als das meines eigenen Chefs. Überall standen und hingen Instrumente, die vermutlich ein Vermögen wert waren. Spricht hielt einen nicht endenden Monolog, von dem ich rein überhaupt nichts verstand. »Wir suchen was Modernes, etwas Flottes«, unterbrach ich ihn an einer geeigneten Stelle und blieb damit in der Rolle, die Frau Heddesheimer mir zugedacht hatte. »Da müssen Sie schon etwas präziser werden, Herr Kommissar. Aber einem Polizeibeamten kann man dies verzeihen, diese kennen sich normalerweise mit der Materie nicht aus.« Wenn der wüsste, was ich mir seit Wochen für nicht enden wollende Belehrungen meiner musikbegeisterten Tochter Melanie anhören musste, dachte ich mir und ging aus Langeweile an einem Regal vorbei. Dabei hätte ich beinahe eines der metallenen Instrumente zu Fall gebracht. »Vorsicht, Herr Palzki. Dies ist ein wertvolles Saxofon von 1750, ein Unikat unter den Holzblasinstrumenten.«

Ich schaute mich noch ein wenig um und verabschiedete mich schließlich. Immerhin hatte ich entdeckt, dass Dr. Spricht ein Blender war und nie und nimmer der Fachmann war, für den er sich ausgab.

Frage: Womit verriet sich Dr. Spricht?
Lösung: siehe unter www.palzki.de

EXTRA BONUS 2: AUTOREN STERBEN EINSAM (PALZKI CLASSIC 2006)

Die jugendlich wirkende 33-jährige Nadine Korbs war für die erste Märzwoche erstaunlich dünn bekleidet. Trotzdem schien sie nicht zu frieren, als sie eilig über das neuverlegte Pflaster des Schillerplatzes in Schifferstadt lief. Nadine kannte sich hier bestens aus, schließlich lebte die Krimiautorin zusammen mit ihrem Mann schon seit einigen Jahren in der größten Gemeinde des Rhein-Pfalz-Kreises.

Es geschah aus heiterem Himmel. Nur etwa zehn Meter neben der Pension ›Rehbach‹ hörte Nadine Korbs ein leises Pfeifen. Das war das Letzte, was sie hörte. Die Kugel drang in ihre linke Schläfe ein. Als ihr verkrümmter Körper auf dem Pflaster aufschlug, war sie bereits tot.

Kriminalhauptkommissar Palzki hatte selten mit solchen unnatürlichen Todesfällen zu tun. Und wenn, dann waren es meist eindeutig eifersüchtige Ehemänner oder Streitereien, die nach reichlich Alkoholgenuss eskalierten. Doch der Fall Korbs lag anders, denn die Schriftstellerin wurde regelrecht hingerichtet. Der Schütze entkam unerkannt im Trubel des nachmittäglichen Verkehrs.

Reiner Palzki hasste diese ersten Besuche bei den Hinterbliebenen. Nadines Mann Peter wirkte jedoch sehr gefasst, als Palzki ihm die schreckliche Todesnachricht überbrachte. Palzkis Meinung nach vielleicht etwas zu gefasst.

»Ich weiß, dass ich Sie damit jetzt eigentlich noch nicht belästigen sollte, Herr Korbs. Doch je früher wir Informationen über das Opfer und Tathintergründe erhalten, desto erfolgsversprechender sind unsere Ermittlungen. Können Sie mir vielleicht sagen, wo Ihre Frau heute Nachmittag hinwollte?«

Peter starrte seinem Gegenüber einige Sekunden lang in die Augen, bevor er nach einem tiefen und befreienden Atemzug antwortete:

»Was wollen Sie wissen? Das, was sie mir gesagt hatte oder das, was sie tatsächlich machen wollte?«

Palzki schluckte. Sein erster Eindruck hatte ihn also nicht getäuscht, denn mit dieser Frage hatte er offensichtlich gleich in ein Wespennest gestochen.

»Erzählen Sie mir alles der Reihe nach. Es macht Ihnen doch nichts aus, wenn ich mir dabei Notizen mache?«

Peter Korbs winkte mürrisch ab, bevor er schließlich mit seiner Geschichte begann.

»Meine Frau ist hier in der Region eine recht bekannte Krimiautorin. Ihre Krimis sind zwar immer erfunden, doch sie basieren meist auf realen Hintergründen, die sie in irgendwelchen Zeitungsartikeln fand. Nun beginnt demnächst in der Nähe ein großes Festival, an dem sich die bekanntesten Krimiautoren Deutschlands treffen. Wie sie mir sagte, recherchierte sie in diesem Zusammenhang an einer großen Geschichte. Es sollte sich um eine Riesenkorruption im Landkreis handeln. Auf dem Festival wollte sie die Bombe platzen lassen.«

Reiner Palzki notierte eifrig mit.

»Aha, da hätten wir ja schon mal einen wichtigen Anhaltspunkt. Wissen Sie noch etwas Genaueres über diesen angeblichen Korruptionsfall?«

Peter Korbs lachte kurz auf.

»Nein, da kann ich Ihnen wirklich nicht mehr weiterhelfen. Über ihre Recherchen wusste ich so gut wie nie Bescheid. Doch Sie können gern ihren PC durchforsten, aber ich vermute, dass Sie dort auch nichts Brauchbares finden werden.«

Er machte eine kurze theatralische Pause.

»Ich glaube allerdings, dass sie nicht im Zusammenhang mit ihrer Recherche unterwegs war, sondern sich vielmehr auf dem Weg zu einem Schäferstündchen mit ihrem Liebhaber befand!«

Der Kriminalhauptkommissar ließ beinahe seinen Kugelschreiber fallen.

»Wie bitte? Sie wollte gerade zu ihrem Liebhaber gehen? Haben Sie dafür Beweise? Wissen Sie, wer dieser Mann ist?«

»Da muss ich Sie leider enttäuschen, Herr Palzki. Ich habe keine Ahnung. Und ich wollte es ehrlich gesagt auch gar nicht so genau wissen. Wir haben uns sowieso schon ziemlich auseinandergelebt.«

Reiner Palzki befragte Herrn Korbs bestimmt noch eine halbe Stunde lang, ohne jedoch irgendwelche lohnende Details zu erfahren.

Kaum war Palzki zurück im Büro, erwartete ihn auch schon die nächste Überraschung. Während seiner Abwesenheit wurde bereits routinemäßig Nadines Mann überprüft. Die Daten, die der Polizeicomputer ausdruckte, waren sehr aufschlussreich. Peter Korbs war aktiver Sportschütze in der Schützengesellschaft Schifferstadt und hatte bereits zwei Strafbefehle wegen unerlaubten Waffenbesitzes erhalten.

Der Kriminalhauptkommissar war gerade dabei, den Obduktionsbericht zu lesen, als es an der Tür klopfte. Zwei ihm unbekannte Männer traten ein.

»Entschuldigen Sie bitte, dass wir ohne Voranmeldung zu Ihnen kommen. Doch am Eingang wurde uns gesagt, dass wir gleich direkt zu Ihnen durchgehen sollen. Sie sind doch für den Mordfall Korbs zuständig, oder?«

Reiner Palzki stand auf und begrüßte die beiden Personen, die sich mit Ben Morgentau und Alexander Gerstel vorstellten.

»Freut mich, Sie kennenzulernen. In welchem Verhältnis standen Sie zu der Toten?«

»Wir kannten sie nicht persönlich«, antwortete Ben Morgentau. »Wir kommen vom Syndikat.«

Palzki stutzte.

»Keine Angst, wir sind nicht kriminell und unser Syndikat ist absolut legal. Das Syndikat ist die Vereinigung der deutschsprachigen Krimiautoren. Wir beide sind für die Organisation des Festivals zuständig, das in ein paar Wochen stattfindet. Frau Korbs war Mitglied in unserer Vereinigung.«

»Ja, ich habe bereits gehört, dass das Opfer für Ihre Veranstaltung recherchiert hat. Können Sie mir vielleicht sagen, worum es dabei genau ging?«

Alexander Gerstel schüttelte seinen Kopf.

»Tut uns leid, über die einzelnen Pläne der Autoren wissen wir auch nichts Ausführlicheres. Über ihren Verlag ließ sie jedenfalls eine große Veranstaltung planen. Vielleicht können Sie über ihren Verlag mehr in Erfahrung bringen?«

Bevor Reiner Palzki darauf etwas erwidern konnte, übernahm Ben Morgentau das Wort.

»Wir müssen zugeben, dass uns der Mord an Frau Korbs zwar sehr erschüttert, wir aber aus einem anderen Grund gekommen sind.«

Palzki stutzte erneut.

»Einen anderen Grund? Na, dann schießen Sie mal los. Aber nehmen Sie meine Aufforderung bitte nicht allzu wörtlich.«

Gerstel lächelte gequält über dieses Wortspiel.

»Herr Palzki, Sie können sich bestimmt denken, dass der Mord an Frau Korbs einen riesigen Medienrummel ausgelöst hat. Die Fernsehteams und die Reporter stehen bei uns Schlange. Einerseits könnte man sich über so viel Publicity für die Criminale freuen. Doch um welchen Preis?«

»Diese Geschichte schadet dem Image der deutschen Kriminalliteratur sehr«, fiel Morgentau seinem Kollegen ins Wort. »Wir haben es sowieso schon schwer genug, gegen die englischsprachige und skandinavische Konkurrenz anzutreten, deshalb möchten wir Sie bitten, alles Menschenmögliche zu unternehmen, damit der Mörder möglichst schnell gefasst wird.«

»Meine Herren, natürlich werde ich unabhängig davon, ob es dem Buchmarkt oder Ihrem Festival schadet oder nicht, mein Bestes geben, um den Fall zu lösen. Es kann gut sein, dass ich noch ein paar Fragen an Sie habe. Bitte hinterlassen Sie bei meinem Kollegen ihre Adresse, unter der ich Sie erreichen kann.«

Kriminalhauptkommissar Palzki hatte die beiden Herren, die ihm offensichtlich sowieso nicht weiterhelfen konnten, gerade verabschiedet, als sein Telefon läutete.

»Palzki!«, meldete er sich mit festem Ton. »Wie bitte? Noch ein Mord? Ich bin schon unterwegs.«

So schnell er konnte, verließ er das Polizeigebäude und fuhr mit Sondersignal in Richtung Schillerplatz. Direkt vor der Pension ›Rehbach‹ hielt er an. Beim Aussteigen konnte er an der Stelle, an der die Krimiautorin erschossen wurde, die dunkelrot verwaschenen Flecken auf dem Pflaster erkennen.

Ohne sich weiter darum zu kümmern, betrat er schnell die Pension, in der sich mittlerweile einige seiner Kollegen aufhielten.

Sein Kollege Gerhard Steinbeißer kam ihm in diesem Moment entgegen.

»Gut, dass du schon da bist. Der Tote liegt im ersten Stock.«

Während die beiden hoch zu Zimmer 104 gingen, erläuterte Gerhard schnell ein paar Hintergründe.

»Der Tote hat sich unter dem Namen Bernd Roller ein Zimmer für eine Nacht genommen. Seine Identität wird gerade überprüft. Allem Anschein nach wurde er zunächst betäubt und anschließend erdrosselt. Jedenfalls deutet alles darauf hin, weil der Rest in einem der beiden Sektgläser leicht verfärbt ist.«

»Der Täter scheint ein schöner Stümper gewesen zu sein«, antwortete ihm Palzki. »Außer er wollte, dass wir das bemerken.«

In diesem Moment betraten die beiden das Zimmer. Das Opfer lag rücklings quer über dem französischen Bett. Die Würgemale am Hals waren nicht zu übersehen.

»Herr Steinbeißer, wir haben wichtige Neuigkeiten.«

Ein weiterer Beamter betrat das Zimmer und wandte sich dann aber Kriminalhauptkommissar Palzki zu, als er diesen erkannte.

»Guten Tag, Herr Palzki. Gut, dass Sie auch schon da sind. Wir haben soeben die Identität des Opfers geklärt. Bernd Roller ist nicht sein richtiger Name. Er hieß Marc Schwitzner und arbeitete im Bauamt des Schifferstadter Rathauses.«

Palzki nickte mehrmals.

»Also entweder war er Nadines Geliebter oder ihr Informant. Es dürfte wohl klar sein, dass die Korbs gerade auf dem Weg zu ihm war, als sie erschossen wurde.«

Palzki zog sich Einweghandschuhe über und begann, die Leiche zu untersuchen. Als er vorsichtig in die Jacke des Toten griff, bekam er überraschend eine Klarsichthülle mit Dokumenten zu fassen. Voller Interesse begutachtete er die Unterlagen.

»Mach's mal nicht so spannend, Reiner. Was hast du da gefunden?«, wollte sein Kollege Gerhard wissen.

»Du wirst es nicht glauben«, antwortete ihm der Kriminalhauptkommissar. »Es ist eine Arbeitsvorlage für eine Änderung des Bebauungsplanes des Neubaugebietes in Schifferstadt.«

»Diese Geschichte stinkt doch zum Himmel«, sagte Gerhard. »Offensichtlich wollte der Täter, dass wir diese verräterischen Papiere finden. Irgendetwas stimmt hier nicht. Anscheinend sind wir auf ein großes Komplott auf städtischer Ebene gestoßen.«

Palzki forderte einen Beamten auf, ihm so schnell wie möglich Kopien der gefundenen Unterlagen zu schicken, bevor er sich von seinen Kollegen verabschiedete.

Als der Kriminalhauptkommissar die Pension ›Rehbach‹ verließ, traute er seinen Augen nicht. Auf dem Schillerplatz standen mindestens drei Kamerawagen und ein Heer von Reportern stand hinter der weiträumigen Absperrung und interviewte vorbeikommende Passanten.

Am nächsten Morgen erwartete den Kriminalhauptkommissar neben einem ausführlichen Lebenslauf von Marc Schwitzner auch seine Tagespost, die sich auf seinem Schreibtisch stapelte. Wie jeden Morgen zu Dienstbeginn sortierte er zunächst Unwichtiges aus. Doch dann weckte ein Kuvert, auf dem mit seltsam ungelenken Buchstaben sein Name stand, sein Interesse. Palzki wusste es sofort: Hier hat jemand versucht, seine Handschrift zu verstellen. Er öffnete den Brief und begann zu lesen.

›Herr Palzki. Mein Name tut nichts zur Sache. Doch ich habe wichtige Informationen für Sie. Nadine Korbs war vor drei Jahren in Spanien und hat dort eine Frau getötet. Die Verwandten der Frau haben Rache geschworen.‹

Mehr stand nicht auf dem Blatt, kein Name, keine Adresse.

Reiner Palzki beschloss, Peter Korbs erneut einen Besuch abzustatten.

Peter schien nicht gerade von Trauer umgeben, als er ihm die Tür öffnete.

»Guten Morgen, Herr Kriminalhauptkommissar. Was führt Sie denn schon wieder zu mir? Wollen Sie mir etwa mitteilen, dass Nadines Liebhaber tot aufgefunden wurde? Das habe ich bereits in der Zeitung gelesen. Doch mehr kann ich Ihnen darüber auch nicht sagen. Ich kannte ihn ja nicht einmal.«

»Schon gut, Herr Korbs. Ich bin aus einem ganz anderen Grund gekommen. Mir wurde ein anonymer Brief zugesandt, in dem Nadine beschuldigt wird, in Spanien eine Frau getötet zu haben.«

Peter schaute Reiner Palzki einen Moment lang überrascht an, bevor er laut herauslachte.

»Nadine soll jemanden umgebracht haben? Wer erzählt Ihnen denn so etwas?«

»Wie gesagt, der Absender war anonym.«

»Herr Palzki. Ich machte mit Nadine vor drei Jahren in Spanien in Lloret de Mar Urlaub. Meine Frau hatte sich dort einen Mietwagen ausgeliehen, doch der wurde eines Nachts vor dem Hotel gestohlen. Der Dieb hatte noch in der gleichen Nacht eine Frau überfahren und anschließend Fahrerflucht begangen. Da mehrere Zeugen Fahrzeugtyp und das Nummernschild erkennen konnten, war meine Frau zuerst verdächtig. Doch da ich bezeugen konnte, dass sie die ganze Nacht bei mir war, hat sich dieser Verdacht nicht bestätigt.«

»Wir werden das auf jeden Fall überprüfen. Wurde der Dieb eigentlich später ermittelt?«

»Meines Wissens nicht und auch das Fahrzeug hat man nicht gefunden, vermutlich wurde es im Meer versenkt.«

Ein paar Minuten später verabschiedete sich Palzki, um zurück ins Büro zu fahren. Dabei fuhr er automatisch am Schillerplatz vorbei, der immer noch mit Neugierigen und Journalisten gefüllt war. Im Vorbeifahren erkannte er plötzlich Ben Morgentau und Alexander Gerstel, die gerade dabei waren, einem Filmteam ein Interview zu geben. Palzki parkte seinen Wagen verbotenerweise halb auf dem Gehweg und ging auf die beiden Festival-Organisatoren zu.

Er wartete, bis das Interview beendet war und begrüßte anschließend die beiden Herren.

»Hallo, die Herren. Was treibt Sie so schnell wieder nach Schifferstadt?«

Die beiden begrüßten den Kriminalhauptkommissar schon fast wie einen alten Freund.

»Aber Herr Palzki, wir versuchen, uns ein Bild von der momentanen Situation zu machen. Vielleicht wäre es besser, das Festival ganz abzusagen. Doch darüber sind wir uns im Moment noch nicht im Klaren. Der Medienrummel hier ist wirklich gigantisch. Aber um welchen Preis?«

»Ja, um welchen Preis«, wiederholte Palzki. »Der Fall ist so rätselhaft, dass es wohl noch eine Zeit lang dauern wird, bis wir ihn entschlüsselt haben. Ich wünsche Ihnen noch einen schönen Tag, ich muss zurück ins Büro.«

»Ja, um welchen Preis«, sagte Ben Morgentau zu seinem Kollegen Alexander Gerstel, als sie wieder allein waren.

»Und nur wir beide kennen den genauen Preis«, antwortete Alexander. »Er kostet das Leben eines unserer Mitglieder und eines Außenstehenden. Doch dafür sind das Syndikat und das Festival jetzt so bekannt wie nie zuvor. Ben, du hast die Opfer wirklich perfekt gewählt und Palzki wird uns bei den vielen falschen Fährten nie auf die Spur kommen.«

EXTRA BONUS 3: WAS BEI LESUNGEN SO ALLES SCHIEFGEHEN KANN

Das geplatzte Gummi

Über geplatzte Gummis sind schon viele Witze gemacht worden. Für einen direkt Betroffenen ist dies eher weniger lustig. Auch bei mir war es eine nicht-lustige Veranstaltung, denn mein Gummi platzte live vor 80 Zuschauern.

Bevor Sie jetzt auf falsche Gedanken kommen: Es handelte sich um einen fast normalen Krimiabend, zumindest aus Sicht der Zuhörer.

Es passierte eines Abends in Irgendwo in der voll besetzten Stadtbücherei. Gebucht war eine Duoveranstaltung der Arbeitsgemeinschaft Klang und Mord. Der skurrile Percussionist Pit Vogel bearbeitete seine seltsamen Klanginstrumente und ich las im Stehen aus meinem neusten Palzki-Krimi. Dabei bleibe ich nicht auf einem Fleck stehen, sondern agiere teilweise recht aktiv auf der Bühne. Die Begrüßungsworte der Büchereileiterin waren gerade verhallt und ich im Mittelpunkt der Bühne angekommen, da bemerkte ich ein kurzes und leichtes Ziepen im Beckenbereich. Noch wurde mir die sprichwörtliche Tragweite des Geschehens nicht bewusst. Während ich einleitende Worte vortrug, griff ich wie zufällig mit meiner linken Hand möglichst unauffällig in meine Hosentasche und zog mit Daumen und Zeigefinger meinen Slip wieder in die Horizontale. Doch ohne Gummi war dies eine reine Sisyphusaufgabe.

Bei jeder Bewegung nutzte meine Unterhose die physikalischen Gegebenheiten rigoros aus und bewies 300 Jahre nach Newton die Gültigkeit der Schwerkraftgesetze.

Ich weiß nicht, warum mir in dieser Situation Mister Bean einfiel. Aber nach fünf Minuten hingen die beiden Beinöffnungen meines Slips kurz oberhalb der Kniekehlen. Das Gefühl, mit nacktem Hintern vor 80 Leuten zu stehen, war unbeschreiblich. Die Taktik, mich auf die vorzulesende Geschichte zu konzentrieren, klappte nur bis zur jeweils nächsten Bewegung. Jedes Lächeln oder Lachen der Zuhörer interpretierte ich nicht als Feedback meiner Vortragskunst, sondern als Entdeckung meines privaten Geheimnisses.

Dem nicht genug, saß in der ersten Reihe eine Dame mit einem dauerfetten Grinsen, die ständig vielsagend nickte, so als hätte sie meine unfreiwillige exhibitionistische Neigung längst zur Kenntnis genommen. Es war unmöglich, den Blick längere Zeit von ihr abzuwenden.

Nach 45 Minuten war es geschafft, die Pause war erreicht. Normalerweise setze ich mich dann an den Büchertisch und beginne fleißig zu signieren. Der Buchhändlerin raunte ich etwas von Darmproblemen zu und dass ich leider erst nach der Veranstaltung signieren könnte.

Ich kam zu spät, die Herrentoilette besaß nur eine einzige Kabine und die war besetzt. Dauerbrummgeräusche übelster Art und Geruches schallten und schwebten durch den hellhörigen Raum. Ich stand da und litt. Ein Urinbeckenbenutzer fragte mich sogar aus Spaß, ob ich die neue Aufsicht wäre.

Zehn Minuten später, die Pause näherte sich dem Ende, ging die Kabinentür auf und ein älterer Mann kam lächelnd und sichtbar erleichtert heraus. Wieder einer, der sich zu Hause das Klopapier sparte, dachte ich gehässig. Ich ging sofort dahin, wo er herkam und hätte mich beinahe sofort in der Schüssel übergeben. Das war kein Ort für feine Nasen. Olfaktorisch lag ein klarer Verstoß gegen die Genfer Konventionen vor. Nachdem ich mich mehr schlecht als recht daran gewöhnt hatte, zog ich meine Hose herunter. Im Nachhinein wäre es wohl besser gewesen, den defekten Slip auszuziehen, doch auf die besseren Ideen kommt man meist erst später. Bereits zu Pausenbeginn hatte ich aus meinem Koffer eine Rolle Kreppband eingesteckt, mit dem ich zwecks Dekoration die Bühne mit ein paar Metern Polizeiabsperrband abgeklebt hatte. In meiner Not fixierte ich den Slip an der idealtypischen Stelle meines Unterkörpers mit mehreren Streifen Kreppband. Insgesamt sah das Resultat etwas verwegen aus, aber das Krepp heiligte die Mittel. So dachte ich jedenfalls. Kaum fertig, hörte ich, wie Pit den Gong zum Pausenende schlug. Die folgenden 20 Meter, dabei musste ich noch eine Etage nach oben gehen, waren die schlimmsten meines Lebens. Es ist nämlich so, dass ich ein lebendiger Beweis für die Evolutionstheorie bin. Zumindest was meinen Haarwuchs angeht. Selbstverständlich hatte Newton kein Erbarmen mit mir, der Slip zog nach wie vor nach unten. Die Kreppbandstreifen, ich glaube, es waren deren acht, reizten durch den Zug die Haut, und was noch schlimmer war, die zahlreichen Körperhaare. Ich hatte gerade den Hardcore-Epilierer für Masochisten erfunden. Zwar mit leichten Kinderkrankheiten, aber er funktionierte zur vollen Befriedigung. Leider gehöre ich einer anderen Zielgruppe an. Ich quälte mich durch weitere 45 Minuten und ignorierte selbst den

Klebebandstreifen, der sich irgendwann löste und schließlich am Ausgang des Hosenbeins herausfiel. Wahrscheinlich hat es außer mir niemand gesehen.

Mir fiel während des Vortrages ein, dass weitere Pein drohte. Die Büchereileiterin hatte Pit und mich nach der Veranstaltung zum Essen eingeladen. »Da können wir hinlaufen, sind nur etwa 200 Meter«, hallte mir das Gesagte durch den Kopf, während ich mich bemühte, nur das vorzutragen, was auch im Buch stand.

Da soll noch mal eine Frau sagen, Männer wären nicht multitaskingfähig: vorlesen, Schmerzen ignorieren und eine Lösung überlegen, um das Essen abzusagen. Eine Vermischung dieser drei Tasks wäre mindestens tödlich gewesen.

Irgendwann war es aber doch geschafft. Noch schnell ein paar Unterschriften hingekritzelt, während Pit die Gerätschaften abbaute, dann durfte ich mich mit simulierten Bauchschmerzen verabschieden. Als wir im Auto saßen, meinte Pit: »Heute hast du rumgestanden wie ein Roboter, hast du dir in die Hose geschissen?«

Unsere Lesermagazine

2 x jährlich das Neueste aus der Gmeiner-Bibliothek

24 x 35 cm, 32 S., farbig; inkl. Büchermagazin »nicht nur« für Frauen

10 x 18 cm, 16 S., farbig

Alle Lesermagazine erhalten Sie in Ihrer Buchhandlung oder unter www.gmeiner-verlag.de.

GmeinerNewsletter

Neues aus der Welt der Gmeiner-Romane

Haben Sie schon unsere GmeinerNewsletter abonniert?

Monatlich erhalten Sie per E-Mail aktuelle Informationen aus der Welt der Krimis, der historischen Romane und der Frauenromane: Buchtipps, Berichte über Autoren und ihre Arbeit, Veranstaltungshinweise, neue Literaturseiten im Internet und interessante Neuigkeiten.

Die Anmeldung zu den GmeinerNewslettern ist ganz einfach. Direkt auf der Homepage des Gmeiner-Verlags (www.gmeiner-verlag.de) finden Sie das entsprechende Anmeldeformular.

Ihre Meinung ist gefragt!

Mitmachen und gewinnen

Wir möchten Ihnen mit unseren Romanen immer beste Unterhaltung bieten. Sie können uns dabei unterstützen, indem Sie uns Ihre Meinung zu den Gmeiner-Romanen sagen! Senden Sie eine E-Mail an gewinnspiel@gmeiner-verlag.de und teilen Sie uns mit, welches Buch Sie gelesen haben und wie es Ihnen gefallen hat. Alle Einsendungen nehmen automatisch am großen Jahresgewinnspiel mit attraktiven Buchpreisen teil.

GMEINER

Wir machen's spannend